우리들에게 남겨진 시간

우리들에게 남겨진 시간

초판1쇄 발행 / 2003년 11월 17일
초판10쇄 발행 / 2003년 12월 2일

지은이 / 노은주 펴낸이 / 박대용 펴낸곳 / 도서출판 징검다리

주소 / 121-886 서울시 마포구 합정동 426-1 (301호)
전화 / 02) 3143-1966, 332-3880 팩스 / 02) 3143-2757
이메일 / zinggumdari@hanmail.net

출판등록 / 제10-1574호 등록일자 / 1998년 4월 3일

ISBN 89-88246-66-7 03810

한 번 뿐인 인생을 후회없이 가장
아름답고 소중하게 만들어 줄

우리들에게 남겨진 시간

노은주 장편소설

징검다리

추천의 글

노은주님의 책 〈〈우리들에게 남겨진 시간〉〉을 읽고 나면 눈시울이 뜨거워지면서 가슴속에 한줄기 스산한 바람이 분다.

이 책은 결코 남의 이야기가 아닌 바로 우리 자신의 이야기임을 알게 한다. 그들은 우리와 가까운 이웃이자 가족이었다. 그들이 겪어나간 아픔과 생생한 체험을 함께 하는 동안 육체적인 질병의 고통, 죽음에 대한 두려움, 사별에 대한 슬픔, 그리고 이러한 아픔과 시련을 사랑으로 함께 나누고 힘이 되어 주는 호스피스의 큰 역할에 대한 고마움을 좀더 깊이 이해하게 된다.

'슬픔은 슬픔을 알아보고 슬픔끼리 친해진다' 는 작가의 말에 깊이 공감하며, 문득 어느날 닥칠 나 자신의 죽음도 한 번쯤 미리 생각해 보게 만드는 이 책을 나는 단숨에 다 읽어 내려갔다.

나 역시 누군가에게 작은 '위로자'로 다가서고 싶은 소박한 갈망과 기도를 이 책이 준 아름다운 선물로 받아들이며 누구에게나 이 책의 일독을 권하고 싶다.

　'지금도 이 세상 어디선가 슬픔으로 오열하는 사람들이 있을 것이다. 하지만 그것을 모르는 사람들의 얼굴은 밝을 것이고 아무일도 일어날것 같지 않은 평범한 하루는 오늘처럼 내일도 앞으로도 계속 이어질 것이다'라는 구절은 유난히 가슴에 박혀 떠나질 않는다.

이해인 / 수녀, 시인

치유자로서의 예수그리스도를 우리 안에 재현하여
질병으로 고통받는 사람들을 보살피며 이를 위한
숭고한 사명감을 지닌 의료인을 양성하고, 의학을 연구
발전시켜 사랑에 찬 의료봉사를 베풀고자 노력한다.
 우리는 환자의 육체적 질병과
마음의 고통을 덜어 주며 아낌없는
사랑으로 환자를 보살피도록
교육한다. 우리는 질병 퇴치를 위한
최선의 치료와 예방 및 재활에 힘쓰되 인간
생명의 신비와 존엄성을 해치는 어떠한 연구도 하지 않는다. 우리는 건강을
회복하는 환자가 하느님 나라에 대한 새로운 희망과 인간다운 품위를
지니도록 도우며, 가난하고 의지할 데 없는 환자의 어려운 형편에 마음을
기울여 이들도 따뜻한 의료 혜택을 받을 수 있도록 힘쓴다.

카톨릭 중앙의료원 (CMC) 이념 중에서……

추 기 경 김 수 환

1

3월 어느 날 봄.

계절과 맞지 않은 눈이 내린다. 우수가 지나고 경칩이 지났는데도 때아닌 눈이 창 밖 가득 소나기처럼 퍼부어 댔다.

놀이터에서 놀던 아이들이 하늘을 올려다보며 까르르 비명을 질러댄다. 아파트 안으로 들어오는 외부 차량 번호를 확인하는 일 외에는 좀처럼 경비실 밖으로 나오지 않는 경비 아저씨도 경비실에서 나와 느닷없이 내리는 눈 벼락이 신기한지 하늘 위를 올려다보고 있다. 건너편 아파트 주민들은 일제히 베란다 창문을 열고 점점 바닥에 두껍게 쌓여 가는 눈을 바라보고 있다. 기이한 일이 일어나고 있었다.

찻물이 끓고 있는 소리에 가스를 끄고 컵에 물을 부었다. 녹차 잎이 가라앉기를 기다리다 열어놓은 베란다 문을 닫고 식탁에 앉았다. 올해는 군자란이 일찍 꽃봉오리를 피웠다. 군자란, 홍종욱의 아내가 좋아했다는 그 화초.

자생력이 뛰어나고 물을 많이 주지 않아도 오래도록 버티는 화초……. 한 봉오리에서 여러 개의 꽃을 피우고 한 번 꽃이 피면 오래도록 볼 수 있다.

다른 화분들은 제대로 가꾸어 주질 않아 겨울에 얼어죽었는데 거실에 들여놓은 군자란은 겨울을 잘 버티고 꽃을 피웠다. 나는 화분에 물을 주고 현관 앞에 챙겨놓은 가방을 들고 집을 나섰다.

며칠 전 홍종욱의 묘지에 갔다왔다. 납골함이 모셔져 있는 지하로 내려가 그를 만났을 때 사진 속 그의 얼굴은 웃고 있었다. 태어난 날짜와 사망한 날짜, 그리고 고인의 이름이 새겨진 대리석에 붙여진 홍종욱의 사진이 나를 보고 웃고 있었다. 공동으로 분양하는 장소의 위패에 홍종욱의 이름이 쓰여진 한지를 끼워놓고 술 한 잔과 담배 한 개피를 피워 올려 주었다.

사람이 사람일 수 있는 것 외에는 그 어떤 것도 바라지 말라고 했던가. 죽음을 기다리는 인간에게는 운명을 거부할 힘이 없었다. 그것이 한계임을 알고 죽음을 받아들일 수밖에 없는 인간의 한스러움이 애달팠다. 살고 싶다는, 살리고 싶다는 그들의 간절한 마음이 그 무엇보다 애절했다.

사람일 수밖에 없었던 그와 나. 다행히도 우리는 사람의 인연으로 만나 사람으로 사람을 사랑할 수 있었으므로 서로의 아픔과 상처를 안아줄 수 있었다. 그 또한 우리의 운명이라는 것을 알아가면서…….

'뉴스 속보입니다. 오늘 하오 5시30분 부산에서 무궁화호 열차가 전복되는 사고가 일어났습니다. 사고의 원인은 지반 침하로 인해 철로 지반이 내려앉으면서 열차가 전복된 것으로 알려졌습니다. 아홉 량 중 객차 두 량은 전복되고 네 량은 탈선 전복, 66명이 숨지고 200여 명이 부상당한 것으로 추정되고 있습니다. 이 열차는 낮 12시 45분 서울을 출발, 하오 5시 41분 부산역에 도착할 예정이었습니다. 사고현장 연결하겠습니다. 한민규 기자? 지금 사태 수습이 어디까지 진행되고 있습니…?'

7시 뉴스를 마감하려는 앵커의 목소리가 다급해지더니 철로 밖으로 열차가 뒤집혀진 사고 현장이 화면에 잡혔다. 철로가 끊어진 밑으로 몇 량의 열차가 뒤집혀져 있고 한 량은 아예 반동강이가 난 채 마치 폭격 맞은 전쟁터와 같았다.

시계를 보았다. 하오 7시 10분을 가리키고 있었다. 지금쯤이면 도착했다는 남편의 전화가 있어야 할 시간이었다. 나는 식도 안으로 마른 침을 밀어 넣으며 수화기를 들었다. 남편의 핸드폰 전화번호의 끝자리를 눌렀을 때 수화기에서 흘러나오는 음성은 '죄송합니다. 전원이 꺼진 상태입니다. 다음에 다시 걸어 주십…' 다시 전화기의 숫자버튼을 천천히 눌렀다. 역시 마찬가지였다. 남편은 오전 11시쯤 집을 나서면서 부산에 도착할 시간을 맞추려고 무궁화호 열차를 예매했다고 했다.

나는 무선수화기를 쥔 채 TV 앞에 앉았다. 잠시 뒤 사망자 명단이 들어오는 대로 신속히 속보를 전하겠다는 앵커의 목소리가 들려오면서 화면이 바뀌었다. 그리고 얼마쯤 지난 뒤 TV화면에 사망자 명단이 적힌 화면이 잡혀졌다.

나는 숨죽여 명단 하나 하나를 차분히 읽어 내려갔다. 남편의 이름은 없었다. 뉴스가 시작된 지 얼마나 지났을까? 다시 사망자의 명단을 부르는 앵커의 목소리가 들려왔다.

"부산 B병원으로 이송된 사망자 명단이 들어왔습니다. ○○○ 23세 여자, ○○○ 45세 남자, 김태수 32세 남자,…… 이상 10명입니다."

'김태수!! 김태수!!'

수화기를 놓쳐 버렸다. 남편의 이름이 파란 화면에 검정글씨로 또렷이 쓰여 있었다. 사망자 명단 두 번째 줄 오른쪽에 정확하게 김태수 라는 이름이 명시되어 있었다.

'동명이인이야. 그럴 리가 없어!!'

입을 막은 손이 부들부들 떨리기 시작했다. 그때 바닥에 떨어진 수화기에서 벨이 울렸다.

"여보세요? 수아냐?"

시어머니의 목소리가 급했다.

"태수한테 전화 왔드냐? 아까 낮에 대전이라면서 전화가 오긴 왔었는디, 긍께…… 시방, 뉴스를 보니께 사고가 났다고 혀서. 태수 부산간 거 맞드냐아?"

"…… 예?"

"태수한테 도착혔다고 전화가 왔었냔 말이다? 야가 왜 이렇게 넋이 나간거여. 태수 부산간 거 맞냐고?"

"아, 아…… 니요. 어머니, 전화 안 왔어요. 어머니 전화 끊어요. 나중에 전화 드릴게요. 전화 올 데가 있어서요."

급하게 전화를 끊고 말았다. 다른 곳에서 전화가 올 것만 같았기 때문이었다. 남편에게든, 어디에서든……

TV소리를 줄여 놓은 채 두 시간 가까이 흘러 시계는 9시를 가리키고 있었다. 9시 뉴스가 시작되면서 볼륨을 높이려고 하는데 전화벨이 울렸다.

"여보세요. 김태수씨 댁입니까?"

"예, 그런데요?"

"여기는 부산 B병원인데요. 전화 받으시는 분이 김태수씨와 어떤 관계이십니까?"

"제가 김태수씨 아내인데요."

"애석한 소식 전해드려서 죄송합니다. 뉴스를 보셔서 아실 지 모르겠지만, 부산행 무궁화호 열차 사고로 김태수씨께서 사망하셨습니다. 이곳에 오셔서 신원을 확인하십시오."

나의 눈은 대형 크레인으로 전복된 열차를 끌어올리는 TV화면을 바라보고 있었다. 종이처럼 찌그러진 채 끌어올려지는 열차 아래로 검은 흙이 쏟아져 내렸다. 군복을 입은 서너 명의 사내가 들것을 힘겹게 들고 있는 모습이 보였다. 들것 위에는 낡은 헝겊에 가려진 사망자의 발이 보였다. 남자였다. 찢어진 양복바지 밖으로 내 놓여진 다리에 피묻은 상처가 나 있었다.

"여보세요? 여보세요?"

수화기에서 흘러나오는 음성을 무시한 채 나는 바닥에 힘없이 주저앉았다. TV화면이 잡아준 사고현장에 비가 내리고 있었다.

"사망자 수가 더 늘어날 것 같습니다. 날이 어두워져서 사고 수습이 늦어지는데다가 대형 크레인으로도 무거운 열차를 끌어올리기가 힘이 드는 것 같습니다. 더 이상 사망자 수가 늘어나지 않도록 부상자에게 빠른 손길이 이어지길 기대해 봅니다. 그럼 여기서 사망자가 안치된 부산병원을 연결합니다."

"아니야! 아니야! 그럴 리가 없어. 태수씨! 태수씨!······."

영안실 안쪽에서부터 울부짖는 사람들의 목소리가 넘쳐나고 있었다. 죽은 이의 이름을 부르는지 한 사람의 이름을 계속 부르며 울부짖는 한 아주머니의 목소리에 덜컥 겁이 났다. '정말로 남편이 죽은 것인가! 내가 왜 이곳에 저들과 함께 있어야 하지? 꿈이었으면, 제발 꿈이었으면······.'

그러면서도 계속해서 눈물이 흘렀다. 어디로 가야 할지, 어렵게 병원까지 오기는 했는데 어찌할 바를 모르고 영안실 밖을 서성이고 있을 때 어디선가 귀에 익은 목소리가 들려왔다.

"형수님?"

남편의 동생이었다. 그는 울산 조선소에서 야근을 하다 소식을 듣고 이곳에 왔다며 나를 어디론가 데리고 갔다. 그곳은 영안실이었는데 바닥에는 헝겊을 덮은 몇 구의 시신이 있었다. 누워 있는 시신들을 바라보자마자 섬뜩함에 오금이 저려오면서 가슴에서 훅, 하고 올라오는 서늘한 공기에 숨이 막혀왔다. 두려워지기 시작했다. 그러면서 내가 이곳에 있어야 하는 이유를 생각하기 싫어졌다.

몸을 돌려 나가려는데 한 구의 시신 옆에 넋이 나간 채 앉아 있는 노인을 보았다. 남편의 어머니였다. 내가 머뭇거리고 있자 서방님은 나를 이끌고 어머니 옆으로 갔다.

"어머니!"

내가 어머니의 어깨에 손을 얹었다. 인기척에 뒤돌아서 나를 발견한 어머니의 얼굴은 마치 혼이 빠져나간 사람의 얼굴로 낯빛이 하얗게 질려 버리기 시작했다. 어머니는 잠시동안 말이 없다가 순식간에 벌떡 일어서더니 나의 멱살을 잡고 흔들어대기 시작했다.

"니년이 내 아들을 죽였어. 니가 무슨 자격으로 여기에 온 거여? 썩 꺼지지 못혀? 이 물귀신 같은년아! 내가 뭐라고 혔어. 니네는 결혼하면 안 된다고 혔잖여. 니년은 내 아들을 잡아먹을 년이라고 내가 안 된다고, 안 된다고 혔잖여, 이년아? 니년이 내 아들을 죽였어. 살려놔라, 이년. 내 아들 살려 놓으란 말이여!"

사실이었다. 이유도, 원인도, 결과도 그 무엇도 생각하기 싫었던 일은 정녕 현실이 되고 만 것이었다. 이 한 구의 시신이 남편의 몸이라는 것이…… 나의 몸과 마음은 그 사실을 직감한 순간에 무너져 내렸다.

"어머니, 어머니, 흐흐흐흑. 어머니, 어머니."

어머니는 나의 멱살을 잡고 있는 힘껏 흔들어댔다. 블라우스 겉 칼라가 찢겨져 나갔다. 어머니는 나를 붙잡고 울부짖다 병원 안내원에게 이끌려 영안실 밖으로 끌려나갔다.

결혼 전 어머니는 우리의 결혼을 그 누구보다 반대했다. 남편이 초등학교 시절부터 살았던 동네에는 점술가가 있었는데 시어머니는 점술가에게 집안의 사소한 일들을 묻곤 했었다고 한다. 그때마다 신통스럽게도 점술가의 말대로 어머니의 걱정스런 일들은 해결이 됐다.

어머니는 아들의 진로문제도 점술가와 상의했고, 아들이 원하는 대학에 들어가게 되자 그 덕을 점술가 덕으로 알고 그의 말을 전적으로 믿게 되었다. 시어머니는 아들의 결혼 문제를 점술가에게 묻지 않았을 리가 없었다. 나는 시어머니가 될 분을 만나보지도 못하고 어머니의 요구대로 나의 사주를 알려주었다.

점(占)을 보고 온 어머니는 나를 만나볼 필요도 없으니 없었던 일로 하자고 남편에게 말했고 며칠 뒤 나는 남편에게 이해할 수 없는 이야기를 들어야 했다.

점술가의 말에 따르면 내가 태어난 사주 일(日)에 천살(天煞)이 붙어 있어 어떤 남자를 만나더라도 제대로 된 가정을 꾸릴 수 없다는 것이었다.

천살이란, 사주학에서 불길한 별을 이르는 말로 갑작스런 재난을 암시하며 제대로 풀려나가지 않는 장애물과 같은 흉살(凶煞)로 천재지변이나 화를 당하는 것으로 해석된다고 한다. 천살이 태어난 일(日)에 붙어 있으면 부부의 정이 좋지 않고 어느 한쪽이 천재지변으로 목숨을 잃게 된다는 것이었다.

점술가의 신명을 믿고 있던 어머니가 우리의 결혼을 허락할 리가 없었다. 하지만 남편은 어머니의 의지를 급기야 꺾고 말았고 시어머니는 살풀이라는 명분으로 점술가에게 적지 않은 돈을 주고 큰 굿을 한 뒤 개운치 않은 기분으로 우리의 결혼을 마지못해 허락했다. 그리고 1년 뒤 점술가에게 정말로 신명이 있는 것인지 그의 예언대로 뜻하지 않은 일이 일어난 것이었다.

안내원의 손에 이끌려 나가는 어머니의 모습이 흐릿하게 번져지고 사방에서 울부짖는 사람들의 목소리가 멍한 메아리로 영안실 안을 맴돌았다. 나는 내 발 밑에 흰 천을 덮고 있는 시신을 바라보았다. 얼굴쯤에 핏물이 번져 있었다.

'이것이 나의 남편이란 말인가.'

시신 옆에 힘없이 무너져 내려앉았다. 조금 전까지만 해도 시신

옆에 있는 것조차 두려웠었는데 나의 손은 무언가에 이끌려 시신
의 얼굴 쪽으로 향하고 있었다.

"보지 마세요, 형수님."

나는 그의 팔을 강하게 뿌리쳤다.

"글쎄 보지 마시라니깐요! 제가 다 봤어요. 형 맞아요. 맞으니까
보지 마세요."

서방님은 두 눈을 부릅뜨며 넋이 나간 나의 어깨를 흔들었다.

"왜요? 왜 보지 말라는 거예요? 형이 아닐지도 몰라요. 봐야 해
요. 내가 봐야 해요. 형이 맞는지 봐야 해요. 형이 살아 있는데 이대
로 두고 있는지도 모르잖아요. 내가 봐야 해요!"

서방님의 팔을 뿌리치려고 하자 그는 무작정 나를 끌고 영안실 밖
으로 나갔다.

"형……, 형 얼굴이 많이 다쳤어요. 얼굴하고 상체가 거의 형체를
알아볼 수 없을 정도로……. 형수님 제가 확인했어요. 형 손에 끼워
진 ROTC 반지, 반지 안에 형수님 이름이 새겨져 있잖아요. 시신 확
인할 때 봤어요."

그는 그렇게 말하면서 하염없이 울었다. 한 손으론 나의 손을 잡
고 다른 한 손으론 나의 등을 두드리며 그렇게 울었다.

"보고 싶어요. 보게 해 줘요. 형이 죽었다는 거 믿어지질 않아요.
집에서 나갈 때 이틀 뒤에 온다고 집 잘 보고 있으라고 했어요. 이틀
뒤에 집으로 온다고 했단 말이에요. 믿을 수 없어요. 보게 해 줘요.
제 눈으로 그 사람 확인하고 싶어요. 아니! 지금 아니면, 그래요. 지
금 아니면 이제 다시 볼 수도 없잖아요!"

나는 악을 쓰고 있었다.

"그럼 손이라도, 손이라도 만져보게 해 줘요. 아니면 발이라도, 발은 괜찮잖아요?"

강제로 나를 잡아끄는 손을 뿌리치고 나는 영안실로 향했다. 그가 누워 있는 옆으로 가서 앉았다. 흰 천을 걷으려 했지만 용기가 나질 않았다. 아니 겁이 났다. 나는 팔 쪽으로 시선을 옮겨 시신을 덮은 천 안으로 손을 넣었다. 남편의 손이 만져졌다. 차가웠다. 매일 밤 나의 손을 자신의 가슴 위에 올려놓고 잠을 자던 그였다. 나의 엄지 손톱을 지그시 눌러 주었던 남편의 손이었다.

"태수씨, 여기서 뭐해? 왜 여기 누워 있어요? 나는 또 여기 왜 있어요? 말해 봐요. 당신 왜 여기 있는지 나한테 말 좀 해봐요."

차가운 그의 손을 놓고 남편의 가슴에 얼굴을 묻었다. 그의 가슴이 뛰질 않았다. 체온도 느껴지질 않았다. 남편의 가슴은 이미 서늘하게 식어 있었다. 나는 남편의 몸을 마구 흔들어 댔다.

"일어나요. 제발 일어나 봐요. 나 놀리지 말고 일어나란 말이야! 죽은 거 아니라고 말하란 말이야! 정말 죽은 거야? 아니라고 말해. 아니라고 말하란 말이야. 이틀 뒤에 온다고 했잖아. 나한테 그렇게 약속했잖아. 당신 이렇게 가버리면 난 어떡해? 당신 없이 나는 어쩌란 말이야."

사방에서 사람들이 오열하는 소리가 끊이지 않고 들려왔다. 말없이 떠나버린 죽은 사람의 대답 없음에 분노한 듯 그들의 오열은 끊이지 않았다. 슬픔을 아는지 봄비만이 무심히 내릴뿐이었다.

버스 정류장 앞에 겹겹이 누워 있는 신문의 헤드라인 기사는 언제나 똑같다. 간간이 차이가 있긴 하지만 별로 다르질 않다. 남편이 그렇게 떠난 후 나에게 생긴 습관 중 하나는 신문을 보지 않는다는 것이었다. 남편이 사고로 세상을 떠난 그날 석간신문을 시작으로 사건이 해결 될 때까지 조간이건 석간이건 간에 일면은 거의가 열차사고에 대한 기사였다.

왜 사고가 일어났는지, 해결방안은 어떻게 진행되고 있는지, 누가 구속이 됐는지, 어이없게 죽은 일가족의 이야기부터 유가족에게 지급되는 위로금 문제까지, 한 번 일어난 열차 사고에 대한 뉴스 거리는 많고도 많았다.

그 신문을 읽는 사람들, 즉 사고와는 무관한 제3자는 사고 경위부터 해결문제까지 속속들이 알고 싶겠으나 당사자는 달랐다. 그들에게 중요한 것은 사랑하는 사람이, 사랑하는 가족이 세상을 떠났다는 슬픔만이 남아 있을뿐 다른 것은 문제가 되지 않았다. 들추어내고 파헤쳐 헤집어 낸들 그들이 다시 가족의 품으로 돌아올 수 있는 것도 아니기 때문에 TV를 볼 때마다 들썩거리는 사고에 대한 이야기들은 슬픔을 잊으려고 애쓰는 그들과 나에게 상처만을 안겨 주었다.

신문의 여러 지면을 기사로 채우던 그날의 사고는 시간이 지나면서 다른 사건들에 밀려 지면에서 사라지고 사람들의 기억에서 잊혀져 갔다. 몇 년이 더 흐르면 '그때 그랬었지.' 하고 그날의 사고를 떠올릴 것이다. 그때 누구누가 죽었는지, 그들의 가족에게 어떤 상처가 남겨졌는지, 그리고 그들의 가족이 어떻게 살아가고 있는지 조차 관심을 두지 않을 것이다. 그것이 야속하다 할 수는 없을 것이다.

남편이 세상을 떠난 후 살기는 살아야 했기에, 아니 악몽을 잊어버려야 했기에 나는 무엇인가에 매달려야만 했다. 잠시 중단했던 행정고시를 다시 보기로 한 것이다.

　국립도서관 앞 분식점에서 점심 식사를 하던 어느 날 오후였다. 분식점 아주머니의 그릇 회수용 쟁반 위에 씌워진 신문을 보았다. 스포츠 신문이었는데 칼라 사진이어서 금세 눈에 띄었다. 일면 헤드라인에는 '무궁화호 열차 전복, 대형 참사'라고 굵은 글씨로 쓰여져 있었고 흙더미에 깔린 거대한 열차 덩어리가 종이짝처럼 처참하게 구겨진 사고현장 사진이 선명하게 실려 있었다.

　그날 나는 만두국의 김이 다 식을 때까지 그 자리에 앉아 있었다. 손에는 반으로 가르려고 잡았던 나무젓가락을 잡은 채로…….

　차량이 뜸한 2차선 도로를 막 달려 나와 병원으로 들어섰다. 민형기씨는 병원 주변을 두리번거리다 주차장이라는 안내판이 보이자 핸들을 그쪽 방향으로 꺾었다. 주차장 안으로 진입하려 하자 주차증을 확인하라는 안내방송이 들려오면서 차단기가 내려진다. 민형기씨는 윈도우를 내리고 기계가 내뱉는 조그만 종이쪽지를 받아 운전석 햇볕 가리개 위에 찔러 넣었다.

　"분향만 하고 빨리 나와야겠어요. 방문객도 주차비를 받나. 우리 딱 한 시간만 앉았다가 일어나지요."

　차창 밖으로 내민 손이 시렸는지 민형기씨는 내민 손을 바지춤에 빠르게 여러 번 앞뒤로 비벼대며 병원 주변을 두리번거렸다. 인적이 뜸한 병원 로비 입구에는 손님을 기다리는 빈 택시들이 헤드라이트를 켜 놓은 채로 서너 대 줄지어 서 있었다. 머플러에서 뿜어져 나오는 배기가스의 흰 연기가 바람이 심하게 불고 있는지 거칠게 흩날렸다.

소설이 지난 11월의 날씨는 본격적인 겨울로 접어들었다. 겨울이라고 하기에는 봄 날씨처럼 햇살이 따뜻하더니 오늘 아침에 비가 내리기 시작하면서 기온이 갑자기 떨어지기 시작했다. 누군가의 죽음을 하늘이 먼저 예상한지도 모른다. 그 날도 비가 내렸었다. 그래서 차갑게 변한 한 사내의 몸이 더더욱 차갑게 식어갔으리라.

"수아씨, 뭐해요? 안 내려요?"

시동이 꺼지는 소리를 듣지 못했는데 민형기씨는 차 키를 뽑아들고 차에서 내리며 나에게 재촉을 했다. 일행은 영안실이라 표기되어 있는 나무 표지판이 가리키는 방향으로 걸어갔다. 표지판에 적혀있는 영안실이라는 글씨 아래로 요셉관 이라는 글씨가 작게 적혀져 있었다.

검은 양복을 입은 사내들이 장례식장 입구에서 담배를 피우고 있었다. 여러 개의 작은 불똥들이 그들의 호흡에 따라 반짝이다 희미해지고 반짝이다 희미해지고, 입김인지 담배연기인지 모를 그들의 한숨이 허공에서 서둘러 흩어져 버린다. 그들 중 몇 명은 머리에 상주의 두건을 쓰고 있었다.

장례식장 출입문으로 들어서려 할 때 소복차림의 젊은 여인이 출입문 안쪽에서 걸어나왔다. 그 여인은 상체를 반쯤 아래로 수그린 채 자신이 입은 검정 스웨터 앞자락을 가슴 중앙으로 모아 양손으로 꼭 움켜쥐고 있었다.

여인이 입고 있는 검정 스웨터 색깔 때문인지 그녀가 입은 흰 소복이 더욱 희게 보였다. 나를 스쳐 지나가는 여인의 얼굴을 보려 했지만 흰 소복이 의미하는 슬픔에 나는 그만 고개를 떨구어 버렸다. 보지 않아도 알 수 있다. 죽은 사람의 곁에 있었던 남겨진 사람의 슬픔을. 그리고 지금은 슬픔을 버리고 싶어도 벗어버릴 수 없다고 말하고 있는 흰 소복의 의미를.

그녀의 뒷모습을 돌아다보았다. 채 앞으로 여며지지 않은 소복의 뒷자락이 밤바람에 하늘거렸다.

가까이에서 들리는 통곡소리.

"아이고…… 아이고……."

죽은 이의 넋을 위로하는 목멘 소리는 얼마 동안을 울었는지 많이도 가라앉아 있다.

"3호실인가봐요. 김계장님 아들 이름이 영찬이 맞지요?"

상주의 이름을 적어놓은 안내판을 살펴보던 민형기씨가 나를 돌아다보며 물었다. 나는 고개를 끄덕거렸다. 장례식장 안은 마치 결혼식 피로연장처럼 북적거렸다. 향 냄새가 진동하는 속에 소복을 입은 여인들과 상주로 보이는 사람들이 서성거리는 모습을 외면해 버린다면 말이다. 음식상을 늘어놓은 채 곳곳에서 벌어지고 있는 화투판과 술판, 슬픔을 나누려고 이곳에 모인 사람들의 표정이 어쩐 일인지 밝다.

민형기씨와 동료들은 분향실로 들어섰다. 흰 국화가 보인다. 한다발의 국화꽃 아래로 늘어뜨린 흰 리본에 쓰인 글씨, 근조(謹弔).

고인의 얼굴 위로 향이 사라지고 있다. 고인의 얼굴이 웃고 있다. 저 사진을 찍을 무렵에 자신이 죽을 수도 있다는 것을 알았을까. 곱게 화장한 얼굴에 화사한 웃음을 짓고 있는 사진속 저 여인이 고인이라니 믿고 싶지 않은 일이다. 영정 사진 앞에 국화꽃 한 송이를 올리고 향을 피워 올렸다. 일행이 차례로 향을 올리고 김계장과 마주 앉았다.

"이렇게 와줘서 고마워요. 감사 때문에 여러분 모두 바쁠텐
데……."

이미 짙게 붉어진 김계장의 눈동자 주변으로 눈물이 고여지고 있
다. 김계장은 눈물이 흐를세라 금세 손등으로 훔치고 만다. 김계장
은 옆에 앉은 아들 영찬이의 어깨를 끌어안았다. 아이는 엄마의 죽
음을 알고 있는 것인지 아버지의 눈물을 보고도 말이 없다. 김계장
은 아내의 영정을 한번 돌아다보고서야 다시 말을 이었다.

"날씨까지 추워져서 오느라고 고생했지요. 고마워요."

또 다시 고맙다는 그 말. 김계장은 옆에 앉은 민형기씨의 손을 잡
았다.

"어떻게 위로를 해 드려야 할지……. 왜 한번도 말씀하지 않으셨
어요. 고생이 많으셨을 텐데……. 오늘에야 사모님에 대한 소식 들
었습니다. 사모님께서 힘들게 투병하시다 돌아가셨다는 것을. 저희
들 내심 서운한 마음이 들었습니다. 마음 고생이 크셨을 텐데 혼자
서 어떻게 감당해 내셨어요?"

"말을 한다고 해서 달라질 것도 없는데 서로가 걱정만 할 걸 뭐 하
러 말하겠어요. 처음에 아내의 말을 듣고 믿기지가 않았어요. 아니,
아내의 병을 알았을 때 믿는다는 게 뭔지 그것조차 잊어버렸으니까
요. 아파하는 아내 옆에서 나는 해 준 것이 아무 것도 없었어요. 아
픔을 나눠가질 수 있다면 좋으련만 그럴 수도 없고. 아내가…… 아
내가…… 흐흐흐흑 흐흑…… 많이, 많이 아파했어요. 시간이 갈수
록 점점 더 많이……. 이젠, 괜찮을거예요. 이젠……."

아내라는 말을 여러 번 하는 김계장은 설움이 복받치는지 말을 잇
지 못했다. 흐르는 눈물을 손등으로 닦아내는 김계장의 손에 묵주

가 들려 있었다. 묵주에 매달린 십자가가 흔들거린다. 김계장은 무신론자였다.

어딘가에서 성가 소리가 들려오고 있었다. 성가가 끝난 뒤 얼마나 지났을까? 차분한 여성들이 함께 외치는 소리. 아멘!

"뭐라도 따뜻하게 먹고 가요."

다른 문상객들이 들어오고 있었다. 김계장은 다른 문상객을 맞느라 자리에서 일어섰다. 일행은 음식이 새롭게 차려진 상 주변에 둘러앉았다.

"가까운 사람이 죽었는데 죽은 사람을 곁에 놓고 목숨이 붙어 있다는 이유로 이 음식들을 먹어야 하다니, 사람이 산다는 일이 참 우습다는 생각이 드네요. 안 그래요, 천선생님?"

병원으로 향하는 차 안에서 쉴새없이 우스갯소리를 해대며 떠들던 김민선씨는 분향실에서 나온 후부터 얼굴빛이 밝지 않았다. 음식들을 바라만 보고 있을뿐 앞에 놓인 젓가락은 처음 놓여진 그대로였다.

"김선생? 조금이라도 먹어보지 그래? 저녁도 안 먹었잖아?"

김민선씨는 부산에서 근무를 하다가 서울 발령을 원해 강북센터로 전직을 한 사람이다. 대학을 졸업한지는 4년 되었고 직업상담원 시험을 세 번째에 간신히 붙었다며 발령을 받고 처음 출근한 날 자신의 소개를 당당히 하던 사람이다. 그녀의 성격은 활달하고 원만했다. 때문에 실직자를 상담하는 일에는 적격이었다. 강북센터로 온지 얼마 되지 않아 상사들의 입에 그녀의 평이 좋게 오르내리기 시작했다.

그녀는 나의 권유에는 신경도 쓰지 않은 채 소복을 입고 지나가는

젊은 여인의 모습을 바라보았다. 겨우 먹는 시늉만 하던 나는 젓가
락을 내려놓았다.

'죽는다는 것과 산다는 것은 결코 분리된 문제가 아니다. 산 사람
은 죽음을 모르고, 죽은 사람은 이미 삶을 초월해 버렸다는 차이가
있을뿐 죽음과 삶은 인간이 갖는 인생이라는 테두리 안에서 같이 공
존하는 것이다. 누구나 인생의 끝에 죽음이 있다는 것을 알고 있다.
그것을 의식하고 살지 않을뿐.'

다른 문상객을 맞이한 후 김계장은 다시 우리 쪽으로 다가와 내
앞에 앉았다. 민형기씨는 김계장이 곁에 앉자 잔을 권하고 잔이 차
지 않을 정도로 소주를 채웠다.

"괜찮아. 다 채워도 되네. 이상하게 취하질 않아. 취하고 싶은데
취하질 않아."

한번에 소주를 들이킨 김계장은 민형기씨에게 잔을 건네고 술을
따랐다. 민형기씨는 단박에 잔을 비우고 김계장에게 다시 잔을 건
넸다.

"자네 결혼한 지 얼마나 됐지? 한 2년 됐나?"

"2년 좀 넘었습니다."

"아내에게 잘 해주게. 사람이라는게 말이야, 얼마나 단순한지 아
나? 있을 땐 몰라. 있을 땐 정말 모르지. 내 주변에 있는 모든 것들
이 다 내 것이고 그 존재에 대해 당연하다고 생각한다네. 아내도 자
식도…… 어쩌면 나 자신까지. 하지만 결국 내 맘대로 되는 건 하나
도 없어. 물론 나 자신도 내 마음대로 되는 건 아니야.

영찬이 엄마, 죽게 된다는 사실을 알고 그것을 인정하면서도 불쑥
나에게 이런 말을 했지. 왜 내 몸인데 내 마음대로 되지 않느냐고.

다른 사람 몸도 아니고 내 몸인데 왜 내 마음대로 할 수 없느냐고. 고통이 너무 심해서 죽고 싶다고, 아니 죽여달라고 몇 번이나 나에게 얘기했었지.

살아 생전 고통으로 아파하기 전에는 남에게 싫은 소리는 죽기보다 하기 싫어했었는데 이런 말까지 하더군. 당신을 만나 내가 죽게됐다면서……, 당신만 만나지 않았다면 죽지 않을지도 모르는데 살려내라고 그렇게 말하더군. 그런 말을 하는 아내에게 처음에는 화도 내고 달래도 봤지만 점점 아내의 고통이 심해지면서 내가 하는 말들이 아무런 도움도 되지 않는다는 걸 알았어. 그 고통이 어떤 것인지 아무도 몰라. 사실 나도 모르지. 그 몸부림과 비명소리, 내가 모르는 남이라도 고통받는 모습을 보고 있으면 눈물이 날 지경인데, 하물며 사랑하는 아내가 고통 받는 소리는 내 가슴을 찢어내고 싶을 만큼 아팠다네.”

김계장은 그때의 일들이 새롭게 기억되는지 고통스러운 듯 얼굴살을 찌푸렸다. 김계장은 술이 채워진 술잔을 조심스럽게 잡았다. 그는 술잔을 들어올리지 않고 무심하게 내려다보기만 했다. 김계장의 어깨가 자꾸만 들썩거렸다. 김계장은 얼룩이 진 목소리로 다시 말을 이었다.

“아내가 숨을 거둔 후 편안한 얼굴이 되었을 때 그때 알았지. 그 고통이 얼마나 참혹하고 비참했는가를. 언젠가 아내가 고통을 심하게 겪은 후에 죽여달라는 말을 했었다네. 안락사를 시켜 달라고. 자기를 위해서, 자기를 사랑한다면 그렇게 해달라고. 얼마나 고통이 심하면 그런 말을 하겠나. 상상할 수 있겠나? 아니, 상상할 수 없을 걸세. 우리는 상상할 수 없어. 암이 말기로 진행되면서 아는 수녀님의 권유로 이 병원에 오게 되었다네. 아내는 죽기 이틀 전에 세례를 받았지. 세례를 받으면 죽어도 죽지 않고 영원히 살 수 있다면서. 세례를 받고 며칠 후 아내는 세상을 떠났다네."

김계장은 왼손 약지 손에 끼워져 있는 묵주 반지를 천천히 서너 바퀴 돌렸다.

"이 반지 아내가 세례 받을 때 검지에 끼었던 것인데……."

반지가 끼워져 있는 김계장의 손등 위로 한 방울씩 눈물이 떨어졌다. 김민선씨는 슬픔을 참기가 어려웠는지 입을 막고 고개를 떨구었다.

김계장은 누군가 분향실로 들어서는 것을 보고는 자리에서 일어섰다. 그리고 잠시 후에 핑크색 원피스를 입은 한 중년의 여인과 우리가 앉은 자리로 돌아왔다.

"오늘은 안 오셔도 되는데……. 바쁘실 텐데 매번 고맙습니다. 마땅한 자리가 없네요. 여기서 뭐라도 조금 드세요."

김계장은 중년의 여인을 깍듯이 모시고 있었다. 그녀의 옷차림은 상가 예절에는 맞지 않은 밝은색이었다. 머리는 반듯이 정리되어 있었고 살구색의 블라우스 소매는 다리미 선이 곧게 다려져 있었다. 그녀가 입은 원피스 오른쪽에는 병원 이름이 파란색 실로 수놓아져 있었다. 그녀는 간병인 인듯 보였다.

"오늘도 병원에 오실 일이 있으셨습니까?"

"아니요. 평소에 이숙자씨께서 제가 입은 이 옷감의 색이 참 따뜻하다고 말씀하셨어요. 우리는 환자를 대할 때 평상복을 입지 않고 유니폼을 입거든요. 혹시나 사복을 입고 오면 이숙자씨께서 저를 못 알아 볼까봐 갈아입고 왔습니다."

아내의 생전 이야기를 들은 김계장은 잠시 웃었지만 이내 눈물을 감추지 못했다. 그녀가 김계장의 손을 잡아 주었다.

"감사합니다. 아주머님이 아니셨다면 아내의 그 고통을, 그리고 우리 가족이 겪을 슬픔을 누가 위로하고 이겨내도록 도와주었겠어요. 아내가 많이 고마워할 겁니다. 아내는 제가 병실에 있어도 아주머님을 찾았어요. 아주머니 이야기를 자주 했었습니다."

"이숙자씨는 처음엔 제가 다가가는 것을 많이 거부하고 회피했었습니다. 시간이 지나면서 저와의 사이가 좁혀지면서 선생님 얘기를 많이 하시더군요. 선생님과의 연애시절 이야기를 가장 많이 들려주셨습니다. 환자가 자주 하는 이야기는 환자 스스로가 행복해 하거나, 혹은 지난 삶에 대한 미련이 너무 강하거나, 그 둘 중에 하나지요.

이숙자씨는 그동안 살아오면서 선생님과의 사랑을 가장 소중하게 간직했던 것 같습니다. 영찬이 아버님께서 많이 사랑해주셨다고 하시더군요. 임종하시기 며칠 전에 저에게 이런 말을 하셨습니다. 남편이 나를 먼저 보내주어서 고맙다구요. 사랑하는 사람이 끝까지 나를 바라만 봐주어서 많이 감사하고 또 감사하다구요. 자신은 남편을 먼저 보낼 용기가 없을 것 같은데…… 하면서 많이 우셨습니다. 지금은 많이 슬프시겠지만 이숙자씨께서 선생님을 많이 사모하시는 마음을 간직한 채 임종하셨다는 말씀을 드리고 싶은 마음에 달려 왔습니다.

임종 당시 얼굴빛이 얼마나 화사하셨는지 몰라요. 제가 여직까지 여러 환자분들을 보살펴드렸지만 그렇게 환하게 가시는 얼굴을 뵌 분이 한 분도 없었습니다. 하느님 나라에 가서서 영원한 영생을 얻으신 게 분명합니다."

분향실에서부터 조용히 눈물만 흘리던 김계장이 그녀의 이야기를 들으면서 소리내어 서럽게 울기 시작했다. 그녀가 김계장의 두 손을 보듬어 감쌌다.

"고맙습니다. 정말 고맙습니다. 내일 장지까지 함께 해 주실 수 있으신지……. 영찬이가 아주머니를 많이 따라서……."

"그렇지 않아도 수녀님께 말씀을 드렸습니다. 내일 아침에 일찍 오겠어요."

그녀는 음식을 들어보지도 않은 채 자리에서 일어섰다. 김계장은 그녀를 배웅하기 위해 그녀와 함께 일어섰다.

살갗에 와 닿는 밤 기운이 차가워져 있었다. 차에 오른 지 몇 분이 지났을뿐인데 차 앞 유리가 성에로 뿌여졌다. 민형기씨는 보조석 백미러가 잘 보이지 않는다며 나에게 휴지를 건넸다. 유리를 닦는데 뻑뻑거리는 마찰음이 일어났다. 나는 보조석 창을 닦고 앞 유리를 닦기 위해 휴지를 더 뽑아냈다.

"아까 그 분 있잖아요?"

민형기씨는 테입을 밀어 넣으며 입을 열었다.

"누구요?"

차에 오른 후의 침묵이 많이 지루했었는지 김민선씨가 뒷자리에서 금세 대답을 했다.

"김계장님하고 손잡고 이야기하던 그 여자분 말이에요? 누굴까요? 나와 같은 방향에 앉아 있어서 얼굴을 제대로 보지 못했는데 옷차림을 보아서는 평범한 문상객은 아닌 것 같던데. 그 분이 입은 걸

옷에 호스피스 봉사자라는 글귀가 인쇄되어 있었어요. 사진이 박힌 명찰도 꽂혀 있었는데."

"호스피스라구요?"

나는 호스피스라는 낯선 단어에 김민선씨를 돌아다보았다. 김민선씨는 무엇인가를 떠올리려고 하고 있었다.

"호스피스라? 아! 예전에 잡지에서 본 기억이 나요. 말기 암 환자들 옆에서 간병하는 사람들이요. 맞아요. 가톨릭에서 봉사 단체로 그들을 가리켜 호스피스라고 했어요. 말기 암 환자나 임종을 얼마 남겨 두지 않은 환자들을 간병하는 봉사자들을 말하는 걸거예요."

"죽어 가는 사람을 간병한다구요?"

나는 갑자기 귀가 솔깃해졌다. 죽음을 준비하는 사람을 간병한다? 나는 그 말에 가슴이 뛰기 시작했다. 죽어 가는 사람을 간병한다. 죽음을 간병한다!

신촌 역에서 김민선씨를 내려준 민형기씨는 시청 방향으로 차를 돌렸다.

"철커덕~ 철커덕~ 뿌우우우~ 빠앙~"

온몸을 소스라치게 하는 저 소리. 눈이 번쩍 뜨이고 숨이 막혀온다. 아찔해진 정신을 간신히 차려보니 도로에 열차가 지나가고 있었다. 차가 멈춰진 앞에는 차단기가 내려져 있었고 눈앞에 열차가 유유히 지나가고 있었다.

"철커덕, 철커덕, 철커덕"

나의 눈은 열차 안을 빠르게 훑어보기 시작했다. 승객은 보이지 않았다. 다행이었다. 하지만 기적소리만은 제발, 기적소리만은……

"기차를 세워요! 제발! 제발, 기차를 세워요!"

"천선생님? 천선생님? 천수아씨!"

민형기씨는 핸드 브레이크를 올리고 놀란 얼굴로 나의 왼쪽 어깨를 세차게 흔들었다.

"괜찮으세요?"

두 주먹을 불끈 쥐는 힘보다 더 힘껏 눈을 감았던 나는 천천히 눈을 떴다. 차단기가 올라가고 있었다. 열차는 사라지고 선로 위로 차량들이 드나들기 시작했다.

"왜 그러세요? 갑자기 소리를 지르셔서 놀랬잖아요. 하마터면 가속페달을 밟을 뻔했어요."

"왜 도로에 열차가 다니는 거지요? 차들이 다니는 도로에 왜 열차가 다니냐구요?"

"네?"

두 눈을 부릅뜨고 자신을 쏘아보는 나를 보고 민형기씨는 당황했다.

"그게, 저어……."

그는 몇 초간 대답이 없다 입을 열었다.

"오래 전부터 이 도로에 열차가 지나다녔어요. 모르셨어요? 근데 그게 뭐 그리 화낼 일이라고. 이 길로는 잘 다니지 않는데 다른 생각을 하다가 고가에 오르는 차선을 놓쳐서 그만……, 왜 그러시는지 모르겠지만 아무튼 미안해요."

당황스럽게 말을 잇는 그의 대답을 듣고서야 정신이 돌아왔다. 미안한 생각이 들었다. 돌발적인 나의 행동을 민형기씨가 이해하지 못하는 것은 당연한 일이다.

"미안해요, 소리쳐서."

민형기씨는 이해가 안가는 듯한 표정으로 머쓱하게 고개를 몇 번 갸우뚱거렸다. 그는 다행히 다른 말은 하지 않았다. 정말 다행이었다.

아파트 현관 앞, 민형기씨의 승용차가 차가운 연기를 내뿜으며 서 있다. 무슨 말이라도 하거나, 아니면 급히 시동을 걸었으면 좋겠다는 기대로 멀건히 서 있는 사람을 무시한 채 승용차의 공회전 소리는 아파트 건물 사이에서 퍼져나간다. 좀 전에 그 일이 있은 후부터 오는 길 내내 그와 아무런 대화도 나누지 않았다. 서로를 의식하면서도 의도적이지 않아 보이는 자연스런 침묵이었다. 운전석 창문 안에서 나를 바라보던 민형기씨가 윈도우를 내리며 슬쩍 웃어 보인다.

"일이 힘드시지요? 요사이 실직수당 받으러 오는 사람이 꽤 많아져서 예민해지신 걸 거예요. 푹 주무시구요, 내일 출근 시간에 늦으시면 안 돼요?"

사무실에서처럼 그가 빈정거렸다. 그 사람만의 특유의 빈정거림은 빈정거림이 아닌, 상대를 배려하는 마음이다.

"많이 늦었지요? 나까지 바래다 주느라고. 조심해서 가세요. 내일 뵈요."

미안하고 어색한 마음에 여러 말을 하려 했지만 그만 말이 뚝뚝 끊어지고 만다. 그가 손을 한번 들어 보였다. 미안해하지 않아도 된다는 뜻일 것이다.

2

노동부 사무실 문을 열자마자 눈에 띈 사람이 있었다. 김계장이었다. 김계장은 검정색 양복차림에 가슴에는 상주의 리본을 달고 있었다. 김계장은 직원들과 악수를 나누며 애써 웃어 보이려 했다. 나와 악수를 나눈 김계장은 지그시 웃으며 나의 어깨를 두어 번 두드렸다.

자리에 앉자마자 일찍부터 실직수당을 받으러 온 사람이 있었다. 사십은 족히 넘어 보이는 아주머니였다.

"선생님? 지금 접수해도 됩니까?"

"일찍 오셨네요. 아직 40분이나 남았는데. 월요일은 저희가 아침 조회가 있거든요. 조금 더 기다리셔야 할 것 같은데요."

그녀는 그러겠다고 고개를 끄덕거리고는 대기자 의자 끝으로 가서 앉았다. 조회가 끝나고 상담원들이 제자리에 앉기 시작했다. 여자는 기다렸다는 듯이 나에게로 왔다.

"실업자 수당은 어떻게 신청해야 하나요? 읽어보기는 했는데 무슨 말인지 잘 몰라서요."

여자는 수당 신청서 용지를 앞뒤로 훑어보는 시늉을 했다.

"오늘 처음 오셨습니까?"

"예."

"그럼 일단 구직신청을 먼저 하시고 한 시간 정도 있으면 실직자 교육이 있습니다. 그 교육을 받으시면 교육을 받으셨다는 도장을 찍어줄 겁니다. 그러신 후에 다시 오세요. 좀 전에 처음 왔다고 말씀을 하셨으면 기다리시는 번거로움은 없으셨을텐데요."

"잘 몰라서요. 그럼, 어디로 가야 하나요?"

"구직이라고 쓰여 있는 창구로 가셔서 상담하세요."

여자는 구직 창구 쪽으로 걸어갔다. 돌아서는 여자의 왼쪽 머리에 상주의 리본이 꽂혀 있었다. 상주의 리본을 본 순간 나는 여자를 부르려고 올렸던 손을 내려놓았다. 무엇이 여자를 부르려고 했는지 모를 일이었다. 두어 시간이 지난 후에 여자가 다시 내게로 왔다.

"저기, 선생님. 실은, 제 남편의 실직수당을 받으려고 왔는데요. 저는 직장이 없거든요. 남편이 한 달 전에 사고로 죽었는데 남들한테 들으니까 실직수당을 받을 수 있다고 해서 왔어요. 제가 대신 받을 수는 없나요?"

나는 그제서야 여자의 머리에 꽂힌 흰 리본을 보았다. 나는 몇 초 동안 그녀의 얼굴을 바라보다 입을 열었다.

"일단 사망 신고서를 가지고 오세요. 아니, 남편의 주민등록증 있나요? 없으면 번호라도……."

괜시리 허둥대고 있었다. 여자의 검은머리 숱 사이에 올려진 하얀 리본이 마음에 걸리기 때문일까! 나는 여자가 불러준 주민등록 번호를 컴퓨터에 입력시켰다. 여자의 남편은 두 번 정도 실직수당을 받은 상태였다.

"남편분께서 실직수당을 받으러 오셨었네요. 두 번이나……. 지금은 안 계시다구요?"

자꾸만 그녀의 머리에 꽂힌 리본 쪽으로 시선이 닿았다. 긍정의 의미인지 그녀가 말없이 고개를 끄덕거렸다.

'한 달 정도 되었다고? 남편이 죽은 지 한 달 밖에 안됐다고…….

사는 게 힘이 들겠구나! 사는 게…….'

"남편 대신 제가 받을 수는 없나요? 남편이 한 회사에 오래도록 다녀서 부어놓은 금액이 많을거예요. 선생님, 제가 받을 수 있는 방법을 좀 알려주세요."

여자는 실직자 교육 때 본인 외에는 실업수당을 받을 수 없다는 내용을 듣고 온 눈치였다.

"죄송합니다만, 아주머님이 받으실 수 있는 방법은 없습니다. 아직까지 고용보험 규정상 본인에게만 실업수당을 지급하게 되어 있습니다. 처음부터 말씀을 하시지 그러셨어요?"

여자는 당황하는 표정을 감추지 못했다. 기대를 많이 하고 온 모양이었다. 여자의 얼굴은 금세 수심이 가득 들어차 버렸다.

"정말로 다른 방법은 없나요?"

나는 간절한 눈빛으로 나에게 대답을 원하는 여자에게 고개를 흔들었다.

"그거라도 받았으면 했는데……. 어차피 남편이 낸 돈인데 왜 안 된다는 건지 모르겠네요."

그녀는 퉁명스럽게 말을 뱉고는 한동안 자리에 앉아 있었다. 나에게 다른 대답을 기대하고 있는 얼굴로.

나는 여자 뒤에 줄지어 서있는 실업자들이 있었음에도 여자를 내치지 못하고 있었다. 여자는 우물쭈물 어쩌지 못하는 표정만을 짓다가 십여 분 뒤에 자리를 떠났다.

여자가 돌아서 나가고 다른 실업자들이 차례로 앉아 같은 질문을 하고 같은 대답을 들으면서도 생각은, 오늘 이후로는 저 여자의 등을 다시는 보고 싶지 않아졌다. 남편을 잃은 저 여인은 한 달 전에 남편이 죽었다는 이야기를 하면서도 울지 않았다. 어떻게 하면 돈을 받을 수 있을까에 대해서만 물었다. 사는 것이 힘들어지면 그럴 수도 있을 만한 일이라 생각이 되지만 남편을 잃은 여자의 얼굴엔 슬픔이 없었다. 그것이 왜 나에게 분노로 남는 것인지 모를 일이다.

남편이 죽은 후 2년 뒤 시어머니에게서 전화가 걸려왔다. 집안에 천도제가 있다면서 나에게 동참해도 된다는 내용이었다. 그때 나는 시어머니에게 어머니라는 말을 하지 못했다. 단 두 마디의 말을 했을뿐.

'수아냐?'

'네.'

'천도제에 참석하거라. 어쩌면 마지막일지도 모르겠구나. 천도제가 끝나면 태수의 유골을 뿌릴거여. 그려도 니가 내 자슥이 사랑한 사람잉께 마지막 가는 길은 보아야제.'

'알겠습니다.'

장례식장에 참석조차 하지 못하게 한 어머니가 남편의 마지막 가는 길을 지켜보라는 것이었다. 그 사람의 유골은 납골당에 2년 동안 안치되어 있었다.

열차사고가 났을 당시 남편의 모습은 형체를 알아보지 못할 정도로 훼손이 되어 있어 시댁 식구들의 의견에 따라 남편의 시신은 화장을 해야 했다. 그러나 아들의 죽음을 인정하지 못하는 어머니가 유골만은 뿌리지 못한다고, 보고 싶으면 어디로 가냐며 반대를 했기 때문이다.

남편의 유해가 완전히 세상을 떠나게 되던 날, 남편이 즐겨 읽던 한용운님의 시집을 태워 함께 날려보냈다. 남편의 유골은 한줌의

재가되어 허공 속으로 자유로이 바람결에 흔적 없이 사라져 갔다. 시집을 촛불에 불사르기 전에 나는 시집 겉표지에 남편에게 마지막 글을 실어 보냈다.

'지켜주지 못해서 미안해요……. 혼자 가게 해서 미안해요…….'

남편이 떠난 후에 유일하게 내게 남겨진 남편의 유품은 그렇게 그 사람과 같이 세상에서 사라졌다. 아니 세상에게 버려졌다.

남편을 그렇게 보내놓고 나는 그 사람의 기억을 잊기 위해서 무던히도 애를 썼다. 애를 쓴다고 해서 될 일은 분명 아닌데도 남편과 관련된 모든 것들로부터 탈출하기 위해서, 나로 하여금 남편에 대한 기억들을 떠올리게 하는 모든 것들로부터 나를 방어하기 위해서 주변의 모든 사람들을 차단하며 살았다. 남편과 관련된 사람들, 남편을 아는 사람들은 나에게 위로라는 말을 늘어놓으며 남편에 대한 기억을 떠오르게 만들었다.

'참 좋은 사람이었는데 안 됐다, 아직 젊으니까 새 출발해라, 아무리 그래도 신혼 때 남편을 잃었으니 잊기가 쉽지 않겠지.'

마치 자신들의 슬픔인 양, 나의 모든 슬픔을 아는 양 떠들어대는 그들의 입 바랜 위로는 나에게 더 이상 위로일 수 없었다. 말하지 않아도, 그렇게 위로하지 않아도 나는 충분한데, 슬픔을 감당할 수 없음이 충분한데, 그냥 이대로 놓아두었으면 좋겠는데, 남편을 고통 속에서 죽도록 내버려 둔 나 자신이 용서가 되지 않는데, 제발 흔들지 않았으면…… 이대로 나를 놓아두었으면…….

"천선생님?"

김민선씨였다.

"비가 오시면 늘 우시네요."

"내가 그랬어요?"

"몇 번 봤어요. 고의로 본 건 아니지만 비가 오면 실업자들이 덜 오잖아요. 말이라도 걸어보고 싶어서 바라보면 조금씩 울고 계셨어요. 비가 오면 다 그렇지요, 뭐."

김민선씨는 말을 꺼낸 것이 미안한지 나의 눈을 바라보지 못하고 말을 뱉다가 자신의 팔목시계를 바로 돌려놓고는 자리에서 일어섰다.

이렇게 가끔씩 옛 생각으로 멍해지는 내가 너무 싫다. 망각 속을 헤매는 나의 모습이 이제는 가까이에 있는 타인에게까지 익숙해져 있다니 놀라운 일이었다.

'또각, 또각,' 여자의 힐 뒷굽 소리이다. 윗층에서 누군가 내려오고 있다. 나는 커피가 들어 있는 종이컵을 다른 손으로 받아 들었다.

노동부 사무실은 8층에 있다. 비상구 계단으로 두 계단만 올라가면 지역 일대를 바라볼 수 있는 전망 좋은 창문이 있다. 유리로 만들어진 창은 2층 높이로 건물 천장 끝까지 닿아 있다. 창문의 위쪽은 둥글게 처리되어 있어서 창문을 열지 않고도 계단에 걸터앉아 하늘을 올려다 볼 수가 있어서 좋다. 창문 밖에는 고층의 아파트 건물이 셀 수 없이 많이 서 있고, 아파트가 세워져 있는 중앙으로는 농협건물이 보인다. 농협건물 앞으로는 지하철 선로가 길게 늘어서 있다. 3분에 한 번 꼴로 지하철이 지나간다. 가끔 경적 소리를 내어가며.

나는 지하철 경적소리를 듣기 싫어하면서도 비가 오는 날이면 이곳으로 올라온다. 처음에는 지하철이 지나가는 모습만 보아도 가슴이 두근거려서 오래 앉아 있질 못했다. 그러면서도 나는 가끔 이렇게 혼자 올라와 있다.

지하철이 지나가는 소리가 들린다. '철커덕, 철커덕,' 가슴이 두근 거린다. 숨을 한번에 몰아 쉬려고 참았더니 가슴이 터지려고 한다. 자리에서 일어서야 하는데 일어서 지지가 않았다. 무릎을 한데 모으고 발을 동동 굴러 보았다. 소리가 지르고 싶어진다.

'저기 저 사람들을 구해 주세요. 열차 안에 내 남편이 있어요. 누군지 알아볼 수가 없어요. 저기 저 사람들을 구해 주세요, 제발!'

올 겨울은 눈보다 비가 많이 내릴 모양이었다. 빨간색 반코트를 입은 젊은 아가씨의 어깨로 흡수되지 못한 물방울이 흘러내린다. 구직 신청을 하러 온 아가씨로 보인다. 사무실에 들어서자마자 구인 게시판 앞에 서서 수첩에 무엇인가를 열심히 적고 있다. 구인란에 붙어 있는 회사들의 명단과 전화번호를 적는 모양이다.

하루에도 백 명 가량의 실업자가 직업을 찾기 위해서 이곳에 온다. 경제불황이 시작되면서 실업자 수는 점점 늘어만 갔다. 선진국의 국민 복지시설을 모방하듯 실업자 교육과 직업알선, 실업수당이라는 제도가 시행되면서 노동부라는 관공서는 활발해지기 시작했다.

몇 해 전만 해도 단 몇몇의 사람만이 지키고 있었을 노동부 사무실은 상담원이 앉을 자리가 없을 정도로 책상과 걸상이 빽빽이 놓여 있고 실업자가 북적거리는 낮 시간에는 실업자 대기석 의자가 보이지 않을 정도로 사람들이 사무실 안에 꽉 들어차 있다. 사람들이 없는 텅 빈 사무실에 앉아 있으면 불쑥, 저들이 직업을 다 찾으면 나는 어디로 가야 할까! 하는 생각이 든다. 실업수당을 줄 사람들이 없어지면 이 많은 직업 상담원들은 각자 어디론가 갈 수밖에 없을 것이다.

IMF 한파가 시작된 지 2년이 지났다. 몇 년만 더 있으면 나는 다른 곳을 찾아가야 할지 모른다.

"천선생님 퇴근 안 하십니까?"

김계장이었다.

"퇴근시간이 30분이나 지났어요. 바깥 날씨가 꽤 추워요. 옷 든든히 입고 나가세요."

마음이 매정하게 말라버렸을지도 모르는데 말 한마디에서 따뜻함이 느껴진다.

"계장님은 퇴근 안 하세요? 피곤해 보이시는데 며칠 더 쉬셔야 하는 거 아닌가요?"

"밀린 일이 많네요. 부정 수급자 색출해야지요, 일별 통계해서 과장님께 올려야지요, 흐흠~ 산 사람은 살아야 하나봐요. 하기사 죽고 싶다고 죽어지는 것도 아니지만."

김계장은 테이블 위에 놓인 수정 테입을 만지작거렸다. 김계장은 마음이 외로운 것이다. 가슴 한쪽이 도려져 나간 아픔을 어떻게 위로할 수 있을까! 아픔이 힘겹게 지나가 버리면 그 다음은 외로움일 텐데 김계장은 그 외로움을 벌써 느끼고 있다.

"올 겨울은 눈이 많이 왔으면 좋겠어요. 그저 먹고만 살겠다고 버둥대는 일조차 힘이 드는 사람이 많은데 농사라도 잘돼야 하잖아요. 눈이 많이 와야지 풍년이니까……. 계장님? 괜찮으시면 저랑 저녁 식사 하시겠어요? 요 앞에 뚝배기 해물탕 집이 생겼는데……."

머뭇거리던 김계장은 나의 웃음 어린 얼굴을 외면할 수 없었는지 그러겠다고 했다.

국물이 걸쭉해지려 하자 미처 입을 벌리지 못한 조개가 '쩍' 하고 입을 벌렸다. 월요일인데도 많은 사람들이 북적거렸다. 찌개국물이 줄어들려고 할 때쯤 김계장은 소주 한 병을 카운터에서 직접 가져왔다.

"식사 안 하시게요?"

"천선생님 먼저 드세요. 국물이 다 쫄았네요. 자, 들어요. 어서."

김계장은 내 앞에 놓인 밥그릇 뚜껑을 손수 열며 나에게 수저를 내밀었다.

"제가 한 잔 따라도 될까요?"

김계장은 소리 없이 웃고는 말없이 소주잔을 들었다. 김계장은 기포가 사라진 술잔을 들어 단숨에 입 안에 털어 넣었다. 김계장의 얼굴에서 쓴 미소가 잠시 스쳐 지나갔다.

"한 잔 하겠소?"

"네."

나에게 권한 잔에 술을 따른 김계장은 무엇인가를 잊고 있었던 사람처럼 포켓을 더듬거리다 담배를 찾아 물었다. 굵고 긴 연기가 연거푸 뿜어져 나왔다. 나는 해물탕이 끓고 있는 테이블에 고정된 가스불의 전원을 잠갔다.

"괜시리 천선생님까지 식사를 못하게 만들었군요, 내가."

"아니에요. 천천히 먹으면 되지요, 뭐."

김계장은 자신의 잔에 여러 번 술을 채워 비웠다. 김계장은 필터까지 타 들어간 담배를 재털이에 비벼 끄고 자신 앞에 놓인 수저를 들려다 힘없이 떨구어 버렸다.

"미안합니다. 미안해…… 요."

김계장의 목소리가 습하게 젖어 있었다. 볼에는 눈물이 지나간 흔적이 남아 있었다. 그는 차마 나에게 눈물을 보이기가 싫었는지 고개를 들지 못했다. 들썩거리는 그의 어깨를 다독거리고 싶었지만 나는 그러질 않았다. 모든 것은 자연스럽게 지나가 줘야 한다. 슬픔도 마찬가지이다. 그 안에서 몸부림을 치다 지쳐 쓰러져도 그 몫은 김계장의 몫이고 그렇게 지나가 줘야만이 조금 덜 힘들어지기 때문이다.

"괜찮아요, 계장님. 괜찮습니다. 힘드시겠지만 영찬이를 생각하셔야죠."

"영찬이도 지 엄마가 죽은걸 아는지 엄마를 찾지 않아요. 잠깐이라도 엄마가 없으면 울고불고 난리를 치던 놈인데……. 아이가 그러니까 더 마음이 아프네요."

"영찬이가 계장님을 많이 닮았더군요."

"그 놈 태어났을 때 아내가 자신을 닮지 않았다고 나에게 툴툴거렸었어요. 늦게 본 아들이라서 그 사람이 애정을 많이 쏟았었는데 내가 아내 대신 그 사랑을 다 채워줄 수 있을지 모르겠어요."

나에게도 태수씨를 닮은 아이가 있었다면 어땠을까 생각했었다. 시부모님은 당신의 아들을 닮은 자식이 하나 있었으면 아들이 보고 싶을 때 덜 허전할텐데 하면서 한탄을 했었다. 그러나 친정부모님은 그나마 다행이라고 말했다. 무엇이 다행인지 모르겠으나 사내아이를 보고 있으면 씨라도 낳아놓고 죽지, 하며 한탄하시던 시어머니의 말이 떠오른다. 그 사람을 닮은 아이가 있었다면 외로움이나 허전함이 덜했을지도 모르는 일이다.

"천선생님, 사랑하는 사람 있습니까?"

돌연한 질문에 나는 그저 웃었다.

"없다는 대답인가요? 집사람이 가고 나니까 사랑이 뭐였나 하는 생각이 들어요. 늦게 만난 나이에 어린 신부가 너무나 예뻐서 해주고 싶은 것이 그렇게도 많았었는데 집사람 가고 나니까 해 준 게 아무 것도 없는 거 있지요. 밥이나 시키고, 빨래나 시키고, 애 낳느라고 고생시키고, 제대로 호강 한번 못 시켜 줬어요. 아이 가졌을 때 제육볶음을 한번 사 줬는데 그게 집사람에게 해준 것의 전부인가 봐요. 그렇게 바쁘게 살 일도 아니었는데 살다 보니까 사랑이라는 감정은 조금씩 무뎌져 버리더군요. 그런데 아내가 가고 없으니까 왜 이렇게 정을 떼기가 힘이 드는지, 자꾸만 아내의 얼굴이 떠올라서 사는 게 사는 것 같지 않아요. 지금도 집에 들어가면 아내가 꼭 있을 것만 같은데…… 살아 있을 것만 같은데……. 집에 들어가는 게 겁이 나요. 아내가 없다는 것을 알게 될까봐서."

그랬다. 나도 집에 들어가는 것이 겁이 났다. 남편이 누워서 책을 보던 쇼파를 바라보는 일도, 침대 위에 나란히 누워 있는 베개를 바라보는 일도 힘이 들었다.

집 앞 식품 마트에서 식료품을 구입하던 어느 날이었다. 내가 즐겨 듣던 전람회의 음악이 흐르고 있었다. 속으로 노랫말을 흥얼거리면서 나는 하나둘씩 물건을 쇼핑바구니에 담았다. 물미역, 멸치, 무말랭이, 홍시 등등 나의 손은 남편이 즐겨 먹던 것들만을 골라 바구니에 담고 있었다. 계산을 하면서도 많이 구입한 것 같다는 생각을 했다.

양손에 식료품이 가득 담긴 쇼핑 비닐을 들고 아파트 현관까지 왔을 때 나는 무엇이 잘못되고 있구나, 하는 생각을 했다. 그냥 내 팽

개쳐 버릴까, 아니면 반품을 할까, 아니면 쓰레기통에 콱 처박아 버릴까 하는 마음이 여러 차례 엇갈리면서 나는 현관 앞에서 한 시간 동안을 서 있었다. 전람회의 음악이 죽은 남편을 잠깐동안 살아있게 만들었다. 노랫말을 따라 부르면서 나는 남편이 죽기 전으로, 행복했었다고 느끼지 못했던 그 순간으로 돌아갔었다.

"아내가 바닷가 사람이라서 해물 종류를 좋아했어요. 그래서인지 차마 먹을 수가 없네요. 그 사람은 차가운 바닥에 누워 있는데 무섭지는 않은지. 그래도 고통이 없어졌으니까 지금이 더 나을지도 모르겠네요. 아내가 너무 괴로워하며 고통스러워할 때는 이 사람 더 이상 힘들지 않게 그만 데려가 주셨으면 하고 기도도 했었으니까요. 그 고통을 감내하느니 차라리 죽은 지금이 나을지도 몰라요. 그럴지도 몰라요."

"사모님 병명이 암이셨나요?"

"자궁 경부암 말기였어요. 진단 받기 한 달 전인가 허리가 아프다고 하더군요. 일을 많이 해서 그런가 보다 했지요. 침을 맞고 괜찮다고 했어요. 그래서 괜찮은가 보다 했는데 어느 날 밤에 아랫배가 아프다고 잠을 못 자더군요. 소변을 보고 오겠다고 했는데 갑자기 아내의 비명 소리가 들렸어요. 깜짝 놀라 뛰쳐 나가보니 변기 안에 피가 흥건하더군요.

병원에 가서 진찰을 해보니 자궁암이래요. 어떻게 손 볼 수가 없다고 하더군요. 암이 뇌에까지 전이가 된 상태라고 하면서. 아내는 감기에 잘 걸렸었어요. 기관지가 약했거든요. 감기에 걸리면 머리가 아프다고 했어요. 감기약 외에도 두통약을 복용하곤 했지요. 그런데 그게 단순한 두통이 아니였었나봐요. 그때 벌써 암이 온몸에 퍼져 있었던 것이었는데……. 아내는 뭐든지 잘 참아냈죠. 여태까지 살면서 한번도 언성을 높인 적이 없었어요. 그렇게 무던하니까 아픈 것도 그냥 참아냈죠. 다 내 탓이에요. 내가 무지해서 아내를 그 지경으로 만든 거예요. 아프면 약 먹으라는 소리만 했지 도통 신경을 쓰지 않았거든요."

김계장은 빈 소주잔에 술을 채웠다.

"많이 힘들어 하셨겠네요."

"몸이 정상인 사람은 상상도 하지 못할 거예요. 자원봉사자 아주머니가 이런 말을 하더군요. 말기 암 환자의 고통은 말로는 설명되지 않는 무한정의 고통이라구요. 아기를 낳는 고통에 고춧가루를 끼얹는 고통과 같다면 조금은 이해할 수 있을지 모른다고. 자원봉사자 아주머니가 안 계셨다면 아내의 고통은 더 했을거예요. 투병은 말 그대로 병과의 싸움이지요. 하지만 환자 옆에서 환자가 고통스러워하는 모습을 보면 그것은 병과의 싸움이 아닌 자신과의 싸움이라는 것을 알게 되요. 정신적으로 버티지 못하면 그 아픔을 어떻게 이겨나갈 수 있겠어요.

아내 옆에서 아내가 지치지 않도록 인도해준 사람은 신이 아닌 그 아주머니였어요. 아주머니는 아내에게 많은 위로가 되어 주었어요. 가족도 그렇게는 못할거예요. 고마운 일이에요. 이번 주 수요일에 미사가 있다고 했는데 병원에 가봐야겠어요."

"미사요?"

"아내가 입원한 병동에서 암으로 죽은 사람들의 가족이 모여서 조촐하게 미사를 갖는 거예요. 아내가 죽기 전에 수녀님의 권유로 몇 번 미사에 참석한 적이 있었어요. 짧은 시간이었지만 아내의 죽음을 이해하고 받아들이는데 큰 도움이 되었지요. 수녀님이 그러시더군요. 아내는 고통을 벗고 하느님의 나라로 편하게 간 거라구요. 아내 없는 집에 가면 두렵고 아내가 그립지만 그곳에 가면 무거웠던 마음이 조금은 편안해져요. 이상해요. 아내가 죽은 곳인데 왜 그곳에 가면 마음이 편안해지는지. 그리고 그곳에 가면 아내를 편안하게 기억할 수 있게 되요.

아내가 그 병동으로 옮긴 뒤에는 고통을 많이 호소하지 않았어요. 아내가 계속 아파했다면 아내와 그렇게 많은 이야기를 하지 못했을 겁니다. 아내와 편안하게 살았던 기억보다 병동에서 아내와 보낸 시간들이 더 기억에 남아요. 그리고 아내를 많이 사랑해줄 수 있어서 다행이었어요. 그 병동으로 옮기길 정말 잘했다는 생각이 듭니다. 시간이 지나면 그곳에 가는 발길도 점점 끊어지겠지요. 그러면 정말 아내를 편안하게 잊을 수 있을지도 몰라요. 기억 저 멀리로 보내버릴지도 모르지요."

김계장은 아내를 그리워하면서도 아내를 잊을 방법을 찾고 있었다. 그리움이, 외로움이 어떤 것인지 그는 벌써 알고 있었다. 단순히 아내를 잃은 설움에서 벗어나고 싶은 마음이 아니라 아내를 기억하면서 괴로워하고 싶지 않은 마음이 더 크리라. 김계장은 자신의 마음속에 아내를 편안하게 두고 싶은 것이었다.

"아주머니라면 장례식장에서 계장님 옆에 앉아 계셨던 분 말씀하시는 건가요?"

"네. 내가 없는 시간에 아내의 옆에 늘 있어 주었어요. 아내는 나와 있는 시간보다 아주머니와 있는 시간을 더 좋아했어요. 내가 간호하는 것보다 더 알아서 잘 해주니까 그랬나봐요. 나는 아무래도 남자니까 좀 서툴렀겠지요. 그리고 퇴근한 후에 가면 피곤하기도 했구요. 아내는 호흡이 제대로 되지 않아 콧줄을 끼고 음식물도 제대로 넘기지 못하고 말도 제대로 되지 않는데도 아주머니와 있으면 편안해 했어요. 아주머니는 아내가 지루하지 않도록 많은 이야기를 해주었어요. 무엇보다 아내가 원하는 것이 무엇인지 잘 알고 아내가 원하는 대로 해주었어요. 아내가 가는 마지막 길을 끝까지 지켜봐 준 사람도 그 분이었어요. 잊지 못할 거예요."

"가족도 아닌 남이 그러기가 쉽지 않을텐데, 아직도 세상에는 좋은 사람이 많네요. 다른 사람을 위해서 그 어려운 봉사를 한다니 말이에요. 저도 한번 뵙고 싶네요."

소주를 한 병 반이나 비운 김계장은 미뤄둔 일을 해야 한다며 사무실로 발걸음을 돌렸다. 김계장의 말처럼 산 사람은 살아야 하기 때문일 것이다. 무심한 일이다. 사랑하는 사람을 차가운 땅속에 묻고 돌아서서는 산 사람은 평상으로 돌아가 아무 일 없었다는 듯이 이전이나 지금이나 그대로 살 수 밖에 없다는 현실이.

도로 옆 가로등 불빛이 일렬로 길게 늘어서 있다. 파란 보도블럭이 깔린 길을 따라 멀리 내다볼수록 불빛의 형체는 작아졌다. 그 길을 따라 걷고 싶어졌다. 비가 내린 끝이라 그런지 차들이 달리는 바람에 습한 냄새가 코끝으로 번져왔다.

나는 땅을 보며 걸었다. 같은 모양의 파란 벽돌이 잘 맞물려져 있었다. 하나는 작게, 하나는 그보다 좀 크게 엇갈려 맞물려져 있는 모양이 조화롭다. 하물며 생명이 없는 미물조차도 서로에게 기대어 하나가 되어 사는데 나는 혼자서 어디로 가고 있는 것인지. 이 길을 따라 계속 걸어만 가면 남편을 만날 수 있는지.

'태수씨, 왜 날 두고 혼자 갔어요. 이 세상 어디에도 당신은 없을 텐데 나는 당신이 너무 보고 싶어요. 태수씨, 다시 내게로 올 수는 없나요. 다시……'

얼굴을 들 수가 없었다. 남편이 고통 속에서 죽음을 기다리고 있을 때 나는 여유롭게 식사를 하고 차를 마시고 과일을 먹었었다. 모르고 있었다는 핑계를 대기에 남편의 육체는 눈으로 볼 수 없을 정도로 훼손이 되어 있었다.

깊은 상처를 입고 아비규환 속에서 제대로 된 구급조치조차 받지 못하고, 고통스럽다는 신음조차 못해보고 죽음을 맞이했을 남편을 생각하면 나는 죄인이었다. 가해자가 누구였든지 간에 그들은 남편보다 더한 죽음을 맞이하지 않을 것이다. 형식적인 처벌로만 끝날 뿐 어느 누구 하나 남편처럼 고통을 당하라고 말하는 사람은 없을 테니까.

나는 처벌도 받지 못하는 죄인이다. 사랑하는 사람을 지켜주지 못한 무지함 투성이의 죄인.

올해는 폭설이 자주 내렸다. 일기예보에서는 화이트 크리스마스를 기대할 수 있을 것이라고 했다. 크리스마스에 눈이 내리면 사은품을 준다는 행사광고들이 라디오를 통해 흘러나오고 길가 아트점에서는 연하장과 카드를 구입하려는 학생들과 사람들로 붐볐다.

나는 캐롤송이 흘러나오는 한 옷가게 앞에 서있다. 검정 코트에 회색 머플러가 둘러져 있는 얼굴 없는 마네킹을 조금 전부터 바라보고 있었다. 양복바지나 캐쥬얼 바지 어디에 걸쳐도 잘 어울릴 것 같은 차이나 풍의 모직 코트의 주인은 누구일까? 망설임 없이 가게 안으로 들어가 가격을 물어보고 싸이즈를 물어본 후에 남편에게 전화를 걸어야 할텐데.

'태수씨, 검정색 코트 괜찮지? 자기는 어깨가 넓으니까 100 싸이즈 정도는 사야겠지?' 그렇게 말을 하면 남편은 '당신 마음에 들면 아무거나 괜찮아. 파란색이면 좋을 텐데.' 하면서 넉살좋게 웃을텐데 그럴 수 없음이 오래도록 나를 쇼윈도우 앞에 세워두게 한다.

볼살이 팽팽하게 당겼다. 장갑을 벗고 한쪽 볼을 비볐다. 눈물이 흘러내린 자국을 찬바람이 말려버려서 볼살이 얼얼해져 있었다. 나는 쇼윈도우를 다시 바라보았다. 유리에 비친 내 모습이 보인다. 내 모습이 희미해지면서 좀 전부터 바라보던 코트가 다시 선명하게 보였다. 유리창에 지나가는 행인의 모습이 보였다. 곤색 교복을 입은 학생들, 초등학생 쯤으로 보이는 어린아이, 쇼핑비닐을 들고 버스를 기다리는 아주머니 등등. 사람들은 움직이고 있는데 저 코트와 나만이 정지되어 있었다. 나는 가끔씩 어느 시점에서 멈춰 버린다. 그리고 지금의 나를 잊어버린다.

내일이면 크리스마스, 오늘은 크리스마스 이브. 퇴근하기 한 시간 전인데 하늘은 어둡게 내려앉아 있을뿐 눈은 내리고 있질 않았다. 폭설을 기대하고 있는 사람들은 괜시리 창 밖 하늘을 올려다본다. 실직자들도 크리스마스 이브를 즐기고 있는지 오늘은 아침나절 서너 명이 왔다 가고는 더 이상 발길이 없었다.

"어머! 눈이 와요. 정말 눈이 와요."

기적을 본 것처럼 창가쪽 여상담원이 내가 앉은 쪽을 향해 비명 섞인 소리를 질렀다. 너도나도 할 것 없이 젊은 사람들은 모두 창가쪽으로 달려갔다. 거짓말같이 눈이 내리고 있었다. 그것도 하얀 솜

사탕 눈이.

"주말에 눈이 오면 차만 막히지 뭐."

"민형기씨는 젊은 사람이 왜 그래요? 이브날 눈이 온 적이 없었잖아요. 좋아하는 게 당연하지."

톡 쏘는 듯한 김민선씨의 한마디에 민형기씨는 입을 실룩거렸다.

"전화 오는 것 봐라. 핸드폰 소리가 요란하네. 김민선씨는 애인한테 전화 안 해요? 오늘 같은 날은 핸드폰 벨 소리를 키워 놓아야지요. 애인 있는 티는 이럴 때 내는 거예요. 나도 마누라한테 전화 한 통 때려야겠다."

여기저기서 각기 다른 핸드폰 멜로디 소리가 한데 섞이어 요란하게 들려왔다.

"촌스럽게 전화는 왜 해요? 문자 메시지 두 줄이면 끝날 일을. 결혼하면 무드가 없어진다니까. 그치요, 천선생님?"

김민선은 서랍 안에 넣어 두었던 핸드폰을 꺼내들고 한 자씩 편지를 쓰기 시작했다. 동요 없이 제자리를 지키고 있는 사람들은 어느 정도 나이가 든 관리자들뿐이었다. 실직자가 더 이상은 올 것 같지 않았다. 어지러진 책상을 정리하고 서랍을 열려고 하는데 김계장의 부름이 있었다.

"눈이 오네요, 천선생님."

첫 마디로 보아서는 업무 내용은 아닌 듯 싶은데 계장님은 다음 말을 하기가 어려운 눈치였다.

"저어…… 천선생님, 오늘 시간 어떠세요?"

"왜 그러시는데요?"

김계장은 직원들을 의식했는지 휴게실로 가기를 원했다.

"오늘 시간 괜찮으면 저랑 병원에 가지 않으실래요?"

"병원이요?"

"저번에 얘기한 적이 있었지요. 사별가족 미사에 대해서."

"아, 호스피스 병동 말씀하시는 건가요?"

"그래요. 오늘 미사가 있거든요. 지난 번에 천선생님이 한 번 보고 싶다고 해서, 그래서 그냥 생각이 나서요."

"오늘 시간 괜찮아요."

나는 선뜻 대답을 했다. 망설이지도 않았다. 오늘 같은 날 갈 곳이 없어서 장소를 찾고 있었던 것도 아니었다. 병원이라면 남편이 죽은 이후로는 근처도 가기 싫었었는데 나는 김계장의 권유를 거절하지 않았다.

어느새 눈이 소복이 내렸다. 나무 가지마다 눈송이가 방울방울 맺혀 있고 온 세상이 하얗게 변해 버렸다. 눈 밟히는 소리가 소복소복, 사람들의 얼굴에 동심에 어린 빛이 어른거린다. 뒤뚱거리는 것은 도로를 메우고 있는 차들뿐이다.

버스정류장에서부터 한참을 걸어왔다. 김계장은 병원으로 들어서자 바쁘게 어디론가 돌아서 복도 끝에 있는 엘리베이터를 타고 5층에 내렸다. 김계장의 안내에 따라 들어선 곳은 작은 휴게실이었다. 출입문을 열고 들어서니 정면에 기도하는 마리아 상이 보였다. 한쪽 벽으로는 철제 책꽂이에 여러 권의 책이 꽂혀 있었고 방 한 가운데에는 회의용으로 보이는 긴 탁자와 의자가 길게 놓여져 있었다. 한 중년의 여인이 김계장이 휴게실 안으로 들어서자 하던 일을 멈추고 그를 반겼다. 여인의 손에는 거즈가 들려 있었다.

"안녕하세요, 형제님? 일찍 오셨네요?"

"미사가 있는 날은 괜히 마음이 바빠서……. 잘 지내셨어요?"

"그럼요. 영찬이는 같이 안 왔나요?"

"이모네 집에 갔어요. 방학이고 해서 보냈지요."

"영결식 때 뵈니까 이모가 이숙자씨를 많이 닮았던데요?"

"그래서 그런지 영찬이가 이모를 잘 따라요. 잘 된 일인지 어쩐 일인지 모르지만요."

"정신적으로 의지할 수 있는 상대가 있다는 건 좋은 일이에요. 좋게 생각하세요."

"혹여 엄마를 잊어버리는 것이 더뎌질까봐 걱정이 돼서요."

"하느님이 다 아시고 하시는 일인걸요. 다 뜻이 있어서 그러시는 걸 겁니다."

김계장이 눈물을 보이려 하자 여인이 김계장의 손을 맞잡았다. 나는 그녀의 검지손가락에 걸린 묵주반지를 보았다.

"참! 같이 온 사람이 있어요. 먼저 소개시켜드려야 하는데, 이쪽은 천수아씨에요. 직업상담원 일을 하고 계세요."

"예~ 에, 안녕하세요. 이영숙입니다."

그녀가 나를 보고 웃었다. 중년의 미소라고는 하지만 그녀의 미소는 아늑하고 따스했다.

"안녕하세요. 천수아예요. 김계장님께 말씀 많이 들었습니다. 한번 꼭 뵙고 싶었습니다. 그래서 실례가 되는 일인줄 알면서 계장님을 따라왔습니다."

"잘 오셨어요."

그녀는 또다시 웃음을 보이며 미사가 진행되는 장소로 나와 김계장을 안내했다. 그녀는 오늘 미사에 세례를 받는 환자가 두 명 있다고 말했다.

시간이 점점 지나면서 사람들이 모여들기 시작했다. 다양한 연령의 남녀노소가 한자리에 모여 앉았다. 신부님이 도착하자 미사는 곧 진행되었다. 강론과 성가가 미사절차에 따라 진행이 되고 세례를 받는 순서가 되었다.

한 환자가 휠체어를 타고 신부님 앞으로 다가왔다. 남자였는데 환자의 코에는 가는 호수가 꽂혀져 있었다. 휠체어 아래에는 노란색의 물이 들어있는 비닐 주머니가 달려 있고 손에는 링거 주사가 꽂혀 있었다. 환자의 양볼은 움푹 패여 있었으며 소매를 걷어붙인 팔에는 파란 핏줄이 선명하게 튀어 올라와 있었다. 환자는 얼굴뿐 아니라 팔과 다리도 앙상하게 말라 있었다. 나무 장작에 옷을 입혀 놓은 형상이었다. 누가 보아도 중증의 환자라는 것을 확연히 알 수 있을 정도로 온몸에 기력이 모두 쇠진되어진 모습이었다.

그는 신부님의 지시에 따라 입을 벌리고 무엇인가를 입에 간신히 물었다. 그의 머리 위로 종소리가 들리고, 그의 머리 위로 몇 방울의 물이 뿌려졌다. 세례는 끝났다. 그의 세례명은 안드레아였다.

미사가 끝나고 미사에 참석했던 사람들이 휴게실로 다시 모였다. 사람들은 가슴에 명찰을 달고 있었다. 김계장도 가슴에 아내의 이름이 적힌 명찰을 달고 있었다. 테이블 위에는 간단한 다과가 준비되어 있었고 몇몇 사람들과 호스피스 복장을 한 봉사자들이 반갑게 인사하는 소리가 간간이 들려왔다. 문이 열리면서 미사 때 보았던 수녀님이 들어와 테이블 한 가운데에 앉았다. 그녀는 앉으면서 사람들을 향해 밝게 웃었다.

"안녕하십니까?"

"안녕하세요."

사람들이 그녀의 물음에 크게 답변했다.

"눈이 오지요? 날이 궂어서 오시는데 불편하지는 않으셨어요? 저도 나이가 들대로 들었는데 아직도 눈이 오면 설레이는 이유는 뭘까요? 불러낼 애인도 없는데 말이지요."

그녀의 농담에 사람들이 웃었다. 그녀는 작은 체구에 작은 키, 작은 얼굴의 소유자였다. 어림짐작으로도 마흔은 훨씬 넘겨 보였다. 화장을 하지 않은 피부였는데도 그녀의 얼굴빛은 그녀가 입은 수녀복 보다도 희었다.

그녀의 소담한 이야기는 계속 되었고 그녀의 이야기를 듣는 사람들의 얼굴은 마치 동화를 듣는 아이들의 얼굴과 같았다. 정면으로 처음 대면한 나이든 수녀님의 얼굴, 친숙하면서도 어렵고 어려우면서도 기대고 싶은 어머님의 얼굴과 같았다.

수녀님의 시선이 이리저리 옮겨지다 나에게서 멈췄다. 수녀님의 눈빛에서 누굴까? 하는 의문이 읽혀졌다. 낯선 이의 얼굴을 잠깐동안 바라보던 수녀님은 다시 이야기를 시작했다. 그녀의 시선이 내게서 거두어지자 나는 그녀의 가슴에 가지런히 놓여진 은색줄에 걸린 십자가 펜던트를 바라보았다. 수녀님이 자리를 고쳐 앉으며 조금씩 몸을 흔들자 은색줄에 걸린 십자가가 그녀의 가슴에서 좌우로 미끄러 내려진다.

"사별 가족 수가 많이 늘어났습니다. 자리가 협소해서 불편하시지요? 날씨가 추우니 좀 붙어서 앉을까요? 서로의 체온을 따뜻하게 느낄 수 있도록요. 자, 그럼 돌아가면서 그간 어떻게 지내셨는지 이야기를 좀 들어보겠습니다. 왼쪽에 앉으신 분부터 시작하실까요?"

수녀님의 손짓에 따라 맨 왼쪽에 앉은 젊은 남자부터 인사가 시작되었다. 그 남자는 보름 전에 아내를 잃은 사람이었다.

"제 아내는 이 병동 117호실에 있었습니다. 아까 병실을 지나쳐 오다 들어가 보고 싶은 마음에 들어갔었지요. 아내가 누워 있던 침대에 다른 환자 분이 누워 계시더군요. 미사에 참석하지 않으려고 했습니다. 아내가 생각날까봐 겁이 나서요. 집도 이사를 했어요. 사실 아내가 죽기 전에 이미 이사를 했습니다. 아내의 죽음을 아내보다 제가 더 두려워했던 것 같습니다. 아내에게 미안한 일이에요. 아내의 침상은 창가 쪽에 있었어요. 아까 보니까 창문 밖 나무 가지에 눈이 소복이 내려 있더군요. 아내가 저 눈을 보고 갔으면 좋았을걸 그랬어요. 언젠가 아내가 창가를 바라보면서 불쑥 나뭇잎이 너무 빠르게 떨어진다고 했었거든요. 조금만 기다렸으면 가지에 핀 눈송이를 볼 수 있었을텐데……."

목소리가 조금씩 안으로 말려들더니 사내는 기어이 눈물을 터뜨렸다. 여기저기서 울먹거리는 사람들의 신음이 들려왔다. 사내를 바라보는 김계장의 얼굴에 지난 날의 아픔이 다시 떠오르고 있는 듯했다.

"죄송합니다. 다들 힘드실 텐데 제가 괜한 말을 했나 봅니다. 아내는 이 병동으로 내려오기 전에 암 병동에 있었습니다. 암 병동에 있다 이곳으로 내려왔을 때 아내는 곧 죽을 거라고 했습니다. 이곳은 죽는 사람만이 간다고, 더 이상 치료를 기대할 수 없는 환자만이 가는 거라고 가기를 싫어했어요. 그냥 집에만 가고 싶다고 그러더군요. 아내의 말을 듣기로 했습니다. 아내에게 심적 부담감까지 주고 싶지 않아서였습니다. 집으로 돌아온 뒤 아내의 통증은 더해만 갔고 아내를 지켜보는 저는 무기력함에서 헤어나지 못했습니다. 저는 그때까지 아내의 말처럼 이 병동으로 가게 되면 아내가 곧 죽을지도 모른다고 생각했습니다. 하지만 아내의 고통을 그렇게 지켜보고만 있을 수가 없었어요. 호스피스 병동으로 찾아와 수녀님을 뵙고 여러 말씀을 들었습니다. 그리고 이 병동 환자 보호자 분들의 말씀을 듣고 여러 봉사자 분들이 환자에게 대하는 모습을 보고는 마음을 바꾸었습니다. 아내에게 지금 필요한 것은 육체는 고통스러워도 마음은 고통스럽지 않게 해주는 일이라는 것을 뒤늦게 깨달은 것입니다.

아내를 설득해서 이 병동에 입원을 시켰습니다. 처음에 아내는 불안한 기색을 감추지 못하고 전전긍긍하며 직장에 있는 저에게 수도 없이 전화를 하고 빨리 자기를 데려가 달라고 말했지요. 하지만 시간이 흐르면서 아내는 심적으로 안정을 찾는 듯 했습니다.

봉사자님들이 처음 목욕을 시켜주던 날 아내의 얼굴이 얼마나 환했는지 모릅니다. 근 3개월이 넘도록 몸을 씻지 못했거든요. 방사선 치료로 머리털이 빠지고 추한 모습이 되었을 때 아내는 그때부터 거울을 보지 않았습니다. 그런데 목욕을 하던 날 아내는 그날 이후 처음으로 거울을 보았어요. 아내와 저는 선택받은 사람입니다. 아내를 여러 사람의 따뜻한 손길 속에서 보내게 되어서 정말 다행이에요. 여러모로 수녀님과 봉사자님들께 감사드립니다. 아내는 분명 좋은 곳에 갔을 겁니다. 선택받은 사람이니까요."

불치병으로 세상을 등진 사람을 가리켜 선택받은 사람이라 말하다니 이해할 수 없는 일이었다. 사내의 말이 이어지는가 싶더니 사내의 맞은편에 앉은 한 노인이 먼저 말문을 열었다.

"그렇습니다. 우리는 선택받은 사람이 맞습니다. 아니, 우리의 환자는 선택받은 사람이 맞을 겁니다. 우리가 환자 옆에서 환자의 고통을 보았지만 그 고통이 어떠한 것인지 환자만큼 안다고 할 수는 없겠지요. 의사들은 고통이 클 것이라고 말합니다. 암이 말기로 갈수록 고통은 더하다고 말하지요. 여러분도 아시다시피 그 고통을 객관적으로 얼마만큼 아프다, 안 아프다 말할 수는 없습니다. 무조건 아픈 겁니다. 마음이든 육체든 어디든지 말입니다.

제 아내도 이 병동에서 생을 마감했습니다. 대장암으로 사망을 했지요. 암이 전신으로 전이가 되어서 6개월 전에 하느님의 나라도 갔습니다. 암이라 판정을 받고 고통이 심해지면서 아내를 달랠 방법이 없었어요. 육체는 고사하고 정신적으로 황폐해지는 모습은 더더욱 지켜볼 수가 없었습니다. 어떤 위안의 말도 아내에게 적대감만을 일으켰으니까요. 복수가 차 오르고 항생제를 맞고 방사선 치료가 시작되면서 구토가 시작되더니 음식물을 일체 거절했습니다. 아플까봐 밤엔 잠도 자지 않더군요. 참 많이도 괴로워했습니다.

그러던 어느 날 이 병동으로 오게 되었습니다. 치료든 음식이든 거부하던 아내의 행동이 이곳으로 온 지 2주가 지날 무렵부터 조금씩 달라지기 시작했습니다. 남아 있는 인생이 얼마인지는 모르지만 이렇게 고통스럽게 보낼 수는 없다면서 남아 있는 삶에 대해서 긍정적으로 집착하기 시작하더군요. 아내는 그때 죽음을 받아들이기 시작했던 것 같습니다. 얼마 남지 않은 마지막 삶에 집착하는 아내의 모습을 보면서 저는 아내를 끝까지 사랑하겠노라고 결심했습니다. 아내가 이 세상에 남아 있는 그 순간까지 아내를 사랑하겠노라고요. 그래서 저는 한시도 아내 곁을 떠나지 않았습니다."

칠십을 바라보는 노인의 이야기를 듣던 수녀님은 고개를 여러 번 끄덕였다.

"아내가 죽음이라는 것을 받아들일 때 저는 아내가 죽는 그 순간까지 자신이 사랑을 받고 있다는 것을 알게 해 주기 위해서 애썼습니다. 암 선고, 곧 죽음의 선고나 다름없지요. 아내는 세상이 무심하고 원망스러웠을 겁니다. 그런 아내에게 마지막으로 내가 해줄 수 있는 일은 사랑이었습니다.

아내는 이 병동으로 내려온 뒤 복수가 제거되고 변비가 원활하게 풀리고 통증조절로 육체적 고통이 감소해지자 조금씩 고통에서 벗어나 편안해 보였습니다. 비록 죽을 수밖에 없었지만 아내의 마지막 얼굴에서 저는 원망 없는 평화의 미소를 보았습니다.

얼마나 아프면 죽겠습니까? 말기 암 환자들은 죽음 직전에 참기 어려운 고통을 느낀다고 합니다. 저는 감사하고 있습니다. 비록 못난 사람 만나 아픈 몸으로 세상을 등졌지만 아내를 끝까지 사랑하게 해준 이 병동이 아니었다면 아내는 너무나도 고통스럽게 생을 마감했을 겁니다. 말기 암 환자의 통증완화치료는 활성화되어야 합니다. 암 환자들은 죽을 수밖에 없기 때문에 버림받았다고 생각합니다. 그 사실이 죽을 수도 있다는 것보다 더 가슴 아팠을지도 모릅니다. 살아 남아 있는 자들이 먼저 가는 이의 고통을 덜어주는 것은 당연하지 않습니까?"

이곳에 모인 사별환자들은 노인의 말에 전적으로 수긍하고 있었다. 몇몇 다른 사별가족의 이야기를 끝으로 모임은 끝이 났다. 미처 인사를 나누지 못한 사람들이 서로 인사를 나누는 사이 하나둘씩 사람들이 휴게실을 빠져나갔다.

이영숙씨는 먹고 남은 다과를 정리하고 있었다. 그녀는 머뭇거리는 나를 보고는 내게로 다가왔다.

"김계장님이 수녀님과 말씀중이신가봐요? 돌아가신 지가 얼마 되지 않아서 아직은 힘드실 겁니다."

"네. 그러시겠지요."

"다시 한번 수아씨를 뵐 수 있을지 모르겠네요. 이 병동에서 일을 하지만 이곳에서 다시 만나게 되는 일은 좋은 일은 아닐거예요. 그런데도 수아씨를 다시 한번 보고 싶은 마음은 뭔지 모르겠네요."

그녀가 웃었다. 나도 그녀를 따라 웃었다.

병원을 나온 김계장은 걷기를 원했다. 버스정류장을 지나 눈 속에 파묻힌 행인의 발 도장을 따라서.

"어땠어요?"

"……?"

"오늘 미사 어땠냐구요. 생소하고 이상하지 않았어요? 수아씨 종교가 가톨릭이 아닌 걸로 아는데."

"글쎄요, 세상에 이런 곳도 있구나! 뭐 그런 생각을 했을까요?"

"천선생님은 자신이 느낀 것이 무엇인지 정확히 알지 못하는군요. 자신이 느낀 점을 자신에게 묻고 있으니 말이에요. 천선생님? 내가 이런 얘기하면 오해할지 모르겠지만 털어 놓는게 좋을 것 같네요. 실은 인사기록 카드를 정리할 때 천선생님 카드를 보았어요. 유심히 볼 생각은 없었는데 우연히 자세히 보게 되었어요. 가족사항에 아무도 기입되어 있지 않더군요. 기혼이라고 들었는데 남편 이름도 없고……. 앞선 생각인지 모르지만 무엇인가 있겠구나 싶었어요.

아내가 암 판정을 받고 치료를 시작할 무렵이었을 거예요. 사무실에 앉아 있어도 일이 손에 잡히지가 않더군요. 비가 오는 날이었던가, 우연히 비상구 계단에 앉아 있는 천선생님을 보았어요. 울고 있더군요. 그 후로도 비가 오는 날 창 밖을 바라보며 우는 천선생님을 몇 번 보았어요. 아픔이 있구나 짐작이 되었지요. 남편과 관련된 일이지 않을까 하구요. 만일 이혼을 했다면 습관적으로 울지는 않을 테니까요. 이 병동에서 느낀 것이긴 하지만 아픔이 있는 사람은 서로가 서로에게서 이상한 기류를 느끼는 것 같더군요. 슬픔이 슬픔을 서로 알아 보나봐요."

이게 무슨 말이란 말인가! 김민선이 알고 있는 나의 모습을 김계장도 알고 있었던 것이었다. 슬픔을 담아두지 못하고 흘려 버리는 습관이 나의 상처를 타인에게 들켜버리도록 만들었다. 그런데 김계장은 나에게 무엇을 말하라고 하는 것일까!

"말하지 않아도 좋아요. 그런데 천선생님, 그렇게 삭이지만 말고 아픔에서 탈출을 해봐요. 뭔가 방법이 있을거예요. 그걸 빨리 찾았으면 좋겠어요. 실은 천선생님이 미사에 참석하면 도움이 될지도 모르겠다는 생각에 같이 가자고 했는데 내 판단이 틀렸는지 어쩐지 잘 모르겠네요."

김계장은 영찬이에게 크리스마스 선물을 줘야 한다며 영찬이 이모 집으로 가야 한다고 했다. 김계장은 전철역 안으로 들어섰다. 나는 자신과 반대방향이라며 김계장은 표 두 장을 끊어 한 장을 나에게 건넸다.

그는 승강장 계단으로 내려가면서 손을 흔들었다. 김계장과 방향이 반대인 나는 무심결에 표를 받아 들고 플랫홈 입구 계단을 내려왔다. 맞은편 플랫홈에 김계장이 서 있었다. 지하철 선로를 두 개나 사이에 두고 멀찌감치 그와 떨어져 있는데도 그의 시선이 따갑고 무안스러웠다. 나를 바라보는 김계장의 눈빛이 제대로 보이지도 않는데.

"따르르르릉~, 열차가 도착하오니 승객 여러분께서는……."

굴속을 급히 탈출해온 열차가 헤드라이트 불빛을 여러 번 깜빡거리면서 바람을 일으키며 달려오고 있었다. 환상일까. 열차가 달려오는 방향에서 젖은 흙더미가 같이 몰려왔다. 그리고 사람들의 비명소리, 흙더미에 묻힌 검은 피의 상흔. 나는 뛰었다. 내려온 계단을 서둘러 찾아 쉬지 않고 뛰어 올라왔다. 표를 찾아야 하는데…….

주머니를 여기저기 뒤져 코트 주머니 깊은 곳에서 겨우 표를 찾았다. 어디로 나가야 하지? 나가는 방향을 알 수가 없었다. 표를 넣어야 하는데 반대편에서 사람들이 자꾸만 들어왔다. 검은 코트를 입은 한 남자의 모습이 보였다. 그 사람 뒤를 쫓아갔다. 그 사람을 쫓아 나가보니 어둠이 내린 거리에 눈이 내리고 있었다. 아무 일 없었던 것처럼. 평화로운 주말 크리스마스 이브의 밤이었다. 눈이 내리는 밤하늘을 올려다보았다.

'저 하늘 어디 쯤에 태수씨가 나를 내려다보고 있겠지. 이런 바보 같은 나를 내려다보며 예전처럼 웃고 있겠지. 언제나 철이 들까 하면서.'

길가의 공중전화 부스에 불이 켜져 있었다. 그 안에 들어가면 따뜻할 것 같았다. 지갑을 열고 전화카드를 꺼냈다. 어디에 전화를 하려고!

전화카드를 전화기 몸체에 넣었다. 윙하는 신호음이 길게 들려왔다. 나는 재발신 버튼을 누르고 숫자버튼을 눌렀다. 친구 집에, 친구는 없었다. 김민선 핸드폰은 연결이 되지 않는다는 신호음만이. 다시 숫자버튼을 눌렀다. 신호음이 끊기면서 수화기에서 퍼져 나오는 어머니의 목소리.

"여보세요? 여보세요?"

"……."

"여보세요? 전화를 거셨으면 말씀을 하셔야……?"

"엄…… 마?"

"수아냐?"

"네, 엄마."

"차 소리가 나는걸 보니 밖인 거 같은데 저녁은 먹은 거니?"

"네, 잠깐 나왔어요."

"눈이 많이 왔는데 일찍 들어가지 않고. 내일 집에 올 거냐? 아니, 내가 갈까?"

"아니요, 사무실에 일이 있어서요."

"그래, 추워졌으니까 옷 든든히 입고 다녀라. 시간 있으면 집에 들러서 김치도 좀 가져가고. 밥은 제때 챙겨 먹는거냐? 수아야? 아니다. 아니야."

어머니는 말을 하려다 말끝을 줄여버렸다. 같이 살자는 말. 이제는 그만 엄마와 같이 살자는 그 말을 하고 싶었을 것인데.

"엄마, 나중에 전화 다시 할게요. 뒤에 사람이 기다려서……."

"그래, 조심히 들어가거라."

말하지 못했다. 정말 하고 싶은 말이 있었는데.

'엄마, 나 이렇게 살기 싫어. 언제까지 이렇게 살아야 하는지 모르겠어. 태수씨의 그림자가 무서워. 이런 날은 정말 무서워. 엄마, 나,

62

언제까지 이렇게 살아야 하지? 이젠 너무 힘이 들어서 엄마한테 가고 싶어.'

　제대로 내려지지 않은 수화기가 전화부스 유리벽을 두드렸다. 여러 번. 뚝, 뚝.

3

　개수대 안에서 쾌쾌한 냄새가 피어오른다. 퇴근 후 아파트 현관문을 열고 들어서면 불쾌한 냄새가 났다. 냄새의 실체를 잘 알지 못했으나 그 냄새는 개수대 안에서 나는 것이었다. 집에서 제대로 된 밥을 해먹는 일은 일주일에 한 번 꼴 정도였다. 그러니 개수대 안에서 물을 쓸 일은 많지 않았다. 냄새의 실체는 개수대 안에 음식물 찌꺼기 받이 용도로 걸쳐놓은 바구니에 쌓인 음식물이 썩는 냄새였다.

　물이 빠져나가는 입구에 막아 놓은 뚜껑을 열자 구역질이 날 정도의 역한 쓰레기 냄새에 나는 코를 막았다. 바구니에 끼인 쓰레기를 버린 후 냉장고 문을 열었다. 먹을 만한 것은 반병 남은 생수와 모퉁이가 군데군데 썩어버린 귤 몇 개, 그리고 명절 때 친정 집에서 가져온 김치가 전부였다.

　불연듯 나의 몸에서 썩는 냄새가 났다. 몸 속 구석구석에는 세포들이 보이지 않게 기운을 잃어가고 있고, 기운을 잃은 세포들은 하나둘씩 죽어나가고, 그렇게 나의 몸이 썩고 있다는 착각에 나는 소스라치며 몸을 떨었다.

거실 발코니쪽을 돌아다보았다. 화초도 꽃도 피어있지 않은 빈 화분이 두어 개 있고 그 옆에 작년 초가을에 사다 놓은 국화 화분이 있었다. 처음 그것을 사들고 왔을 때는 꽃봉오리들이 오밀 조밀하게 수십 개나 맺혀 있었다. 언제쯤에나 남은 봉오리들이 꽃을 피울까 싶었는데 밤사이 한 개씩, 아침마다 한 개씩 그렇게 하나둘 피기 시작했다.

지금은 만발했던 꽃들은 사라지고 말라 비틀린 꽃대와 잎사귀만이 화분을 덮고 있었다. 거실을 둘러보아도, 방안을 둘러보아도 나 이외에는 사람이라고는 없는 이곳에 어지르는 아이도 없어서 집기류나 사물들은 놓여진 그대로 있기만 한데 갑자기 구질구질하게 느껴지기 시작했다.

샤워를 하고 주섬주섬 옷을 챙겨 입었다. 눈에 띄는 대로 청바지에 가디건을 입고 지갑을 든 채 집을 나섰다. 아파트 복도에 서서 아래층을 내려다보았다. 우산을 받쳐 쓴 행인이 보였다. 나는 다시 집안으로 들어가 우산을 챙겨들고 나왔다.

아파트 입구까지 나오니 백화점 셔틀버스가 지나가고 있었다. 나는 도로 쪽으로 걸어나와 버스정류장에 멈춰선 버스에 올라탔다. 얼마를 갔을까? 버스는 시내 쪽으로 들어섰다. 나는 극장 간판을 보고 다음 정거장에서 내렸다. 극장 앞에는 우산을 쓴 연인들로 북적거렸다. 매표소 전광판에는 마지막회만 남겨두고 매진이라는 빨간 글귀가 쓰여 있었다.

극장 앞, 사람들이 서있지 않은 빈 공간에 우산 하나를 받쳐들고 갈곳 없이 우두커니 서있는 내 앞을 지나는 행인들의 눈길이 한번씩 스쳐갈 때마다 몸이 오그라들었다. 갈 곳이 없다. 내 마음, 내 몸 하나 기댈 곳이 없다는 허한 생각으로 한동안 극장 매표소에서 개봉 영화 안내문을 받아들고 지나가는 연인들의 모습을 바라보았다.

비가 세차게 내리기 시작했다. 나는 극장 옆에 있는 셀프 커피 전문점 안으로 들어갔다. 주문한 커피를 쟁반에 받치고 2층으로 올라가 앉을만한 자리를 찾았다. 혼자 앉아 있는 사람은 없었다. 자리를 차지하고 앉은 사람들의 시선이 나를 바라본다. 괜시리 사람들의 이목이 신경이 쓰여졌다. 다행히 창가 쪽에 빈자리가 있었다. 쟁반을 테이블에 내려놓고 비에 젖은 옷자락을 털어냈다.

커피 전문점 안에는 개봉되는 영화의 삽입곡이 계속해서 흘러나왔다. 나와 약간의 거리를 둔 테이블에는 개봉되는 영화 관계자로 보이는 사람들이 연거푸 담배를 피워 물며 영화 이야기를 하고 있었다. 그들 중 한 사람은 유리창 밖 극장 앞에 북적거리는 사람들의 모습을 지켜보며 가끔 실없이 웃었다. 그 사람 앞으로 회색빛의 수녀복을 입은 두 여인이 지나갔다. 한 여인이 테이블 위에 커피잔이 올려져 있는 쟁반을 내려놓았다. 상체를 아래로 숙인 여인의 목 아래로 십자가가 걸린 목걸이가 흔들렸다.

두 여인은 머리 위에 옷 색깔과 같은 두건을 쓰고 있었다. 한 여인이 마주 앉은 여인이 하는 말을 듣고 웃었다. 화장기 없는 맑은 얼굴 위에 번진 은은한 미소가 아름다웠다. 근심도 욕심도 미움도 없는 편안한 미소였다. 나는 그녀의 얼굴에서 시선을 떼지 못했다. 그리고 호스피스 병동에서 보았던 나이든 수녀님의 미소가 떠올랐다.

한 여인이 비에 젖은 수녀복을 냅킨으로 꾹꾹 눌러 물기를 닦았다. 자신이 입은 수녀복을 정갈하게 하기 위함일 것이다. 수녀복을 입은 저들의 모습에서 불쑥 세례를 받던 환자의 얼굴이 떠올랐다.

그리고 영화 이야기를 하는 사람들의 모습 사이사이로 사별가족의 모습과 환자들의 얼굴이 떠올랐다. 커피 전문점 안에서 들려오는 영화 음악 사이사이로 미사 때 들었던 성가가 들리는 듯했다. 그리고 다시 보고 싶은 수녀님의 미소, 그리고 사무치게 보고 싶은 남편의 얼굴이 어른거렸다.

울컥 설움이 복받쳐왔다. 아무렇지 않다가도 남편에 대한 그리움이 가슴 터지도록 밀려든다. 남편이 없는 이 세상에 혼자 남겨진 외로움을 어떻게 견디며 살아가야 할지 많은 시간이 흘렀음에도 남편을 잃은 그때나 지금이나 나의 슬픔이 달라진 것은 없다. 남편이 고통 속에서 의미 없이 목숨을 버리지만 않았어도, 마지막 가는 얼굴이라도 볼 수 있었어도 이렇게 괴롭지는 않았을 텐데, 나는 남편에게 마지막으로 무엇하나 해준 것이 없었다. 그때가 정말 마지막이었는데.

커피 전문점을 나와 나는 병원으로 향했다. 무작정 가야 한다는 생각뿐이었다. 지하철을 타면 두 번만 갈아타고도 갈 수 있는 거리인데도 나는 버스를 두 번이나 타고도 돌고돌고 돌아서 병원 앞까지 왔다.

기억을 더듬어 엘리베이터를 타고 5층 병동에 내렸다. 병동 입구 좌측에 간이 의자에 간병인으로 보이는 두 명의 아주머니들이 앉아 있었다. 나를 본 한 아주머니가 누구를 찾아왔느냐고 물었다. 나는 엉겁결에 이영숙씨라고 말하고는 서둘러 다른 곳으로 발걸음을 돌렸다.

병동 복도에는 몇 명의 간호사와 봉사자 복장을 한 사람들의 모습이 보였다. 등 뒤에서 문이 닫히는 소리가 들려왔다. 뒤돌아보니 한 사내가 호주머니에서 손수건을 꺼내들고 자신의 눈가를 누르고 있었다. 사내가 나온 병실 문에는 '마리아' 라는 글귀가 쓰여 있었다. 사내가 나온 방에서 수녀복장을 한 여인이 나왔다. 그날 미사 때 보았던 수녀님이었다. 나는 그녀에게 목례를 했다. 그녀 또한 목례를 한 뒤 나를 스쳐 지나갔다. 나는 잠시 머뭇거리다 그녀가 들어간 방 입구에 멈춰 섰다.

"누굴 찾아 오셨어요?"

그때 간호사 데스크에 앉아 있는 간호사가 나를 향해 물었다.

"네?"

"누굴 찾아 오셨냐구요?"

"저어, 수녀님을 뵈러 왔는데요."

"어떤 수녀님이요?"

"아까 저쪽 방, 마리아라고 쓰여 있는 방에서 나오신 수녀님……."

"과장 수녀님이세요. 약속은 하셨나요?"

"아니요."

"그럼 무슨 일로……."

"호스피스 봉사에 대해서 여쭤볼게 있어서요."

그녀는 잠시 머리를 갸우뚱하더니 기다리라는 말을 하고는 잠시 후에 돌아왔다.

"수녀님이 뵙겠다고 하시거든요. 이쪽으로 들어오세요."

나는 간호사가 안내하는 방으로 들어섰다. 수녀님은 기다렸다는 듯이 쇼파에 앉아 있었다. 나는 그녀에게 좀 전과 같이 목례를 했다.

"아까 인사를 했는데 또 하시네요?"

수녀님은 나를 기억하고 있었다.

"안녕하세요. 저는 천수아라고 합니다."

"이쪽으로 앉으시지요. 호스피스 봉사에 대해서 알고 싶으시다구요?"

내가 자리에 앉자 그녀는 급하게 질문을 했다.

"미리 연락을 드리고 왔어야 하는 건데 죄송합니다. 실은 이 병동에 사별가족으로 등록이 되어 있는 사람과 같이 미사에 참석한 적이 있었습니다. 그때 수녀님을 처음 뵈었었구요. 그러니까, 제가 이곳에 온 이유는……."

"천천히 편하게 말씀하세요. 천수아씨께서 이곳에 오신 이유는요?"

거리낌없이 먼저 나에게 질문을 하는 그녀는 상대의 마음을 읽을 줄 아는 능력을 가진 사람 같아 보였다. 두 손을 가지런히 무릎 위에 포개 놓고 있는 그녀의 모습에서 미사 때 보았던 모습과는 다른 범상치 않은 기운이 느껴졌다.

"수녀님, 호스피스 봉사활동을 하고 싶습니다. 허락해 주십시오."

그녀는 동요 없이 침묵하다 나를 보며 슬며시 웃었다.

"김계장님과 같이 오셨던 분 맞지요? 미안합니다. 알면서도 모른 척을 하고 만 꼴이 되었어요. 이곳에 오래 있다보면 사람 얼굴을 기억하는 것이 그다지 어렵지 않습니다. 호스피스 활동을 하고 싶으시다구요?"

"예."

"이유는요?

"……."

"이유가 없나요? 이유 없는 행동이나 행위는 있을 수가 없는 일인데요."

수녀님은 그렇지 않느냐? 는 시선으로 나를 바라보았다.

"천수아씨는 호스피스 활동이 무엇인지 알고 계십니까? 이 활동은 하고 싶다고 해서 할 수 있는 일이 아닙니다. 생각하는 것보다 훨씬 어렵고 힘든 일이지요."

알 수 없는 질문이었다. 대답이 없는 나를 그녀는 무심히 바라보았다. 그녀의 무심한 얼굴은 나를 한심하게 만들어 버렸다.

"호스피스 활동은 아픈 사람을 단순히 간병만 하는 행위로 끝나는 일이 아닙니다. 죽음에서부터 영혼까지 보살펴드리는 일이지요. 이해가 되실 지 모르겠습니다만, 저희가 하는 일은 죽어 가는 사람의 육신과 영혼을 따뜻하게 사랑해 주는 일입니다."

수녀님의 얼굴에서 비장함이 엿보였다. 그녀는 내게 또다시 질문을 던져왔다.

"왜 봉사활동을 하고 싶으신 거지요?"

나는 머뭇거렸다. 허둥거리며 집을 나섰고 이곳까지 오지 않았던가! 또다시 머뭇거리는 내게 그녀는 잠시 불쾌한 표정을 지었다.

"그럼 저는 바빠서 이만."

"저는 남편이 없습니다, 수녀님."

자리에서 일어서려던 수녀님은 나의 말을 듣고는 다시 자리에 앉았다.

"제 남편은 7년 전 열차 전복 사고로 세상을 떠났습니다. 사고가 났을 당시 남편은 조각난 열차 사이에 끼어 있었습니다. 남편이 사망했다는 소식을 전해 듣고 병원으로 달려갔는데 아무도 남편의 시신을 보여주지 않았습니다. 남편은 전복되었던 열차에 있었나봐요. 시신이 많이 훼손이 되었다면서 가족들 누구도 남편의 시신을 보여주지 않았습니다. 저는 남편의 신원조차 확인할 수 없었어요. 저는 남편의 시신을 염할 때도, 장례식장에도 참석하지 못했습니다. 저는 남편을 지켜주지 못했어요. 너무나도 깊은 고통 속에서 남편을 죽게 버려 두었습니다.

수녀님, 저는 호스피스 봉사를 하고 싶은 이유에 대해서 생각해 보지 못했습니다. 갑자기 수녀님의 얼굴이 떠올랐고 이곳에 오고 싶었습니다. 꼭 이유를 대야 한다면, 그저 마음이 원한다고 밖에는……. 꼭 이유가 있어야만 합니까?"

나는 눈물을 간신히 참아내고 있었다. 수녀님은 나의 얼굴을 똑바로 바라보았다.

"한 가지 묻겠습니다. 지금 당신의 상처가 얼마만큼 치유되었다고 생각하십니까?"

나는 고개를 저었다. 수녀님의 질문에 대한 부정의 의미가 아니었다. 상처가 얼마나 깊은지, 지금은 얼마만큼 치유되었는지 나 자신도 모르는 일이었다. 그만큼 황폐해져 있다면 적당한 대답이 될지도 모른다.

"호스피스 활동을 하시려면 교육을 받으셔야 합니다. 교육을 받으시면 아시겠지만 죽음을 목전에 둔 사람을 간병하는 일은 정해져 있는 수식이 있는 것이 아닙니다. 그래서 더더욱 어려운지도 모르겠습니다.

천수아씨는 죽음에 대해서 생각해 보신 적이 있습니까? 내가 곧 죽어야 한다고, 그것도 무한정의 고통을 느끼면서 죽어야 한다고 생각해 보신 적이 있으십니까? 죽음을 기다려본 적도 없으시지요? 물론 저도 마찬가지입니다. 이곳에 오신 환자분들은 지금 그런 것들을 느끼며 생각하고 아파하고 있습니다. 우리는 환자를 단순히 간호하는 것이 아니라 그분들이 편안한 죽음을 맞을 수 있도록 돕고 있지요. 그리고 그분들의 영혼까지 사랑해 주어야 합니다. 그저 말로 끝나는 것이 아니라 진심으로 말이지요.

이곳에 모인 봉사자분들은 제가 볼 때도 감사함을 느낄 정도로 환자분들에게 지극 정성이십니다. 정말 잘하고 계시지요. 그건 누군가가 시켜서 되는 문제가 아닙니다. 자발적이고 가슴 깊은 곳에서 우러나와야만이 할 수 있는 일이지요. 상처가 깊은 사람이 봉사활동을 하면 자신의 상처가 되려 환자에게 전해질 수도 있습니다.

이 병동에 입원한 환자들은 육체적으로 정신적으로 너무나도 많이 힘이 듭니다. 암 환자의 육체적 고통을 우리는 전부 다 덜어 드릴 수는 없습니다. 다만 최대한의 통증완화 치료를 통해서 환자분들의 남아 있는 생의 질을 높여 드림으로써 생을 마감하는 그 순간까지 인간으로 존중받도록 도와드리려고 애를 쓰고 있습니다.

우리는 그분들의 정신을 치유해 주어야 하는 목적으로 이곳에 모였습니다. 그분들이 정신적으로 이겨낼 수 있는 힘을 가질 수 있도록 옆에서 도와주어야 합니다. 그러기 위해선 자신의 생각과 정신이 맑아야 합니다.

호스피스 활동을 하고 싶다며 이곳을 찾는 사람이 많습니다. 논문을 쓰겠다, 기사를 써야 한다, 등등 여러 가지 이유로 이곳에 와서 봉사활동을 하기를 원하지요. 그들이 이곳을 찾는 공통된 생각은 한번쯤 경험을 하고 싶다는 것입니다. 하지만 저는 그들에게 기회를 주고 있지 않습니다. 이유는 한 가지입니다. 우리가 보살피는 환자들은 진실로 아파하고 고통스러워 하고 있습니다. 그들의 모습을 무엇을 하기 위한 하나의 수단으로 사용할 수는 없지 않습니까? 천수아씨의 상처가 깊은 줄은 압니다. 그러기에 조금은 이 활동을 하는데 어려운 부분이 있을 겁니다. 활동을 하시다 보면 스스로 느끼실 테지만요."

수녀님은 아주 냉정했다. 그녀와 나는 침묵했다. 그녀도 나도 생각할 시간이 필요했다. 그녀는 손수 커피를 끓여 내게 권했다.

"천수아씨? 이 활동을 하시고 싶으십니까?"

"…… 예."

"그럼 호스피스 교육을 먼저 받으시지요. 교육은 한 200여 명 가까이 받지만 그 중에 서너 명만이 봉사활동을 하게 됩니다. 무턱대고 할 수 있는 일이 아닌 관계로 다음달 말에 있는 호스피스 교육을 받으십시오. 제대로 이수를 받으신다면 천수아씨 개인에게도 많은 도움이 될 것입니다. 생명의 소중함이 무엇인지, 생명에는 질서가 있고 인간은 마지막까지 존중받아야 한다는 그것만 알게 되어도 소중한 깨우침이지요. 단지 그것이 투병으로 고생하는 환자의 모습을 보면서 깨달아야 한다는 것이 안타까울뿐이지만요. 어찌 되었든 아직 시간이 남아 있으니까 왜 이 활동하기를 원하는지 차분히 생각하십시오. 급하게 저를 찾아오신 것 같은데 분명히 이유가 있을 겁니다. 아까도 말씀드렸듯이 행위에는 이유가 있고 정당한 이유 다음에는 올바른 결과가 있게 마련입니다. 차 드시고 밖에 나가시면 간호사가 안내서를 드릴 겁니다."

간호사가 챙겨주는 안내서를 받아들고 병원을 나섰다. 교육은 2월

달과 3월 달로 나누어져 있었다. 교육일정은 2주정도 잡혀 있고 교육시간은 낮 시간대였다. 이 교육을 받으려면 휴가를 내야 하는데 2주씩 휴가를 낼 수는 없는 일이었다. 그리고 활동을 하려면 지금 하고 있는 직업상담원 일을 하는데 지장이 있을 것이었다.

나는 집으로 돌아와 책상 서랍 안에 넣어둔 월급 이체통장을 열어보았다. 1,500만 원하고 몇 만 원이 지난 달 날짜로 찍혀 있었다. 그리고 또 한 개의 통장.

남편이 죽은 지 다섯 달이 흐른 어느 날 서방님한테 전화가 왔다. 계좌번호를 알려달라면서. 나는 무슨 이유로 그러느냐고 물었지만 서방님은 막무가내로 계좌번호를 알려달라고 했다. 그리고 그 다음날 남편의 연봉의 두 배가 넘는 돈이 나의 통장에 이체되어 있었다. 남편의 목숨과 바꾼 돈이었다. 서방님은 형의 죽음을 위로하는 돈이라며 형수가 가지고 계시라고 말했다.

나는 그 후로 그 통장을 사용하지 않았다. 통장정리도 하지 않았다. 통장을 다시 서랍 안에 넣어 놓고 베란다로 나갔다. 창문을 열고 창문틀 사이에 넣어 두었던 담배 갑에서 한 대를 꺼내 불을 붙였다. 비가 왔었는데도 담배는 그 상태 그대로였다. 한 모금을 빨아 창 밖으로 내던졌다. 오랜만이었다.

'오늘 밤은 대화가 하고 싶어진다. 아무나 하고, 아무 이야기나 이유 없이, 불평 없이, 소담하게 이야기를 하고 싶어진다. 시들어버리다 못해 처절하게 비틀려 버린 국화꽃을 바라보다가 냄새가 나는 개수대 바구니 안의 음식물을 치우고 냄새가 역겨워져서 바람을 쏘이고 싶어 나갔는데 주말이라서 극장에는 표도 없고 해서 커피를 마시다 옆 테이블에서 차를 마시는 수녀님을 보고 병원에 갔다. 그리고 과장 수녀님을 만나서 호스피스 활동을 하고 싶다고 했다가 무안을 당했다고, 그리고 너는 아직 상처가 많으니 이 활동을 하는데 어려움이 있다는 이야기를 들었다고, 너는 아직 상처가 많아서 안 된다고, 너는 할 수 없다고……'

달빛이 밝았다. 달빛 아래로 꼬마 아이의 목소리가 들린다.

"아빠? 아빠, 나하고 같이 가. 아빠, 뛰지마. 다쳐."

아이를 뒤로 한 채 아이가 잘 따라오는지 여러 번 뒤돌아보며 아이보다 앞서 가려고 뛰어가는 아버지는 짖궂다. 꼬마 아이는 울다가 뛰다가 아버지의 능청에 까르르르 웃기도 한다. 아빠를 걱정하는 어린 꼬마의 목소리가 가로등 빛 사이를 가르고 지나간다. 건물 사이에서 울려 퍼진다. 행복이란 저런 것인데 나에겐 저런 사소한 행복이 없다. 없는 것 투성이인 내가, 상처투성이인 내가 누구를 위로하고 영혼까지 돌봐 줄 수 있다는 욕심을 낸단 말인가!

"따르릉~~따르릉~"

몇 번 울리다 끊어져 버리는 전화벨 소리. 전화가 울려도 늦은 밤에는 전화를 받지 않았다. 남편이 죽은 뒤 한동안 시어머니는 늦은 밤 내게 전화를 걸어왔다. 죽은 아들이 그리워 전화를 걸었던 어머니는 처음엔 잘 지내느냐? 로 시작해서 나중엔 술에 찌든 목소리로 네년이 내 아들을 잡아먹었어, 하며 울부짖으며 윽박을 질러댔다. 당신의 아픈 투정을 받아줄 사람이 미운 며느리밖에 없는 것인지, 나의 시어머니는 그렇게 나에게 전화를 했었다.

나는 전화선을 뽑고 싱크대 서랍 안에 넣어 두었던 병에서 양약 두 알을 꺼내 입에 넣었다. 그리고 침대 옆 스탠드를 엷게 켜놓고 수면 안대를 한 채 자리에 누웠다. 가끔 이렇게 신경 안정제를 먹지 않으면 밤을 이겨내지 못하는 날이 있다. 서서히 잠이 오기 시작한다. 꼬마 아이의 음성도 시어머니의 윽박지르는 소리도 서서히 볼륨이 줄여지고 나는 곧 잠이 들어 버린다.

병원을 다녀온 지 사흘이 지난 아침, 한겨울 냉한을 녹이고도 남을만한 붉은 아침 태양을 바라보다 나는 식탁에 앉아 사직서를 썼다. 사직서의 사유는 개인적인 사정으로라고 기입했다. 직업상담원을 시작한지 꼭 2년 반이 되는 날이었다. 사직서를 내미는 나의 얼굴을 한동안 바라보던 김계장은 '쉬고 싶을 때 쉬어야지요.' 하며 봉투 안에서 사직서를 꺼내 결제 서류철에 끼워 넣었다.

책상 정리를 돕겠다는 김민선씨의 낯빛이 좋지 않았다. 그녀는 나의 책상 서랍 안을 들여다보고는 '정리할 물품이 없네요. 천선생님 것은 별로 없어요. 다 사무실 물품이네요.' 하고 말했다.

2년이 넘도록 이곳에 다녔다. 정작 퇴사하면서 들고 나갈 수 있는 것이라고는 슬리퍼와 방석과 쿠션이 전부였다. 이곳으로 오면서 언젠가는 떠나야 한다는 생각을 했다. 떠난 자리에 흔적을 남겨두기 싫었다. 나는 후임으로 올 사람을 위해 될 수 있는 대로 서랍 안의 물품들을 쉽게 찾을 수 있도록 정리해 두었다. 그리고 김민선씨가 이쁘다며 갖고 싶어했던 장식인형을 그녀에게 주었다. 토끼 인형이 앉아 있는 아래에 바구니가 달려 있는 인형인데 그 인형은 실업수당을 받으러 온 한 아가씨가 나에게 주고 간 선물이었다. 키가 작은 아가씨였는데 결혼 때문에 회사를 그만 두었다며 준비하는 동안 수당을 받게 해주어서 고맙다며 바구니 안에 사탕을 가득 넣은 인형을 나에게 주고 갔다.

사직서를 낸지 보름이 지난 날 후임자가 왔고 나는 다음 날 노동부 사무실을 떠났다. 떠나는 날 김민선씨는 엘리베이터 앞까지 따라나와 나의 손에 작은 상자를 쥐어주었다. 꽃무늬 손수건이 두 장 들어 있었다.

"천선생님, 비가 오면 선생님이 생각날 거예요. 이제는 비가 와도 울지 마세요."

나는 그녀에게 고맙다는 말을 하지 못했다. 비가 오면 창 밖을 바라보며 슬퍼했던 나의 모습이 그녀에게 슬픈 기억을 남겨주었다는 생각 때문에 비가 오면 나를 생각하며 우울해하지는 않을까 싶어져서.

나는 정류장으로 걸어가다 남편에게 사주고 싶어도 사주지 못한 검정색 코트가 걸려 있던 쇼윈도우 앞에 멈추었다. 계절을 앞서가는 쇼윈도우의 마네킹은 때 이른 봄옷을 입고 있었다. 나는 햇살 사이를 비집고 정류장을 향해 걸었다. 햇살 사이를 비집고 불어오는 바람이 머리를 제멋대로 헤집어 놓았다. 얼굴 위로 흐트러져 내려오는 머릿결을 이마 뒤로 몇 번이고 넘겨보아도 수십 결의 머릿결은 불어오는 바람에 제멋대로 흩날렸다. 나는 그냥 두고 겉옷을 안으로 여미었다.

자꾸만 같은 생각들이 내게 질문을 한다. 왜 사직서를 냈는지에 대해서, 그리고 수녀님의 말씀이 떠올랐다. 행위에는 이유가 있고 정당한 이유 다음에는 올바른 결과가 있게 마련이라고. 하지만 나는 같은 질문 속에 정당한 이유를 생각해 내지 못했다. 그저 마음이 원한다고 밖에는……

4

 1차 호스피스 교육은 3일 동안 진행되었다. 연수장에는 과장 수녀님과 간호사, 그리고 여러 명의 호스피스 봉사자들이 있었다. 봉사자들은 오전 교육이 끝나면 준비된 따끈한 도시락을 손수 챙겨 일일이 교육을 받는 사람들에게 나누어주었다. 그들의 얼굴엔 항상 미소가 있었다. 심지어 화장실이 어디냐고 물었을 때도 친절히 안내하며 웃음을 잊지 않았다.

 교육을 받는 이들 중에는 어린 학생에서부터 나이가 지긋한 노인들의 모습까지 보였다. 다양한 계층이 모여 호스피스에 대한 교육을 받고 있었다. 이 병원의 종양내과 교수는 강의를 처음 시작하는 서두에 이런 말을 했다.

 "저는 여러분들이 이곳에 오신 목적이 무엇인지를 모르겠습니다만, 개인마다 여기에 오신 이유가 있을 것으로 생각됩니다. 죽음을 맞는 사람들은 누구나 마찬가지겠지만 특히나 호스피스 환자들은 자신의 의지와는 상관없이 고통스런 병마와 투쟁하고 있습니다. 그 고통은 본인이 아니면 그 어느 누구도 상상할 수가 없습니다. 저 또한 10년이 넘도록 그 분들을 대해왔지만 저 또한 그 분들의 고통을 다 안다고 말할 수는 없습니다. 여러분은 그 분들을 보살펴드리고자 이곳에 모인 분들입니다. 생명은 소중한 것입니다. 가치 없이 버려질 수는 없는 것입니다. 생명의 소중함을 알고 고통 속에서 죽어가는 환자들을 돌보기 위해 이곳에 모인 여러분께 저는 감사의 말씀과 더불어 칭찬을 해드리고 싶습니다. 교육을 받고도 호스피스 활동을 하지 못하게 되시더라도 이 교육을 통해서 말기 암 환자뿐만 아니라 주변에 병으로 고통받고 있는 이들에게 여러분의 손길이 전해지길 바랍니다."

첫 날은 호스피스 개요와 삶과 죽음에 대한 강의 내용으로 시작되었다.

호스피스 간호란, 죽음보다는 남은 생에 관심을 두는 것으로 말기 암 환자의 남아 있는 생을 보다 충만하게 살 수 있도록 돕는 일이며, 환자에게 남아 있는 삶을 정리할 수 있도록 정신적으로 육체적으로 돕는 일이다. 그들을 돕는데 가장 우선적인 일은 말기로 갈수록 극도의 통증으로 아파하는 환자의 고통을 완화시키는 데에 역점을 둔다.

호스피스 보호를 받는 환자에게는 제한된 사항이 있다. 임종이 6개월 이내로 예견된 환자, 수술, 항암 요법, 방사선 요법을 시행하였으나 더 이상의 의료적 치료 효과를 기대하기 어려운 환자, 통증 및 증상완화를 위한 비치료적인 요법을 필요로 하는 환자, 그리고 의식이 분명하고 의사소통이 가능한 환자이다.

호스피스 활동의 중요 내용은 죽음을 앞둔 말기 암 환자가 남은 여생동안 삶의 마지막 순간을 평안하게 맞이하도록 돕는 일이다. 호스피스 간호사는 환자에게 신체적인 부분과 정신적인 부분을 돌봐주어야 하며, 가족의 죽음을 맞는 사별가족이 느끼는 고통과 슬픔을 경감시켜주어야 한다. 이 또한 호스피스 활동의 일환이다.

봉사자들이 우선적으로 받아들이고 이해해야 하는 점은 삶과 죽음에 대한 부분이다. 말기 암 환자들은 죽음에 대한 불안과 공포를 겪게 된다. 치료를 선택할 권리마저 빼앗긴 채 중환자 실에서 고통스럽게 죽어 가는 말기 암 환자들은 마지막까지 살기를 원하면서 남은 생에 대한 특별한 미련을 갖는다고 한다. 그것은 인간 존엄성에 대한 존중을 받으며 자신에게 남겨진 마지막 삶의 질을 선택할 권리를 갖고 싶어하는 것으로 특별한 유형의 돌봄을 말하는 것이다.

내용의 총체적인 것은 통증 완화치료의 활성화로 말기 암 환자들에게 육체적 고통에서 벗어날 수 있도록 돕는 일이다. 교육을 받는 사람들의 정확한 이해를 구하기 위해 우리는 여러 유형의 말기 암 환자의 심리 상태를 체크한 내용을 듣게 되었다.

말기 암 환자의 체험 구조는 과거의 경험을 회상하면서 삶과 질병을 연관지으며 복합된 정서를 나타내고, 의미 있는 타인과 절대자를 더욱 소중히 여기면서 건강과 신앙이 중요하게 재인식되어 건강 회복과 평화로운 삶을 원하거나 또는 죽음을 수용하고 편안한 죽음을 기대하는 과정이었다.

호스피스 활동의 정당성을 이해하고 앞으로의 봉사활동을 위해서 우리는 그들의 모습을 이해할 수 있어야 했다. 이해를 돕기 위해 암 환자의 사례를 슬라이드를 통해 볼 수 있었고 슬라이드를 보는 동안 여기저기서 눈물을 짓는 소리들이 들렸다. 그들의 고통을 우리는 잘 알지 못하고 있었던 것이었다. 왜 과장 수녀님이 교육을 받으라고 권했는지 절실히 느껴지고 있었다.

호스피스 교육은 환자의 통증완화치료, 신체간호, 통증조절을 비롯해서 환자와 의사 소통하는 방법과 그들이 받는 스트레스 관리와 환자의 감염관리 순으로 이어졌다.

2차 교육은 다음달 중순께 다시 시작되었다. 교육순서는 암 환자의 응급처치, 말기 암 환자의 신체변화 및 사후관리와 사별가족 관리로 진행되었다. 2차 교육의 3일 과정을 마치고 나는 호스피스 봉사자로서의 자격을 확인 받는 수료증을 받을 수 있었다.

천수아 라는 이름이 새겨진 분홍빛 옷을 받았다. 나와 같이 호스피스 활동을 하게 된 사람은 단 둘이었다. 나를 포함해 세 사람. 나보다는 나이가 많이 들어 보이는 연배였다.

그들은 교육을 받은 대로 하려는 것인지 나에게 말을 걸 때 매번 웃었다. 타인을 본지 한 시간도 채 되지 않았고 그 사람을 잘 알지 못하는데도 매번 같은 웃음을 지을 수 있는 사람들을 대하는 것이 나는 어색했다. 나는 굳어 있는 나의 얼굴은 신경 쓰지 않고 저들이 웃는 어설픈 웃음에 신경을 쓰고 있었다. 그들은 가톨릭 신자였다.

호스피스 봉사자들이 모인 아침 미사 때 두 사람 중 한 아주머니가 미사예절을 알지 못하고 제대로 아는 성가가 없어 버벅 거리는 나에게 성가책과 성경책을 주었다.

아침 미사가 끝나고 우리는 호스피스 팀장인 이영숙씨에게 간단한 교육을 들었다. 호스피스 교육은 오전 오후로 나누어져 있었다. 이영숙씨는 계획표가 제대로 짜여지면 다시 통보를 하겠다는 말과 함께 처음부터 환자에게 가까이 다가가는 노력을 하지 말라는 것과 당분간 이 활동에 익숙한 사람들을 따라 다니라는 당부를 했다. 교육을 듣고 나가려는 나를 이영숙씨가 불렀다.

"내 느낌이 맞았나봐요. 수아씨를 다시 볼 수 있을 것 같았거든요. 교육 때 말을 한번 걸어볼까도 했는데 그러지 않았어요. 교육을 받으시는 이유를 묻게 될까봐서요."

저들에게는 남을 꿰뚫어보는 능력이라는 것이 있는 것인가, 아니면 과장 수녀님이 나에 대한 이야기를 한 것인가, 나는 그녀의 환대에 뭐라 할 말이 없었다.

"이 활동은 말 그대로 봉사활동이지요. 눈으로 보이는 대가라는 것이 없어요. 대가가 없는 일을 하겠다고 선뜻 나서는 사람은 그리 많지가 않아요. 그것도 자신의 시간을 일부러 내가면서요. 하지만 이곳에서 얻는 것은 많아요. 글쎄요, 다른 사람의 고통을 보고 무엇을 얻어간다는 것이 언뜻 들으면 잘못된 생각이 될지도 모르지만 제가 느낀 바로는 그래요. 저는 이곳에서 인간이 태어나 죽음에 이르기까지 그 한 순간이 얼마나 짧고 소중한가를 알게 되었어요. 집착할 것도 분노할 것도 없지요. 나에게 남겨진 시간이 얼마나 남아있는지는 몰라도 자숙하며 조심히 살아야겠다 생각하지요. 아무튼 이렇게 다시 만나게 돼서 반가워요."

그녀가 나에게 손을 내밀었다. 나는 그녀의 손을 잡았다. 그녀가 나의 손등에 다른 손을 얹고 꼭 보듬어 주었다. 나는 빙긋이 웃는 것으로 그녀의 환대에 답했다.

세 사람이 한 무리가 되어 병실을 돌았다. 열 개의 병실이 있었는데 한 곳은 마리아실이라는 간판이 붙어 있었다. 한 병실에 네 명의 환자가 누워 있었다. 병실마다 가습기가 돌아가고 병실 중앙에 마리아 상이 놓여져 있었다.

상태가 나빠 보이는 환자들은 가는 콧줄에서 뿜어 나오는 산소콧줄에 의지해 숨을 쉬고 있었다. 미사 때 보았던 환자처럼 양볼이 움푹 패여 있는 것이 병색이 확연했다. 병동에 반나절 동안 있으면서 이상하게 생각된 것은 단 한 번의 비명 소리도 듣지 못했다는 점이었다. 통증완화치료가 잘 되고 있는 증거일 것이다.

병실에 있는 환자들은 대부분 누워 있었다. 한 병실에서 할아버지를 보았는데 그 할아버지는 다른 환자들과는 다르게 앉아 있었다. 침대 배드를 니은자도 올려놓고 허벅다리 위에 올려놓은 베개에 몸을 의지한 채 앉아 있었다. 한 봉사자가 앉아 있는 할아버지에게로 다가가 환한 웃음으로 아침 인사를 하며 밤사이 어디 불편한 곳이 없었는지 할아버지의 팔 다리를 여러 차례 주물러 드리며 묻고 또 물었다. 할아버지는 봉사자와 눈을 맞추며 아침을 먹었다며 자랑을 했다. 그러자 봉사자는 노래를 선물로 불러드리고 싶다며 무슨 노래를 듣고 싶은지 할아버지에게 물었다. 할아버지는 성불사의 밤을 불러 달라고 했다. 봉사자들은 노래책을 펼치고 일제히 노래를 부르기 시작했다. 할아버지는 박자를 맞추는 것인지 눈을 껌벅 껌벅거렸다.

병실을 도는 봉사자들의 손에는 성가책과 성경책, 노래책이 들려 있었다. 노래책을 받아 들었을 때 나는 좀 의아해 했다. 그 책에는 팝송부터 동요까지 다양한 노래가 실려 있었다. 노래가 끝나자 할아버지는 자리에 누웠다. 할아버지는 앉아 있었던 것이 힘에 부쳤는지 이마에 땀이 맺혀 있었다. 좀 전에 노래를 불러드리겠다던 봉사자가 손수 할아버지를 눕히고 침상을 정리했다. 그 봉사자는 할아버지에게 다른 병실만 몇 군데 더 돌아보고 다시 오겠다고 말했다. 할아버지는 알았다는 뜻인지 고개를 끄덕거렸다.

봉사자는 할아버지를 아이 달래듯 하기도 하고 할아버지에게 재롱을 부리기도 했다. 봉사자가 할아버지 무릎 위에 노래책을 펼쳐 놓고 할아버지의 등을 다독거리는 모습이나, 할아버지 이마에 맺힌 땀을 닦아내는 모습을 보면서 봉사를 하는 여인의 마음이 진심으로 여겨졌다.

할아버지가 봉사자와 눈을 맞출 때 할아버지의 눈빛을 보았다. 그때 할아버지의 눈빛은 불편함도 성냄도 없이 편안했다. 병실을 나오면서 한 봉사자가 할아버지에 대해 이야기를 했다.

"저 할아버지는 매번 같은 노래를 불러달라고 해요. 그런데도 프란체시카는 매번 어떤 노래가 듣고 싶으시냐고 물어봐요."

말뜻을 제대로 이해하지 못해 멍하게 바라보는 나에게 그녀가 덧붙였다.

"아! 잘 모르지요. 이곳에서는 이름을 부르지 않고 세례명을 불러요. 몰랐지요? 제 세례명은 안젤라예요."

"저는 세례명이 없는데요."

"그럼 이름을 부를게요. 세례는 다음에 기회가 있으면 받으세요."

그녀는 큰 눈에 얼굴이 갸름했다. 얼굴과 몸이 많이 말라 있어서 큰 눈이 더 크게 보였다. 그녀는 아마도 나와 같은 또래인 듯 싶었다.

직원 식당에서 점심을 먹고 휴게실에서 커피를 마시려는데 이영숙씨가 들어왔다. 그녀가 들어온 뒤 병실을 같이 돌았던 안젤라가 들어왔다.

"수아씨? 아침에 깜빡 하고 인사를 못 시켰어요. 이쪽은 안젤라예요. 수아씨하고 동갑인걸로 아는데 서로 인사나 하고 지내세요."

이영숙씨의 소개가 끝나자 안젤라가 내게 다가왔다.

"제가 먼저 인사를 했어야 하는데 팀장님이 소개시켜 주실 때를 기다렸어요. 아침에 잠깐 인사했었지요? 세례명은 안젤라구요, 본명은 유지예예요. 앞으로 잘 지내요?"

병실을 돌 때 환자에게 친근하던 그녀의 모습과는 달리 그녀는 나에게 손을 내밀자 볼살이 발개졌다.

"천수아예요. 잘 부탁드려요."

오전 봉사를 끝낸 안젤라는 약속이 있다면서 탈의실로 갔다. 나는 그녀가 나간 뒤 마시려던 커피를 들고 봉사자 휴게실 창 밖으로 보이는 마리아 상에 이끌려 밖으로 나갔다.

병원 뒷문에는 잘 꾸며진 정원이 있었다. 잎사귀가 열리지 않아 이름은 알 수 없지만 여러 그루의 나무가 심어져 있었다. 지금은 엉성하게 가지만이 남아 있지만 곧 봄이 오면 꽤 괜찮은 쉼터가 될 듯 싶었다. 정원 한 가운데에는 마리아 상이 있었다.

나는 정원을 이리저리 거닐다 햇볕이 내리 쪼이는 곳에 발을 멈추었다. 두어 달 전만 해도 꽃샘 추위로 볼살이 얼얼했었는데 햇살이 한올한올 옷 틈새를 파고드는 느낌이 따스했다. 나는 하늘을 올려다보았다. 하늘빛이 옅게 푸르렀다. 나는 커피를 마시는 내내 햇살이 내리쬐는 양지에 앉아 마리아 상을 바라보았다. 아무 생각도 나지 않았다. 북적대던 실업자들의 모습도, 실업자와 상담하는 웅성거리는 소리도 나지 않는, 아무 일도 일어날 것 같지 않은 평범한 한나절의 오후였다.

나의 첫 번째 호스피스 활동은 그렇게 시작되었고 그 날 나는 집으로 돌아와 날이 샐 때까지 오랜만에 긴 수면을 했다.

호스피스 활동을 시작한 지 어느덧 한 달, 나는 점점 이 생활에 적응해 나가고 있었다. 그렇다고 해서 처음부터 환자를 잘 대하지는 못했다. 나는 환자들의 옷과 매트리스 커버를 세탁하는 잔일들을 했다.

이 병동의 환자들은 오랜 치료와 면역성의 저하로 칫솔질을 하지 못하기 때문에 입안에 아구창이 생기는 일이 허다했다. 그래서 봉사자들은 틈나는 대로 거즈 접는 일을 했다. 화장솜 만한 크기로 접는 일이었는데 그 용도는 아구창으로 고생하는 환자의 입안을 청소해 주고, 입술이 말라 있으면 거즈에 물을 묻혀 입가를 적셔 주는데 사용되었다. 가래가 심한 환자가 기도로 가래를 뱉어내지 못하면 간호사의 도움으로 식도에 달라붙은 가래를 떼어내고 거즈로 입안을 청소해 주는 등 거즈를 필요로 하는 일은 많았다.

거즈를 접는 일 외에도 봉사자들은 환자에게서 요구되는 자잘한 일들을 했다. 환자를 꾸준히 관찰하고 그들이 필요한 것들이 무엇인지 알고 그들이 원하는 대로 도움을 주는 일은 특정 지어져 있지 않았다.

환자를 목욕시켜주고, 환의를 갈아 입히고, 병실에 비치된 것들을 그때그때 바꾸어 주는 일은 기본이거니와 거칠하게 갈라진 발을 주무르고 따스한 수건으로 팔 다리를 맛사지 해 주고 거동이 여의치 못한 환자에게는 아침, 저녁 때마다 수건으로 세안을 해 주는 등 봉사자들이 환자에게 하는 행위들은 그 모든 것들이 사랑이었다. 환자를 대할 때 그들의 얼굴에 항상 드리워져 있는 미소를 보고 있으면 그것은 사랑이 아닌 다른 것으로는 해명이 되지 않을 것이었다.

한 달이 지나면서 나는 오전에 할당받은 시간 외에도 병원에 남아 있었다. 봉사자들이 많다고는 하지만 대개가 가정이 있는 사람들이고 잠깐씩 틈을 내어 이곳에 오기 때문에 봉사자들의 손길은 부족한 실정이었다. 나는 오후 시간을 혼자 보내는 것보다 이곳에서 시간을 보내는 편이 낫다는 생각을 했다. 무엇보다 한 달이 넘었는데도 아직까지 환자들에 대해 정확한 파악을 하지 못한 불성실함을 오후 시간을 통해 채워보기 위함이었다.

내가 이곳에 오겠다고 결심했을 때 날 두렵게 만드는 일이 있었다. 죽음을 어떻게 직면할 것인가에 대한 두려움이었다. 남편의 시신이 누워 있는 병원에 도착했을 때 남편의 시신은 냉동창고에 들어가지도 못한 채 영안실 바닥에 누워 있었다. 사고 해결책이 제대로 되지 않자 장례식은 점점 늦춰졌고 습한 날씨 탓에 시신들은 조금씩 썩어들기 시작했다. 사랑하는 사람의 육체가 영혼을 잃었다는 것만으로도 기가 막힌데 그 육신이 제대로 보호되지도 못한 채 썩어 들고 있다는 사실은 가족들을 미치게 만들었다.

일주일이 지난 후 장례식이 시작되었지만 시어머니의 반대로 나는 식장에도 참석하지 못한 채 상복을 입고 먼 발치에 서 있어야만 했다. 화장터에서 아들의 시신이 입관된 관이 불가마 속으로 들어가는 것을 보고 혼절하는 어머니를 바라보면서 같이 부둥켜안고 울부짖지 못했다. 남편의 시신이 뼈만 남긴 채 불가마에서 나왔을 때 가족 중 어느 누구도 그것을 보려 하지 않았다. 먼 발치에 있던 나는 그제서야 남편의 육신이 사라진 뒤에 남겨진 골격만을 볼 수 있었다. 그때의 두려움과 슬픔은 아직도 가슴에 멍울이 되어 남아 있다. 만일 죽음이라는 현실이 또다시 내 앞에 나타난다면 나는 그것을 어떻게 감당해 낼지 두려웠다.

호스피스 활동을 시작하겠다고 했을 때, 죽음을 지켜볼 수 있는 마음자세가 되어 있어야 했지만 아직도 나는 죽음이라는 현실이 두려웠다. 다행히도 아직까지 환자들 중에 죽음을 맞이한 사람은 없었다. 마리아실은 임종을 앞둔 환자들이 그곳으로 옮겨져 가족들과 마지막 시간을 보내는 곳이었다. 그 병실은 몇 주 째 계속 비어 있었다.

오전 시간 동안 세탁 일만 했던 나는 병실을 돌아보기로 했다. 이제는 환자들에게 다가가는 연습을 해야 한다는 생각 때문이었다. 점심 식사를 하고 나면 나는 늘 양지에 앉아 햇볕을 쪼였다. 제대로 먹지 못하는 환자들에게 음식 냄새를 풍기고 싶지 않은 생각에서였다.

이곳 봉사자들은 야한 화장은 하지 않는다. 손톱을 기르는 일도, 손톱을 치장하는 일도 하지 않았다. 로션도 아기들이 쓰는 순한 것을 손등에 약간씩 바를뿐이다. 매일 누워만 있는 환자들은 작은 일에도 화를 잘 냈다. 화장품 냄새나 스프레이 냄새에도 민감했다. 항암 치료를 받으면서 역겨움이 생긴 탓도 있겠지만 그들은 자신에게 다가오는 낯선 사람의 화사함이 내심 역겨웠을 것이다. 나보다 건강한 타인에게서 나는 향기로움, 그것은 충분히 그들에게 역겨움의 대상일 수 있었다.

한 아주머니가 벽쪽을 바라보며 누워 있다 자세를 고쳐 반대 방향으로 누웠다. 50대로 보이는 여성이었다. 그녀의 얼굴은 황달기가 있고 입술은 말라서 하얗게 일어나 있었으며 여러 군데 갈라져 있었다. 며칠 전 아침만 해도 아침 식사를 하는 모습을 보았었다. 미음이었던 것으로 기억된다. 나는 그녀에게 다가갔다.

"어디 불편한데 없으세요?"

그녀는 모로 누워 나를 올려다보았다. 올려다보는 눈빛이 좋지 않았다.

"불편한 곳이 없다고 묻다니, 얼마 되지 않은 모양이군요."

그녀의 목소리에는 힘이 없었다. 하지만 그녀의 대답은 나를 당혹스럽게 만들었다. 어찌할 바를 모르고 서있는 나를 그녀는 사나운 눈빛으로 올려다보았다.

"불편한 곳이 없다면 이곳에 누워 있겠어요?"

숨을 내뱉는 그녀의 호흡이 거칠었다.

"죄송합니다. 그게 아니라……."

"그러고 서있지 말고, 후우~ 나를 좀 일으켜 줘요."

내가 그녀의 상체를 잡아 올리려 하자 그녀는 침대 아래쪽을 가리켰다. 나는 침대 아래쪽에 있는 고리를 돌렸다. 그러자 침대 윗머리가 올려졌다. 그녀가 베개를 가슴 안쪽으로 넣어달라고 말했다. 그녀는 링거 주사바늘이 꽂혀진 손으로 자신이 베고 누웠던 베개를 가슴 안쪽으로 바짝 밀어 넣었다.

"됐으니 그만 일 보세요."

"오래 앉아 계시면 불편하시니까 잠시 후에 제가 다시 오겠습니다."

나는 그녀의 침대 시트를 정리해 주고 침대 옆 협탁 위를 정리해 주었다. 그리고 무심결에 그녀의 차트를 보았다.

"지금 뭐하는 거예요? 뭘 보는 거냐구요?"

그녀는 안고 있던 베개를 나를 향해 집어 던지려 했다.

"뭘 보냐니까요?"

나는 그녀의 돌발적인 행동이 무엇인지, 나에게 무슨 잘못이 있었는지 생각해 보았지만 그녀에게 말할 방법을 찾지 못하고 뒤로 주춤 물러나 서있어야 했다. 그때 다행히 간호사가 들어와 주었다.

"왜 그러고 앉아 계세요. 가슴이 답답하세요?"

간호사가 그녀의 얼굴을 살피며 물었다.

"아니요. 가슴이 아파서 숨을……, 숨을 쉴 수가 없어서요……."

"어디요? 이쪽이요?"

간호사가 그녀의 아픈 부위를 확인하자 그녀는 통증이 오는지 인상을 찌푸렸다.

"여기 말고 다른데 아프신 곳은요? 점심 식사는 하셨어요?"

간호사의 물음에 그녀가 고개를 저었다.

"입이 많이 마르셨네요. 두유라도 드셔 보시겠어요?"

그녀가 고개를 저었다.

"그럼 드시고 싶은 것을 말씀해 보시겠어요?"

"혀가 말라붙는 것 같아요. 물만 조금 먹어봤으면 좋겠는데……."

그녀의 말이 끝나기 무섭게 간호사는 얼음을 가지고 병실로 돌아왔다. 그리고 그녀를 눕혀 놓고 그녀의 입가에 얼음이 녹는 물을 입 안으로 떨구어 주었다.

나는 할 일이 없어졌다는 무력감에 병실을 나왔다. 휴게실에 앉아 있는 나를 보고 이영숙씨가 다가왔다.

"요즘은 오후까지 계시네요? 피곤하실 텐데 일찍 들어가시지 그러세요?"

"팀장님, 뭣 좀 여쭤 봐도 될까요?"

"말씀하세요."

"103호에 한 아주머니 계시잖아요?"

"변형자씨요?"

"네, 그 분이요. 그 분 병명이 뭐예요?"

"왜요? 그분이 수아씨한테 뭐라고 하던가요?"

"아니요. 그냥 궁금해서요."

이영숙씨는 커피 메이드에 물을 채워 넣고 전원을 켰다.

"수아씨? 여기 온 지 얼마나 됐지요?"

"한 달 좀 넘었습니다."

"아직은 적응도 잘 안되고 궁금한 것도 많을 것 같은데 한 번도 물어보지 않아서 적응을 잘하고 계시는 줄 알았는데 역시 아니었군요. 수아씨가 오후까지 남아서 뭘 하나 며칠 지켜봤어요. 오전에는 세탁 일을 하고 오후에는 한 시간 정도 병실을 돌더군요."

부글거리며 연기를 뿜어내는 커피 메이드에서 헤이즐넛 향이 난다.

"수아씨가 환자하고 이야기하는 것을 한 번도 본 적이 없어요. 다른 봉사자들한테도 이야기를 들은 바도 없구요. 어때요? 환자한테 다가가는 것이 교육 때 들었던 대로 해도 쉽지 않지요?"

"……."

"대답이 없는 걸 보니 그랬던 모양이네요."

그녀는 붉은 포도주 빛이 진한 머그잔에 커피를 채워 내게 다가왔다.

"한 달 동안 한 일이 너무 없었어요. 솔직히 환자분들을 대하는 게 쉽지 않아서요. 말씀도 잘 못하시는 분도 있고 말을 붙여봐도 별다른 반응이 없으니까 그 다음에는 제가 스스로 거부반응이 일어났어요. 지금까지 뭘 했나 싶은 생각이 들어요. 그분들한테 도움을 주려고 왔는데 아무 것도 한 일이 없는 것 같아요."

나의 이야기를 듣던 이영숙 팀장은 마음을 다 알겠다는 듯이 웃었다.

"수아씨가 한 일이 왜 없어요. 궂은 일은 다 했잖아요. 물론 환자

곁에 있는 것도 중요하지만 그밖에 잔일들을 하는 것도 병동에서는 많은 도움이 되는 일이에요."

"조금 전에 변형자씨한테 갔었어요. 어디 불편하신 곳이 없느냐고 물었는데 대뜸 하시는 말씀이 불편한 곳이 없으면 이곳에 누워 있겠냐고 하시더라구요. 좀 당황했어요."

그녀가 빙그레 웃었다. 별거 아니라는 듯이.

"이 병동의 환자들은 낯선 사람들을 꺼리는 면이 있어요. 이유는 그 사람이 미워서가 아니라 자신의 모습이 초라하고 싫기 때문이에요. 병든 자신을 타인에게 보여주기 싫은 방어에서 나오는 적대심이라면 말이 될까요.

그 분들은 많이 지쳐있어요. 암 병동에서 이곳으로 내려온 대부분의 환자들은 항암치료와 몇 차례의 수술로 심신이 많이 지쳐 있어요. 나중에 암 병동에 갈 기회가 있을 거예요. 그곳에선 항암치료와 약물 투여 등으로 인해서 환자들이 많이 지쳐해요. 몸 속에 있는 암세포를 죽이는 일은 매우 힘들고 고통스러워요. 치료로 끝나면 좋겠지만 그 후유증은 치료 못지 않은 고통을 남기지요.

구토로 인해 음식물은 섭취하지도 못하고 그러다 보니 변비가 생기고 빈혈로 인해 몸은 점점 허약해지고, 그렇게 지치고 지치다 이곳에 내려 왔기 때문에 그 분들은 정신적으로 정상인과는 아주 다른 정서를 가지고 있어요. 그래서 다가가는 것이 쉽지 않구요. 그 분들을 대할 때 어려워하지는 말아요. 편하게 다가가 봐요. 그래야 그 분들도 우리를 편하게 생각하니까요. 환자들을 바라보면서 우울해하지 말고, 그렇다고 너무 웃지도 말고, 지금 환자의 마음 상태가 어떤지 꿰뚫어 보는 것도 숙달되면 할 수 있겠지만 환자의 심리상태,

신체상태를 잘 고려해서 말을 선택해야 해요. 환자를 꾸준히 관찰하는 것도 잊지 말아야 하구요. 어제 조금 몸이 괜찮아 보였다가도 그 다음 날 죽을 만큼 사경을 헤매기도 하거든요.

암은 어떤 법칙이라는 것이 없어요. 암이라는 병명으로 고생하는 것은 같지만 개개인마다 병을 이겨나가는 방법이 다르기 때문에 우리들이 다가가는 것이 더 어려운 것 같아요. 그리고 환자를 대할 때는 스킨십이 중요해요. 아침나절에 봉사하는 것 좀 봤어요?"

"네."

"프란체시카 알지요?"

나는 고개를 끄덕거렸다.

"그 분이 102호 신기철 할아버지의 다리 주물러 드리는 거 본적 있어요? 다리뿐만 아니라 엉덩이에 생긴 욕창과 어깨에 생긴 물집까지 정성껏 간호하는 거 본적 있지요? 환자와 가까워지면 그렇게 할 수 있어요. 처음엔 눈빛으로, 다음엔 언어로, 그리고 그 다음엔 스킨십으로 환자와 가까워지면 돼요. 이성을 대할 때를 생각해봐요. 말없이 바라보다 말을 하게 되고 그러다 손을 잡고 안아주고 그렇게 정이 쌓이면 스킨십이 저절로 이루어지잖아요. 너무 서두르지 말고 천천히 하도록 해요."

"변형자씨 병명은 뭔가요?"

"위암이에요. 절제 수술을 한 번 받고 이곳에 내려왔는데 유문부 협착증이 생기고 있어요. 중앙에 발생한 암세포가 점점 아래로 내려와서 시간이 지날수록 음식 섭취가 어려워질거예요."

유문부란 음식이 위에서 십이지장으로 내려가는 길목을 말하는 것이다. 그 부분이 막혀오기 시작하면 점점 음식물의 통과가 어렵게 되어 환자는 식사를 거부하게 된다.

"그 분 직업이 뭔지 알아요? 심리학 교수예요. 아침 방송에 가끔 나오기도 했는데 수아씨 본 기억 없어요?"

심리학 교수, 그녀가 심리학 교수라니, 나는 나를 쏘아보던 그녀의 눈빛이 떠올랐다.

"아이들이 둘 있어요. 저녁때는 꼭 와서 엄마와 시간을 보내고 늦은 시간에야 돌아가지요. 수녀님이 그 아이들을 많이 예뻐하세요. 남편은 없는지 가족사항에는 없고, 사연은 잘 모르지만 뭔가 있긴 한 것 같은데, 아직까지 봉사자들 중에 변형자씨하고 친분있게 지내는 사람이 없어서 정확한 사정은 몰라요. 필요할 때 봉사자의 손길을 원하지만 그렇다고 해서 마음을 터놓고 말을 하지는 않으세요."

"아까 그 분 차트를 봤어요. 그랬더니 저에게 베개를 집어던지려고 했어요."

"변형자씨는 사회에서 인정받았던 심리학 교수였어요. 대단한 프라이드가 있는 사람이지요. 그런 사람이 병이 들어 초라하게 누워 있으니 자신이 얼마나 한심하고 또 자신에게 닥친 현실이 얼마나 억울하겠어요. 앞으로는 절대 차트를 보지 마세요.

환자는 지금 자신에게 닥친 현실을 인정하기를 극도로 싫어해요. 과거의 자신을 잊지 않고 있지요. 때문에 초라한 자신의 모습에서 다른 누군가가 과거의 자신을 알게 하는 것이 싫은 거예요. 과거의 자신에 대해 끝없는 미련을 가지면서 현실로 다가올 상황들을 절대적으로 배척하려고 해요. 그 사이에서 환자는 많은 갈등을 하게 되면서 분노하고 고통으로 아파하면서 심리적으로 위축되는 상황을 만들지요. 환자는 삶이라는 공간에서 죽음이라는 공간으로 자신이 서서히 다가가고 있다는 것을 받아들이지 못하고 있어요. 그 안에서 만들어지는 분노는 당연한 것이고 봉사자들은 환자에게 부정할 시간적 여유가 필요하다는 것을 이해해야 합니다. 더구나 변형자씨처럼 사회적인 명예와 명성이 있던 분은 자신의 현실을 인정하지 않지요.

말기 암 환자들이 대부분 다 그래요. 변형자씨는 자신이 남에게 보여지는 것을 극도로 싫어하고 있어요. 이유는 한 가지예요. 지금의 자신을 부정하기 때문이에요. 우리는 환자가 분노를 표현하도록 두어야 합니다. 그리고 환자를 이해하고 많은 관심으로 우리가 환자를 사랑하고 있다는 것을 느끼게 해 주어야 합니다. 환자는 자신이 가치 있는 인간이기를 원하고 있어요. 죽음 앞에 버려진 인간이 되는 것을 원하지 않고 있습니다. 사랑으로 보살핌을 받길 원합니다. 어떤 기대도 할 수 없이 고통 속에 죽을 수밖에 없기 때문에 주변인들에게 받는 소외감에서 오는 외로움은 어찌 보면 죽음보다 더 처절하게 느끼는 지도 모를 일입니다."

"차트에는 이름하고 성별밖에 없잖아요."

"이유는 아까 말했던 대로예요. 환자는 이름이든 성별이든 가족관계든 무엇이든 남에게 알리고 싶어하지 않아요. 자신이 얼마만큼 살 수 있을지 자신조차 알지 못하기 때문에 죽음을 기다리는 시간이 괴롭지요. 끝없는 고통을 경험한 뒤에는 더욱더 초조해 해요. 환자가 스스로 죽음이 임박해 옴을 느끼게 되고 서서히 죽음을 받아들이기 시작하면 오히려 초연해지거나 과거를 회상하며 조금씩 안정을 찾아가기도 하지요. 그 분들은 항상 불안한거예요. 마음이 불안하니까 작은 일에도 화가 나는 법이지요. 다음부터는 환자의 차트를 보는 것은 삼가해야 할 거예요."

나는 이영숙씨의 말을 듣고 위축되는 나 자신을 느꼈다. 나는 환자들을 바라보면서 늘 마음이 무거웠다. 그들의 아픔을 제대로 알지 못한 채 연민만을 갖고 있었다. 내가 할 수 있는 일이란 무엇인가. 교육 때 들었던 것처럼 고통 속에 황폐해진 그들의 마음을 사랑으로 따스하게 소외되지 않도록 안아주는 일이다. 그러나 그 문제는 말처럼 쉽지 않았다. 교육을 듣고 이해할 때와는 다른 문제들이 그들과 나와 봉사자들의 현실 속에 있었다.

환자의 신체적 고통은 대부분 간호사들이 해결하는 부분이다. 나는 환자들이 원하는 바가 무엇인지, 그리고 내가 할 수 있는 최선이 무엇인지 알기 위해 환자들에게 가까이 가는 법을 배우기로 했다.

오전에는 빠지지 않고 병실을 둘러보았다. 환자들과의 눈인사는 빼놓지 않고 했다. 비언어적인 교류는 그다지 어려운 일이 아니었다. 이불을 차버리는 환자의 이불을 어깨까지 덮어 주고 노인환자에게는 팔 다리를 주무르는 일부터 시작해서 식사 시중에 이르기까지 환자가 원하는 것이 무엇인지를 빨리 알아차리고 불편함이 없게 도와주는 일은 의사소통을 하지 않고도 환자를 꾸준히 관찰하면 알 수 있는 일이었다. 시간이 지나면서 나의 노력은 환자와의 거리를 좁혀 주었다.

비언적인 교류란, 언어적 교류와는 달리 많은 시간을 필요로 했으나 그 단계가 지나고 나니 환자와의 언어적 교류가 원만하게 이루어질 수 있었다. 스킨십이 시작되자 나는 환자들과 가까워지기 시작했다. 그것은 변형자씨의 태도에서도 알 수 있는 일이었다. 그녀는 여러 번 나와 눈인사를 했다. 나는 그녀의 안색을 살펴 웃기도 하고, 아니면 그냥 지나치기도 했다. 침대 옆 협탁 위에 어질러진 것들을 말없이 치우기도 하고 그녀가 자리를 비운 사이 침상을 새것으로 갈 아놓고 환의를 갖다 놓기도 했다.

그러던 어느 날 그녀가 내게 말을 걸어왔다. 그녀가 나에게 건넨 말은 '몇 살이에요?' 였다. 그 한 마디를 계기로 그녀와 나 사이에 벌어진 틈이 좁혀들기 시작했다. 그 거리는 내가 아닌 그녀가 좁혀 준 것이었다.

5

봄이 오고 있었다. 아파트 건물 주변 잔디가 조금씩 푸른빛을 띠기 시작했다.

병원에서 돌아오면 늘 늦은 저녁시간대였다. 저녁을 먹고 가라는 이영숙씨의 권유에도 나는 매번 그냥 집으로 돌아왔다. 봄이 온 것을 안 것은 해가 길어지면서 아파트 단지 내에 잔디가 푸르게 돋고 있는 것을 본 후였다.

주말이면 밀린 집안 일을 했다. 병원에서 지내던 습관이 집에서도 생겨나서 무엇이든 하지 않으면 안 되었다. 병원을 다니면서 나에게 생긴 변화중의 하나였다.

나는 커튼을 빨기로 했다. 이불 호청도 뜯어 세탁기에 돌리고 나니 점심 시간이 지나 있었다. 호스피스 활동을 시작하면서 주변 사람들과의 연락이 끊어졌다. 나는 호출기도 핸드폰도 소지하고 있지 않았다. 남편이 사준 핸드폰이 있었지만 남편이 죽은 후 핸드폰을 정지시켰다. 남편이 녹음해 놓은 음성사서함 멘트도 음성메시지도 핸드폰 벨 소리도 기억하고 싶지 않아서였다. 친구들, 친정 식구들은 노동부 사무실로 연락을 했었다. 하지만 사무실을 떠나면서 친구들과의 연락도 두절되었다. 나는 친정 어머니께 전화를 걸었다.

"여보세요?"

"엄마?"

"수아냐? 야야, 너 어떻게 된거니? 사무실은 그만 뒀어?"

"죄송해요. 연락을 드렸어야 했는데……. 노동부 그만뒀어요."

"왜? 거기 일이 힘들었니?"

대답이 없자 어머니는 다른 이야기를 시작했다.

"지난 주에 아파트에 갔다가 관리실에 김치 맡겨 두었었다. 찾아 갔니?"

"네, 엄마 저 김치 많이 안 먹어요. 힘드실텐데 이제 하지 마세요."

"그래도 한국 사람이 김치를 먹어야지. 김치가 암 예방에 좋다 잖니."

나는 김치가 암 예방에 좋다는 어머니의 말에 웃음이 나왔다. 왜 웃음이 나왔는지 모를 일이다.

"그래, 요즘은 어디 다니는데?"

"뭘 좀 배우러 다녀요."

병원에 드나든다는 말은 할 수가 없었다. 어머니는 다른 상상을 할 수도 있기 때문이었다.

"그 나이에 뭘 배우러 다닌다고 그래?"

들리지는 않았지만 어머니의 한숨과 혀차는 소리가 귓가에서 멍멍거렸다. 어머니는 한동안 말이 없었다. 나는 꼬여진 유선 전화기 줄을 풀기만 했다.

"수아야? 인제 그만 정리하고 새 사람 만나지 그러니?"

"……."

"엄마 말 잘 들어. 김서방 이제 죽은 사람이야. 너 그리고 사는 거 김서방이라고 마음 편하겠냐. 그렇게 죽은 것도 불쌍한데 죽은 사람 마음 아프게 하지 말아야지. 이제 좋은 사람 만나 행복하게 살아야지. 수아야 엄마 말 듣는 게냐?"

'좋은 사람이요? 새 사람이라구요?'

아직은 때 이른 말이었다. 10년이라는 세월이 흘러도 남편에 대한 기억을 지울 수만 있다면 기다리련만 남편의 기일이 돌아올 적마다 매번 힘이 드는데 한 사람을 가슴에 묻고 새 사람을 만날 수는 없지 않은가! 그것도 죄라면 죄가 될지도 모를 일인데. 달력에 검정글씨로 표기된 날, 이미 남편의 기일은 지났지만 내년이면 다시 돌아올 것이 아닌가.

"엄마, 나 아직은…… 아직은 좀 힘들어요."

어머니는 나의 대답에 오래도록 말이 없으셨다.

"엄마…… 죄송해요."

"그래, 알았다. 억지로 되는 게 아니지. 니들 같이 살면 안 된다고 김서방 어머니가 그렇게 말렸는데도 어디 그게 쉽게 되드냐. 억지로 되는 게 아니지……. 내가 괜히 쓸데없는 소리해서 니 속만 또 아프게 했구나. 미안하다."

"엄마……."

친정어머니. 그 말에 눈물을 흘리지 않는 여자가 있을까! 신행길을 마치고 친정집을 나설 때 어머니를 붙들고 많이 울었었다. 사랑하는 사람을 따라 살겠다고 양가 집안의 반대를 무릅쓰고 결혼을 강행했던 나는 그 날 차마 어머니를 등지고 나올 수가 없었다. 짐이 빠져 커튼만이 휑하게 걸려 있는 방을 바라보면서 첫 번째 나의 인생이 한 개의 언덕을 넘었다는 생각을 했다.

바리바리 밑반찬을 챙겨 승용차에 실어주시던 어머니, 나는 룸미러 속에서 멀어지는 어머니를 보며 한없이 울었다. 언덕 아래까지 내려와 마지막 가는 딸의 모습을 바라보시던 어머니는 그 자리에 주저 앉으셨다. 차를 멈추겠다는 남편의 말에 나는 그냥 달리라고 했다. 이제 멈춰 버리면 다시 갈 수 없을 것만 같아서. 그런 나의 어머니가 나로 인해 또다시 아파하고 주름진 얼굴에 눈물을 흘리도록 만들었다. 어머니가 나의 인생에 빚진 것이 무엇이고 내가 남편의 인생에 빚진 것이 무엇인가. 빚이 없다면 서로가 서로에게 아픔을 남겨야 할 이유가 없지 않은가.

이불 호청이 뽀송뽀송하게 말려지고 있을 때 나는 식품점으로 향했다. 어제 점심때 변형자씨가 식사하는 것을 보았다. 옆 환자 보호자가 쑤어온 잣죽을 조금 얻어와 먹었는데 맛있다며 한 그릇을 비워냈다.

나는 햅쌀과 잣을 샀다. 한번도 쑤어보지는 않았지만 어젯밤 안젤라와 통화를 하면서 잣죽 쑤는 법을 적어 두었다.

나는 곧바로 농협으로 갔다. 암에 좋다는 약재를 구하기 위함이었다. 재래시장을 가면 좋겠지만 그곳은 중국산이 허다하다고 해서 나는 일부러 버스를 타고 농협으로 가 산딸기 뿌리를 샀다. 산딸기 뿌리를 삶아서 보리차 대용으로 먹으면 암 예방에 효과적이라는 기사를 신문에서 본 기억 때문이었다.

이미 암에 걸린 사람에게 얼마만큼 효과를 줄 수 있을지는 모를 일이지만 무엇이든 해 주고 싶었다. 그녀가 나를 보며 웃었을 때를 기억하노라면 그녀가 곧 죽음을 맞이할 사람이라는 생각이 들지 않았다. 저렇게 밝게 웃는데 어떻게 죽을 수가 있을까! 나는 그녀가 두 아이의 어린 시절 이야기를 하면서 웃을 때면, 아이가 없는 내게는 공감할 수 없는 이야기임에도 마주보며 웃어 주었다. 조카들의 재롱을 떠올리면서.

나는 그녀와 가까워지면서 그녀가 죽음을 맞이할 것이라는 생각을 점점 잊어버렸다. 병원에 가면 제일 먼저 그녀를 찾았다. 나에게 병원을 가야 하는 이유가 생긴 것이었다.

새벽에 일어나 죽을 쑤었다. 뜨거운 물로 보온병을 따뜻하게 해 놓고 집을 막 나설 때 보온병 안의 물을 버리고 죽을 쏟아 부었다. 병원으로 향하는 버스 안에서 그것을 꼭 껴안고 있었다. 교복을 입은 남학생이 나의 그런 모습이 생소했는지 한동안 바라보고 있었던가 보다. 나는 학생의 가방을 받아 무릎 위에 올려놓았다. 몇 정거장이 지나자 학생은 보온병의 열기로 따뜻해진 자신의 가방을 받아들며 고맙다는 말을 했다. 가방을 양 어깨에 메고 씩씩하게 뛰어가는 남학생을 창문 너머로 바라보던 나는 변형자씨의 아들이 떠올랐다. 엄마의 죽음을 기다리는 아들이 저 학생처럼 씩씩하게 학교를 갈 수 있을까 하는 생각이 들자 한숨이 흘러 나왔다.

그녀의 아들을 몇 번 보았다. 고등학교 2학년, 아주 민감한 나이에 엄마의 현실을 어떻게 받아들이고 있을지 걱정을 했지만 아들은 의외로 씩씩했다. 변형자씨는 아이들과 시간을 보내다가도 고통이 오고 있다는 느낌이 들면 아이들을 서둘러 보냈다. 아이에게 상처가 될까봐서 그녀는 불시에 찾아오는 고통을 참아내느라 식은땀을 흘리곤 했다. 엄마의 식은땀을 닦아주는 아들은 울지 않았다. 내일 다시 오겠다며 병실을 돌아서 나가는 아들은 비상구 계단쪽으로 걸어가면서 얼굴을 잔뜩 아래로 수그렸다. 아들이 받을 상처를 어머니는 알고 있었고, 어머니가 안은 상처를 아들 또한 잘 알고 있었다. 서로가 서로에게 상처 외에 또 다른 짐을 안겨 주기 싫어서 그들 모자는 그렇게 자신의 상처를 끌어안고 있었다.

성적이 상위권을 맴돌던 아들이었는데 자신이 병으로 고생하면서 성적이 많이 떨어졌다며 변형자씨는 병동에 들어온 이후 아들의 성적을 묻지 않았다고 했다. 그러던 어느 날 그녀의 아들은 정상탈환이라도 한 것처럼 성적표를 들고 와 어머니의 품에 안겼다. 그녀의 아들은 어머니를 위로하는 법을 알고 있었던 것이다.

병실에 들어서자 변형자씨는 침대 윗판을 세우지 않은 채 앉아 있었다. 나는 그녀의 안색을 살피며 그녀에게 다가섰다. 어젯밤에 분명 환의를 갈아 입혀 주었는데 환의 윗옷에 얼룩이 묻어 있었다. 나는 그녀에게 베개를 안겨 주었다.

"왜 이러고 앉아 계세요?"

"어제 형철이가 오지 않았어요."

그녀는 고개를 모로 돌려 창 밖을 바라보았다. 나는 창 안으로 쏟아지는 햇살을 맞고 있는 그녀의 얼굴을 보았다. 핏기 없는 창백한 혈색에 밤사이 목마름으로 갈라져버린 입술, 아들을 기다리느라 밤

새 잠을 설쳤는지 그녀의 눈은 안으로 깊이 들어가 있었다.

"시험 기간이라 바쁜 모양이지요?"

"중간고사는 끝났을 텐데."

이곳에 누워서도 그녀는 아들의 하루 일과를 알고 있었다.

"다른 바쁜 일이 있어서 못 왔을 거예요. 오늘은 꼭 올 거예요. 죽을 쑤워 왔어요. 아침은 드셨어요?"

그녀는 말 없이 나를 바라보았다.

"왜 이렇게 나에게 잘해 주지요?"

나는 그녀의 눈을 바라보았다. 그녀를 위로해 줄 대답을 생각했으나 마땅한 답을 찾지 못했다. 제대로 된 답을 하지 못할 바에야 그녀에게 거짓 없는 눈빛으로 나의 마음을 전하는 것이 낫다는 생각에서였다.

"수아씨, 왜 나에게 잘해 주는지 이유를 알고 싶어요. 나는 아주 많이 독선적이고 고집쟁이에다가 나 자신밖에는 이 세상 누구도 귀하다고 생각해 본 적이 없어요. 형철이와 민영이를 빼놓고는요. 어렸을 때부터 공부도 잘했고 글도 꽤 잘 썼어요. 내 직업이 뭔지 알아요? 아니요, 질문이 틀렸군요. 내 직업이 뭐였는지 알아요?"

나는 알고 있음에도 대답을 하지 않았다.

"대학교수였어요. 심리학 박사 변형자."

그녀는 나에게서 시선을 돌려 창 밖을 바라보았다. 그녀는 이제 나에게 마음의 문을 열고 싶어하는 것 같았다. 어느 누구에게도 자신이 누구였는지 말하지 않았던 그녀가 철저히 가둬 두었던 자신을 나에게 보여주려 하고 있었다. 나는 보온병의 마개를 열려다 다시 돌려 놓았다.

"아침에 수녀님하고 담당 선생님이 왔다 가셨어요. 매일 오시기는 하지만 오늘따라 수녀님을 바라보는 것이 무척 부끄럽더군요. 수녀님은 나의 손을 잡고 기도를 해 주셨어요. 나는 매일 듣는 그 기도가 무척 싫었어요. 알 수 없는 그 무엇에게 나를 무한정으로 부탁하는 수녀님의 기도가 싫었어요. 나는 지금까지 어느 누구에게도 의지하지 않고 살았어요. 그런 내가 죽음이라는 것 앞에서 모르고 살던 절대자에게 의지해야 한다는 현실이, 곧 죽게 될지도 모른다는 현실이 정말 싫었으니까요.

처음에 암 진단을 받고 난 뒤에도 난 당당하게 교단에 섰어요. 우스웠어요. 이렇게 건강한데 암이라니, 그것도 말기라니 우습잖아요. 혈기 왕성한 학생들을 바라보면서 나의 기억 속에 있는 나의 지식을 혀를 통해, 흑판을 통해 학생들에게 알려주었지요. 나는 그날 강의 중반쯤에서 강의 내용과는 다른 이야기를 했어요. 인생에 대해서 말을 했지요. 밝힐 수 없었던 나의 지난 과거와 지금의 현실을 적절히 엮어가면서 말이지요. 학생들은 흥미롭게 나를 바라보았어요. 강의를 끝내고 나오면서 내가 무슨 생각을 했는지 알아요. 남학생이 많지 않아서 다행이구나, 하고 생각했어요."

두서없는 그녀의 이야기를 이해하지 못하는 나를 한동안 바라보던 그녀가 다시 이야기를 시작했다.

"나는요, 나는 죄를 진 적도 없고, 남에게 불편함을 준 적도 없고, 그저 아이들을 키우며 열심히 산 죄밖에 없어요. 그런데 왜 나에게 이런 일이 생긴 것인지 거짓 같았어요. 까짓것 위 같은 장기 기관이야 반을 잘라 내고도 산다는데 수술하고 말지 생각했었지요. 나는 의사의 말을 무시하고 있다가 병원에 가서 수술을 받겠다고 했어

103

요. 의사는 한동안 말이 없더군요. 후우~ 수아씨, 나 좀 눕고 싶어요."

그녀는 통증이 오는지 심호흡을 길게 하고는 자리에 누웠다.

"숨 쉬기가 힘드세요?"

"괜찮아요. 참을만한데요, 뭐. 어젯밤엔 이보다 더 했어요. 계속 앉아만 있었는걸요."

그녀가 웃었다. 그녀 말대로 암에 걸렸다는 현실이 정말 우스운 듯이.

"주무시지 못하셨어요?"

"밤이면 왜 더 아픈지 모르겠어요. 잠도 오지 않고."

불면증은 통증 악화의 가장 많은 요인중의 하나이다. 갑자기 복도 쪽에서 발빠른 움직임이 느껴졌다. 간호사와 의사가 급히 뛰어가는 모습이 보였다. 나는 다시 오겠다는 말을 하고 병실을 나왔다. 어느 병실인지를 몰라 복도에 서 있는데 수녀님이 102호 병실로 들어가고 있었다. 병실 앞에는 안젤라가 머뭇거리다 병실 안으로 들어갔다. 나는 그들을 따라 102호 병실로 들어갔다. 최준열 선생님이 신기철 할아버지의 동공을 살피다 할아버지의 가슴을 열어 청진기를 가져다 대었다.

"보호자에게 연락하세요."

수녀님의 말을 들은 간호사가 급히 병실을 나갔다. 수녀님은 할아버지의 웃옷을 여며주고 그의 손에 십자가가 걸린 묵주를 쥐어 주었다. 할아버지는 약한 숨을 내쉬고 있었다.

"할아버지 제 말 들리세요?"

할아버지는 대답이 없었다.

"이제 편안해지신 것 같습니다. 곧 하느님 나라로 가실 것 같아요. 조금만 기다리세요. 자제분들이 오실 겁니다."

수녀님은 할아버지의 손을 보듬어 잡았다. 아직은 숨이 남아 있는지 할아버지는 수녀님의 손을 잡은 손에 힘을 주었다.

"마리아실로 옮기세요. 그리고, 후우~. 할아버지 양복도 챙겨 오시구요."

프란체시카는 조금은 경직된 얼굴로 병실을 나갔다. 나는 그 자리에 더 이상 있을 수가 없었다. 죽음이라는 것이 내 앞에 현실로 나타났기 때문이었다. 신기철 할아버지의 거친 호흡소리가 자꾸만 기억되었다. 나는 떨리는 다리를 진정시키지 못하고 가까이에 있는 보호자 휴게실 의자에 몸을 내려앉았다. 언제 나왔는지 안젤라도 그곳에 있었다. 우리 둘은 한동안 말이 없었다.

"괜찮아?"

안젤라는 나의 손을 잡았다.

"우리 커피라도 마실까? 밖에 나가서. 오늘은 햇볕이 좋던데."

안젤라는 담담하게 웃었다. 햇볕이 좋다며.

안젤라는 코끝으로 커피향을 맡고만 있었다. 그녀는 커피가 식기를 기다리고 있는 것인지 종이컵을 맞잡은 손을 놓지 않았다. 주차장에 설치된 차단기가 내려졌다 올려졌다를 반복하고 여러 대의 차량이 계속해서 병원 안으로 들어가고 나가기를 반복했다. 차량 뿐만이 아니라 사람들도 들어가고 나가기를 반복하고, 아픈 사람이 그리도 많은지 언제나 병원 출입구 앞은 차량과 사람들로 분주했다.

검정색 새단 승용차 본네트에 상여 줄이 브이자로 묶여 지나가고 그 뒤에 상주와 문상객을 실은 대형 버스가 장례식장 쪽에서 나오고 그 뒤에 몇 대의 승용차가 상여차 뒤를 따라가고 있었다.

"이상한 일이지. 저런 차량을 일주일에도 몇 대를 더 보는데도 볼 때마다 마음이 편하질 않아. 익숙해질 때도 됐는데 말이야. 아니지, 익숙해 진다기 보다는 무뎌져야 한다는 표현이 적당하겠다."

상여 차량을 바라보던 안젤라는 한모금도 마시지 않은 커피가 담긴 종이컵을 나무의자에 내려놓았다. 그리고 묻지도 않은 대답을 했다.

"실은 좀 전에 마셨거든. 병실에 있기가 싫어져서."

안젤라는 묻지도 않은 대답을 이유까지 설명하고서 눈살을 찌푸리며 하늘 위를 올려다보았다.

"햇볕이 진짜 좋구나! 예전에 우리 할머니가 이런 말씀을 하셨어. 따뜻할 때 죽어야지 자식들 고생 안 시킬텐데, 병치레하지 말고 죽어야 할텐데 하시면서 말이야. 날씨가 추우면 땅속도 추울거야. 겨울에 언 땅은 잘 다져지지도 않는데."

"저 분도 좋은 날씨에 가셨으니까 좋은 곳에 가실거야. 신기철 할아버지도 그렇고. 안젤라? 나 묻고 싶은 게 있어. 왜 호스피스 병동에서는 심폐소생술을 하지 않는 거지? 신기철 할아버지 금방 돌아가실 것 같지는 않아 보였는데."

"그 이유는 이곳에 내려오신 환자분들은 죽음이 이미 예견된 환자들이기 때문이야. 심폐소생술을 하게 되면 생명의 연장보다는 고통의 연장이기 때문에 환자에게나 가족에게나 그 자체가 고통의 연장이 될 수 있기 때문이지. 그냥 자연스럽게 진행시켜서 편안하게 돌아가실 수 있도록 해드리려고 하지. 이런! 커피가 다 식어버렸네! 그

106

만 들어가자."

"나 조금만 더 앉아 있다가 갈게. 먼저 들어가."

안젤라는 수긍의 눈빛으로 나를 한번 돌아보고는 자리에서 일어섰다. 나는 그녀의 모습이 사라질 때까지 그녀의 뒷모습을 바라보았다. 어쩌면 안젤라는 곧장 병실로 안 갈지도 모른다. 마시지도 않을 커피를 뽑으면서까지 이곳에 나왔을 때는 안젤라도 나처럼 불안했기 때문일 것이다.

그녀의 커피는 입술 자국이 남겨지지 않은 채 그대로 나무의자에 앉아 있다. 커피 수면에 뿌옇게 프림이 떠올랐다. 나는 종이컵 옆면을 손가락으로 톡 하고 건드렸다. 파장이 일었지만 수면 위에 올라온 프림은 쉽게 섞이지 않았다.

마리아실 앞에서 서너 명의 사내가 서성거렸다. 이곳에 있으면서 신기철 할아버지의 보호자를 본 적이 없었다. 그들이 이제야 나타났다. 한 사내가 호스피스 봉사자 복장을 한 나를 보고는 목례를 했다. 뒤늦은 인사, 무엇을 의미하는 것일까! 나는 좋지 않은 기분을 느끼며 그들을 지나쳤다.

세탁실 옆에는 다림질을 할 수 있는 방이 따로 마련되어 있다. 나는 수거해온 침대 시트를 세탁하기 위해 세탁실 문을 열려다 옆방에서 다림질을 하는 프란체시카를 보고는 그리로 들어갔다. 그녀가 검정색 양복을 다림질하고 있었다. 상의와 와이셔츠는 이미 다려져 있었고 그녀의 손에는 검정색 양복바지가 들려 있었다. 다림질을 하는 그녀의 한쪽 어깨가 자꾸만 얼굴쪽으로 올려진다. 울고 있는 것인지 자꾸만 어깨를 들썩거려서 다리미에 손을 대면 어쩌나 하는 걱정이 들었다.

"제가 할게요."

프란체시카는 괜찮다면서 고개를 저었다.

"신기철 할아버지 건가요?"

"네. 할아버지가 나와 친해지면서 내게 이 양복을 맡기셨어요. 할머니가 마지막으로 해 주신 옷이라면서. 한 번 밖에 입지를 못하셨데요. 양복을 주시면서 그러시더군요. 왜 검정색 양복을 해 주었는지 알겠다고."

그녀는 더는 말을 잇지 못했다. 이곳의 봉사자들은 자신이 보살피던 환자가 임종을 하면 눈물을 흘리지 않으려고 한다. 슬픔을 감당하지 못하는 가족들에게 눈물을 보이는 것은 위로가 되지 않기 때문이었다. 그래서 프란체시카는 할아버지가 수의로 입으실 양복을 다리며 남 몰래 울고 있었던 것이다.

임종시 수의는 환자가 입고 싶어하는 옷을 입혀주게 되어 있었다. 마리아실에서 마지막으로 가족들과의 이별을 하고 나면 환자는 환의를 벗고 몸을 깨끗이 닦은 후에 자신이 입고 싶은 옷을 입혀준다.

"수아씨, 나중에 겪어보면 알겠지만요, 나는 이러는 게 처음도 아닌데 매번 잘 안되네요. 마지막 가는 길이라도 편해야 할텐데……. 왜 이리 임종이 더딘지……."

"프란체시카? 할아버지가 찾아요. 빨리 마리아실로 오세요."

간호사의 말이 다급했다. 나와 프란체시카는 마리아실로 향했다. 프란체시카가 마리아실로 들어간지 얼마 되지 않아 그녀의 노랫소리가 들려왔다. 성불사의 밤이었다. 프란체시카는 마지막으로 할아버지에게 노래를 들려주고 있었다.

얼마나 아프면 죽을까? 그 질문에 대답을 할 수 있는 사람이 있을까. 죽음은 일회적인 것으로 한 번의 경험밖에 없기 때문에 아무도 그 질문에 대답을 할 수 없을 것이다. 죽음을 기다리는 사람들, 우리가 그들에게 할 수 있는 것은 옆에 있어 주는 것, 외롭지 않게 죽음을 기다릴 수 있도록 사랑해 주는 것이다.

신기철 할아버지의 장례는 이틀 뒤에 이루어졌다. 할아버지의 아들들이 다 모이기까지는 하루하고도 반나절이 걸렸다. 싸이판에 있는 맏아들이 도착하기를 기다렸다가 장례는 이루어졌다. 할아버지의 세 아들과 또 하나의 남자가 있었다. 그 사람은 변호사였다.

신기철 할아버지는 싸이판에 특급호텔을 갖고 있을 정도의 재력가였다. 싸이판에 있는 맏아들이 도착을 하자 그 사람과 동행하여 나타난 변호사는 장례식장에서도 시간만 나면 할아버지의 아들들과 한자리에 앉아 무엇인가를 논의했다. 그리고 장례가 치뤄진 다음 날 맏아들로 보이는 한 남자가 프란체시카를 찾아왔다. 그녀와 긴 이야기를 나누던 할아버지의 맏아들은 프란체시카에게 두툼한 봉투를 건넸다. 그녀는 정중하게 거절했고 그 이야기는 봉사자들 사이에 전해졌다. 프란체시카가 거절한 봉투는 할아버지의 유언대로 이루어진 것이었다. 그러나 그녀는 그것을 받지 않았다.

신기철 할아버지가 돌아가신 뒤 몇 명의 환자가 잇따라 죽음을 맞이하게 되고 환자로 꽉 차있던 병실은 군데군데 빈 침대로 쓸쓸했다. 3, 4일이 지나자 새로온 환자들이 입원하게 되었지만 떠난 이의 빈자리는 어딘지 모르게 쓸쓸하게 남겨져 있었다.

종양세포가 유문부를 좁혀오면서 변형자씨의 구역질과 구토는 심해지기 시작했다. 음식물을 넘기면 그대로 토해버리기가 일쑤였다.

식욕은 날로 부진해지기 시작했고 체중은 급속도로 내려가기 시작했다. 양볼에 그늘이 지기 시작하면서 변형자씨는 거울을 보지 않았다.

호스피스 병동에 입원한 환자들은 일주일에 한 번씩 봉사자들과 가족들의 도움으로 목욕을 할 수 있었다. 오랜 투병생활로 몸조차 스스로 가눌 수 없는 말기 암 환자들은 제대로 된 목욕을 할 수 없게 된다. 기껏해야 물수건으로 얼굴과 손 발 정도만을 닦을 수 있고 또 그 부분만이 병원에서 보호자가 환자에게 해줄 수 있는 일이었다. 그리고 일반 병동에서는 몸을 가누지 못하는 환자들을 씻길 수 있는 부대시설이 갖추어져 있지 않았다.

봉사자들이 환자에게 목욕을 하시겠냐고 권하면 대부분의 환자들은 거절한다. 혹자는 화를 내기도 한다. 씻는 것을 스스로 귀찮게 생각하기도 하거니와 타인에게 몸을 맡겨 씻는 것에 대한 거부감이 크기 때문이다.

변형자씨도 예외는 아니었다. 가족의 도움 없이 처음 변형자씨가 나의 도움으로 목욕을 하던 날 그녀는 거울을 한참동안 들여다 본 후 자신의 얼굴에 정성껏 로션을 발랐다. 소매를 걷고 양팔과 손등에까지 여러 번 로션이 잘 스며들도록 문질렀다. 그녀는 병원에 들어온 지 석 달 만에 목욕을 해 본다면서 로션 냄새가 좋다고 얼굴 가득 미소를 지으며 머리카락이 빠져 드문드문 비어 있는 자신의 머리를 쓸어 내렸다. 그러던 그녀가 식욕이 급속도로 부진해지면서 목욕하는 것을 거부하기 시작했다. 관장영양과 정맥영양을 하고 있기는 했으나 수액으로 몸은 붓기만 했다.

"어차피 썩을 몸인데 닦고 싶지 않아요. 괜한 신경 쓰지 말고 다른 환자에게 가 보세요."

암의 말기 끝을 보고 있음인지 그녀는 자신에게 행하는 타인의 손
길을 의미없게 생각하기 시작했다.

암의 전이는 간과 복막, 폐 그리고 중추신경계에 이르러 있었다.
토혈을 하기 시작했고 심한 변비 증세로 아랫배가 불러오고 복수가
차오르기 시작했다. 변 완화제를 투여하기도하고 좌약과 관장을 하
기도 했다. 처음에는 변이 잘 나올 수 있었지만 안쪽으로 딱딱하게
굳어 있는 변 덩어리들은 쉽게 나오지를 않아 간호사와 변형자씨를
여간 애먹이지 않았다. 급기야 간호사는 항문으로 손가락을 넣어
딱딱하게 굳어 있는 변을 긁어내야 했다.

5월 햇살이 좋은 어느 날 변형자씨는 밖으로 나가기를 원했다.

"오늘 날씨가 어떤가요? 입춘은 지났나요?"

창 밖을 바라보던 그녀가 내게 물었다.

"입춘이 지난 지는 꽤 오래 되었어요."

"시간도 계절도 잊고 산지가 오래 되었어요. 내가 아픈지가 1년이
좀 넘었나? 그쯤 됐을거예요. 암 선고 받았을 때는 많이 살아야 6개
월이라고 했는데……. 그래도 오래 살았지요?"

대견하지 않느냐는 듯, 뼈를 깎아내는 고통을 잘도 참지 않았냐는
듯 나를 바라보았다.

"밖에 나가 보고 싶어요, 수아씨. 창 밖에 아지랭이 보여요? 햇살
이 따뜻한가봐요."

"유리창에 빛이 반사돼서 보이는 걸거예요. 5월이라도 아직은 외
출하시기에 좀 일러요."

그녀의 눈동자는 아지랭이를 보고 있음인지 창쪽에서 시선을 떼

지 못했다. 그러면서 아이처럼 중얼거렸다.

"나가고 싶어요……."

나는 휠체어에 그녀를 앉히고 다리 위에 두꺼운 수건을 덮어 주었
다. 그녀는 수건을 치우라고 말하고는 협탁 안에 있는 담요를 꺼내
달라고 말했다. 체크무늬 모포였다.

"재작년 겨울방학 때 형철이하고 민영이하고 유럽여행을 갔었어
요. 비행기 안에서 형철이가 몰래 배낭 안에 넣어서 가지고 온 거예
요. 들킬까봐 조마조마 했었는데……."

그녀는 체크무늬 모포를 활짝 펴서 허리부터 종아리 아래까지 내
려오게 덮었다. 통증이 심해지면서 음식도 주사도 목욕도 거절하던
그녀가 서늘한 공기에 자신의 몸이 노출될까 걱정되어 얇은 모포로
자신의 몸을 정성스럽게 감쌌다. 옷 매무시를 만지듯 여러 번 모포
가 흩어지지않게 다독거렸다. 수녀님의 허락을 구한 다음 1층으로
내려와 응급실 쪽으로 돌아 나와 마리아 상이 있는 곳으로 휠체어를
돌렸다. 휠체어 아래에는 복수가 담긴 비닐 주머니가가 흔들거리고
왼쪽으로는 링거병이 흔들거렸다. 그녀는 햇볕이 얼굴에 내려앉자
인상을 찌푸렸다. 괜찮냐고 묻자 그녀는 엷게 웃었다.

"춥지 않으세요?"

"모자를 쓰지 말걸 그랬어요. 모자 안이 더워서 욕창이 생기면 어
쩌지요?"

말기 암 환자에게는 부종이라는 증상이 나타난다. 원인은 영양장
애와 수액과다, 상대정맥증후군으로 인해 부종이 발생하게 되는데
부종은 욕창의 원인이 된다. 변형자씨는 골반 아래쪽에 욕창이 생
긴 것을 두고 하는 말이었다. 그녀는 갈색 모자를 살짝 들어 올렸다.

"햇살만 따뜻하지 바람은 차잖아요. 조금만 있다가 우리 들어가요."

그녀는 햇살이 내려 쪼이는 의자 쪽으로 손을 가리켰다. 그쪽으로 휠체어를 옮겨가자 나에게 의자에 앉으라고 말했다.

"하루 종일 서있잖아요. 앉아봐요. 의자가 따뜻해 보여요."

그녀와 나는 지나가는 다른 환자들을 바라보기도 하고, 흰 가운을 입고 무리지어 지나가는 초자배기 의사들을 바라보기도 했다. 변형자씨는 하늘을 올려다보다 가끔씩 눈을 감으며 소소히 불어오는 봄바람 속에 실려온 햇살을 느끼고 있었다. 그녀는 햇살 속으로 얼굴을 들이밀며 감았던 눈을 떴다. 한 방울씩 떨어지는 링거병 속의 수액방울 아래로 그녀의 시선이 닿아 있는 곳은 마리아 상이었다.

"남편이 있어요."

그녀에게서 들어보지 못했던 남편의 이야기를 그녀가 시작하고 있었다.

"오랜만에 남편이라고 말해보는군요. 그 사람은 내 남자가 아니라 다른 여자의 남자예요. 내 편이 아닌 남의 편이 되어 버린 사람."

그녀는 남편이라는 말의 뜻을 본뜻과는 달리 독립된 단어들만의 뜻대로 풀어 내게 말했다. 그녀는 한숨을 깊게 몰아 쉬며 다시 말을 이어 나갔다.

"수아씨는 남편이 있나요? 있다면 남편의 존재를 어떻게 생각하지요?"

남편의 존재? 그것은 나에게 슬픔이었다. 나는 대답을 하지 못했다.

"형철이가 초등학교 5학년 때니까 벌써 6년이나 되었네요. 나는

요, 6년 동안 남편의 존재를 무시한 채 살았어요. 없어도 된다고, 내 아이들만 내 곁에 있으면 된다고 생각하며 살았어요. 남편은 내가 아픈걸 모르고 있어요. 알릴 필요조차 없으니까. 쿨룩 쿨룩⋯⋯."

"그만 들어가요. 바람이 너무 차서⋯⋯."

"괜찮아요. 이 정도쯤이야."

나는 겉옷을 벗어 그녀의 어깨에 걸쳐 주었다.

"형철이가 봄방학을 마칠 무렵 형철이와 나는 꽃무늬가 프린트 된 비닐 포장지로 새 교과서를 싸고 있었어요. 형철이가 비빔국수가 먹고 싶다고 해서 국수를 먹고 난 다음이니까 점심때가 지난 오후쯤 이었을거예요. 거실에서 유선방송을 보던 남편이 나를 잠시 방으로 들어오라고 하더군요. 학교 강의 때문에 아이들과 제대로 놀아주지 못한 나는 그날의 여유를 놓칠 수가 없었어요. 남편의 말을 무시하 고 교과서를 다 쌀 때까지 방안으로 들어가지 않았어요. 교과서를 다 싼 형철이는 노트와 다른 필기도구를 사야 한다면서 밖으로 나갔 고 나는 안방으로 들어가 남편에게 물었어요. 무슨 일이냐고. 방안 에선 담배를 피우지 않던 사람이 그날따라 유달리 많은 담뱃재를 쌓 아놓고 있더군요. 안 좋은 일이구나 생각했지만 평소에 침착한 사 람이었기 때문에 걱정 없이 말을 붙여 보았어요. 무슨 일이냐고."

"남편분 직업은 뭐였나요?"

"K대 한의학 교수."

의학박사라는 말에 나는 멈칫 놀라고 말았다. 의사라는 사람이 아 내의 병을 알지도 못한 채 이렇게 방치해 두었다는 사실이 믿어지지 않았다. 그녀는 서두에 남편에게 자신의 병을 알리지 않았다고 말 했었다. 그녀의 이야기는 계속되었다.

"나의 물음에 그가 대답했어요. 여자가 생겼다고. 더 이상은 묻어 둘 수가 없어서 당신에게 말을 하는 것이라고. 자신의 인생을 한 여자에게 묶어놓기는 싫다면서 이 여자가 아니면 가슴이 두근거리는 사랑을 다시는 꿈꿀 수가 없을 것 같다고. 이번이 마지막 기회라면서 그녀를 놓칠 수 없다고, 사랑한다고, 머뭇거림도 없이 자신의 여자에 대해 말을 하더군요.

나는 그의 당당함에 할말을 잃었고 자신의 인생이 자식의 인생보다 중요하다고 생각한 독선적인 그 사람을 용서할 수 없다고 그 순간에 판단해 버렸어요. 그리고는 바로 가방을 꾸려 나가라고 말했지요. 남편은 짐을 꾸려 나가면서 아이들은 당신 곁에 두고 간다고, 언젠가 아이들이 부담스러워지면 내게로 보내라고 말했어요. 그리고 아이들이 커서 아버지를 이해할 수 있는 나이가 되면 자신을 용서할 거라고. 모든 일은 한순간에 일어나 버린거예요."

그녀는 흉통을 느끼며 링거바늘이 꽂힌 손으로 가슴을 부여잡았다.

"그만 하세요. 오늘은 그만."

"아니요, 다 말해버리고 싶어요. 후우~, 자존심 때문에 아무에게도 말하지 못했어요. 학생들 앞에 내 인생의 오점을 보이면서 강단에 서고 싶지 않았어요. 가정이 온전하지 않은 사람이 무슨 교수라고 TV나 강단에 서서 강의를 할 수 있겠어요. 그것도 심리학 교수가 말이에요. 우습잖아요. 인생이니, 사랑이니, 삶이니 하는 것들은 잘 꾸며서 이야기해야 하는데 말이에요.

나는 그 사람과 별거를 시작하면서 그 사람에게 한 가지 약속을 받아냈어요. 명절 때는 아이들의 외갓집에 와 달라고. 어머니가 심장병이 심해서 그것만은 지켜달라고 말했어요. 어머니한테만은 말을 할 수가 없었어요. 돌아가실 때까지 말씀드리지 않았어요. 편히 못 가실까봐서……. 욱, 허억……."

구토와 함께 각혈이 손바닥에 흘러 나왔다. 나는 휠체어를 돌려 병동으로 뛰었다. 허둥대는 내게 수녀님은 진정하라면서 괜찮다고 말했다. 그녀는 침상으로 옮겨졌다. 기침은 멈추어졌지만 그녀는 호흡곤란 증상을 나타내기 시작했다. 간호사가 급히 달려 들어와 기관지 확장제와 주사약을 투여했다. 그녀는 양다리를 상체로 바짝 붙인 채 식은땀을 흘리면서 사지를 부들거리며 떨었다. 한 시간이 흐르고 두 시간이 흐르고 점차 시간이 지나자 고통은 서서히 없어지기 시작했다. 12시간이 지나서 또 다시 증상이 나타나면 다른 방법의 약물을 써야만 증상을 조절할 수 있었다. 다행히도 증상은 호전되고 있었다.

적당히 데워진 물수건으로 그녀의 손을 닦아주었다. 손바닥과 손가락 사이사이에 각혈로 인해 피가 묻어 있었다. 환자복을 갈아 입히고 싶었으나 곤히 잠든 그녀를 깨우고 싶지 않았다. 낮에 잠을 자면 밤에 잠을 이루지 못하기 때문에 환자들은 웬만해선 낮에 잠을 자지 않는 것이 좋았지만 나는 깨우질 않았다.

변형자씨는 요사이 갑작스럽게 많은 고통을 호소했다. 암은 말기로 갈수록 고통이 심해진다. 진통제와 마약성 약품으로 고통을 경감시킬 수 있다고는 하지만 아픈 그 순간을 참아내야 하는 일은 환자에게 죽음보다도 더 두려운 순간일 것이다.

나는 세탁된 이불을 가져다 덮어 주었다. 그녀는 고통을 참아낸 고단한 얼굴로 잠이 들어 있었다. 나는 그녀를 바라보면서 잠든 그녀의 의식 속에 지금은 무엇이 자리하고 있을까 하는 생각을 했다. 죽음을 기다리고 있는 자신의 인생에 대해, 엄마가 떠난 뒤의 자식의 인생에 대해, 자신의 남편이길 원치 않았던 한 남자에 대해, 사랑하는 사람에게 버림받은 오기로 묶인 자신의 육체가 썩어가고 있는 것에 대한 분노에 대해, 그리고 죽음을 어떻게 기다리고 받아들여야 할지에 대한 걱정과 두려움에 대해.

처절한 그녀의 몸부림을 보았다. 살고 싶을 것이다. 아이와 함께 남편에게 보란듯이 잘 살고 싶을 것이다. 그러나 암세포는 몸속을 돌아다니며 정상 세포도 암세포로 만들어 버리고 그 수가 더할수록 고통의 강도는 세어지고 있다. 그녀는 죽음이 가까이 오고 있음을 알고 있는 것인가.

고통! 그것을 완전히 치유할 수 있는 방법은 없을까! 호스피스 정신에서 말하는 말기 암 환자들에게 남아 있는 삶의 질을 높인다는 것은 그들에게 얼마만큼의 필요성을 갖게 하는 것일까? 그나마 호스피스 병동에 입원한 환자들은 호스피스라는 제도 안에서 조금이나마 혜택을 받을 수 있다. 그러나 일반 병동에 있는 환자들은 이 병동의 환자들만큼 남아 있는 삶의 질에 대한 혜택을 받을 수 없다.

암으로 투병하고 있는 환자들은 항암제를 맞은 후의 후유증을 알고 두려워하고 있다. 그로 인해 자신에게 처방되는 약품에 대한 신뢰성을 갖고 있지 않다. 암 환자의 대부분은 마약성 진통제로 사용되는 몰핀에 대해 잘못 인식하고 있다. 그 이유는 몰핀을 맞을 경우 중독될 경우에 대한 두려움과, 내성이 생길 것에 대한 두려움, 그리고 '암 환자가 몰핀을 맞으면 곧 죽는 것을 의미한다.'는 생각들로 몰핀을 거부하고 있기 때문이다. 대부분의 몰핀 부작용은 약으로 조절이 가능하며 시간이 지나면서 부작용에 대한 내성이 생기게 된다. 더욱이 몰핀은 용량이 올라갈수록 진통 효과는 강해지나 부작용은 증가하지 않는 장점을 갖고 있음에도 암 병동의 환자들은 마약에 대한 두려움으로 의사에게조차 고통을 숨기고 있다고 한다.

죽음을 기다리는 환자가 나에게, 남아 있는 인생은 고통뿐일텐데 그 인생에 어떻게 삶의 질을 높일 수 있느냐고 묻는다면 나는 대답할 말이 없다. 나는 그들의 아픔을 느낄 수도 없고 감히 안다고 말할 수도 없으며 대신해줄 수도 없기 때문에 그들의 고통에 대해 설명할 수 없기 때문이다.

인간의 죽음은 누구나 한 번은 맞아야 하는 일회적인 일이다. 죽음을 알지 못하는 사람이 죽음을 기다리는 사람에게 죽음을 두려워하지 말라고 하는 것은 그들을 기만하는 일이 될지 모른다. 하지만 그들보다 인생을 더 살 수 있고, 그들보다 병적 고통에서 자유로운 혜택을 받은 우리들은 그 일이 기만이 될지라도 그들에게 남아 있는 생을 값지게 보내고 갈 수 있는 시간을 부여해야 한다.

호스피스 교육을 들을 때 이해하지 못했던 부분들이 환자들과 함께 시간을 보내면서 내게 절실히 와 닿기 시작했다.

6

매달 첫 주 월요일은 호스피스 팀 회의가 있었다. 수녀님은 복지 병원을 방문하는 일로 팀장인 이영숙씨의 주제로 이루어졌다.

"신기철 할아버지가 돌아가시고 다른 분들도 몇 분 돌아가셨습니다. 여러 가지로 바쁘신줄은 알지만 사별가족에게도 신경을 써 주십시오. 그리고 25세 여자 환자분이 한 분 계시지요. 이 분은 자궁경부암 3기 환자입니다. 이 환자는 골반과 골반신경, 방광에까지 암이 전이된 상태입니다. 자주 드나들 수 있는 보호자가 없다고 합니다. 부모님이 안 계신다고 해요. 각별이 신경을 써 주십시오. 고통 호소를 자주 하고 있으니까 꾸준히 관찰하도록 하시구요.

다음은 홍종욱씨, 43세 남자로 폐암 말기 암 환자입니다. 폐를 위주로 한 장기에 이미 전이가 시작되었고 2차 감염이 우려되고 있습니다. 이것으로 새로운 환자에 대한 브리핑을 마치겠습니다. 그리고 오늘은 10층 암 병동을 방문하는 날입니다. 안젤라하고 수아씨, 2조가 오늘은 그쪽 일을 맡아 주세요."

암 병동의 병실 수는 호스피스 병실 수보다 많았다. 암 병동의 연령층은 기준이 없었다. 희귀병을 앓고 있는 어린 아이에서부터 젊은 사람과 연세가 많은 노인에 이르기까지 암 환자가 이렇게 많은가 싶을 정도로 병실은 환자로 꽉 들어차 있었다. 콧줄에 의지해서 미음을 먹고 다섯 개나 되는 링거 주사를 맞고 있는 이들도 보였다. 대개의 환자들이 두 개 이상의 링거액을 맞고 있었다. 팔과 다리에서는 바늘을 꽂을 혈관을 찾을 수 없음인지 한 할머니는 목에 링거병 주사 바늘이 꽂혀 있었다.

암 병동의 환자들은 암 진단을 받기 전까지 암이란 나와 상관없는 병이라 생각했을 것이다. 병마와 고통스런 싸움을 하지 않는 이들은 죽음에 대해 생각하거나 고민하지 않는다. 오늘 바로, 내일 바로, 죽음이 언제 닥칠지에 대한 두려움도 갖고 있지 않다. 죽음은 곧 두려움이고 그래서 구태여 자신에게 주어질 것이라 연관지어 생각하지 않는다. 생각할 수 없는 것들에 대해서 우리는 모두 무심하다. 죽음을 기다리는 환자들은 누구나 한번쯤 이렇게 말한다.

'내가 왜!! 나는 아직 아닌데, 믿을 수 없는 일이다.' 라고…….

안젤라와 나는 보호자가 없는 환자들을 위주로 그들이 필요한 일들을 해 주었다. 호스피스 병동에서처럼 자연스러울 수는 없었다. 따뜻한 미소로 다가가 환자의 손을 한번 잡아 주고 위로의 말을 건네 보아도 마음이 평온하지 않은 환자들은 우리가 다가가는 것을 귀찮게 여기고 거부반응을 나타냈다. 어떤 환자는 우습다는 듯이 바라보았다. 그 중에 딸을 간호하는 노모는 딸의 나이와 비슷해 보이는 우리의 모습을 보자 딸에게 다가가는 우리의 손을 잡고 '내 딸도 불과 몇 달 전에는 이렇게 건강했었는데' 하며 금세 눈물을 글썽거렸다. 아픈 자식을 바라보는 부모의 마음을 헤아려본들 무엇하겠는가. 그리고 저들의 마음이 편치 않다는 것을 일부러 설명하지 않아도 저들의 행동에 이해를 구할 필요는 없다. 저들의 슬픔은 죽음을 겪은 후에 지금의 인연들과 다시 만나 같은 인생을 살 수 없다는데 있다. 모든 것들을 두고 떠나야 한다는, 삶에 대한 미련과 집착이 저들을 더욱 힘들게 할 것이다. 살 수만 있다면 어쩌면 고통은 이겨낼 수 있을 지도 모른다.

이곳은 삶과 죽음이 같이 공존하며 그 가운데에 놓여진 사람들의 모습은 한없이 처절했다. 죽는 그 순간까지 청춘의 푸르름을 간직하고 있을 수는 없는 것인지, 백 년도 살지 못하는 인간의 고통이 무엇에서 비롯되었는지, 인생의 끝을 보고 있으면서도 한가닥 살 수 있다는 희망을 버리지 않는 저들의 모습이 마음을 숙연하게 했다.

디근자 형태로 이루어진 병동을 다 돌아보고 엘리베이터 앞에 선 안젤라의 표정이 어두웠다. 그녀는 엘리베이터 문이 열렸음에도 타지 않고 비상구 계단 쪽으로 걸어갔다.

"안젤라? 걸어내려가려구?"

그녀는 나의 물음에는 대답도 하지 않은 채 비상구 계단 난간에 걸터앉았다.

"앉을래? 그렇게 차지는 않아."

비상구 계단 아래에는 공중전화가 있었다. 보호자로 보이는 서너 사람이 전화를 걸고 지나갔다. 한 사내가 낮은 음성으로 전화를 끝내고 11층으로 올라가는 계단에 걸터앉아 벌써 세 개피의 담배를 피우고 있었다. 통풍도 되지 않는 비상구 계단에 담배 연기가 자욱했다. 연기 때문인지 안젤라가 눈자위를 비볐다.

"미안해."

그녀가 불쑥 나에게 미안하다고 한다.

"뭐가?"

"그냥, 그냥 미안해. 이러는 내가 나도 싫은데 잊어버려야 한다고 생각하면서도 늘 이 모양이야. 수아씨, 아까 간호사실 옆에 있는 세균실이라고 씌어 있는 병실 봤어?"

"아니. 바쁘게 다니느라고 보지 못했는데 왜?"

"나는 암 병동에 오기 싫어. 자꾸만 구역질이 나서."

좀 전만 해도 울먹이는 소리는 분명 아니었는데 그녀의 볼을 타고 눈물이 흘러 내렸다.

"아이가 있었어."

아이가 있었다니! 처음 듣는 이야기였다. 안젤라나 나나 가족 이야기는 서로 하지 않았기 때문에 모르고 있는 것은 당연했다. 안젤라의 얼굴은 무척 동안(童顔)이어서 결혼을 했을거라는 생각은 하지 못했다. 나는 나의 사생활을 어느 누구에게도 이야기하고 싶지 않았으므로 친하다고 생각하는 봉사자들에게도 일부러 그들의 사생활을 묻지 않았다.

"아이가 있는 줄은 몰랐어. 몇 살이야. 아직 어리겠구나?"

"내 품에 마지막으로 안긴 것이 그 아이 여섯 살 때야."

안젤라는 양팔을 겹쳐 민소매 밖으로 드러난 자신의 팔을 쓸어내리며 가슴을 감싸 안았다.

"잊어버려지지가 않아. 땀을 뻘뻘 흘리며 얼굴이 노래져 가면서 구역질을 하던 모습이. 구역질을 하면서도 피자가 먹고 싶다고 나를 보며 울었어. 나는 왜 피자를 먹으면 안 되냐고. 나한테 왜 맛없는 것만 먹으라고 하냐고. 아이스크림도 먹고 싶고, 놀이공원도 가고 싶고, 패스트푸드 점에서 주는 장난감도 갖고 싶은데 왜 병실에만 가둬두냐고, 아픈 주사만 맞느냐고……."

아이의 이야기를 시작한 후부터 울먹이던 목소리는 급기야 눈물을 쏟아내게 했다.

"그렇게 매일을 죽을 때까지 먹는 이야기만 하다 갔는데 나는 아무 것도 해주지 못했어. 병을 낫게 하겠다는 일념으로 감염성이 있는 음식은 절대 주지 않았거든. 이럴 줄 알았으면 먹을 수 있을 때 많이 사 주는건데, 그러는건데, 흐흐흐흑……."

"안젤라? 됐어. 됐어, 그만해. 그만해요."

나는 안젤라를 안았다. 남편이 살아 생전 내게 했던 말이 떠오른다.

'달나라도 잘 가면서 불치병은 왜 고쳐내지 못할까? 수아야, 사람의 인체가 달나라에 가는 것보다 더 어려운 걸까? 그럴까?'

'태수씨, 지금 당신의 영혼은 어디 쯤에 있나요? 영혼은 육체를 떠나 살아 있는 것이라는데 무중력 상태가 어떤 것인지 알고 싶다던 당신은 달나라에는 가 보았나요? 아니면 이렇게 당신을 잊지 못하는 나의 곁을 맴돌고 있나요. 태수씨, 혹시 영혼의 나라에서 안젤라의 아이를 보면 길 잃어버리지 않게 잘 인도해 줘요. 그리고 어머니가 놓아주신 노자돈 그대로 갖고 있으면, 피자랑 아이스크림이 영혼의 나라에도 있다면 안젤라의 아이에게 사 주세요. 꼭 그래 주세요.'

아이를 그리워하고 애달파하는 안젤라는 한참을 내 품에 안겨 울었다. 서로 부둥켜 안고 한참을 울었는데도 설움은 두 사람의 몸을 더 가까이 끌어 당기게 만들었다.

탈의실까지 안젤라와 동행을 했다. 안젤라는 담배냄새가 밴 유니폼을 세탁해야 한다며 쇼핑백 안에 넣었다. 사복을 입은 안젤라의 모습을 처음 보았다. 유니폼에서 느껴지던 어린 얼굴보다 사복을 입은 모습이 더욱더 앳되 보였다.

안젤라는 머리핀을 풀었다. 언제나 단정하게 묶여있던 그녀의 머리결이 그녀의 손가락 사이에서 빠져 나올 때마다 부드럽게 찰랑거렸다. 풀어헤친 머리를 뒤로 넘기며 나를 바라보는 안젤라의 눈빛이 웃고 있다. 괜찮다고, 그러니 애쓰지 말라고 말을 하고 싶어진다. 하지만 나는 말을 하지 못했다.

나는 안젤라에게 아이에 대한 사연도, 아이 아빠에 대한 사연도 묻지 않았다. 그녀도 어쩌면 나의 태도를 다행으로 생각할지 모르는 일이다. 나도 그랬으니까. 나도 타인의 시선이 남편에 관한 것들을 물어올까봐 겁이 났으니까.

탈의실 열쇠를 내게 주며 그녀는 그만 병동으로 들어가라고 말했다. 나는 그러겠다고 했다. 그녀는 바람이 불어오는 방향으로 몸을 돌려 걸었다. 그녀의 머릿결이 바람에 너울거렸다.

오후 시간대라서 그런지 병원을 찾은 외래환자들이 많았다. 접수대와 약 처방대 앞에도 사람들은 북적거렸다. 방문객 손에는 음료와 과일 봉지가 들려있고 로비 안은 오고가는 사람들로 번잡스러웠다.

나는 병동으로 올라가기가 뭐해져서 발길을 돌려 정원 뒤쪽으로 향했다. 벤치를 지키고 있는 환자는 없었다. 보호자로 보이는 사람들의 모습도 오고가는 행인의 모습도 보이지 않았다.

나는 나무 그늘이 드리워진 벤치에 몸을 내려놓았다. 몸이 나른하게 가라앉는다. 시멘트 바닥에 무엇인가가 끌리는 소리가 들려왔다. 작게 덜커덩 거리는 소리가 여러 번 반복해서 들려오더니 내 앞으로 환자복을 입은 환자가 링거병 걸이 밀대를 밀고 지나갔다.

덜커덩 거리는 소리는 밀대 밑에 달린 바퀴가 시멘트 바닥에 끌리는 소리였다. 그 환자는 내가 앉은 옆 벤치에 앉더니 손에 들린 담배갑에서 담배 한 개피를 꺼내 불을 붙였다. 정돈되지 않은 머리에 오래도록 감지 않아 여러 갈래로 갈라진 머리털에 찌든 때가 끼어 있는 남자 환자였다. 맨발에 병동 슬리퍼를 신고 있던 환자는 어느 틈엔가 한 대의 담배를 바닥에 비벼 끄고 다른 담배에 불을 붙이고 있었다. 막혀있는 공간도 아닌데 연거푸 뿜어져나오는 담배연기가 매캐하게 호흡기관을 자극해왔다. '환자가 담배를 피우고 있다니.' 나는 순간 인상이 일그러졌다. 무어라 한마디를 하고 싶어지려는데 두 개째 피우던 담배를 환자가 바닥에 떨어뜨리며 자신의 가슴을 부여잡았다. 그는 얼굴을 아래로 묻고 신음을 뱉어냈다. 나는 일어서 그에게 다가갔다. '괜찮으세요?'라는 말이 채 끝나기도 전에 그가 얼굴을 들어 나를 올려다 보았다. 나를 바라보는 환자의 눈은 충혈이 된 채 눈물이 고여 있었다. 나는 멈칫 뒤로 물러섰다. 환자가 나를 매섭게 노려보고 있었기 때문이었다.

"괜찮으세요?"

나의 말에 그는 대답이 없었다. 내가 다시 말을 하려 하자 그는 귀찮다는 듯이 자리에서 일어나 왔던 길로 되돌아 걸어갔다. 자신의 뒷모습을 보는 나를 의식한 것인지 통증이 오고 있음인지 환자는 몇 발자국을 걷다 멈춰섰다. 환자의 뒷모습이 위태로워보였다. 그는 깊게 숨을 몰아쉬고 자신의 가슴 쪽으로 손을 얹은 채 다시 걷기 시작했다. 환자의 모습이 사라지고 난 뒤 나는 벤치에 앉지도 그 자리를 떠나지도 못하고 서성거렸다. 그러면서 불쾌함이 끓어오르는 기분을 참을 수 있을지 생각했다.

'환자가 담배를 피우다니, 그것도 흉통이 있는 환자가.'

병동으로 올라가는 승강기 안에서 나는 정원에서 보았던 남자 환자의 눈을 떠올렸다. 뒤로 물러서게 할 만큼 나를 쏘아보던 환자의 눈은 매서웠었다. 하지만 그 눈물은 무엇이란 말인가! '띵' 하는 소리가 들리면서 승강기 문이 열렸다. 나는 승강기 벽에 기대어 있다 문이 닫히려는 순간 병동 복도에 서있는 환자를 보고서야 열림 버튼을 눌렀다.

병실에 돌아와 보니 변형자씨를 찾은 면회객이 있었다. 낯선 남자였다. 아이들을 제외하고는 면회를 오는 사람은 없었다. 병실에 들어선 나를 발견한 그는 변형자씨에게 알겠다는 뜻인지 고개를 몇 번 끄덕이고 병실을 나갔다. 그의 손에는 서류봉투가 들려 있었다. 얼핏 본 겉봉투에는 사건번호라는 글귀와 변형자씨의 이름이 쓰여 있었다.

전이의 범위가 넓어지면서 암세포는 간과 복막, 폐, 중추신경을 비롯하여 생식기관까지 침범해 있었다. 척추뼈에 암세포의 전이가 빨라지면서 그녀는 침대에 앉아만 있는 것도 힘겨워했다.

"오늘은 바쁘셨어요?"

아침 시간에 잠깐 얼굴만을 본터라 그녀는 내가 궁금했던 모양이었다.

"암 병동을 돌아보는 날이었어요. 적적하셨어요?"

"아니요. 오늘은 웬일인지 아무렇지도 않네요. 이대로라면 살 수 있을 것 같아요."

'살 수 있을 것 같아요. 아니, 나는 살고 싶어요. 아이들과 함께 살고 싶어요.' 그녀의 눈빛이 나를 보고 있었다. 그녀의 눈빛은 삶에 대한 애착과 그리움으로 나에게 그렇게 말하는 것 같았다.

"혈색이 아주 좋으세요."

그녀의 얼굴에 표정이 없었다. 변형자씨는 이제 혈색이 좋아졌다거나 하는 겉치레의 말을 듣는 것을 좋아하지 않았다. 환자라면 듣는 의례적인 인사치레의 말 정도로 받아들일뿐 그것은 그녀가 의사보다도 자신의 몸 상태를 잘 알고 있다는 뜻일 것이다.

"시 좋아하세요?"

봉사자에게는 환자의 심리를 그때그때 파악하고 이야기의 화제를 돌릴 여유가 있어야 한다. 이곳에서는 드문 일이기는 하지만 그녀는 몸 상태가 좋을 때면 책을 읽곤 했었다.

"책 읽는거 좋아해요. 졸릴 때 책을 보면 이상하게 졸리지 않았어요."

"어제 서점에 들렀는데 좋은 책이 많이 나왔더군요. '산에는 꽃이 피네' 라는 책을 샀어요. 좀 읽어드릴까요?"

그녀는 고개를 끄덕거렸다.

"올 봄은 순순하게 홀로 있는 시간을 마음껏 누릴 수 있었다. 홀로 있을수록 함께 있다는 말씀이 진실임을 터득하였다. 홀로 있다는 것은, 어디에도 물들지 않고 순진무구하며 자유롭고 홀가분하고 부분이 아니라 전체로써 당당하게 있음을 뜻한다.

살 만큼 살다가 이 세상을 하직할 때, 할 수 있다면 이런 오두막에서 이 다음 생으로 옮아가고 싶다……."

책을 읽어나가면서 마음에 드는 부분이 있으면 서로의 생각을 이야기했었는데 좀 전부터 그녀는 말을 하지 않았다. 나는 읽던 것을 그만 두었다. 그녀가 언제부터 울기 시작했는지 베갯잇이 얼룩져 있었다.

"그만 읽을까요?"

"아니요, 참 좋으네요. 어디에도 물들지 않고 순진무구하며 자유롭고 홀가분하게 전체로써가 아닌 당당함으로……, 이 세상을 하직할 때 할 수만 있다면 홀로 있었던 자유로운 그 순간에서 바로 다음 생으로 옮아가고 싶다……. 좋은 글이네요. 나도 이 외로운 고통의 싸움을 이제는 끝내고 싶어요. 그리고 그 고통의 끝에서 자유로운 몸이 되어 물들지 않고 순진무구하게 다음 생을 맞고 싶어요. 그렇게 죽을 수 있을까요. 고통 없이 혼자 가는 길이 외롭지 않게……."

할말을 잃었다. 나는 읽던 책을 덮어 버렸다.

"서류정리를 하려고 해요. 남편과 이혼을 해야겠어요. 남편의 여자가 법적으로 당당하게 남편의 호적에 오르는 것만은 볼 수 없었는데, 지금까지 이혼을 하지 않은 이유는 아이들 학교생활 때문이었어요. 가끔은 등본을 가져가는 일이 있잖아요. 사회에 나가서 직장을 구할 때도 그럴 것이고 그런 일이 아니더라도 살다보면 그런 일이 있을 테니까요. 그런 것들이 걱정이 되더라구요.

남편과 별거야 그럴 수 있다 치지만 서류 상으로 이혼을 하면 남편은 그 여자와 공식적인 부부관계가 될 것이고 남들이 우리가 이혼한 사실을 알게 될 거예요. 그렇게 하고 싶지 않았어요. 남편을 자유롭게 놓아두고 싶지 않았어요, 그 여자도 같이. 남편의 마음이야 내게서 떠났겠지만 법적인 문제로 그를 묶어두고 싶었거든요. 간통으로 고소할 수도 있었지만 저는 그보다 더한 고통을 주고 싶었어요. 평생 할 수 있는 방법은 모두 찾아서 고통을 주고 싶었어요. 그런데 나는 아무런 고통도 남편에게 주지 못했어요. 오기와 분노로 내 몸만 망가졌지요. 하지만 내가 이대로 죽어버리면 그나마 내게 남은 재산은 남편 것이 되고 말아요. 남편은 자신이 가지고 있는 능력만 가지고도 평생을 먹고 살 수 있을거예요. 다행히 그 여자는 아이가 없어요. 무슨 생각으로 그러는지는 몰라도 아마 남편의 강요가 있었지 않았나 생각되요.

내가 죽고 나의 아이들이 그 여자를 엄마로 부르게 되고 같이 살게 된다면 그 여자는 아이를 갖을지도 몰라요. 그럼 나의 아이들은 가진 것 하나 없이 외톨박이가 될거예요. 그렇게 놓아둘 수는 없어요. 이혼을 해야 해요. 그리고 나의 재산을 형철이와 민영이에게 상속해 줄거예요. 퇴직금도 신청해 놓았어요. 내가 죽은 후에 퇴직금이 나오면 안 되니까 민영이 통장으로 자동이체 신청도 해 놓았구요. 이미 상속에 관한 모든 절차는 밟아놓은 상태예요. 그 사람과 이혼만 하면 되요. 서류상으로 이혼을 하게 되면 그 여자는 남편의 호적에 당당하게 아내로 오르겠지요. 법적으로 정당한 부부가 될 수 있을거예요. 변호사가 오늘 남편을 만나 모든 것을 다 해결한다고 했어요. 내가 아프기 전에도 남편은 이혼을 하는 것이 어떻겠느냐고 여러 번 나를 찾아왔었어요. 아마 그 여자를 그냥 둘 수 없었기 때문이었겠지요. 서둘렀어야 했는데 남편의 마음이 변하지는 않았나 걱정이 되는군요."

변형자씨는 자신이 죽고 난 뒤의 모든 일을 미리 예측하고 있었다. 그녀는 죽어가는 자신을 챙기는 일보다 자신이 떠난 뒤에 남겨질 아이들에 대한 걱정이 더 컸다.

"변형자씨? 남편을 용서할 수는 없는 일인가요?"

"…… 용서요……?"

"아이들에게는 아버지가 필요하잖아요."

그녀는 고르지 못한 숨을 연거푸 내쉬었다. 안으로 말려들어갈 듯한 작은 말소리로 그녀는 어렵게 이야기를 하고 있었다.

"그 사람 그렇게 모진 사람은 아니에요. 내가 서류정리를 그렇게 했다고 해서 아이들을 막대하지는 않을거예요. 그래도 한때 내가 사랑한 사람인걸요. 한국 여자들 다 그렇잖아요. 남편, 아이에게 속박되어 자신의 인생이 대리 만족으로 끝날지언정 그들의 인생이 나로 인해 아름다워 질수만 있다면 자신의 인생이든 삶이든 다 버릴 수 있다고 생각하지요. 아직은 대부분의 여자들이 그런 식의 사고를 가지고 있어요. 나도 그런 여자 중의 하나였겠지요.

내가 사회적인 명성이 있다고는 하지만 남편이 보잘것 없는 사람이었다면 내가 가진 사회적 영향이 덜했을지도 모르는 일이에요. 그런 여자중의 하나인 내가 선택한 것은 남편이 아니라 아이들이었어요. 남편이야 어차피 잘난 사람이고 내가 뒷바라지 하지 않아도 되지요. 아이들이 성장하고 제 갈길을 갈 때까지만 호적으로나마 내 아이들의 아빠로 남아준다면 된다고 생각했어요. 그 생각이 잘못된 것인지 아닌지는 아직도 잘 모르겠어요. 그때 남편을 붙들었어야 했는지, 보낸 것이 잘 한 일인지. 하지만 후회하고 싶지는 않아요. 후회란게 늘 그렇더군요. 모든 일이 지나고 난 뒤에 씁쓸하게 남는 것이, 아쉽게 생각되는 것이 그것이에요. 참 의미없고 그것처럼 야속한 것도 없지요.

이 세상 남편들은 외도를 꿈꾸고 있어요. 더한 사람들은 여러 번 외도를 생각하지요. 이 여자, 저 여자 마치 사냥을 하듯이……. 그 사람은 감성이 풍부하고 민감한 사람이에요. 남들보다 쉽지는 않았겠지요. 쉽게 사랑하고, 쉽게 헤어지고 그러지는 않을 사람이니까. 내가 그를 용서치 못한 부분은 아이들의 인생에 대해 무심했다는 점이었어요. 그 이유 하나만으로 난 그와 타협할 이유를 찾지 못했어요. 그를 이해하면서도 가슴으론 그를 받아들이지 못하겠더군요. 왜냐하면 다른 사람의 일이 아닌 나의 일이니까, 나의 아이들의 일이니까.

난 남편의 인생에 있어서 여자는 그 여자가 마지막이었으면 좋겠어요. 남편의 말대로 어쩔 수 없는 사랑으로 시작한 외도였다면 남편이 그 여자로 인해 행복해졌으면 좋겠어요. 잘못된 인연으로 이렇게 된 것을 누구 탓을 하겠어요. 내가 죽으면 남편은 아이들을 챙겨줄거예요. 다만, 내가 죽은 뒤에 아이들이 어떻게 버텨 나갈지 그게 걱정될뿐이에요. 많이 힘들어할텐데, 민영이 결혼할 때 엄마 손이 많이 필요할텐데, 우리 형철이가 결혼해 아기를 낳으면 가끔씩 봐주기도 해야 하는데…… 나는 할 일이 아직 많은데, 흐흐흑……, 형철이가 많이 걱정 되요. 민영이는 대학교 3학년이니까 잘해 나갈 거지만."

목욕을 거부하던 그녀가 책 읽는 일을 그만하고 목욕을 시켜 달라고 했다. 욕통에 따뜻한 물을 받고 춥지 않도록 수건을 덮어 주었다. 보드라운 스폰지로 반복적으로 뜨거운 물을 빨아들여 그녀의 몸을 천천히 닦았다. 무릎 관절과 복사뼈가 도드라지게 튀어나와 있었다. 목선 따라 내려온 가슴뼈 사이는 움푹 들어가 있고 욕창이 생긴 엉덩이에는 상처가 지난 번보다 넓어져 있었다. 소독약으로 매번을 닦아 주었는데도 쉽게 낫지를 않더니 조금만 더 두고 보면 골반뼈가 보일 것만 같았다.

나는 상처가 난 곳에 물이 새어들까 걱정이 되어 서둘러 목욕을 끝냈다. 침상은 다른 봉사자가 새것으로 갈아 놓았다. 나는 그녀에게 새로이 환자복을 입혀 주었다.

그녀는 목욕을 시켜주면 늘 그랬듯이 거울을 보았다. 나는 누워 있는 그녀의 얼굴과 손에 로션을 발라 주었다. 그리고 욕창 예방으로 욕창이 없는 주위에 파우더로 마사지를 해주고 욕창이 심한 골반 쪽에 스폰지를 대주었다. 말기로 갈수록 욕창이 생기는 확률은 많아진다. 욕창만은 생기지 않기를 원했었는데 피할 수 없었다.

목욕을 끝낸 뒤에 간호사가 들어와 링거액 병을 바꿔 달았다. 그녀는 간호사가 나간 뒤 이렇게 말했다. '링거병을 몇 개나 더 맞으면 끝이 날까요?'

유리창에 번진 노을빛이 그녀의 얼굴에 드리워졌을 때 그녀는 졸음을 느끼며 눈을 감았다. 나는 그녀의 곁에 오래도록 앉아 있었다. 창문에 물든 노을이 사라질 때까지, 가로등이 빛을 밝힐 때까지……

그녀의 곁에서 잠이 들었었나 보다. 불이 꺼진 병실에 누군가가 들어와 내 옆에 서있었다. 흰 가운을 입은 남자였다. 흰 가운의 포켓에는 김종석이라는 글자가 수놓아져 있었다. 자리에서 일어나 그에게 목례를 했다. 그는 의사였다. 눈에 익지 않은 얼굴이었다. 김종석 의사는 변형자씨의 잠든 얼굴을 내려다보았다. 변형자씨가 누워 있는 침대 머리맡에 켜놓은 수면등 빛으로 감싸인 의사의 얼굴은 침울했다.

의사는 나에게 간병인이냐고 묻더니 말을 고쳐 봉사자냐고 물었다. 내가 그렇다고 말하자 그는 수고하시네요, 라는 말을 남기고 변형자씨의 팔목에 꽂힌 링거병 줄 돌림바퀴를 조절한 뒤 병실을 나갔다. 나는 그녀의 가슴 아래까지 내려와 있는 이불을 목선까지 올려 덮어주고 병실을 나왔다.

간호사실에는 당직을 서는 간호사만이 데스크를 지키고 있었다. 간호사실을 지나쳐 오려는데 간호사실 옆에 있는 수녀님의 방에서 대화하는 소리가 새어나왔다. 나는 문이 열린 틈으로 안을 들여다보았다. 좀전에 변형자씨의 병실에서 보았던 의사와 수녀님이 이야기를 나누고 있었다. 낮과는 달리 병동이 조용해져 있는 터라 나는 그들의 이야기를 엿들을 수 있었다.

"변형자씨가 병동에 처음 내려왔을 때와는 다르게 마음의 안정을 찾은 듯 싶어요. 그러니까 이제 너무 염려하지 마세요."

수녀님의 목소리는 차분히 정돈되어져 있었다.

"한두 번도 아닌데 이럴 땐 매번 힘이 들어요. 처음 변형자씨한테 병명을 말하고 상태에 대해 설명했을 때 그분은 너무도 당당하게 웃긴다는 듯이 나를 바라보았어요. 그때 변형자씨의 모습만을 볼 땐 병자의 모습을 발견할 수 없을 정도로 건강해 보였어요. 나이에 비해 피부도 탱탱했고 차려진 외모로 볼 때는 더 없이 세련돼 보였어요. 약을 처방해 주겠다고 했더니 됐다고 하면서 돌아갔지요. 그리고 3개월이 지나 다시 저를 찾아왔어요. 수술하면 살 수 있냐면서.

다시 조직검사를 시작했고 결과가 나왔을 때 이미 손 쓸 방법이 없었어요. 처음 검사결과가 나왔을 때도 그랬지만요. 마음의 준비를 하시라고 말했어요. 그랬더니 그녀는 다른 병원에서도 나와 같은 말을 했다면서 눈물을 흘리더군요. 그녀는 병만 고칠 수 있다면 머리가 다 빠져버리는 치료 쯤이야 해낼 수 있다면서 살려달라고 했어요. 아이들이 있다면서, 아이들을 두고 떠나는 일은 있어서는 안 된다면서 불쌍하다고 하더군요.

암 병동에 입원해서 치료를 하기 시작했어요. 이미 늦을 대로 늦어버렸지만 변형자씨가 원하는 대로 할 수 있는 치료는 다하고 싶었어요. 그 분은 머리털이 다 빠져나가는 고통같은 것쯤이야 참아낼수 있다고 말했지만 막상 자신의 그런 모습을 보게 되면서 심한 불안감을 느끼는 것 같았습니다. 치료를 하면서 변형자씨는 자신의 몸이 예전대로 돌아갈 수 없다는 것을 알아가고 있었어요. 더 이상

치료를 기대할 수 없을 때 호스피스 병동으로 내려가라고 말했어요. 호스피스 병동으로 내려가라는 말은 하고 싶지 않았지만 암이라는 병의 끝이 얼마나 절망적이고 처절한지 수녀님도 아시잖아요. 암 병동에 있을 때도 남편의 모습은 보지 못했습니다. 보호자 없이 변형자씨하고만 병의 진행에 대해서 말할 수밖에 없었어요. 그 고통을 외로이 혼자 투병하면서 느끼게 하고 싶지 않았습니다. 그래서 정말 어렵게 말을 꺼냈는데 한동안 생각에 잠겨있던 변형자씨가 나의 손을 잡더군요. 그러면서 고맙다고 했습니다.

난 그때 내가 의사인 것이 한없이 원망스러웠습니다. 나는 왜 불치병이라는 것을 고치지 못할까! 그러면서 내가 의사라고 말할 수 있는 것인가! 보호자나 환자한테 마지막 통보를 할 때 의사의 고통을 아십니까? 환자를 끝내 완치시키지 못하고 죽음에 이르게 하면 어떤 우연이든 그들의 보호자와 만나는 인연이 없기를 바랍니다. 그 분들을 볼때마다 자꾸 죄의식이 들어서."

"선생님은 최선을 다하셨어요. 선생님이 이렇게 매번 늦은 시간에 병동에 내려와 변형자씨가 자고 있는 모습만을 보고 돌아가시는 것을 보면 환자에 대한 선생님의 사랑을 알 수 있어요. 환자도 그 마음을 알겁니다. 이제는 그만 고뇌하세요. 다른 환자들이 선생님의 손길을 기다리고 있잖아요. 우리는 늘 다음을 준비해야 하지요. 그래서 돌아가실 수밖에 없는 환자분들의 사례를 귀하게 보관해서 다른 환자들에게 치료의 폭을 넓혀 드려야 합니다. 물론 떠나는 이에 대한 최대한의 예의를 갖추면서요.

처음 병동에 내려왔을 때와는 달리 변형자씨가 마음의 안정을 찾아가고 있어요. 죽음을 받아들이는 것이 쉬운 일은 아니지요. 그 과정이 힘들지만 우리의 환자들은 잘 이겨내고 있어요. 그들에게 보여준 사랑이 그것을 가능하게 하는 지도 모르지요."

"짧지만 저는 환자의 삶을 봐요. 건강한 모습으로 나를 찾아와 암 진단을 받고 그로부터 몇 개월 사이 급속도로 쇠약해져 가는 환자의 모습을 지켜봐야 하지요. 어느 땐 믿어지지 않아요. 의학적으로 증명된 일들이고 사실화된 과정을 거치고 있는 것인데도 인간의 몸이 저토록 빠르게 쇠약해질 수 있다는 것이 말이지요. 수녀님은 믿으실 수 있으신가요? 저는 믿어지지 않아요. 환자가 수척해지기 시작하고 치료의 기대를 볼 수 없을 때 환자의 얼굴도 보호자의 얼굴도 똑바로 바라볼 수가 없어요. 왜 그렇게 미안하고 죄송스러운지 그냥 숨어버리고 싶을 때도 있어요. 그들은 저에게 기대하고 모든 걸 걸어요. 목숨도, 남아 있는 삶도, 자신의 인생 모두를요. 그 기대들을 어쩌지요. 나는 어쩔 수가 없는데 그들의 시선과 그들의 눈물이 너무나도 나를 힘들게 합니다."

김종석 의사는 고개를 숙였다. 의사의 고뇌? 그는 오늘 수녀님께 자신이 가진 슬픈 이야기들을 말하고 있었다. 그도 인간이었다는 사실을 환자들은 알까! 그리고 환자를 바라보면서 한없는 죄책감과 무력감을 느끼며 고뇌하고 있다는 사실을……

수녀님을 주축으로 회의가 이루어졌다. 호스피스 병동 환자들에 대한 사례발표를 하기 위함이었다. 제대로 된 호스피스 케어를 하기 위해서는 각 병실에 입원한 환자들의 병명과 가족들과의 관계 및 병의 진행 속도에 따른 환자의 심리를 파악하고 그때그때 대처하기 위함이었다.

"25세 여자 자궁경부암 환자에 대해서 말씀드리겠습니다. 호스피스 병동으로 온 지 2주 되었습니다. 처음 병동으로 왔을 때 골반과 방광에 암이 전이가 되어 있는 상태였습니다. 병원을 처음 찾았을 때 이미 자궁 경부의 양쪽을 통하고 있는 요관이 암으로 침범되어 있었어요. 요독증을 일으켰는데 호스피스 병동으로 내려오기 전에 소변을 다른 길로 배설시키는 수술을 받았다고 합니다. 혈뇨가 나오고 있고 심한 변비 증세를 나타내고 있습니다. 수녀님, 이 환자의 직업을 말씀드려도 될까요?"

봉사자 중 제일 나이가 많은 아네스는 수녀님을 바라보았다. 수녀님은 아네스에게 그만하라는 손짓을 하고는 입을 열었다.

"이 환자는 창녀였습니다. 자신이 암이라는 사실을 알면서도 병원에 올 생각을 하지 못하고 그 일을 계속했다고 해요. 이 환자는 나에게 마음을 여는 것을 어려워했어요. 이렇게 말하더군요. 자신의 삶이 이것밖에 되지 않을 줄 알았다면 이렇게 살지는 않았을거라고. 그리고 암이라는 사실을 알고서도 그 일을 멈추지 않았던 것은 태어날 때 이미 버려진 운명으로 태어났기 때문에 죽는 그 순간까지 철저하게 자신을 버리겠노라고 생각했데요.

그러던 어느 날 자신이 일하던 곳의 주인이 환자가 암이라는 사실을 알고는 쫓아냈다고 하더군요. 돈도 받지 못하고 쫓겨 났기 때문에 제대로 된 치료를 할 수 없었다고 해요. 다행히 직장에서 친하게 지낸 동료의 도움으로 이곳까지 오게 되었다고 합니다. 가끔 이 환자의 병실에 드나드는 젊은 남자를 본 적이 있을 거예요. 아네스는 몇 번 보았지요?"

아네스는 고개를 끄덕였다.

"그 남자의 도움으로 여기까지 오기는 했지만 경제적으로 어려움이 많아서 이곳에 오래 있을 수 없을 것 같습니다. 저는 그 환자를 다른 곳으로 보내고 싶지 않습니다. 그래서 후원회를 통해 이 환자에게 도움을 주려고 합니다. 물론 사회복지가에게도 도움을 요청해 놓았습니다. 환자 개인의 신상을 노출시키는 일은 피해야만 하는데 이 환자는 도움을 받아야 하고 그리고 이곳에 온 이상 우리들의 힘으로 환자를 지켜야 했기에 여러분 앞에 환자의 신상을 공개했습니다. 여러분도 여러분 나름대로 이 환자를 도울 수 있는 방법을 찾을 수 있었으면 좋겠습니다.

그녀가 지난 주 미사때 세례를 받았습니다. 상담을 하면서 종교를 갖길 원했어요. 병으로 세상을 등지기엔 너무나도 이쁘고 어린 나이입니다. 여러분이 꽃다운 스무 살을 기억하신다면 이 환자에게 더욱더 많은 사랑을 주었으면 합니다. 아네스? 다음 환자에 대해서 말씀하세요."

아네스는 프린트된 종이를 바꿔 들었다.

"다음은 43세 남자 환자입니다. 말초형 폐암 환자입니다. 1인실에 있는 환자인데요, 이 환자는 저희 봉사자 보기를 꺼려 하고 있습니다. 특별히 드나드는 보호자는 아직까지 없습니다. 제가 몇 번 병실에 들어가 보았는데요, 봉사자에게 마음의 문을 열려고 하고 있지 않습니다. 조금씩 걸어다니기도 합니다. 통증을 호소할 때 간호사 선생님의 말만을 들으려 하고 의사하고는 말을 하지 않는다고 합니다. 이 환자는 호스피스 병동으로 내려올 때 독방을 원했다고 합니다. 아직까지는 여러 사람이 갑자기 병실에 드나드는 것을 피해 주셨으면 합니다."

아네스의 말이 끝나자 수녀님은 1인실에 있다는 환자에 대해 말을 덧붙였다.

"환자는 말하는 것 자체를 꺼려 하고 있습니다. 말기 암 환자에게서 볼 수 있는 일반적인 현상이지요. 외부로부터 자신을 방어하고 차단하려고 하는 행위라고 볼 수 있습니다. 우선적으로 생각할 수 있는 부분은 의료진에 대한 불신일 겁니다.

우리 병동으로 오기까지 수없이 많은 검사와 반복적인 치료로 심신은 지쳐 있을겁니다. 환자의 이런 증상은 서둘러 삶을 포기해 버리고 싶은 참을 수 없는 고통에서 비롯된 것일 겁니다. 모든 상황들을 부정적으로 보고 있는 거지요. 조금씩 관찰하면서 환자를 대할 방법을 찾아보도록 하세요. 우리들의 마음이 그 환자에게 먼저 가 있으면 그 환자분도 마음을 여실 겁니다. 아네스의 말대로 여러 사람이 한꺼번에 병실에 드나드는 일은 당분간 피하는 것이 좋을 것 같습니다."

여름으로 접어들면서 나의 병원 생활은 안정을 찾아갔다. 환자를 대할 때도, 연도를 위해 장례식장을 방문할 때도 침울한 분위기에 위축된다든지 하는 것들을 자연스럽게 느끼지 못하게 되었다. 그것은 나 자신이 심리적으로 회복되고 있음을 말해주었고 병원생활이 안전궤도에 들어섰음을 뜻했다.

봉사활동을 시작하면서 내게 일어난 현상은 피로에서 오는 고단함으로 인해 내 삶을 되돌아볼 여유가 줄어들고 있다는 점이었다. 환자와의 친분이 두터워지고, 알고 지내는 환자들이 많아지면서 나는 그날 그날 환자의 안위가 걱정되었다. 아침에 눈을 뜨면 혼자서는 식사도, 씻는 것도 할 수 없는 환자들의 얼굴이 떠올라 서둘러 병원으로 가야만 했다. 새로운 세상을 경험하고, 그 안에서 자유로운 적응력을 키우기 위해서는 스스로를 바쁘게 만들어야 했다. 누군가가 시키지 않아도 자발적으로 행해지는 일상의 변화였다. 그것은 오래도록 지속된 슬픔과 외로움으로 괴롭게 싸워야만 했던 나의 생활을 점점 바꾸어 놓았다. 남편을 그리워하고 나의 삶을 원망하고 후회하며 나 자신을 질책할 시간이 조금씩 잊혀지고 있었다. 그러나 나는 나의 그녀를 또다시 죽음 앞에 버려두어야 한다는 다가올 현실을 잊고 있었다. 남편을 잃게 된 그날처럼 아무런 준비도 없이 불시에 그녀가 내 곁을 떠날 수 있다는 것을 생각하지 않았다. 죽음을 기다리는 환자를 간호하는 봉사자가 환자에게서 마지막에 행해지는 죽음이라는 것을 생각 밖으로 밀어놓았던 것이다.

변형자씨의 증상은 여름으로 접어들면서 급격히 나빠지기 시작했다. 그나마 볼에 남아 있던 살은 광대뼈가 튀어나올 정도로 움푹 들어갔다. 처음 그녀를 대면했을 때보다 더 빠른 속도로 수척된 모습을 보이기 시작했다.

그녀의 아이들은 엄마의 얼굴만을 바라보다 돌아가는 날이 많았다. 서너 개의 링거액이 꽂힌 엄마의 손을 아이들은 조심히 쓰다듬을 뿐이었다.

변형자씨는 아이들이 오지 않는 날이면 눈빛이 불안해 있었다. 나와의 의사소통은 그녀가 눈을 깜박거리는 것으로 대신했다. 그녀는 내가 아이들 이야기를 꺼내면 빛을 잃어간 눈동자에서 금세 눈물이 고여 들었다.

여름을 재촉하는 비가 내리고 있다. 병원 뒤 마리아 상이 세워져 있는 정원의 나무들이 제각기 모습을 드러내기 시작한건 감나무 잎이 피어오르기 시작할 무렵이었다. 목련꽃은 이미 진지 오래 되었고 잎사귀만이 꽃이 진 자리를 채우고 있었다. 겨울에는 무슨 나무인지, 무슨 꽃인지 알 수가 없었는데 잔디가 잘 정돈된 정원 한켠으로 잘 손질된 장미꽃이 무리지어 피어 오르고 있었다.

창가에 이영숙씨 모습이 비춰졌다. 그녀가 내게로 다가와 섰다.

"몇 해 전만 해도 나무들이 많지 않았어요. 한 달에 두 차례 주말마다 학생 봉사자들이 오지요. 학생들은 우리들이 미처 하지 못하는 일을 해주고 가요. 그 중 하나가 정원을 가꿔주는 일이에요. 겨울이면 나무에 볏짚으로 옷을 입혀주고 봄이면 가지치기를 해 주기도 하고 공간이 남는 자리에는 무엇이든 가져다 심어 놓지요.

병실이 모두 정원을 창가쪽으로 두고 있잖아요. 환자들에 대한 배려지요. 학생들이 처음 병실을 돌아볼 때는 모두들 환자를 대하는 것을 어려워했어요. 나도 처음엔 그랬지만 그들도 환자에 대한 연민 때문에 눈물을 흘리는 학생들도 있었어요. 안타까운 사연을 가진 환자에 대한 이야기를 들은 후에는 마음이 여린 학생들은 아예 병실에는 들어가지 않더군요.

그러던 어느 날 한 학생이 정원의 잡초를 뽑기 시작했어요. 그 뒤로 그 학생이 주축이 되어서 정원을 가꾸어 놓았어요. 맨 처음에 심은 나무가 감나무예요. 벌써 저렇게 자랐네요. 꽃만 피고 쉽게 열매가 떨어져 버려서 속상했었는데."

"다른 봉사자들이 오는지는 몰랐어요."

"봉사자 말고도 해마다 많은 사람들이 이 병동을 찾아오지요. 그들 외에도 방송을 목적으로 방송국 관계자들이 가끔 병동을 찾아와요. 연말이면 그런 사람들이 부쩍 많이 찾아오지요."

"방송이 목적이라면?"

"다큐멘터리다 뭐다 해서 수 차례 드나들지요. 힘없이 누워있는 환자에게 카메라 빛을 들이대고 보호자에게 반복적인 질문을 하고 마음에 들지 않으면 재촬영을 하고……. 처음에 수녀님은 호스피스 홍보를 위해서 좋을 것이라 기대하셨어요. 하지만 실질적인 효과를 기대하기란 어려웠어요.

수녀님이나 병동 담당 선생님이나 바라는 것은 한 가지에요. 호스피스 케어의 활성화를 원하고 계시지요. 그래서 더욱더 많은 환자들이 호스피스 보호를 받기를 원하는데 병원의 경제적 사정이나 사회적인 면을 두루 살펴볼 때 아직은 좀 힘든 일이거든요. 무엇보다 사회의 인식이 서둘러 바뀌어야 하는데 그것 또한 쉽지 않구요. 방송 매체를 통해서 호스피스 활동의 진정한 의미만 전달될 수 있다면 좋으련만 제대로 이행되고 있지 않아요. 그래서 수녀님은 아무에게나 봉사자의 역할을 주고 있지 않으시지요. 자칫 잘못하면 환자분들의 남은 인생이 한낱 이야기거리나 흥미거리 혹은 목적을 위한 대상이 될 수 있으니까요. 저도 모르고 아무도 모르지요. 죽음을 기다린다는 것이 무엇인지 말이에요. 당해보지 않으면……."

비를 맞은 창이 차가워진 것인지 이영숙씨의 한숨에 창문이 뿌옇게 번져졌다. 나는 빗방울이 떨어지는 목련 잎사귀를 바라보았다. 목련잎은 빗방울을 담아내지 못하고 서둘러 빗물을 떨구어 버렸다. 잎사귀가 나풀거리는 소리가 들려온다. 후두둑, 후두둑……, 빗물 때문에 붉게 물든 장미빛이 흩어져 버리면 어쩌나 하는 걱정이 일 정도로 그 해 초여름 비는 오래도록 내렸다.

"간호사 선생님? 최준열 선생님 호출해 주세요, 빨리요."

봉사자 휴게실에서 유가족에게 편지 쓰는 일을 하던 나는 한 봉사자의 다급한 목소리에 손에 들었던 펜을 떨어뜨렸다. 문을 열고 병동 복도쪽을 내다보았다. 별 인기척을 느끼지 못하고 문을 닫으려는데 최준열 선생이 103호 병실로 급하게 뛰어 들어가는 것을 보았다. 나는 문을 닫으려던 손을 놓고 103호 쪽으로 걸음을 옮겼다.

처음엔 걷다가 불길한 생각에 뛰어들어가 보니 최준열 선생이 변형자씨의 동공을 살피고 있었고 그녀가 누워 있는 엉덩이 쪽 침대 시트에는 다량의 혈변이 흘러나와 있었다. 나는 가까이 다가가지 못하고 침대 발밑 쪽에 그대로 서 있었다. 수녀님이 들어오고 이영숙씨가 들어왔을 때 최준열 선생은 수녀님과 같이 병실을 나갔다.

그들이 나간 뒤에 몇 명의 봉사자와 간호사가 들어와 그녀의 침상을 그대로 마리아실로 옮겨갔다.

마리아실 앞에서 입술을 바들거리며 떨고 있는 나의 어깨를 감싸준 사람이 있었다. 수녀님이었다.

"수아씨?"

수녀님은 나의 어깨를 여러 번 힘있게 잡아주었다.

"……어쩌지요? 어떡해요, 수녀님?"

수녀님은 긴장하고 있는 나의 눈을 똑바로 바라보았다.

"곧 변형자씨의 아이들이 올거예요. 울고 있는 모습을 보이면 안되잖아요. 아이들이 오기 전에 변형자씨의 몸을 깨끗이 닦아 드려야 해요. 임종이 가까이 오고 있어요. 지금은 말씀을 못하지만 아직 의식은 남아 있습니다. 임종하시면 임종기도에 들어갈 겁니다. 같이 들어가실거지요?"

"아직……, 아직 안 돌아가셨잖아요?"

"곧 입종하실 겁니다. 많이 참으셨어요. 병동에 내려오셨을 때 한 달도 기약할 수가 없었는데 4개월이나 지났는걸요."

"어제까지만 해도 저와 눈을 마주치고 웃기도 하셨어요. 그런데 왜요? 왜 갑자기……."

"지난 밤에 멀쩡하셨다가도 그 다음 날 사망하는 경우도 있어요. 말기 암 환자에게 죽음이라는 것은 언제 닥칠지 모르는 예측 불가능한 일이니까요. 수아씨, 울지 말아요. 울면 안 돼요. 우리는 아직 할 일이 남았잖아요. 변형자씨는 죽음이 임박했음에도 아직 의식을 놓지 않았어요. 왜냐하면…… 아이들이 오지 않았거든요. 우리는 아이들과 함께 그 힘든 시간을 같이 지켜봐 주어야 해요. 그리고 영혼까지 돌봐드려야 하잖아요. 자아, 준비합시다. 수아씨가 처음으로 변형자씨의 몸을 씻겨 드렸잖아요. 우리는 죽음 이후의 간호도 해야 해요. 할 수 있지요?"

수녀님은 변형자씨의 죽음을 주저 없이 예언했다. 나는 순간 정신이 아득해지는 것을 느꼈다. 시간이 멈춰 버린 것만 같은 아득함에 정신이 없었다. 나는 눈을 감고 입을 막았다. 생의 마지막 순간을 버텨내야 하는 변형자씨의 고통 앞에 소리내어 설움을 토해낼 수 없었다. 죽음보다 더한 슬픔은 없다. 나는 나의 어깨를 다잡는 수녀님의 어깨에 얼굴을 묻었다.

아네스와 안젤라, 수녀님, 그리고 나는 마리아실로 들어갔다. 변형자씨는 입을 벌린 채 눈을 뜨고 있었다. 침요는 벌겋게 물들어 있고 조절할 수 있는 기능을 상실해 버린 장과 방광에서 몸속의 이물질이 흘러나와 있었다.

잠시 후 최준열 선생이 마리아실로 들어왔다. 그는 변형자씨의 동공을 살핀 후 사망 원인과 사망 시간을 읊었다. 사망원인은 위암, 복강내 과다 출혈로 인한 사망이었다.

간호사가 들어와 변형자씨의 팔에 꽂힌 링거액 바늘과 도뇨관을 빼고 욕창이 일어난 부분과 상처 부위를 소독한 뒤 심하게 찢겨진 부분은 꿰매주었다. 아네스와 안젤라는 변형자씨의 환의를 벗기고 거즈로 이물질이 흘러나오고 있는 음부에 거즈패킹을 한 뒤 변이 흐르지 않도록 방수 기저귀를 채웠다. 그리고 이물질이 묻은 허벅다리 안쪽 부분부터 바깥 부분까지 깨끗이 닦았다.

"아이들이 빨리 와야 하는데……. 안 되겠어요. 수아씨가 변형자씨 눈을 감겨드리세요."

변형자씨의 눈은 그대로 떠있는 상태였다. 나는 그녀의 주검을 만질 엄두를 내지 못했다. 그러나 주검을 닦는 아네스의 손놀림에 그녀의 손이 침대 아래로 떨어지면서 나의 손목을 스쳤다. 그녀의 손이 나의 팔을 스칠 때 덜컥 겁이 났지만 그녀의 손은 아직 따뜻했다. 나는 그녀의 얼굴 쪽으로 걸음을 옮겼다. 나는 숨을 깊게 들이 마시고 손을 들어 그녀의 머리에서부터 입쪽으로 천천히 손을 쓸어 내렸다. 그녀의 얼굴에서 손을 떼었을 때 그녀의 눈은 다시 떠져 있었다.

"수아씨, 환자의 눈을 손바닥으로 잠시 누르고 계세요. 피부 세포 조직이 이미 굳기 시작해서 잘 감겨지지 않을 거예요. 잠시만 그렇게 누르고 계세요."

나는 아네스의 말대로 그녀의 눈 위로 손을 내려 놓고 슬며시 눌렀다. 손이 자꾸만 바들거리며 떨렸다. 눈이 가려진 채 꽉 다문 입술은 말이 없었다. 참았던 설움이 한꺼번에 복받쳤다. 울음을 참아야 하는데 참아야 하는데 하면서도 나는 어쩔 수 없이 흐느꼈다. 이쯤이면 그녀의 눈이 감겨져 있을까! 나는 그녀의 얼굴에서 손을 떼었다. 그 순간 나는 몸 전체를 진저리치게 하는 전율을 느꼈다. 죽은 자의 영혼이 나의 손을 스쳐 지나간 것일까! 전율이 사라지고 그녀의 얼굴을 보았을 때 그녀의 얼굴 표정은 오래 전부터 깊히 잠든 사람의 얼굴로 평온해 있었다.

아네스는 작은 베개를 가져다 변형자씨의 머리 밑을 받쳐 주고 촘촘하지 않은 빗으로 머리를 빗겨준 뒤 벌어진 턱을 바로 하기 위해 흰 천으로 그녀의 턱에서부터 머리 위까지 동여매 주었다.

안젤라는 비둘기색 정장투피스를 변형자씨에게 입혔다. 스타킹도 빼놓지 않았다. 몸이 틀어지지 않게 자세를 바르게 해놓고 시트로 몸을 감싸 주었다. 그리고 얇은 요를 가져다 덮어 주었다. 얼굴은 가리지 않은 채로.

임종 간호가 끝나고 30분이 지난 뒤에 변형자씨의 두 아이들이 병원에 도착했다. 형철이는 교복차림 그대로였고 민영이는 검정색 정장을 입고 왔다. 마리아실로 들어가려는 두 아이를 수녀님이 불러 세웠다.

"늦었구나."

아이들은 말이 없었다. 형철이는 이미 울기 시작했고 민영이는 얼굴을 들지 못한 채 수녀님의 말을 듣기만 했다.

"너희가 오기 몇 분 전에 어머니께서 이미 사망을 하셨단다. 음…… 그러니까, 어머니는 이제 고통을 벗고 하나님의 나라로 가신거야. 너희가 빨리 왔으면 좋았을텐데."

이미 사망을 했다는 수녀님의 말에 민영이의 검은 동공이 불안으로 흔들거렸다. 그리고 눈안 가득 고인 눈물이 힘없이 떨어져 내렸다. 민영이는 동생인 형철이의 손을 잡았다. 변형자씨는 생전에 민영이 걱정은 하지 않았었다. 그녀의 말대로 민영이는 침착하게 형철이의 손을 잡고 마리아실로 들어갔다.

이영숙씨가 변형자씨의 머리맡에 꽃을 갖다 놓았다. 노란색 국화꽃이었다. 그녀의 아이들과 수녀님, 그리고 몇 명의 봉사자가 모인 가운데 임종 기도가 시작되었다. 몇 분 후 수녀님의 임종 기도가 끝난 뒤 아이들에게 엄마와 있을 마지막 시간이 주어졌다. 형철이는 그제야 소리내어 울기 시작했다. 변형자씨와 연배가 비슷한 아네스는 형철이를 품에 안아 주었다. 민영이가 변형자씨의 시신 곁으로 다가갔다.

"엄마…… 미안해요. 일찍 오지 못해서. 가시는 것도 못 봤어요. 마지막으로 엄마 말도 들어보고 손도 잡아드리고 힘들지 않게 해드리고 싶었는데……. 이제 안 아프시지요? 간호도 제대로 못해드렸어요. 엄마! 나 엄마가 계실 때나 안 계실 때나 상관없이 지금처럼 잘 지낼테니까 걱정하지 마세요. 엄마! 형철이 걱정은 하지 마세요. 제가 엄마 몫까지 형철이 많이 사랑해 줄게요. 엄마! 사랑…… 해…… 요……. 편안히 걱정하지 말고 좋은 세상으로 가세요."

민영이는 어머니의 눈과 코와 입을 하나씩 꼼꼼히 만졌다. 민영이는 엄마의 얼굴에 제 얼굴을 가져다 대었다. 엄마의 깊은 상처를 딸은 알고 있었다. 민영이는 변형자씨의 얼굴에 얼룩진 자신의 눈물을 닦아내었다.

"엄마, 지금 아니면 엄마 얼굴 이제 다시 볼 수 없지요? 그렇지요? 흐흑흑흑……."

민영이는 주머니에서 사진 한 장을 꺼내 변형자씨의 가슴 위에 얹어 놓았다. 끝이 달은 흑백사진이었다. 숲속 그림을 배경으로 젊은 남자와 젊은 여자, 그리고 꼬마 여자아이와 남자아이가 나란히 의자에 앉아 있었다. 사진에는 사진이 찍힌 날짜가 새겨져 있었다. 형철이를 많이 닮은 젊은 남자의 미소가 환한 사진이었다.

아네스의 품에 안겨 있던 형철이는 가방 안에서 도트 프린트 용지로 보이는 쪽지를 꺼내 들고 변형자씨에게로 다가갔다.

"엄마! 성적표 나왔어요. 지난 번보다 잘봤는데……. 엄마한테 꼭 보여드리고 싶었는데…… 성적표가 너무 늦게 나와 버려서……. 엄마! 이제 안 아파? 이제 안 아픈거예요? 다시는 아프지 마요. 다시는 이렇게 아픈 사람으로 태어나지 말아요. 엄마……!"

변형자씨의 품에 형철이는 얼굴을 묻었다. 점점 식어가고 있는 어머니의 체온을 느끼고 있는 것인지 형철이는 어머니의 주검을 보듬어 안았다. 민영이가 형철이에게로 다가갔다.

"형철아, 이러지마! 엄마 이제 안 아프신거야. 좋은 세상에 가신 거라구. 우리가 잘 보내드려야지. 병원에 너무 오래 계셨잖아. 이제 그만 엄마 보내드리자! 그러자…… 흐흑흐흑……."

아이들과의 마지막 작별은 끝이 나고 변형자씨의 시신은 영안실로 옮겨졌다. 수녀님은 사망진단서에 대한 설명을 아이들에게 간단히 해주었다.

3일간의 장례 절차가 시작되었다. 장례식장을 찾는 문상객은 끊이지 않고 계속 이어졌다. 변형자씨가 마지막으로 근무했던 대학의 교수들과 학생들, 동창들까지 그녀의 죽음을 애도하는 문상객은 연이어 줄을 이었다. 변형자씨를 찾은 병실의 면외객은 이렇게 많지 않았었다.

장례식이 시작된 첫 날 저녁때부터 눈에 띄는 젊은 여자가 있었다. 그녀는 변형자씨가 사망한 늦은 밤에 장례식장을 찾아와 소복으로 갈아 입고는 아이들 챙기는 일부터 시작했다. 영정을 지키는 형철이를 애서 재우려고도 했고 밥 한술 입에 대지 않는 민영이에게는 여러 차례 밥상을 차려다 주었다.

이틀이 지나도록 그녀는 병원을 떠나지 않고 아이들의 끼니를 챙기며 문상객 접대하는 일을 맡아 했다. 문상객들 중에 그녀를 알아보고 말을 붙이는 사람들도 있었다. 그녀는 화사하지 않은 외모에 유난히 검정빛이 도드라지는 긴 생머리를 가지고 있었다. 그녀는 문상객이 가고 난 뒤에도 쉬지 않고 걸레를 빨아 장례식장 바닥을 닦았다. 다음 문상객이 오면 상을 차려 내고 그렇게 잠을 설치며 이틀을 버티고 있었다. 나는 변형자씨가 사망한 후 아이들과 함께 장례식장에 있었다.

변형자씨의 발인을 하루 앞둔 저녁, 그녀가 입원했던 병실에서 그녀의 유품이 아이들에게 전해졌다. 몇 년 전에 발간된 그녀의 자서전과 갈색 가죽빛이 고급스러워 보이는 다이어리였다.

민영이는 향이 사라지고 있는 변형자씨의 사진 앞에 몇 시간 전부터 앉아 있었다. 형철이는 새벽 1시가 되자 잠이 들어버렸다. 나는 민영이 옆에 앉아 변형자씨의 영정 사진을 바라보았다. 곱게 화장한 변형자씨의 사진이 웃고 있었다. 영정 사진을 몇 번 보지 않았지만 내가 본 영정 사진은 언제나 웃고 있다. 김계장의 사모님도 그러했고 연도를 위해 장례식장을 방문했을 때도 고인의 영정사진은 웃고 있는 모습이었다.

문상객이 돌아간 장례식장은 조용했다. 다른 장례식장에서 고인의 넋을 달래는 통곡 소리가 간간히 들여오고 있었다. 마루 한켠에 소복을 입은 이름모를 그녀가 앉아 있다. 피곤함에 절어 있는 그녀의 얼굴빛은 누렇게 떠 있었다. 그녀는 양다리를 가슴으로 모으고 궁색하게 앉아 있었다. 어디선가 남자의 구두 뒷굽이 밟히는 소리가 뚜벅, 뚜벅 들려오고 있을뿐 발인을 앞둔 장례식장은 쓸쓸했다.

　"민영아, 조금이라도 자두는게 어떨까?"

　민영이의 눈이 붉게 충혈되어 있었다. 자세히 보니 실핏줄이 터져 있었다.

　"실핏줄이 터졌어. 잠깐만 있겠니? 안약이라도 가져올게."

　"괜찮아요, 아줌마. 조금만 피곤해도 곧잘 터지곤 하는데요, 뭐. 잠이 오지 않아요. 아줌마 주무세요. 이틀째 계속 못 주무셨잖아요."

　"나는 오래 전부터 밤에는 잠을 잘 자지 못한단다. 이제 습관이 돼서 괜찮아."

　민영이는 손에 들린 가죽 다이어리를 쓰다듬었다.

　"엄마가 1년 전부터 저에게 편지를 쓰셨어요."

　민영이는 나에게 갈색 가죽 다이어리를 건넸다. 일기가 처음 쓰인 년도는 1989년이었다. 첫 줄에는 '내가 믿고 사랑하는 딸에게' 로 되어 있었다.

　"엄마는 오래 전부터 준비하고 계셨어요. 엄마의 미래를 아신 후부터 형철이와 제가 앞으로 어떻게 살아갈지에 대해서 엄마는 하나도 빠짐없이 이 다이어리에 적어 놓으셨어요. 집을 사고 파는 법, 등기며 이전 신고며, 살아가는데 필요한 모든 법적인 절차를 모두다 적어놓으셨어요. 심지어 제가 나중에 결혼했을 때 아이가 태어나면 출생신고는 어떻게 해야 하는지에 대해서까지요."

자세한 내용은 다 읽어볼 수 없었지만 민영이의 말대로 다이어리 안에는 한 장도 빠짐없이 빼곡하게 적혀 있었다.

"엄마는 많이 걱정하셨나봐요. 제가 잘 못할까봐요. 엄마 없이 홀로 서지 못할까봐……, 흐흑흑흑흑……."

민영이는 변형자씨의 영정을 바라보다 입으로 손을 막았다. 민영이는 복받치는 슬픔을 어찌하지 못하고 방바닥에 쓰러져 버렸다. 엄마를 연신 부르는 민영이의 작은 어깨가 자꾸만 들썩여졌다. 울수 있을 때까지 울어서 슬픔을 빨리 잊어버릴 수만 있다면 좋으련만 무심한 향만이 자신의 몸을 사르며 연기로 피어 오르고 있었다.

나는 민영이를 억지로 재워 놓고 변형자씨가 딸에게 써놓은 일기를 읽기 시작했다. 변형자씨는 자신의 어린시절과 아이들의 아버지를 만나 결혼할 때까지의 일을 적어 놓았다. 그리고 죽음이 가까워 오고 있다는 사실을 자신이 어떻게 받아들이고 있는지, 엄마가 죽은 후에 아이들이 엄마의 죽음을 어떻게 받아들여야 하는지에 대한 내용이 적혀 있었다. 변형자씨는 아이들에게 마지막으로 이렇게 말하고 있었다.

'나 아닌 다른 사람을 용서하는 용기를 잊어서는 안 된다. 그리고 엄마보다 너희가 먼저 아버지를 용서할 수 있었으면 좋겠다. 자식에 대한 인간의 사랑은 움직일 수 없지만 이성에 대한 인간의 감정은 유동적인 것이다. 그 안에 있는 책임이라는 단어는 잠시동안 잊을 수도 있다' 라고 적혀 있었다.

발인 날 새벽, 민영이와 형철이는 세안을 하고 어머니의 영정 앞에 새로이 향을 꽂고 절을 올렸다. 몇몇 봉사자들은 변형자씨가 가는 마지막 길을 배웅하기 위해 서둘러 나와 있었다.

그녀를 보내는 마지막 미사가 마쳐질 때쯤 검정색 양복을 입은 한 사내가 장례식장으로 들어왔다. 사내를 맞이하는 여자는 이름모를 여인이었다. 사내는 그 여인의 어깨를 두드리고는 변형자씨의 영정 앞으로 다가왔다. 향을 사르고 재배를 한 뒤 그는 그 자리에 앉았다. 사내의 곁으로 민영이가 다가갔다.

"오셨어요."

사내는 민영이의 얼굴을 안쓰러이 바라보았다.

"왜 연락하지 않았니?"

"엄마가 원하지 않으셨어요."

사내는 영정사진 쪽으로 고개를 돌려 변형자씨를 한동안 말없이 바라보았다.

"엄마가 아픈 것도 몰랐구나! 미안하다. 너희들이 고생이 많았겠구나."

민영이는 영단 앞으로 걸어가 변형자씨의 영정사진을 들어 품에 안았다.

"화장터로 가야 해요. 그만 일어나 주세요."

민영이의 요구를 응하지 않은 사내는 자리에 앉아 한동안 눈을 감고 있었다. 옆에서 지켜보던 형철이가 사내의 곁으로 다가가 앉자 사내는 형철이 쪽으로 고개를 돌렸다.

"아버지!"

사내는 형철이의 머리를 한번 쓰다 듬고는 장례식장을 나갔다. 나는 영결차 안에 오르려는 민영이의 손을 잡았다.

"견딜 수 있겠니? 형철이는 보지 않는 것이 좋을지도 모른다. 아줌마도 화장터에 가 보았지만 견디기가 힘이 들었어. 민영아, 잘 할 수 있겠니?"

"그동안 고마웠습니다. 아주머니를 잊지 못할거예요. 엄마도 그러실거예요. 전 괜찮아요. 엄마가 불쌍할 뿐이지……."

애써 환하게 웃어 보이려는 민영이의 눈에서 눈물이 흘러 내렸다. 민영이는 얼굴을 떨구었다. 나는 민영이를 가슴 가득 안아주었다.

"미안하구나. 같이 가 주질 못해서. 연락할거지? 아니야, 내가 연락할게. 그동안 건강해야 한다. 밥 잘 먹고, 알지?"

민영이가 소복을 입기에는 너무도 애띴다. 민영이는 영정사진을 형철이에게 건네고 영결차에 올라탔다.

나는 화장터에 같이 갈 수가 없었다. 끝까지 함께 하지 못한 미안한 마음이 가슴에 남았지만 나는 변형자씨를 그렇게 보냈다. 멀어지는 영결차를 바라보면서 나는 죽음이 닥친 후에 육체의 고통이 사라진 평안한 얼굴이 되었던 그녀의 얼굴을 떠올렸다. 그러면서 나의 기억속에 그녀의 웃는 얼굴이 남아 있길 바랬다. 영결차 앞에서 선두로 가야할 것 같은 승용차가 뒤늦에 영결차 뒤를 따라 나섰다. 승용차 안에는 이름모를 여인과 장례식장을 마지막으로 찾은 사내가 있었다.

7

내가 만일
한 마음의 상처를 멈추게 할 수 있다면
나의 삶은 헛되지 않을 것이다.
내가 만일
한 생명의 고통을 덜게 할 수 있다면
내가 한 사랑의 고뇌를 삭힐 수 있다면
또는
내가 숨져 가는 한 마리의 물새를
그 보금자리에 다시 살게 한다면
나의 삶은 결코 헛되지 않을 것이다.

– 에밀리 디킨슨 –

변형자씨가 병원을 떠난 뒤 나는 그녀가 입원해 있던 병실에 들어
가질 못했다. 그녀가 누워 있던 침대에 다른 환자가 누워 있는 것이
어색했고 이미 가고 없는 그녀에 대한 기억이 나의 바람과는 다르게
나를 불안하게 만들었다. 나의 기억속에 생생하게 살아있는 사람이
이 세상에 없다는 혼란함은 남편이 죽은 후에도 변형자씨가 죽은 후
에도 마찬가지였다.

그녀를 보낸 그날 밤 나는 집으로 돌아와 오래도록 울었다. 무엇
이 그토록 밤새워 나를 울게 만들었는지, 변형자씨를 마지막으로
보낼 때도 눈물을 참으려고 애썼던 내가 그날은 목이 쉬고 가슴이

저리게 아프도록 목놓아 울었다.

한참을 울다 나는 집안에 있을 남편의 흔적을 찾아 여기저기를 뒤졌다. 장롱 안과 책상서랍속, 싱크대, 신발장까지 다 뒤져 보아도 남편이 남겨놓은 흔적은 없었다.

계절이 지난 옷들을 다 끄집어 내어 휘저어 놓고, 책상 서랍 안에 오래도록 갇혀 있던 사물들을 하나둘씩 끄집어 내어 나열하면서 내가 밤을 새워 미친듯이 찾은 것은 다름 아닌 남편의 마지막 얼굴이었다. 보고 싶었다. 기억하고 싶었다. 그의 마지막 얼굴이 변형자씨처럼 평온했었는지 알고 싶었다. 나는 찢겨지고 으스러진 그의 얼굴을 보지 못했다. 서방님의 권유도 있었지만 나는 두려웠다. 흰 천을 덮어쓴 시신의 손을 한번 만져보고 누워 있는 주검이 남편이라 느꼈을 뿐이었다. 변형자씨의 눈을 감겨주었을 때 나는 나의 몸을 흔드는 전율을 느꼈다. 나는 변형자씨가 마지막으로 내게 남겨준 그 전율 속에서 나의 남편의 마지막 얼굴을 밤 새워 찾고 있었던 것이다.

일주일 동안 병원에 나가지 못했다. 좀 쉬고 싶다는 나의 말에 수녀님은 별말없이 허락을 해 주셨다.

새벽이 지나서야 잠이 들었던 것 같다. 아파트 관리실에서 안내방송을 하는 소리에 잠이 깼다. 오전이 훌쩍 지난 시간이었다. 일어서려 하자 뒷머리가 묵직하게 땡겨와 다시 주저앉고 말았다.

방바닥에 여러 개의 머리카락이 떨어져 있다. 방안 주변을 훑어보았다. 구석구석에 허연 먼지들이 쌓여 있었다. 나는 바닥에 떨어진 머리카락을 주워 휴지통에 버려놓고 커튼을 걷고 베란다 문을 열었다. 발코니에 가득 들어찬 햇살이 거실 안으로 쏟아져 들어왔다.

안방쪽 발코니에 널어둔지 오래된 빨래가 천장에 매달린 봉에 걸려 있었다. 몇 개의 옷가지는 제대로 털고 널지를 않아 여기저기 구김이 가 있었다.

나의 눈은 분홍색 옷에 멈춰졌다. 분홍색 옷 왼쪽 가슴에 호스피스 병동이라는 글귀가 파란색으로 프린트 되어져 있었다. 나는 잠깐동안 그 옷을 바라보다 옷가지들을 서둘러 걷고 다리미대를 꺼내와 봉사자 제복을 구김없이 다림질했다. 찌그러진 천수아라는 글씨가 다리미 열에 의해 반듯하게 펴졌다.

수위실을 지나치려는데 방문 차량을 단속하던 경비아저씨가 나를 보며 '오랜만에 외출하시네요?' 한다. 나는 경비아저씨의 물음에 '네.' 라고 대답하고는 아파트를 나섰다.

호스피스 병동에 들어서자 수녀님과 맞닥뜨려졌다. 수녀님은 나를 보고 짧게 웃고는 어디론가 바쁘게 걸음을 옮겼다. 봉사자 탈의실은 병동 바깥에 있었다. 예전의 탈의실은 호스피스 병동 안에 있었다고 한다. 병실 수를 늘리겠다는 수녀님의 뜻에 따라 병원 뒷문 옆쪽으로 탈의실이 옮겨졌다.

나는 탈의실의 열쇠를 챙겨 가지고 호스피스 병동을 나왔다. 탈의실에서 옷을 갈아 입은 나는 성모 마리아 상이 있는 정원으로 향했다. 병동으로 바로 들어가려 했지만 선뜻 내키질 않았다.

탈의실에서 나와 뒷정원으로 가려면 주차장을 가로 질러야만 한다. 주차장에는 빈틈없이 차량이 들어차 있었다. 나는 차량 사이 사이로 걸음을 옮겼다.

태양열을 그대로 흡수해서 발산하는 자동차의 열기 때문에 숨을 들이 쉴 때마다 가슴에서 답답함이 차 올랐다. 살갗에 닿는 햇살이 튕겨나가는 느낌도 꽤나 따가웠다. 얼마 동안 이 여름의 열기가 기승을 부릴 것인지, 병원 로비를 지나올 때 에어컨을 가동하기에는 이른 날씨인 것 같다고 느꼈었는데 찬 공기가 금세 그리워졌다.

정원 한켠으로 수북히 피어오르던 장미 꽃잎이 잔뜩 시들어져 있었다. 한꺼풀 한꺼풀 아래로 오그라든 장미꽃 안으로 꽃심이 지루한 듯 고개를 내밀고 있었다.

'쿨룩, 쿨룩……' 연이어 들리는 기침소리에 나는 소리의 방향으로 고개를 돌렸다. 마리아 상 맞은편 벤치, 변형자씨와 내가 앉곤 했던 그 벤치에 환자복을 입은 사내가 앉아 있었다. 사내 옆으로 링거병이 두 개나 걸린 이동용 밀대가 보인다. 사내는 연신 기침을 해댔다. 쉽게 멈춰질 기침이 아닌 듯 싶었다. 기침의 횟수가 잦아지자 사내는 한 손으로 자신의 입을 막았다. 그래도 기침이 멎지 않자 사내는 인상을 찌푸리며 자신의 가슴을 쥐어 잡았다. 보다 못한 나는 사내에게로 다가갔다.

"괜찮으세요? 어디가 불편하세요?"

사내는 연신 기침을 해대면서 나를 올려다 보았다. 나는 환자의 팔을 잡으려던 손을 놓았다. 환자의 얼굴이 낯익었다.

"병동이 어디에요? 여기 계속 계시면 안되겠어요. 입원하신 병동이 어디지요?"

계속되는 환자의 기침 소리에 나는 마음이 다급해졌다. 사내의 기침은 격하게 오래도록 계속되었다. 급한 나머지 사내의 등 옆구리 쪽으로 손을 넣어 사내를 일으키려하자 그가 간신히 입을 열었다.

"후우~, 당신이…… 의사라도 됩니까? 쿨룩, 쿨룩, 쿨룩, 아무것도 아니면…… 상관…… 말고 비켜…… 요."

그가 나의 손을 뿌리쳤다. 그의 목소리는 듣기 거북할 정도로 쉰 목소리였다. 사내는 숨을 들이 마시고 내쉬는 소리조차 거칠었다. 사내가 갑자기 자신의 한쪽 팔을 부여잡았다. '욱' 하는 소리를 내지르며 사내는 상체를 아래 쪽으로 구부렸다.

"이봐요! 내가 의사는 아니지만 이렇게 아프면서 뭘 참견 말라는 거지요? 어디에요? 입원실이 어디냐구요!"

사내는 나의 윽박에도 몸을 움직이지도 나의 물음에 대답도 하지 않았다. 나는 사내의 대답을 기다릴 시간이 없었다. 일단 사내를 병원 안으로 옮기는 것이 우선이었다. 급한대로 가까이 보이는 응급실로 뛰어 들어가 휠체어를 가지고 나왔다. 휠체어를 가지고 나가는 나를 응급실 간호사가 불러 세웠지만 대답할 시간도 없이 급히 휠체어를 끌고 사내가 있는 벤치로 향했다.

"일어설 수 있겠어요? 일어서 봐요, 어서요."

사내는 나의 말은 듣지도 대답도 하지 않은 채 그대로 앉아 있었다. 그대로 둘 수 없었다. 나는 사내의 양쪽 옆구리에 손을 넣어 사내를 일으켰다. 그제야 사내는 호스피스 병동이라고 말했다.

"호스피스 병동으로…… 으우욱……."

"뭐라구요? 호스피스 병동이요? 호스피스 병동이라고 했나요?"

나는 호스피스 병동이라는 말을 사내에게 되묻고는 링거액 병을 휠체어에 옮겨 달았다. 휠체어를 병원 입구까지 밀고 갔을 때 이영숙씨가 로비 입구 쪽으로 두리번거리며 걸어 나오고 있었다. 나와 사내를 발견한 이영숙씨는 급히 내게로 다가왔다.

"어! 수아씨, 홍종욱씨 어디서 찾았어요?"

"네에?"

"병실에 없어서 제가 찾아 나섰는데 수아씨가 찾았군요. 어디 가셨었어요, 홍종욱씨?"

이영숙씨와 같이 휠체어를 밀고 호스피스 병동으로 올라갔다. 홍종욱이라는 사내는 병실로 옮겨지고 응급처치를 위해 몇몇의 간호사가 병실로 뛰어 들어갔다.

홍종욱씨의 병실 밖에서 나는 이영숙씨를 기다리고 있었다. 잠시 후에 이영숙씨가 병실에서 나왔고 우리는 봉사자 휴게실로 자리를 옮겼다.

"뒷정원에 있었는데 그 분이 심하게 기침하는 소리를 들었어요. 기침이 심해지길래 병실로 모셔다 드리겠다고 병실이 어디냐고 물었더니 상관 말라고 하더라구요."

"그랬군요. 그래도 수아씨가 침착하게 잘 했어요. 홍종욱씨가 고통이 심했던 모양이던데, 링거액 바늘이 빠져 나와 있었어요."

"증세가 심해 보였어요. 그런 환자가 혼자서 땡볕에 그렇게 앉아 있었으니……."

"우리 병동에서 홍종욱씨를 가리켜 뭐라고 호칭하는지 알아요? 표범이라고 불러요. 화낼 때 보면 아픈 사람같지 않거든요. 보통 때는 거의 말을 하지 않아요. 처음에 봉사자들이 들어가면 심하게 짜증을 내고 들어오지 말라고 했어요. 지금은 좀 덜하지만……. 병동에 내려와서 2인실에 있다가 지금은 1인실로 옮겨졌어요."

표범이라는 말에 홍종욱이라는 남자에 대한 기억이 떠올랐다. 몇 달전 뒷정원에서 담배를 피우던 환자의 얼굴이었다.

'그럼 아까 그 환자가 그때 그 사람이란 말인가!'

"여름인데 바람이 들어오네요. 제법 시원한데요. 수아씨, 수아씨 무슨 생각해요?"

　골똘히 생각에 잠긴 나를 이영숙씨가 불렀다.

　"네? 아무것도 아니에요. 팀장님, 속이 안 좋으세요?"

　이영숙씨는 좀전부터 윗배를 어루만지고 있었다.

　"점심 먹은 것이 탈이 난 건지, 위가 고장이 난 건지 요즘 소화가
잘 되질 않아서……."

　"검사를 받아보세요."

　"받아 봤지요. 위염이래요. 괜찮겠지요, 뭐."

　그녀는 대수롭지 않다는 듯 다시 자신의 윗배를 어루만졌다. 그리
고 그녀가 불쑥 변형자씨에 대해 물어왔다.

　"변형자씨 돌아가신 뒤에 힘들었지요?"

　"……."

　"알아요, 그 마음. 여기 있는 봉사자들은 다 그 마음을 알지요. 한
동안은 힘이 들지만 시간이 지나면 괜찮아질거예요. 수아씨, 이렇
게 생각해봐요. 나는 가톨릭 신자지만 부처님이 말씀하신 업장소멸
이라는 것을 조금 알고 있어요. 어쩌면 이 병동에서 돌아가신 모든
분들은 현생에서 전생의 업장을 아픈 것으로 다 소멸하고 돌아가신
것이 아닌가 하고 생각해 봤어요. 내가 잘못 이해하고 있는 것인지
아닌지는 잘 모르지만 말이에요. 그래서 업을 다 소멸한 그 분들이
다시 환생을 하면 더 좋은 인생이 기다리고 있는 것이 아닌가 하고
기대하지요.

　하나님이 말씀하신 영생에 대해서도 믿고 있어요. 종교란 차별성
이 있지만 그 안에 있는 공통된 것은 인간의 한계를 신이 알고 길을
열어 준다는 점이지요. 우리가 보내드린 모든 환자들은 지금 좋은

곳에 계실 거예요. 그렇게 믿으면 현실의 고통이 전부 다가 아님을 알고 위안으로 삼을 수 있지 않겠어요?"

남편이 죽은 후 나는 현실을 받아들이기가 힘이 들었다. 기억속에 생생히 살아 있는 그가 그 어디에도 없다는 현실을 받아들이는 데에는 많은 시간이 필요했다. 남편이 죽은 후 나는 앉지도 서지도 못했다. 빈공간에 혼자 서 있는 데도 조금만 발을 움직이면 내 몸과 부딪치는 보이지 않는 사물들 때문에 허둥거렸었다.

오지 않을 사람에 대한 그리움과 괴로움으로 조금씩 나 자신이 병들어가고 있는 것을 모르는 채 6년의 세월이 흘렀다. 만일 그가 환생한다면, 그래서 내 앞에 다시 나타난다면 내가 과연 그를 알아볼 수는 있을까! 나는 이영숙씨의 말을 통해 나 자신도 알 수 없는 꿈을 꾸기 시작했다.

더위가 한창 기승을 부릴 8월 초 자궁경부암으로 병동에 들어온 25세의 젊은 여성 환자가 사망했다. 그 환자의 마지막 소원은 변비 때문에 임신 7개월이 된 배처럼 불러 온 자신의 배를 흉하지 않게 해 달라는 것이었다. 그녀는 간병인도 보호자도 없었다. 게다가 입원비가 두 달씩 입금되는 것이 늦춰지자 병원 측에서 퇴원을 종용했다. 그러나 다행히도 한 후원자의 도움으로 그녀는 생을 이곳에서 마감할 수 있었다.

그녀가 사망하기 이틀 전 아네스와 이영숙 팀장과 간호사는 그녀의 장에 꽉 들어찬 변을 일일이 손가락으로 긁어 내어 배에 들어찬 가스를 뽑아내는데 성공했다. 그녀의 변은 딱딱하게 굳어 있었기 때문에 간호사 선생님과 봉사자들은 몇 시간 동안 식은땀을 흘려야만 했다.

그녀의 배가 정상으로 돌아온 이틀 뒤 새벽, 그녀는 그녀의 마지막 소원을 이루고 해가 밝아오기 전에 세상과 작별을 했다. 그 환자에게 정성을 기울였던 수녀님을 비롯해서 많은 봉사자들이 그녀의 죽음을 안타깝게 생각했다. 고아출신의 창녀, 분명 한 여인의 몸을 빌어 이 세상에 태어났을 것인데 그녀의 죽음을 지켜주고 슬퍼해 주는 사람은 그녀를 사랑했다는 젊은 남자 혼자였다. 그녀와 인연이 닿아 있는 사람은 그 사내 이외에는 아무도 없었다. 그것이 바라보는 이의 마음을 더욱더 슬프게 했다. 25세의 꽃다운 나이, 그녀가 죽은 뒤 봉사자들 중 누구도 그녀에 대해 말하지 않았다.

여름 장마가 길게 이어지고 있었다. 수해 소식은 여느 해와 다르지 않게 뉴스의 초점이 되었다. 비오는 날이 많아지면서 병동을 찾는 사람들의 발걸음이 줄어들었다. 하루도 거르지 않고 쏟아지는 폭우를 피해 병동을 찾아 올 방문객은 없었다. 병동의 환자들이 투병하는 기간이 길어지면 길어질수록 그들을 찾는 발길은 점점 줄기 마련이었다.

익숙해진다는 것은, 환자를 그냥 아픈 사람으로 밀어놓는다는 것과 같은 의미인지도 모른다. 정상인과는 다르게 구분지어 하나의 획을 그들 앞에 그어 놓는다. 그렇기에 혼자서 싸워나가야 할 투병의 몫은 환자의 것이고 외로움 또한 환자의 몫이다. 호스피스 교육 때 봉사자 사례발표를 들었을 때 한 환자는 이렇게 말했다고 한다.

'아픈 것을 견디는 것은 어차피 내 몫이고 어떻게 견뎌지겠지만 외로움을 견디는 것은, 그것도 나 혼자서…… 그건 너무 힘들어요.

어차피 죽을 목숨이라고 가족들도 포기를 했는지…… 그건 아니겠지만, 오래도록 시간도 돈도 다 까먹고 이렇게 누워만 있으니 가족들도 지쳤겠지요. 하지만 혼자 병실에 오래 누워 있으면 내 자신이 너무 가엾고 슬퍼져서 싫어요.'

변형자씨도 그러했다. 아이들이 오지 않는 날이면 다음날까지 지나친 짜증을 부렸다. 아이들이 왔다 가고 나면 그녀는 나에 대한 미안함을 웃음으로 대신하곤 했다. 오늘은 그녀가 내게 보여주었던 따뜻한 눈빛이 떠올려진다.

수녀님은 환자와 함께 끝까지 같이 해 줄 사람은 봉사자가 아닌 가족이어야만 한다고 했다. 병을 안고 고통스러워하는 그들에게 소외된 아픔까지 주어서는 안 된다는 것이 수녀님의 생각이었다.

병동은 조용했다. 겉으로는 평온해 보였으나 그 내면을 들여다보면 정상인이 알지 못하는 그들만의 세상이 있다. 그 세상에서 그들과 같이 동행해 줄 누군가가 우리 전부가 되었으면 하는 바람이 간절해진다. 숨조차 마음껏 쉬지 못하는 저들에게 관심 어린 사랑만이라도 줄 수 있다면 하는 간절한 바람이 오늘과 같은 날처럼 환자들이 외면 당하고 있는 것을 볼 때면 마음이 더욱 아프다.

병원을 나서기 훨씬 전부터 쏟아지던 폭우는 아파트 입구에 다다를 때까지 멈추질 않았다. 거친 바람은 굵은 비바람을 동반했고 우산대를 꽉 붙들고 바람의 반대 방향으로 요령껏 조정하지 않으면 약한 우산살은 쉬이 휘어질지도 몰랐다. 우산살 하나가 반대방향으로 젖혀지자 나머지 것들도 일제히 젖혀지면서 우산이 뒤집혀졌다. 정신없이 휘청거리는 우산을 바로잡으려고 했지만 바람이 불지 않는 곳으로 이동해야 가능할 것 같았다.

우산대를 잡고 있는 손은 거친 바람을 이기지 못하고 허공 속으로 우산을 날려버렸다. 우산이 날아간 방향으로 뛰려던 나는 그 자리에 멈춰섰다. 나의 집 아파트 거실에 불이 켜져 있었기 때문이었다. 이미 날은 어둑해져 있었다. 늘상 꺼져 있던 아파트 거실에 다른 아파트와 같이 불이 켜져 있었던 것이다. 베란다에 내어놓은 화초의 그림자가 보이고 거실에 걸어놓은 커튼 안으로 실내등의 실루엣이 보였다. 사람인지 모를 누군가가 실내등 불빛 안에서 어른거렸다. '남편이다! 남편이 온 것이다.' 빠르게 떠오르는 생각이 나의 발걸음을 재촉했다. 아파트 내부 승강기를 기다릴 틈도 없이 비상구 계단으로 뛰어올라갔다. 그리고 예전에 하던 대로 벨을 눌렀다. 얼마 있지 않아 집안에 있을 남편은 모니터 폰 속으로 보이는 나를 알아보고 문을 열어줄 것이다. 그런데 두 번이나 벨을 눌렀는데도 아무런 인기척이 나지 않았다. '그래, 샤워를 하고 있는 모양이다.'

나는 가방 안에서 열쇠를 찾아 문을 열었다. 현관에 설치된 센서등이 켜졌다. '태수씨, 나 왔어요. 먼저 와 있었네요. 미안해요. 비가 와서 그만…….' 나의 뇌리를 스쳐 지나가는 말들이 입 밖으로 나오지 않는다.

나는 집안으로 들어가 남편이 있을만한 곳을 찾았다. 예전의 남편이라면 에이프런을 두르고 저녁 식사를 준비한다든가, 아니면 아침에 미뤄놓은 설거지를 하거나 청소를 할 것이었다. 그러면서 나를 보고 웃을 것이다. '수아야, 밥은 내가 해놨어. 더운 물에 몸 담그고 있어. 내가 등 밀어줄게.' 라고 말할텐데. 그리고 식사를 차려놓고 욕조 통에 담긴 나의 다리를 꺼내놓고 오일을 발라 마사지를 해줄 것이었다. '하루종일 공부하느라고 힘들었지? 이런! 다리가 퉁퉁 부었구나. 욕심 많이 내지 말고 9급부터 준비하도록 해. 공무원이 아무리 좋다지만 한번에 7급은 무리잖아! 그렇지?'

남편은 공무원 준비를 하는 나를 지극히도 아껴주었었다. 신장이 좋지 않아 쉽게 몸이 붓는 나의 다리를 매일 밤 마사지 해주던 그였다.

개수대 안에는 어젯밤에 우유를 먹고 비운 컵이 그대로 놓여 있었다. 샤워실 안에는 빨래더미가 쌓여 있고 누군가가 왔다간 흔적은 없었다. '아침에 집을 나가면서 불을 끄지 않은 모양이구나.'

나는 거실 방 한쪽 구석에 기대 앉았다. 머리에서 떨어지는 빗물이 이미 젖어버린 어깨 위에 내려 앉았다. 바지 밑단에도 소매 밑단에도 빗물이 고여 떨어져 내렸다. 빗물에 젖은 온몸에 오한이 느껴진다. 나는 어깨를 감싼 채 한쪽 방향으로 쓰러졌다. 오래도록 켜져 있던 실내등 전구 중에 하나가 깜빡거리다 이내 꺼져버렸다. '태수 씨! 당신이 온 줄 알았는데…….' 나는 울다 지쳐 남편의 이름을 불렀다. 여전히 그치지 않는 장마비는 밤새 계속 되었고 가끔씩 정신이 아찔해질 만큼의 천둥소리가 밤 사이 여러 차례 들려왔다.

변형자씨가 가고 난 뒤 나는 환자들을 돌보는 일이 소흔해졌다. 그 일이 있은 후부터 며칠동안 심한 몸살을 앓았고 몸살을 앓고 난 뒤에는 모든 것이 무기력해졌다. 나는 병실 밖에서 잔 업무와 세탁 일을 맡아했다.

건조대에 세탁물을 널고 병동 복도를 걸어오는데 문이 닫힌 병실 앞에 발을 멈추었다. 문에는 홍종욱이라는 글씨가 쓰인 팻말이 붙어 있었다.

'홍종욱'

나는 홍종욱이라는 이름을 되뇌었다. 뒷정원에서 담배를 피우던 홍종욱의 모습이 떠올랐다. 나는 병실문을 열었다. 병실 문을 열자 환자 없는 빈 침대가 먼저 눈에 들어왔다. 침상은 환자가 누워있던 흔적이 남아 있었다. 등 뒤에서 문이 열리는 소리가 들렸다. 뒤돌아 보니 남자 환자가 링거액 밀대를 밀고 화장실에서 나오고 있었다. 환자와 내가 눈이 마주치자 환자는 나를 지나쳐 자신의 침상으로 갔다. 나는 엉겁결에 그에게 '안녕하세요.' 라는 말을 했다. 사내는 한참동안 나를 바라보았다.

"안녕하세요라! 오랜만에 듣는 말이군. 그렇지요. 난 안녕하지요. 언제까지 안녕할지는 모르지만."

사내는 침대에 누우며 쉰 목소리로 우습다는 듯이 빈정거렸다. 사내의 빈정거림에 내가 할말을 잊고 있을 때 나는 사내가 입은 환자복 바지에 노란물이 묻어 있음을 알았다.

"바지에 물이 묻었어요. 새것을 갖다 드릴게요."

"됐습니다. 여기에도 갖다 놓은 것이 있어요. 필요 없으니 이제 그만 나가 주시오."

사내는 전적으로 나를 무시하고 있었다.

"바지 갈아 입는 것을 도와 드릴게요."

나는 사내의 빈정거림에 할말을 못하고 바보처럼 서 있기가 싫어졌다.

"간호사나 불러 줘요. 당신은 필요 없으니까."

"전 봉사자예요. 그 정도는 할 수 있습니다."

"나는 여러 말 하기 싫소. 여러 말을 할 수도 없소. 다시 말하지만······ 후우으······, 내가 원하는 건 당신이 아니라 간호사요. 다시 말해야겠소?"

사내의 목청이 높아지자 쉰 목소리가 거북스럽게 갈라졌다. 말 중간마다 거칠게 숨을 쉬었다.

"간호사가 해야 할 일과 봉사자가 해야 할 일은 엄연히 나누어져 있습니다. 이곳은 간호사의 손이 전적으로 부족한 실정입니다. 바지 갈아 입는 것 정도는 선생님 혼자서도 할 수 있다고 판단됩니다. 그러니까······."

"당신 눈엔, 이 링거병이 보이지 않소? 이 줄을 팔에 달고 환자복을 갈아 입으란 말이오? 그리고 나에게 이래라 저래라 말하지 마시오. 아무도 나에게 이러쿵 저러쿵 훈계는 할 수 없소. 당신은 모르잖소, 나에 대해서. 안다고 말할 수 있소? 그만 하고 나가시오. 시끄러운건 딱 질색이니까."

사내는 표범 같았다. 먹이를 서서히 구석으로 몰아 세우며 다가오는 표범. 표범의 눈으로 나를 쏘아 보았다.

"다른 것이 필요하시면 말씀을······."

"이제 그만 나가란 말이야! 나는······ 후우······ 후우······ 나는 말하는 것도 힘들어. 이제 그만 나가!"

그대로 돌이 되는 줄 알았다. 그가 내뱉는 한마디 한마디에 나는 그 자리에 서서 발끝에서부터 천천히 돌이 되어 가고 있었다. '나가는 길에 간호사 불러 달라는 말 잊지 마시오. 인터폰 호출을 해도 늦게 나타나니, 빌어먹을!' 이라는 사내의 뒷말이 없었다면 나는 병실에서 나오지 못했을 것이었다. 그는 수 년 동안 먹이를 먹지 못해 말라서 비틀려 버린 표범 같았다.

이렇게 덥지 않은 날이었다. 군복 차림의 그가 내 앞에 나타났을 때 나는 머리통이 새까만 어린 대학의 후배들과 섞이어 도서관에 며칠 째 묻혀 있었다. 재작년부터 보기 시작한 국가 행정고시에 몇 번의 미역국을 먹은 나는 그가 제대할 날짜를 잊은 채 가을에 있을 행정고시 준비를 하고 있었다.

'뚜벅, 뚜벅'

구두굽 소리가 적지않이 신경이 쓰였다. 숨소리 조차 들리지 않는 도서관에서 들리는 명확한 구두굽 소리는 귓속 정중앙에서 여러 번 울려나갔다. '공부하러 오는 학생이 구두는 왜 신고 와. 그것도 이더운 날에. 미친 놈.' 한참 집중이 잘 되고 있을 때였는데 요란한 구두굽 소리에 상스러운 말이 절로 튀어 나왔다.

"미친 놈이라! 내가?"

뒤통수에서 들리는 말에 나는 돌아보지 않은 채 발 아래를 내려다 보았다. 나의 안경이 비칠 정도로 반질하게 닦여진 군화가 보였다. 군화를 따라 올려다 보니 나보다 훨씬 키가 큰 한 사내가 검게 그을린 미소를 실룩거리며 나를 내려다 보며 조금은 거만하게 웃고 있었다. 미끈하게 빠진 다리에 잘 다려진 군복을 입은 그의 모습에 나는 할말을 잊었다. 그는 나의 손을 잡고 조심스러운 발걸음으로 도서관을 빠져 나왔다.

"공부 많이 했습니까?"

"……."

"이런! 군기가 아직 덜 배었군. 차렷!"

그의 기압 소리에 나는 차렷 자세를 갖추었다. 그는 내가 선 자리를 한 바퀴 빙 돈 뒤에 이렇게 말했다.

"귀관은 내가 제대하는 것도 몰랐나? 귀관은 나를 보고도 할말이 없나? 귀관은 몇 번이나 낙방을 했나? 귀관은 나의 이름을 기억하는가?"

대책없이 쏟아붓는 그의 물음에 나는 대답하지 못했다. 동그랗게 눈을 뜨고 그가 차렷 자세를 풀어 줄 때까지 기다리고 있을 뿐이었다.

그의 등 뒤에 내려쬐는 한낮의 햇빛 때문에 눈을 똑바로 뜨지 못하자 그가 모자를 벗어 내게 씌워 주었다. 그의 머리는 윗머리만이 보슬보슬하게 솟아 있었다. 그 해 유행하던 감자 인형을 보고 있는 것 같아 나는 웃음을 터뜨렸다.

"차렷!"

교정이 떠나갈 정도의 큰 기압 소리에 나의 웃음은 저절로 멈춰졌다. 그는 말없이 나를 내려다 보았다. 그리고 바지 주머니에서 뭔가를 꺼내 나의 왼손 약지에 그것을 끼워 주었다. 붉은 빛이 투명한 보석이 박힌 반지. 그의 제대를 알려주는 ROTC의 피앙새 반지였다.

"나 제대 했어. 제대하는 날도 모르고 공부했어? 역시 천수아다운데."

그의 다정한 목소리. 햇살을 타고 불어오는 때이른 가을 바람에 나의 몸이 녹아들었다. 그가 나를 안았다.

'사랑해! 그리고 고맙다. 제대할 때까지 기다려줘서.'

나는 엉엉 울어버렸다. 그의 가슴이 그렇게 넓어졌는지 모른 채 그의 넉넉한 품에 안겨 울어버렸다. 그는 울음이 그치지 않는 나의 등을 두드리다 쓸어내리고 두드리다 쓸어내리기를 여러 번 반복했다.

햇볕 때문에 머리카락에서 단내가 난다. 양지 위에 아지랭이가 피어 오르는 그림자가 비친다. 나의 눈동자 바로 앞에서 아지랭이가 피어 올랐다. 눈을 감아 버렸다. 눈물로 시려버린 눈동자가 너무 아파서 눈을 감아 버렸다. 왜 이런 날 그가 보고 싶은 것인지, 하필 이런 날, 이렇게 돌이 되어버린 날 그가 왜 보고 싶은 것인지…….

차량이 드문 드문 빠진 주차장 틈을 비집고 승용차 한 대가 들어왔다. 승합차 뒤에 쪼그리고 앉아 있던 나는 비켜 달라는 크락션 소리에 그제야 몸을 일으켰다. 나는 병동으로 들어가지 못하고 병원 주변을 몇 바퀴나 돌아 다녀야만 했다.

저녁 시간이 되면서 환자들을 찾는 방문객이 하나둘씩 병동을 찾았다. 이곳의 면회시간은 정해져 있지 않다. 언제 어느 때라도 환자를 찾는 방문객이 드나들 수 있도록 시간 제한을 두고 있지 않았다. 방문객 중 다수가 환자와 대화를 하지 않는다. 보호자에게 미리 주의사항을 듣기도 하지만 환자의 상태를 보고 나면 환자에게 지나친 말을 시키는 것이 도움이 되지 않는다는 것을 알게 되기 때문이다. 그리고 말기에 가까워지면 대부분의 환자가 의사소통을 상실해 버리기 때문이기도 하다.

그들은 환자 앞에서 눈물을 보이지 않는다. 일부는 환자의 피폐된 모습에 눈물을 보이기도 하지만 방문객은 환자와 눈을 맞추고, 환자의 손을 잡아 주는 것으로 위로를 대신한다. 그리고 병실 복도에 나와서야 보호자와 이야기를 나누고 그들을 위로한다. 환자나 보호자나 이곳에서는 안쓰러운 눈길을 받는 대상이라는 점에서 같다. 병으로 투병하는 사람도 그러하고 사랑하는 가족을 곧 잃게 될 것이라는 절망감을 감수해가며 그들을 간호하는 보호자 모두다 가슴 아픈 일이기는 마찬가지이다.

방문객과 보호자가 드나드는 시간에 봉사자가 환자에게 해줄 수 있는 일은 줄어들게 되어 있다. 봉사자들은 하루 일정을 끝내고 모두 귀가했다. 나는 봉사자 휴게실에 앉아 호스피스 교육 때 받았던 교재를 살피고 있었다. 호스피스 환자와의 의사소통이라는 소제목을 보고 페이지를 찾았다. 처음부터 차근차근 읽어나가기 시작했다.

의사소통의 공통적인 요소는 두 사람 이상 사이에서 정보를 전달하고 나눈다는 것이며, 의사소통의 유형에는 언어적 의사소통, 비언어적 의사소통, 초언어적 의사소통이 있다.

효과적 의사소통의 필수요소는 환자를 주의깊게 관찰하는 것이 필요하며 함께 있어주어야 한다. 간호 제공자는 환자와 가족들의 기분을 함께 느낄 수 있는 감정이입능력(공감능력)이 있어야 한다. 공감과정에서 실수가 되는 근원은 동정을 하지 말아야 한다는 것이다. 즉 동정이란, 동정을 하는 사람은 이야기를 들으면서 상대방의 입장에서가 아니라 내 입장에서 이해하고 수용하게 되기 때문이다.

홍종욱씨는 독방을 쓰고 있다. 그는 병동으로 내려올 때 독방을 원했다고 한다. '독방' 그가 왜 독방을 원했는지에 대해서 생각해볼 일이다. 그는 간호사만을 신뢰하고 의사와 봉사자는 절대적으로 배척하고 있다. 그래서 나와의 대화에도 자신의 생각만을 이야기하고 혼잣말을 했다. 상대를 보고 상황을 이해하며 대화하는 것이 아니라 일방적으로 나에게 질책을 퍼부어댔다.

그는 필요에 의한 접촉 이외에 타인과의 접촉이나 대화를 피하고 있었다. 호스피스 환자들이 대개가 그렇다지만 이 환자의 상태는 분명 남다른 부분이 있었다. 의사소통의 효과적 필수요건은 환자를 주의 깊게 관찰하고 환자와 함께 있어주어야 한다고 했다. 특별히 해 주는 것이 없어도 기꺼이 함께.

나는 나를 몰아내는 그에게 다가가기로 결심했다. 나를 잠시 돌로 만들어버린 그의 눈빛은 오기와 분노, 굶주린 표범의 긴 손톱처럼 날카로웠다. 홍종욱은 죽음을 받아들이는 것에 대해 부정적으로 응하고 있는 것이 분명하다. 그래서 어쩌면 자신을 버리는 것을 하찮게 여기고 자책하는 길을 선택했는지 몰랐다. 그 점이 그에게 나를 끌리게 했다.

8

홍종욱과 실랑이를 시작하겠다고 생각한지 하루가 지났다. 오전 일정이 끝나고 점심 식사를 하고 커피 한 잔을 마실 때까지 나는 홍종욱의 병실에 들어가지 못했다. 그에게 다가가기 위해서는 다른 환자들을 대할 때와는 다른 분명한 이유가 있어야 했다. 이유나 준비없이 다가가는 일은 지난 번과 같은 낭패를 볼 수 있었다.

수녀님의 당부가 있은 후부터 봉사자들 중에서도 독방에 들어가는 이는 없었다. 함께 기도하고 성가를 부르며 환자를 위로하는 일은 그에게 속해있지 않았다. 아마 홍종욱은 다른 병실에서 들려오는 성가 소리조차 듣기 싫어할 것이다. 홍종욱은 독방이라는 이름에 걸맞게 외롭게 병과의 싸움을 견디고 있을 것이다. 나는 커피를 두 잔째 마시면서 그에 대한 이런저런 생각들을 짐작했다.

개수대 안에 커피잔을 내려놓고 수도꼭지를 틀었다. 컵 안에 물이 채워졌다. 컵 가득 채운 물을 쏟아버리자 컵 안에 생긴 커피얼룩이 절로 씻겨졌다. 씻겨진 컵을 건조기 안에 넣고 타임버튼을 눌렀다. 윙하는 소리가 들리면서 건조기 안에 센서불이 들어왔다. 잠시 뒤 건조가 다 되었다는 신호음이 같은 음으로 세 번 들려왔다.

'띠이 띠이 띠이~'

그 소리를 듣는 순간 정신이 번쩍 들었다. 그는 얼룩이 묻은 빈컵 이다. 컵 안에 물을 채워야 한다. 계속해서 바라만 보고 있으면 얼룩 은 찌들어져서 물만으로는 깨끗이 닦아낼 수 없을 것이다. 그에게 는 물이 필요하고 차가워진 마음과 몸을 따뜻하게 해줄 사랑이 있어 야 한다. 홍종욱이라는 환자에게는 얼룩을 깨끗이 씻어낼 물도, 몸 을 따뜻하게 해 줄 양질의 요소도 없다.

홍종욱의 병실문 앞에서 호흡을 깊게 들이마시고 길게 내쉬었다. 그리고 병실문을 조심히 열었다. 커튼이 내려진 병실은 어두웠다. 어디선가 '윙' 하는 소리가 들려왔다. 가습기 통에 물이 부족해서 생 기는 마찰음이었다.

그는 침대에 옆으로 누워 잠을 자고 있었다. 나는 테이블 위에 놓 인 널려진 신문과 책들을 한쪽으로 정리해 몰아 놓다가 테이블 아래 에 있는 성냥과 뜯지 않은 담배를 발견했다. 손으로 만지작 거린 흔 적이 있었다. 담배 사각 테두리가 눌려져 있고 겉 비닐이 여기저기 여러겹 구겨져 있었다. 가습기 물통을 헹구어 내고 물을 삼분의 이 쯤 채운 다음 가습기 메이트를 넣어 섞었다. 물통 겉 표면에 생긴 물 을 닦아낸 후 세면실을 나오다가 두 개의 수건과 두 벌의 환자복을 챙겨가지고 나왔다. 환자복은 협탁 서랍에 넣어두고 수건은 세면실 수건걸이에 걸어두었다. 세면대 위에 얇아진 비누가 보였다. 오래 된데다가 말라버려서 반으로 갈라져 있었다. 향기가 독한 비누였다. 향기 없는 순한 비누를 새것으로 갖다 놓았다.

물통의 물은 먹기좋게 미지근한 물로 받아다 놓고 물마시기 좋은 스트로우가 달린 환자용 물컵을 새것으로 갖다 놓았다. 그는 내가 분주하게 움직이는 인기척을 못 느끼고 계속해서 수면 상태에 있었다. 나는 그가 깨어날 것을 걱정하면서 그가 잠에서 깨어나 나를 보면 첫마디를 뭐라 말해야 할지에 대해 생각했다. 병실을 나올 때까지 그는 잠에서 깨어 나지 않았다.

오후 시간이 훌쩍 지나도록 그는 병실에서 나오지 않았다. 가끔은 병동 복도를 왔다갔다 하기도 했었는데 내가 병실에 들어갔다 나온 이후로 그의 얼굴을 보지 못했다. 김간호사가 주사 바늘을 들고 독방으로 향했다. 잠시 후에 김간호사가 간호사 데스크로 돌아왔다.

"홍종욱씨 아직도 주무시고 있나요?"

김간호사는 무슨 질문이냐는 얼굴로 나를 보았다.

"아니요, 깨어 계시던데요."

"그래요?"

"111호에 들어가신 적이 있어요?"

"예, 몇 번요."

"수녀님하고 팀장님만 들어가시는걸로 알고 있었는데, 홍종욱씨 가 좀 누그러들긴 한 모양이네요."

"누그러들다니요? 그게 무슨 말이에요?"

"그 환자분 좀 민감하시잖아요. 의사 선생님도 싫어하고 봉사자도 싫어해서 간호사만 찾으셨거든요. 사실 봉사자분들이 해주시는 일이 많을 텐데도 다른 사람이 병실에 들어오는걸 싫어하세요."

"홍종욱씨 병명이 뭔데요?"

김간호사는 차트에 알 수 없는 영문을 갈겨 썼다. 홍종욱씨의 차트였다.

"폐암이에요. 말초형 폐암."

'폐암이라?'

폐암 환자의 병실에 담배와 성냥이 있었다.

"어느 정도로 심각하지요?"

"이곳에 내려오는 분들이야 다 말기 암 환자분이시니까 어느 정도 심각하다고 말할 수는 없지요. 점점 기침도 심해지시는 것 같고 폐렴증상이 일어나면 안 되는데 조금 더 지켜봐야 할 것 같아요."

"그래서 목소리가 그렇게 탁하게 들렸군요."

"쉰 목소리 때문에 잘못 들었다고 다시 물어보면 신경질을 내세요. 그러니까 대화하시다가 혹여 못들은 말이 있어도 그냥 넘어가는게 좋을거예요. 그리고 폐암 환자는 대개가 숨쉬는 것을 힘들어해요. 그러니까 말을 너무 오래 시키지는 마세요."

저녁 식사 시간이 되었다. 식판을 들고 병실을 드나드는 아주머니 모습이 보인다. 식판에 들린 음식이라야 미음이나 죽 정도이다. 나는 독방으로 향하는 아주머니를 불러 세웠다.

"아주머니, 제가 가져 갈게요. 111호로 가실거죠?"

"그래 줄래요? 저녁 시간이 되면 좀 지치네. 고마워요. 아참, 그 환자 식사를 잘 안하던데……."

"제가 드셔 보도록 해 볼게요."

"하기사! 이런 음식이 목구멍으로 넘어가기나 하겠어요. 입에 맞는 찬이라고는 보이질 않으니······. 식사 하시라고 식판을 내밀기는 하지만 사실 좀 미안해요. 뭐 먹을게 있어야 말이지요."

식판 위에는 물에 가까운 흰 죽과 무 조각이 몇 개 띄어진 동치미와 나물류가 전부였다. 병실문이 열려져 있었다. 열려진 틈으로 안을 들여다 보았다.

점심 때가 지나 병실에 들어갔을 때는 창문이 닫혀 있었는데 커튼이 바람에 펄렁거리고 있었다. 열려진 병실문을 조심히 열고 안으로 들어갔다. 그는 벽을 바라보고 누워 있었다. 테이블 위에 식판을 내려놓았다. 그가 인기척을 느꼈는지 돌아 누웠다. 나는 그의 시선을 피해 잠시 서 있다가 쇼파 위에 널려진 환자복을 챙겨 들었다. 환자복을 갈아입은 모양이다. 그와 눈을 마주치지 않으려고 서둘러 병실을 나가려는데 그가 나를 불러 세웠다.

"식판을 들고 왔으면 이쪽으로 줘야지 식사를 할거 아닙니까?"

"식사 하시게요?"

"그럼, 이 렁거만 맞으면 식사를 안 해도 된단 말이요?"

"아니, 저 그게······."

할말을 잃어버렸다. 나는 그의 말을 어떻게 받아쳐야하는데, 하는데 하면서도 아무런 단어도 떠올리지 못했다. 망설이고 망설이다 몇 번을 생각하고 병실에 들어왔는데 나는 홍종욱의 시선을 피해 도망치려고 했다. 그의 날카로운 눈빛 때문이다. 나는 침대 발판에 걸린 식판대를 올려 놓고 그 위에 식판을 내려 놓았다.

"수저는 서랍 안에 있으니 꺼내 주시오."

그의 말대로 서랍을 열어 숟가락과 젓가락을 꺼내 식판 위에 올려

놓고 나오려는데 그가 또다시 나를 불러 세웠다.

"물은 안 주고 갑니까?"

스트로우가 달린 컵에 물을 따라 식판에 놓았다.

"못 보던 건데 간호사가 갖다 놓았나!"

그는 스트로우를 한번 만지작거리고는 컵 안에 든 물을 한모금 빨았다.

"환자에게 컵을 챙길만큼 간호사는 한가하지 않아요."

그에게 대꾸할 말을 찾아낸 나는 망설이지 않았다. 죽을 한술 뜨려던 그가 옆눈으로 나를 보았다.

"그럼 당신이 갖다 놓았단 말이요?"

그가 정면으로 나를 쏘아 보았다. 그리고,

"당신? 봉사자 맞소?"

"그, 그런데요."

"봉사자치고는 좀 불친절하군. 앞으로 그딴 식의 친절을 베풀 요량이면 여기 들어오지 마시오."

"홍종욱씨, 나는 친절을 베풀기 위해서 이곳에 온 것이 아닙니다. 나는…….."

"그럼 뭐요? 시간이 한가하고 돈푼꽤나 있어서 한가하게 이곳에 놀러왔다, 이말이란 말이오? 아직 젊어 보이는데 남편 뒷수발이나 잘 하는게 어떻겠소? 여기엔 당신의 사치를 받아줄 환자는 아무도 없소. 놀고 싶으면 다른데나 가 보시오."

심장이 요란하게 요동을 쳤다. 가슴이 두근거리면서도 얼굴이 발개지지 않을까 걱정이 들었다. 나는 그대로 그에게 지고 있을 수만은 없었다. 나는 주먹을 불끈 쥐었다. 하지만 목소리는 여전히 떨리고 있었다.

"어떻게 생각하든 상관 없습니다. 나는 여기에 계속 올 것이고 당신이 필요로 하든 필요로 하지 않든 상관 않겠습니다. 수저도 물도 환자복도 혼자서 제대로 챙기지 못하는 사람이 무슨 배짱으로 이러는지 알 수 없군요. 다시 말하지만 간호사는 한가하게 홍종욱씨 수발을 들 수 없습니다. 원하시지 않아도 이곳에 오신 이상 봉사자들의 도움을 받도록 하세요. 식사 다 하시면 식판을 내어 가겠습니다."

그와 마주쳐 있는 동안 나는 그에게 지기 싫었다. 봉사자로서 환자에게 부릴 오기는 분명 아니고 이런 식의 태도를 수녀님이 보신다면 나는 봉사자의 자격을 잃게 될 것이다. 나는 그에게 봉사자로서의 처신을 제대로 하지 못했다. 나는 그에게 다가가는 것이 점점 더 두려워졌다. 하지만 그를 포기하고 싶지 않았다. 무엇보다 그를 혼자 두어서는 안 된다는 생각이 그의 난폭함을 볼 때마다 더 굳어졌고 그 이유를 나 자신도 알 수 없었다.

그가 식사를 마칠 때를 기다렸다가 다시 병실로 들어갔다. 식판이 바닥에 나뒹굴어져 있었다. 죽은 바닥에 엎질러져 있었고 그는 옆으로 누워 이불을 입으로 틀어막으려 하고 있었다.

"왜 그러세요?"

그에게서 이불을 강제로 떼어내려 하자 그는 심하게 몸부림을 치며 내 손을 밀쳐냈다. 그는 심호흡을 제대로 하지 못했다. '허헉, 허헉' 거리면서 가슴을 부여 잡았다. 가슴을 부여 잡다가 머리를 심하게 흔들었다. 그의 검은 동공이 불안하게 떨리고 있었다. 변형자씨처럼……. 나는 간호사 데스크로 뛰었다.

"빨리요. 홍종욱씨가 숨을 쉬지 못해요. 숨을 쉬지 못한다니까요."

김간호사와 나는 약물을 챙겨 가지고 병실로 뛰었다. 김간호사는 홍종욱의 팔에 주사를 놓았다.

"홍종욱씨 호흡을 천천히 해보세요. 괜찮아요. 괜찮아질거예요. 천천히 천천히 숨을 들여마셔 보세요. 그래요. 그렇게 하는 거예요. 조금씩 천천히!"

김간호사는 침대 머리판을 올리고 그를 앉혔다. 홍종욱은 김간호사의 손을 뿌리쳤다. 너무 세차게 밀어내는 바람에 중심을 잃은 김간호사는 바닥에 주저 앉았다. 김간호사는 일어나서 다시 홍종욱에게 다가갔다.

"홍종욱씨, 곧 괜찮아지실거예요. 천천히 천천히 깊게 숨을 들이켜 보세요. 그래요. 잘하고 있어요."

몸을 바들거리는 홍종욱은 김간호사의 손을 있는 힘껏 꽉 부여잡았다.

"그래요. 잘하고 있어요. 조금 있으면 괜찮아질거예요. 어때요? 숨쉬는게 좀 부드러워졌지요? 괜찮지요?"

김간호사는 당황하지 않고 홍종욱을 애다루듯 얼렀다. 그때 김간호사를 바라보는 홍종욱의 눈빛은 표범의 눈빛이 아니었다. 거대한 짐승 앞에 놓인 작고 힘없는 짐승처럼 두려움으로 떨었다. 그는 자신의 온몸을 조이며 김간호사에게서 눈을 떼지 않았다. 김간호사는 홍종욱의 코에 산소콧줄을 끼우고 링거액 줄에 한 개의 주사액을 천천히 투여했다.

"머리 아프면 말씀하세요. 이쪽 호출버튼 누르시면 되요. 아셨지요? 많이 아플 때까지 참지 마시구요.”

호흡수가 돌아오고 있는 것인지 그는 그러겠노라며 끄덕거렸다.

김간호사가 나가고 난 뒤 나는 엎어져 버린 식판과 식기를 정리하고 바닥을 닦아냈다. 그의 신경을 건드릴세라 조심스럽게 움직였다. 자루가 긴 대걸레를 가지러 병실을 나왔을 때 다리가 심하게 저려왔다. 바닥을 닦아내고 퇴근하려는 주방 아주머니를 졸라 식판에 새로이 음식을 담아 그에게로 갔다.

“드실 수 있겠어요?”

그는 멍한 눈으로 나를 올려다 보았다.

“약을 드셔야 하잖아요. 조금이라도 드셔 보세요.”

숟가락을 들어 그에게 건넸다.

“그 약은 진통제일 뿐이오. 속을 채워놓지 않아도 괜찮소. 음식을 먹건 먹지 않건 거북스럽기는 마찬가지이니 신경쓰지 말아요.”

윽박을 질러대던 목소리는 온데간데 없이 사라지고 그는 아주 작은 목소리로 나즈막히 말했다.

“누우시겠어요?”

그는 고개를 저었다.

“누우면 숨쉬는 것이 더 불편하니, 후우…… 신경쓰지 말고 볼일을 보도록 해요.”

“좀 주무셔 보세요. 죽이 식으면 다시 데워다 드릴게요.”

그는 말 없이 눈을 감았다. 간간히 입을 벌려 깊이 숨을 들이마셨다가 내뱉을 뿐이었다. 나는 다시 오겠다는 말을 남기고 식기 뚜껑을 각각의 그릇에 덮어놓고 병실을 나왔다.

1시간이 흐르고 2시간이 흘렀을 즈음 나는 그의 병실문을 열었다.

어두워진 창문 밖으로 가로등 불빛이 옅게 병실 안을 비추고 있었다. 그는 앉아있던 자세로 머리만을 뒤로 젖힌 채 눈을 감고 있었다. 나는 병실이 너무 어두워 보여 한쪽 커튼을 반쯤 거둬놓고 병실을 나왔다.

태양이 지나간 하늘 자리에 태양이 흘려놓은 불빛이 흩어져 있었다. 어둠은 남아있는 불빛마저 금세 삼켜 버릴 것이다. 거리엔 헤드라이트 불빛이 요란한 차량들이 줄이어 달리고 있고 정류소엔 버스를 기다리는 사람들이 군데군데 무리지어 서 있었다.

한 사내가 정류소 뒷편에 있는 편의박스 옆 냉장고에서 콜라 한 캔을 꺼내 주인 아저씨에게 값을 지불하고 캔고리를 잡아 뜯었다. 더운 날씨에 목이 탔는지 사내는 목젖을 따끔하게 쏘아대는 콜라 한 캔을 들이키기 시작했다. '꿀꺽, 꿀꺽' 넘어가는 소리가 들려온다. 사내는 한 손으로 이마에 묻은 땀을 닦아내며 '시원하다'는 소리를 연발 한다. 사내는 자신이 타려던 버스 번호를 확인하고는 남은 음료수를 단숨에 들이키고 빈 캔을 휴지통에 던져 놓고 버스에 급히 올라탔다. 나는 구겨진 채 쓰레기통에 버려진 빈 캔을 바라보았다.

퇴근 시간이 조금 지난 시간인지라 버스 안에는 사람들이 많았다. 전철역 앞에 버스가 멈추자 많은 사람이 일제히 버스에서 내렸다. 한산해진 버스 안에는 사람들의 소음이 사라지고 서울시내 교통상황을 알리는 앵커의 목소리가 또렷하고 명확하게 들려왔다. 대부분의 한강다리는 소통이 원활하지 않다는 내용이었다.

버스에는 아직도 많은 사람들이 승차해 있고 한무리의 사람들이 빠져나간 공간 너머로 한 여대생이 자신이 쓴 무테 안경을 새로이 닦아가며 책읽기에 열중하고 있었다. 무슨 내용의 책일까! 궁금해졌으나 나는 이내 어둑해진 어둠 속으로, 불빛을 밝히고 있는 한강 다리의 가로등 불빛으로 시선을 돌렸다.

건장한 한 사내는 목젖을 찌르는 탄산음료를 너무나도 쉽게 들이키고, 내가 아는 한 사내는 덩어리도 없는 묽은 죽을 한모금도 넘기지 못한다. 건장한 사내는 다른 어떤 이가 그런 삶을 살고 있음을 알고나 있을까!

괜한 생각이, 그에 대한 생각이 마음을 편치 않게 한다. 서슬이 서도록 파랗게 질린 얼굴, 고통을 이길 수가 없어 머리를 세차게 흔들고 온몸은 겁에 질려 헉헉대는 소리 외에는 다른 어떤 소리도 지를 수 없었던 그의 모습이 자꾸만 떠올려진다. 고통이 다가오면 혼자서는 도저히 그 고통을 물릴칠 수 없는 사람이 무엇 때문에 타인의 도움을 거부하는지 모를 일이다.

아까 같았다면 그는 곧 죽을 것 같았다. 숨을 뱉어내지도 들이키지도 못하는 얼굴로 무중력 상태에 온몸이 벗겨진 채 방치된 사람처럼 그는 고통을 견뎌내지 못해 몸부림을 쳤다. 진통제를 투여하고 기관지 확장제를 투여해도 고통은 쉽사리 사그러들지 않았다. 호흡수가 감소하고 있다는 간호사의 말을 듣고도 그는 계속해서 헐떡거렸다. 헉헉대던 소리가 귓전에서 울려댄다. 나는 머리를 세차게 흔들었다.

그는 고통이 자신을 엄습할 때 죽음을 느꼈을지 모른다. 대개의 환자가 그렇다고 한다. 고통이 지나간 뒤에 환자에게 남는 것은 고통에 대한 두려움과 그보다 더한 고통이 지난 후에 죽음을 맞이하게 된다는 정신적 압박으로 시달려야만 한다.

지금 그는 분명 두려워하고 있을 것이다. 아니, 계속해서 두려움에 떨고 있었는지도 모른다. 고통 뒤에 보았던 그의 눈빛, 무엇이라 표현할 수 없지만 그의 눈에서 이상한 기운의 빛을 보았다. 무엇이었을까! 사납고 때론 표독스러워 살기가 느껴지고 원망만이 가득한 그의 눈빛에서 설명할 수 없는 연민이 느껴졌다.

　내가 알고 있는 죽음과 그가 알고 있는 죽음, 암 환자가 생각하는 죽음과 정상인이 가지는 죽음에 대한 생각은 다르다. 그것이 환자를 대할 때 매번 느끼는 벽이다. 아는 것과 모르는 것의 차이, 생각의 차이가 아닌 본질의 차이에서 오는 이질감은 내가 그에게 가까이 다가갈 수 없는 또 하나의 문제가 된다.

　그 문제에 덧붙여진 홍종욱이 가지고 있는 다른 문제들은 내가 알지 못하는 부분이다. 분명한 것은 홍종욱은 다른 환자와는 다르고 자신만의 그 문제로 인해 고통을 혼자서 짊어지려고 한다는 것이다. 왜, 무엇 때문에!

　그날 이후 홍종욱을 찾는 나의 일상은 시작되었다. 나는 주로 아침 시간을 이용해서 그의 병실을 찾았다. 이틀에 한 번씩 환자복을 넣어주고 치료 때문에 병실을 비울 때는 침대 시트를 바꿔 주었다. 그렇게 몇 날 며칠이 갈 때까지 그도 나도 서로에게 말을 하지 않았다. 서로가 서로에게 알 수 없는 눈빛으로 슬며시 바라볼 뿐.

　봉사자 휴게실에 있던 군자란이 꽃을 피웠다. 이른 봄에나 꽃을 피운다는 군자란에 꽃이 피자 봉사자들은 곧 좋은 일이 있을지 모른다고 했다. 봄은 벌써 가버리고 여름도 가려고 하는데 군자란은 한 봉오리에서 여러 개의 꽃망울이 꽃잎을 피웠다.

꽃잎을 터트린 군자란 꽃을 바라본다. 두꺼운 잎사귀에 먼지가 뿌옇게 얹어져 있었다. 나는 거즈에 물을 묻혀 잎사귀 위에 묻은 먼지를 초록빛이 선명해지도록 여러 번 닦아냈다.

한 손에 군자란 화분을 안고 나는 홍종욱의 병실문을 열었다. 안으로 들어서자 그는 인기척을 느낀 듯 나를 향해 얼굴을 돌렸다. 그가 웬일인지 나의 얼굴을 빤히 바라보았다. 무안해진 나는 커튼을 옆으로 젖혀놓고 창가에 군자란 화분을 내려놓았다.

"군자란에 꽃이 피었어요. 봄에나 핀다는데……."

병실에 드나든 이후 나는 처음으로 그에게 말을 걸었다.

"사람이나 식물이나 가끔은 일정해진 틀에서 벗어나고 싶은 충동을 느끼는 것은 같은 모양인가 봅니다."

갑자기 그가 나에게 격있는 말을 쓰기 시작했다. 나는 그와의 대화를 놓치고 싶지 않았다.

"비가 오고 있었는데 알고 계셨어요?"

입추가 지난 지 20일이 넘었다. 새벽부터 내리기 시작한 비는 오후를 넘기면서 소강 상태를 보이다가 다시 내리기 시작했다. 긴 여름 장마가 지난 뒤 처음 내리는 초가을 비였다.

"알고 있었습니다. 새벽녘에 내리는 빗소리가 제법 크더군요. 그리고 빗소리 정도는 들을 수 있습니다."

홍종욱의 대답은 '내 몸 전부 비정상은 아니다.' 라는 말로 들렸다. 나는 창문을 조금 열어 놓았다. 습한 냄새가 창이 열리진 틈으로 '훅' 하고 빨려 들어왔다. 바깥에 바람이 불고 있음이다. 나무가 몸통을 흔들고 있는 것을 보면.

나는 그를 등지고 창가에 기대어 섰다. 그리고 그와 나는 잠깐동안 빗소리에 침묵했다. 나는 눈을 감은 채 입을 벌려 크게 심호흡을 했다. 군자란 꽃의 향기가 입안으로 화하게 퍼져온다.

"군자란은 물을 자주 주지 않는 법이지요. 한 달에 두어 번 주고 햇볕을 잘 쪼여주면 건강하게 잘 자랍니다. 생명력이 제법 길어서 잘만 가꾸면 여러 해 꽃을 피운다고 해요."

홍종욱의 말에 나는 창문을 닫고 그를 향해 뒤돌아섰다. 그리고 그의 눈동자에 나의 눈을 맞췄다.

"난에 대해서 많이 아시나봐요?"

그의 눈이 나를 바라보았다.

"잘은 모릅니다. 누군가가 저 꽃이 피면 좋아했다는 것 밖에 는……."

미소도 아닌, 슬픔도 아닌 표정으로 그는 나에게서 시선을 돌려 군자란 꽃을 바라보았다. 나는 그런 그의 눈빛과 얼굴을 유심히 보았다. 그리고 이제는 그를 바라보는 것이 어렵지 않을 것이라 생각했다.

"하루도 거르지 않고 병원에 오십니까?"

"요즘은 거의 그랬어요."

"이틀에 한 번씩 오시는 줄 알았습니다."

나의 일상을 묻는 일은 그에게 일어난 변화 중 특별했다. 그래서인지 그는 자리에 누우며 나와의 시선을 피해 하얀 색이 칠해진 천장을 올려다보았다.

"거의 매일 병원에 있어요. 다른 봉사자들은 3교대로 움직이지만 저는 매일, 하루종일 병원에 있습니다."

"오늘이 며칠입니까?"

그 질문은 변형자씨가 나에게 자주 묻곤 했던 말이었다. 처음엔 계절을 분간하지 못해 봄인지 여름인지 춥지는 않은지 덥지는 않은지부터 시작해서 몸을 점점 움직이지 못할 때쯤에는 하루 건너 한 번씩 날짜를 묻곤 했었다.

"처서가 지난 지 얼마 되지 않았어요. 며칠 있으면 이달 말일이에요."

"이곳에 내려온지도 여러 달 되었군요. 곧 가을이 오겠군요."

오래도록 말을 한 탓인지 목소리가 나즈막해진 그가 물을 찾았다. 그는 입을 적시는 정도로만 물을 마시고는 잠이 온다고 했다. 나는 다시 오겠다는 말을 남기고 병실을 나왔다.

식물이나 동물을 좋아하는 사람은 마음이 선하고 차분하다. 그는 난에 대해서 잘 알고 있는 듯 보였다. 군자란 꽃이 피면 누군가가 좋아했다는 그 누군가가 누구인지 나는 궁금증이 생겼다. 홍종욱의 주변에 있던 그 누구일 것이다. 난꽃을 좋아했다는 것을 기억하는 것으로 보아 서먹한 사이는 아니었을 것이다.

월 초가 되면 병원 내에 있는 이발소 아저씨가 병동으로 이발을 하러 온다. 장기간 입원을 해야하는 환자들과 거동이 불편한 환자들을 일일이 찾아다니며 무료로 이발을 해준다. 이발소 아저씨는 하루 시간을 내어 암 병동과 호스피스 병동을 돌며 남자들을 대상으로 이발을 한다. 병실에서는 이발을 하기 어려우므로 환자는 휠체어를 타고 세면실로 가야만 했다. 보호자가 있는 환자는 원하면 이발을 하고 목욕을 할 수 있었다.

나는 아침나절에 그에게 이발을 하겠냐고 물었지만 홍종욱은 하고 싶지 않다고 말했다. 나는 귀밑까지 내려온 그의 머리가 적잖이 신경이 쓰였다. 여러 번 이발을 권유하는 나에게 그는 불쾌한 낯빛을 보였다.

"하고 싶지 않은 일을 꼭 해야 하는 이유가 뭡니까? 내키지 않는 일은 하고 싶지 않소."

점심 때가 지나고 2시가 가까이 됐을 때 나는 그를 다시 한 번 설득해 보기로 했다. 이발을 하게 되면 목욕을 권해볼 수도 있는 일이기 때문이었다. 그의 머리는 오래도록 감지 않아서 군데군데가 떡이 되어 여러 갈래로 갈라져 있었고 침대시트를 갈 때마다 베갯잇에서 쾌쾌한 냄새가 났다.

"머리를 자르고 싶지 않은 것이 아니라 방사선 치료로 머리카락이 성하지 않소. 그나마 잘라버리면 여기저기 땜통이 되어 버린 머리통을 가릴 수도 없지 않소."

나는 그에게 여러 번 채근한 것이 미안했다.

"미안해요. 거기까지는 생각하지 못했습니다."

"당신 탓은 아니니 미안해할 것까지는 없어요. 이발소 아저씨는 가셨습니까?"

"아니요. 제가 기다려 달라고 부탁을 해서……."

"그럼 일어나야겠군요. 나 때문에 이곳에 오래 계시면 안 되지 않소."

그는 침대에서 내려와 신발을 찾았다.

"여기 계세요. 휠체어를 가져오면 되니까."

그는 머리를 깎는 내내 눈을 감고 있었다. 아저씨의 가위질에 따라 귀를 덮던 머리카락이 잘려져 나가고 뒷목이 시원하게 모습을 드러냈다. 이발용 기계가 '윙' 하는 소리를 끝내자 이발은 끝이 났다.

"자, 일어서요. 이쪽에 올라가서 누울 수 있겠습니까?"

그는 무슨 뜻인지를 몰라 이발소 아저씨를 올려다보았다.

"머리를 잘랐으니 머리도 감아야지요."

아저씨의 대답에도 그가 그대로 앉아 있자,

"젊은 양반이 이발소에도 안 가보셨나? 내 살살 시원하게 감겨드
릴테니 이쪽으로 누워봐요."

이발소 아저씨의 웃는 낯을 본 그는 비닐이 씌워진 침대 위에 누
웠다. 이발소 아저씨는 샤워기를 틀어 적당히 데워진 물로 그의 머
리를 능숙하게 감겼다. 비눗기를 말끔하게 헹구어 내고 수건으로
물기를 닦은 후 가는 빗으로 머리카락이 빗겨진 뒤 홍종욱의 모습은
예전과 많이 달랐다. 뒷머리는 위로 바짝 쳐내졌고 양쪽 귀를 가리
던 머리는 귀 위까지 잘려지고 한쪽 눈을 가리던 앞머리가 정리 되
었다.

머리카락이 제대로 정리가 된 뒤통수는 둥그스름하고 양쪽 귀는
큼지막한 것이 시원스러웠다. 눈은 그리 크지 않지만 날카로운 면
이 있으면서도 안으로 들어간 쌍꺼풀이 전체적인 얼굴 인상을 부드
럽게 했으며 오똑 선 콧날은 얼굴 전체의 중심을 바지런하게 잡아주
었다. 양쪽 볼에 살집만 있었다면 누구에게나 깊은 인상을 줄 수 있
는 호남의 얼굴이었다.

"아이구! 신수가 훤하시구먼. 젊은 양반 다음 달에 또 봅시다."

이발소 아저씨는 홍종욱보다 더한 만족의 미소를 보이며 이발 도
구를 챙겨들고 세면실을 나갔다.

"짧은 머리가 잘 어울리네요."

그는 대답이 없었다. 나는 세면실의 전원을 끄고 휠체어를 돌려

그의 병실로 돌아왔다. 침대에 그를 앉히고 산소콧줄을 끼워주었다. 나는 컵에 물을 따라와 그에게 건넸다.

"갈증 나시지요?"

그는 또 대답이 없었다.

"머리 감느라 피곤하셨을텐데 좀 쉬세요. 거울 한번 보실래요?"

"나는……, 나는 말이오, 이렇게 깔끔해진 내 모습을 보고 싶지 않소."

서랍을 열고 거울을 찾던 나는 손을 멈추었다.

"지금의 내 모습은 내가 바라던 모습이 아니란 말이오."

나는 거울을 꺼내려던 서랍문을 닫았다.

"나는 단정해져서도 안 되고 덜 아파서도 안 되고 이렇게 진통제를 맞으며 고통을 느끼지 못하면 안 된단 말이오. 아플만큼 아프다 아니, 지금보다 더 고통을 많이 느끼다 고통 속에서 그냥 그대로 가버리면 된단 말이오. 나는 그렇게 버려져도 괜찮은 놈인데 왜 나를 이렇게 귀찮게 하는지……."

그는 머리를 흔들며 안절부절 했다.

"지금 모습이 예전보다 훨씬 보기 좋아요."

"예전보다? 뭐가 좋아 보인다는 말이지! 그 말은 덜 아파 보인다는 말인가? 우습군! 이미 몸속은 썩어가고 있는데 덜 아파 보이는게 무슨 소용이야. 껍데기만 멀쩡하면 무슨 소용이냐구?"

"그런 말이 아니라……."

"천수아씨, 이제 나에게 신경쓰지 말고 다른 환자에게 가 보세요."

그는 단호하게 말했다.

"왜 그렇게 비관적이지요? 이 병동에 있는 환자들중 홍종욱씨처럼 그렇게 자신을 비관하는 사람은 없어요."

"당신이 어떻게 알지? 어떻게 그렇게 잘 알지? 나 말고 다른 환자들은 자신에 대해 비관하지 않는지 당신이 어떻게 그렇게 잘 알아? 알기는 뭘 알아, 당신같은 사람이. 얼마나 안다고 그런 말을 그렇게 함부로 하는 거요?"

"일일이 다 알 수는 없지만 내가 본 환자들은 적어도 당신처럼 이러지는 않았어요."

"처음 천수아씨 당신을 보았을 때 내가 말했을거요. 나에 대해서 아는 것이 뭐가 있느냐고? 지금 그 질문에 답할 수 있소?"

"......"

그는 나의 얼굴을 뚜렷이 바라보았다.

"당신은 나에게 희망이 있다고 생각합니까? 다음 생이 있으니 그걸 믿으라고, 남아 있는 삶을 버리지 말라고, 그런 쓸데없는 용기는 주지 마시오. 그런 말들은 듣기 좋아하는 환자들한테나 하는게 나을거요. 나에겐 희망이 없소. 아주 오래 전에 희망이라는 단어는 없어진지 오래요. 어쩌면 죽을 날을 기다리는 고통을 주신 신께 감사하오. 의사도 포기했고 나도 이미 포기한지 오래되었소. 몸속은 썩어들어가고 있는데 이깟 겉치레가 무슨 소용이란 말이오."

나를 보던 그의 눈빛이 수그러 들었다. 나는 서랍 안에서 거울을 꺼내 그의 앞에 내밀었다.

"거울을 보세요. 그리고 지금의 당신의 모습이 당신이 생각한 것만큼 비관적이지 않다는 걸 왜 모르지요? 왜 모든걸 그렇게 다 버리려고 하지요? 왜 당신을 돕고 위로하려는 사람들을 막아내려고 애

쓰는 거예요? 당신 말대로 당신에게 남아 있는 삶이 당신의 뜻대로 그렇게 버려지길 진심으로 원하고 있는 건가요? 그래서……."

그는 거울을 바닥에 던졌다. 거울은 조각조각 부셔져 버렸다.

"나한테 설교하지 마! 천수아씨, 나는 이곳에 죽으러 내려왔어요. 암 병동에서 이곳을 뭐라 말하는지 아시오? 호스피스 병동으로 내려가면 이미 끝이라고 말하오. 의사와 보호자가 합의해서 이 병동으로 내려보내면 이미 그 사람은 끝이란 말이오. 언제 죽을지 모르는 그날을 기다리는 그 마음이 어떤지 아시오? 사형수의 마음과 같다면 이해가 될런지. 암 병동에서는 혹시나 살 수 있다는 희망이라도 가져보지요. 하지만 여기는 다르지 않소. 이곳은 죽음을 기다리는 곳이란 말이오. 이미 나는 한쪽 방향으로 선택되어진 사람이오. 하긴! 나야 이렇게 되든 저렇게 되든 상관없지만.

나는 고통 받을 만큼 받다 죽으면 그만이오. 내 몸에 퍼져 있는 암세포들이 마음껏 활동할 수 있도록 내버려 두면 된단 말이오. 그런데 이런 것들이 다 무슨 소용이야. 어차피 썩어질 몸 이런 겉치레가 무슨 소용이냐구. 남아 있는 삶이라구? 웃기지들 말아요. 남아 있는 삶이 아니지. 버려진 삶이지. 그렇지 않소?"

"버려진 삶이라구요? 선택된 사람이라구요? 어떤 선택을 말하는 거죠? 어느 한 순간에 준비도 되지 않은 채 이 세상과 이별을 해야 하는 사람도 있어요. 가족의 얼굴도 부모님의 얼굴도 사랑하는 모든 이의 얼굴도 보지 못하고 준비되지 못한 채 죽음을 당해야만 하는 사람들도 있다구요. 호스피스 병동에 들어오지 못하고 통증조절을 받지 못한 채, 죽는 그 순간까지 고통 속에서 살아야만 하는 사람들이 있어요. 호스피스 병동에 들어오지 못해서, 입원비가 없어서 한 알의 진통제도 사먹을 돈이 없어서 고통속을 헤매는 사람들이 이 세상엔 많고도 많아요. 그런 사람들은 어떤 방식으로 선택된 사람이지요? 그들에 비하면 홍종욱씨는 더 나은 상황에 놓여져 있잖아요. 이미 죽음이 정해져 있다고는 하지만 남아 있는 시간을 고통 속에서 보낼 수는 없잖아요. 죽는 그 순간까지 세상을 원망하며 죽어갈 수는 없지 않나요? 남겨진 시간을 그 전의 인생보다 더 값지게 보낼 수도 있어요? 단 한 순간만이라도 그럴 수만 있다면 행복하다고 생각할 수도 있지 않을까요?"

"당신은 나에게 그렇지 않느냐고 질문의 끝마다 묻고 있군요. 그건 당신도 어떤 확신도 믿음도 없다는 것을 의미하오. 내가 그들보다 낫다는 말을 하지 마시오. 그들이나 나나 어차피 죽는 것은 마찬가지요. 차라리 아무것도 모르는 채 한순간에 죽어버리는게 나을지도 모르지. 고통이 주어졌다 사라지고 주어졌다 사라지고 반복되는 것은 이제 정말 지겹소. 아프다가 지쳐서 죽게 내버려두면 좋을텐데, 죽을만 하면 또 살려 놓는단 말이오. 당신이 생각하는 죽음은 무엇이오? 당신이 알고 있는 철학대로 나에게 죽음을 말하지 마시오. 당신은 죽음을 모르지 않소? 죽는다는 것이 어떤 건지 모르지 않소? 실은 나도 죽음을 모르오. 고통 밖에는 아는 것이 없소. 하지만 난 고통을 두려워하지 않소. 몸이 부서지고 피가 말라 붙어도 먼저 간 사람들에게 그 고통으로 보상할 수 있다면 그럴 수만 있다면……. 나에게 남겨진 시간은 고통뿐이오. 그 속에서 나는 다른 아무 것도 기대하고 싶지 않소. 나는 내 주변 사람들에게 피해를 주지 않기 위해 이 병동에 들어왔소. 그냥 이대로 순리대로 죽고 싶소. 그러니 이제 날 그만 포기하고 다른 환자에게로……."

홍종욱은 먼저 간 이들 이라는 말을 꺼내면서 울먹거리는 듯했다.

"얼마든지 아프기 전에 통증을 조절할 수 있어요. 그리고 그 시간 동안 당신에게 남겨진 삶을 지금까지의 삶보다 훨씬 더 값지게 보낼 수 있는 일이에요. 마지막까지 삶을 사랑했으면 좋겠어요."

"나보고 계속 몰핀을 맞으란 말이오? 죽을 때 아무런 통증도 느끼지 못하고 의식도 없는 마약을 계속해서 맞으란 말이오? 몰핀, 그건 마약이오. 암 환자에게 있어 몰핀 이상 좋은 진통제는 없지요. 내가 암 선고를 받은 후 안 읽어본 의학서적이 없소. 어떻게 하면 빨리 죽을 수 있을지도 생각했었소.

어렴풋이나마 간호사들이 놓는 몰핀의 양만 보아도 얼마동안 내가 살 수 있을지 알 것 같소. 이런 구차한 인생을 왜 아름답게 사랑하며 살아야 하는 거요. 당신이라면, 당신이라면 그럴 수 있겠소? 아프면 와서 약을 주고 약 기운이 떨어지면 또다시 아파오고, 그런 반복적인 일은 고통에 대한 두려움만 키워 놓을 뿐이오. 고통을 견디지 못하면 자연히 죽게 될텐데, 그냥 아프다 지치면 죽겠거니 하고 모른척 하거나 아니면 그냥 죽여주든가. 후우우…… 허어억, 허어억……."

호흡이 거칠어지기 시작했다.

"괜찮아요?"

그는 괜찮다며 침대 머리판을 올려달라고 했다. 그는 반쯤 입을 벌리고 거친 숨을 내쉬었다.

"혼자 있고 싶습니다. 나가 주시오."

"홍종욱씨, 미안합니다. 하지만 내 말은……."

"나가란 말이야! 나가, 나가, 나가! 이대로 죽게 그냥 날 좀 내버려
두란 말이야!"

그는 자신의 코에 꽂힌 산소콧줄을 빼버리고 머리맡에 놓인 베개
를 들어 쇼파 위로 집어 던졌다.

"흥분하시면 안 돼요."

"당신? 당신이 뭐야? 당신이 지겨워. 나한테 왜 이러는 거지. 당
신은 날 모르잖아. 그러니까 날 좀 그냥 내버려 두란 말이야. 허허
헉, 허허헉."

그는 숨을 뱉어내지 못하고 헉헉거렸다. 나는 병실에서 나와 간호
사 데스크로 뛰었다. 데스크에는 김간호사가 다행히 있어 주었다.

"홍종욱씨한테 가 주세요! 지금요. 빨리요."

"왜 그러시는데요?"

"흥분해서 숨이 제대로 쉬어지지 않나봐요."

김간호사는 주사약이 들어있는 주사를 들고 111호실로 뛰었다. 나
는 병실로 들어가지 못한 채 김간호사가 나올 때만을 기다렸다. 김
간호사는 잠시 후 나에게로 왔다.

"홍종욱씨 괜찮은가요?"

"괜찮아요. 안정제를 놓아드렸으니까 잠시 후면 주무실거예요."

"고마워요."

"뭐가요?"

김간호사는 의아한 얼굴로 나를 보았다.

"아니요, 그냥……."

그를 흥분하도록 만들었다. 그것도 폐암 환자에게. 호흡을 조절하
지 못하는 폐암 환자는 조금만 흥분을 하면 심장 박동이 빨라지면서

호흡수가 늘어나게 되고 흥분상태가 고조가 되면 호흡 할 수 있는 능력을 상실하게 된다. 그러고 나면 금방이라도 숨이 넘어갈 것 같은 고통을 느끼게 된다. 지난 번에 보았었다. 바들거리며 고통스러워하는 그의 모습을.

나는 휴게실로 들어가 쇼파에 몸을 내려 놓았다. 가슴이 답답했다. 시간은 오후 6시가 넘어 있었다. 마지막 팀 봉사자들 중 한 명이 뒷정리를 하고 방금 전 나갔다. 나는 자꾸만 나오는 한숨을 추스르지 못하고 휴게실 안을 서성거렸다.

'무엇이 잘못되었을까?'

그는 나에게 무엇을 요구하는 것이며, 나는 그에게 무엇을 요구했단 말인가! 그의 말대로 나는 죽음을 모른다. 그는 죽음을 이미 받아들였다고 했다. 지금보다 더한 고통을 느끼며 자신이 버려지길 원한다고 했다. 그래도 되는 사람이라고 말했다. 자꾸만 길게 나오는 한숨에 몸이 꺼져버릴 것만 같다. 저절로 이마에 손이 올려진다. 열은 없는데 머릿속에 열이 꽉찬 느낌으로 멍멍하다. 이곳에 있기가 싫어졌다. 내일은 다행히 주말이었다. 병원에 나오지 않아도 되는 날이다.

9

몸은 이곳저곳 쑤셔오는데 눈이 일찍 떠졌다. 혼자 일어나 맞는 아침은 매번 그렇듯이 고독하다. 익숙해질 때도 됐는데.

병원에서 돌아와 현관문을 열면 센서불이 켜진다. 그 불은 거실로 들어와 전등을 켤 때까지 어둠을 밝혀주지 못하고 꺼져버린다. 거실 불을 켜고 난 후 나는 욕실로 바로 들어가 샤워를 한다. 그리고는 침실에 불을 켜지 않은 채 거실 불만을 켜놓고 잠을 청한다.

어떤 날은 쉽게 잠이 들어 버리고 어떤 날은 자정을 넘겨도 잠이 오지 않을 때가 있다. 밤을 새우고 아침을 맞을 때나 깊은 잠에서 깬 후 아침을 맞을 때나 빈 공간에 남겨진 나의 존재는 변하지 않는다. 다른 방의 문을 열어봐도 이 공간엔 나 혼자만 있다. 그런데도 나의 아침은 오늘처럼 일어나 무엇을 해야 하는지 모를 때에는 이 빈 공간이 너무도 크게 느껴진다. 전화가 오지 않거나 밖으로 나가지 않고 집안에만 있으면 혼잣말도 하지 않은 채 하루종일 입을 다물고 있다. TV를 보거나 라디오를 듣거나 해도 가끔 피식거리기만 할 뿐 대화는 없다. 그래서 혼자있는 시간은 자꾸만 발코니로 나가 하늘을 바라보게 된다.

오늘은 아침이 일러서 그런지 놀이터에 아이들의 모습이 보이지 않는다. 동이 텄는데도 가로등이 불을 밝히고 있는 것을 보면 밤을 새운 경비 아저씨가 잠시 잠을 청하고 있어서 미처 전원을 내리지 못한 모양이다.

하늘을 올려다 보았다. 뚜렷하지는 않지만 하늘빛이 파래 보인다. 날씨가 좋을 모양이다.

굳어버린 빵을 토스터기에 넣었다. 따뜻해진 맨 빵을 한입 베어 물고 연하게 커피 한 잔을 마신 뒤 간편한 복장을 한 채 나는 집을 나섰다. 그 사이 날은 훤히 밝았고 하늘빛은 눈이 시리게 파랬다. 승객이 없는 텅빈 버스 한 대가 정류소에 멈춰서 있다. 나는 어디로 가는 차인지도 모르는 채 버스에 올라탔다. 언제나처럼.

버스는 신호대기에 걸려 멈춰설 때와 정류소에 멈춰설 때를 제외하고는 막힘없이 시내로 진입했다. 시내를 통과해서 광화문 네거리를 지났다.

이 버스의 종착역이 어디인지 차량 내에 붙어 있는 푯말을 보았다. 신촌이었다. 버스가 종착역에 도착해서 유턴을 한 다음의 정거장에서 내렸다. 거리가 횅하기는 이곳도 마찬가지였다. 어디 차라도 마실 곳이 있을까 싶어 두리번 거렸으나 일찍이 문을 연 카페는 보이지 않았다. 몇 번을 두리번 거리다 사거리 오른쪽 건물 2층에 '오픈' 이라는 글귀가 네온불을 밝히고 있는 것을 발견했다. 카페의 이름을 보았다. 낯익었다. 나는 간판을 바라보며 한동안 그 자리에 서 있었다. 그러면서 오랜 시간이 지나서 변했을지도 모르는 카페 안 모습을 기억해 내며 '이런 식의 우연은 만들고 싶지 않은데.' 하는 말이 입속을 맴돌았다.

카페 안에는 창가쪽에 테이블이 밀집해 있고 동으로 만든 조각들이 꽤 많이 디스플레이 되어 있을 것이다. 개중엔 벌거벗은 남녀 한 쌍의 조각도 있을텐데, 예전대로라면……. 남편을 기다리며 앉아있던 창가의 그 자리는 아직도 비어 있을 것이다.

버스가 신촌 쪽으로 들어서면서 눈에 익숙한 거리라고 생각했다. 대학시절 친구들과 어울렸던 장소이기도 하지만 남편과의 추억이 있는 곳이기도 한데 왜 나는 그 추억을 생각해 내지 못했을까. 몇 년 동안 나에게 한정되어 있는 추억이란 그와 같이 살았던 신혼생활과 그와 생이별을 한 후의 상처를 어쩌지 못하고 그를 그리워하는 시간으로 채워졌으므로 다른 기억들은 생각 밖으로 밀어놓은 탓인지도 모를 일이다.

출입문을 열 때 딸랑거리는 소리만이 없어졌을 뿐 실내 인테리어는 예전 그대로였다. 내 뒤에 물잔을 들고 종업원이 서있다는 것을 알지 못한 나는 남편과 앉았던 자리를 찾고 있었다. 또각거리는 종업원의 발소리를 듣고서야 나는 창가쪽 테이블을 찾아 앉았다.

'무엇을 드릴까요?' 라는 종업원의 말을 듣고 나는 아이스티를 달라는 주문을 했다. 메뉴판을 거둬간 종업원이 잠시 후에 붉은빛이 옅게 우러난 홍차를 내게 가져왔다. '이게 아닌데……' 하며 속으로 말을 해봤지만 내 의중을 모르는 종업원은 돌아가 버렸다. 나는 찻잔 안에 담겨진 티백을 몇 번 흔들었다가 컵받침 위에 내려놓았다.

남편과 내가 이 카페를 자주 찾은 때는 여름이었다. 그는 긴 컵에 담긴 얼음을 돌려가며 냉홍차를 즐겨 마셨다.

또각거리는 소리가 반복적으로 빠르게 여러 번 들리더니 영수증을 손에 든 종업원이 다시 내게로 왔다.

"손님, 죄송합니다. 냉홍차를 그냥 홍차로 착각했어요. 다시 가져다 드릴게요."

나는 괜찮다는 말을 했고 종업원은 얼굴색이 무안해진 채로 돌아섰다.

세 번에 한 번쯤 남편은 나와의 약속에 늦었다. 창문 너머 사거리 신호등에 서서 파란불이 바뀌기를 기다리던 그의 모습을 이 자리에 앉아 지켜 보았다. 나를 발견한 남편은 가만히 서 있지를 못하고 큰 키를 휘청거리며 나를 향해 손을 흔들고 무어라 말을 하곤 했다.

내가 그 말을 알아듣지 못했다고 생각했을 때는 괜시리 싱글거리며 멋적게 웃곤 했던 그였다. 그런 남편의 모습을 바라보고 있으면 기다렸던 지루함 속에 눌러 두었던 화는 쉽게 사라져 버렸다. 잘은 모르지만 그 당시 남편을 바라보던 나의 입가에는 흐뭇함이 번져 있었을 것이다.

유리로 갇힌 창 안이지만 사랑하는 사람을 바라볼 수 있다는 행복을 그때는 몰랐을 것이다. 지금은 그런 기억들이 다 행복이었음을 안다. 그래서 슬픈 것이다.

남편이 서있던 신호등. 그 자리에 그는 없는데 그를 기다렸던 이곳에 나는 앉아 있다. 그와 나는 같은 세상이 아닌 다른 세상으로 나누어져 있고 나는 그가 간 그곳으로 갈 수가 없다.

그가 서있었던 보도블럭은 어디쯤이었을까! 남편의 흔적도 자취도 남아 있지 않은 빈 거리를 바라보는 마음에 울컥 서글픔이 일었다. 손등 위로, 손가락 마디 사이로, 찻잔 속으로 슬픔이 떨어진다. 나는 이내 손으로 입을 감싸 안았다. 그래도 자꾸만 그를 그리워하는 슬픔이 손등 위로 따스하게 흘러 내렸다.

같은 거리를 몇 바퀴째 돌고 있다. 거리는 익숙하지만 낯선 상점들이 많았다. 팬시점과 상가 내에 패스트 푸드점이 있고 화방용품을 취급하는 문구점들이 보인다. 한쪽으로 길게 늘어선 골목 안으로는 먹거리 가게들이 즐비하게 늘어서 있다. 점심 시간에 맞춰 손님 맞을 준비를 하는 일손들이 바빠지고 있었다. 남편이 내게 책을 사주었던 그 서점은 어디쯤에 있었을까! 생각을 하는 사이 패스트푸드점 유리벽에 붙은 캐릭터 인형사진이 발걸음을 멈추게 했다. '세트메뉴를 드시면 인형을 싸게 구입할 수 있어요.' 라는 문구와 함께 서너 가지의 옷을 갖춰입은 인형들이 나란히 앉아 있는 카달로그의 칼라색이 눈에 띄었다. 그리고 의자에 나란히 걸터앉은 두 명의 아이들과 젊은 엄마의 모습. 세 살 정도로 보이는 한 사내아이는 고사리만한 손으로 후렌치스틱을 집어먹느라 정신이 없었다. 사내아이의 형으로 보이는 또 한 명의 아이는 기특하게도 케첩을 찍은 후렌치스틱을 엄마의 입에 넣어 주었다.

'안젤라의 아이도 저 아이 같았겠지. 그렇게 패스트 푸드점에 가고 싶었다고 했는데.'

안젤라의 아이는 저 아이처럼 엄마의 손을 잡고 이곳에 오고 싶었다고 했다. 저들이 가지고 있는 사소한 행복이 한 아이에겐 간절한 소원이었다는 것이 못내 슬프다.

내가 출입문 쪽으로 가까이 다가가자 자동문이 옆으로 스르륵 열렸다. 나는 카운터로 다가가 음식을 주문하지 않으면 인형을 살 수 없느냐고 묻자 여종업원은 그렇지 않다면서 인형의 가격을 일러주었다. 나는 종업원이 일러준 대로 지갑에서 돈을 꺼내 두 개의 인형 값을 지불했다. 하나는 여자아이, 하나는 남자아이의 옷을 입은 쌍둥이 인형.

비닐봉지 안에 있는 인형의 코를 무심결에 쓰다듬으며 걸었다. 여러 번 만지작 거려서 칼라로 코팅된 비닐 겉의 빨간색이 바래졌다. 다리가 아파왔다. 길거리 모퉁이에라도 앉아서 쉬어볼까 해서 그늘진 곳을 찾아 두리번거릴 때 나의 시선은 하늘색 남방에 회색 바지를 입은 훤칠한 남자의 뒷모습에 멈춰졌다. 익숙한 모습에 나는 군중 속으로 빠르게 몸을 섞는 남자의 뒤를 황급히 쫓았다.

나와 반대로 걸어오는 사람들에게 치이고 밀려가면서 남자의 모습을 놓칠세라 정신없이 그 남자의 뒤를 쫓았다. 사거리 횡단보도 신호등에 파란불이 켜지고 사람들속에 섞인 그 남자는 헐떡거리며 쫓아오는 나를 모른 채 횡단보도를 건너갔다. 나는 순간 '태수씨?'

라는 말이 절로 튀어나왔다. 파란불이 여러 번 깜박거렸다. 횡단보도 가운데쯤 왔을 때 신호는 빨간불로 바뀌어 버렸다. 앞으로 지나가려는 차들을 간신히 피해 길을 건넜다. '태수씨 어디 있어요?' 나는 혼잣말을 반복하며 거리를 두리번 거렸다. 남자의 모습은 보이지 않았다. 그때 레코드 샵 앞에 서있는 남자를 발견했다. 나는 급히 그 쪽으로 걸음을 옮겼다. 남자의 얼굴 윤곽이 정확히 잡혀지고 남자와 나의 시선이 서로 만났을 때 옆에 서있는 나를 남자는 빤히 바라보았다. 남자는 이상한 듯 한동안 나를 내려다 보다 어깨에 둘러멘 가방에서 티슈 몇 장을 꺼내 나에게 건네고는 아무말 없이 그 자리를 떠났다.

나의 손엔 안젤라에게 주려고 산 두 개의 인형이 잃어버릴세라 꼭 쥐어져 있었다. 남자가 사라진 잠시 뒤 나의 귓가에는 차량의 소음과 레코드 샵 스피커에서 흘러 나오는 알 수 없는 음악 소리와 길가의 행인들의 웅성거림이 혼란스럽게 윙윙거렸다.

나는 레코드 샵 쇼윈도우에 멈춰 서있는 나의 모습을 보았다. 길가의 행인들은 어딘가로 움직이고, 음악을 찾는 이들은 상점 안에서 서성이는데 나 혼자만이 또 다시 흐르는 시간 속에 정체되어 있었다. 또다시, 이런 모습으로…….

'당신인 줄 알았는데, 꼭 그런 줄만 알았는데…….'

나는 남자가 내게 건네준 몇 장의 티슈를 바라보았다. 그리고 쇼윈도우에 비춰진 얼굴을 바라보았다. 그 얼굴은 한심하게도 이렇게 말하는 듯했다.

'울고 있었니……? 또…….'

나는 손에 쥐고 있던 티슈를 힘없이 놓아 버렸다.

아침 조회 때 우리는 뜻하지 않은 소식을 접하게 됐다. 오래도록 호스피스 봉사자 팀장 일을 맡아 오던 이영숙씨가 호스피스 활동을 그만 둔다는 소식이었다. 그녀는 몸이 안 좋아졌다며 그만 두는 이유를 설명했다. 병명은 그리 심하지 않은 위궤양 증상이라고 했다.

이영숙씨와 수녀님은 송별식을 따로 하지 않을 것이라고 말했다. 이영숙씨는 아침 시간 병동을 돌면서 그간 정이 들었던 환자들과의 마지막 인사를 나눴다.

병동에 들어온 환자들은 언젠가 우리들과 이별을 나누어야 하는 마지막 순간이 오지만 이렇게 내가 먼저 마지막을 말하게 될줄은 몰랐다며 이영숙씨는 자신의 짐을 미리 가져온 가방에 챙겨 넣었다. 이영숙씨 다음으로 팀장을 역임하게 될 사람은 아네스로 결정이 이미 나 있었다. 이영숙씨는 벌써부터 떠날 준비를 하고 있었던 것이었다.

"117호 김나영 환자가 나에게 이런 말을 하더군요. 아프지 말고 건강하라고, 다시 볼 수 있을지 모르겠다고……. 이 병동의 환자분들은 항상 마지막을 준비하고 있어요. 그래서 언제가 그날인진 모르겠지만 그분들은 지나간 날들과 오늘 하루, 내일 하루, 자신에게 남겨진 시간까지 모두 우리가 모르는 특별한 애정을 갖고 있어요. 만일 우리가 우리에게 남겨진 시간을 알고 있다면 우리의 하루하루가 정말 소중하겠지요?"

그녀는 사복으로 갈아입은 뒤 봉사자 옷을 차곡히 접어 자신의 가방에 넣었다.

"가져가도 되는지 모르겠네!"

그녀가 나를 보며 웃었다.

"괜찮을거예요."

나는 그녀의 웃음에 이렇게 말했다.

이영숙씨는 수녀님과 긴 면담을 한 후 오전이 지나기 전에 병동을 나섰다. 떠나는 그녀에게 그간 이영숙씨와 정을 키워 놓았던 봉사자들은 그녀에게 다시 올 수 있을지에 대해 묻지 않았다. 나는 이영숙씨를 병원 로비까지 배웅했다. 그녀는 이쯤이면 됐다면서 나에게 그만 들어가 보라고 했다.

"이렇게 가시니까 서운해요."

"수아씨. 나, 수아씨한테 꼭 할 말이 있었어요. 이 말 해도 되는지 모르겠지만 해두는게 나을 것 같아서요. 수아씨, 수아씨는 아직 젊어요. 이곳에 있는 이유를 나는 잘 알지 못하지만 지나온 시간 때문에 앞으로의 시간을 버리지 않았으면 좋겠어요."

그녀가 나의 손을 한번 잡아 주었다. 물때가 낀 어머니의 손처럼 조금은 투박하고 거칠었지만 따뜻했다. 순간 울컥 목이 메였다. 그녀는 나를 향해 옅게 웃어 보이고는 그렇게 병원을 떠났다.

봉사자들은 이영숙씨가 왜 병동을 떠났는지에 대해서 서로가 서로에게 묻지 않았다. 병동을 떠나는 이유를 단순한 위궤양이라고 말했지만 그것이 이유의 다가 아님을 알고 있는 우리들은 다른 이유에 대해서 의문을 갖고 싶지 않았기 때문이었다.

병동에 들어온 환자가 아무말 없이 정만을 남겨주고 불쑥 세상을 떠날 때가 있다. 호스피스 병동 봉사자들은 떠나는 이에 대해 지극한 관심을 가지려고 하지 않는다. 그것은 정을 떼어놓기가 더욱더 어려워진다는 것을 너무도 잘 알고 있기 때문이다.

저녁 무렵이 넘어서야 홍종욱의 병실을 찾았다. 예전 같았으면 어떻게 대면을 해야하고 어떤 말을 붙여 보아야 할지 여러 번을 생각했어야 했을텐데 병실 앞까지 가고 병실문을 열고 안으로 들어설 때까지 마음속에 있던 예전의 부담감을 느끼지 못했다.

오늘은 이영숙씨가 돌연히 병원을 떠났고 어제 낮에는 거리에서 불쑥 남편의 환영을 보고 미친 듯이 뛰어다녔다. 그리고 그날 밤 집으로 돌아와 온 방안에 불을 켜 놓은 채 새벽에 잠시 눈을 붙이고 병원에 왔다. 피곤하지 않을 리가 없었다. 집으로 돌아갈까도 생각했지만 그에 대한 궁금함을 떨쳐내지 못했다. 3교대가 끝난 봉사자들은 모두 돌아가고 두 명의 당직 간호사와 담당 선생님 그리고 나만이 병동에 남아 있었다.

그는 산소콧줄을 빼고 침대 머리판을 올려놓은 채 침대에 앉아 있었다. 협탁 위에 음식물이 남아 있는 숟가락이 올려져 있었다. 나를 올려다보는 그를 향해 나는 웃어 보였다. 아마도 그를 알고 난 뒤 그를 향해 따뜻하게 웃어 준 것은 처음 있는 일일 것이다. 웃어주지 않으면 피곤한 몸이 얼굴빛에 나타날까 걱정이 된 모양이다.

"저녁 식사 하셨어요?"

그는 말이 없었다. 그리고 여전히 나를 빤히 올려다 보았다.

"산소콧줄 빼고 계셔도 괜찮으세요?"

"지난 밤에 잠을 제대로 자지 못한 모양이군요."

"네?"

"얼굴빛이 안 좋습니다. 눈도 부어 보이고……."

나는 한 손으로 얼굴을 쓸어내렸다. 한발 앞선 나의 걱정이 그에게 들켜 버렸다.

"아니요, 푹 잤는걸요, 오래도록."

그가 웃었다. 이유없는 웃음.

"환자에게 걱정하는 말을 듣는 것이 처음인 모양이군요. 거짓말을 하는걸 보니."

"아니에요. 제가 왜 거짓말을 하겠어요."

얼굴이 화끈거렸다. 괜한 손이 다시 얼굴을 쓸어내린다.

"오늘은 날씨가 어땠습니까? 더위가 한풀 꺾였나요? 안 더웠으면 좋겠는데."

그는 창틀 양쪽에 걸린 커튼이 반쯤 쳐진 사이로 보이는 창밖을 내다보며 화제를 바꿨다.

"이제 덥지 않을 모양이에요. 저녁에는 선선하거든요."

"커튼을 거둬 주시겠소? 노을이 보고 싶은데."

그의 부탁대로 커튼을 젖히자 꽃이 다 떨어진 군자란이 보였다. 잎사귀 위에 먼지가 수북했다. 환자가 있는 방에 먼지가 이렇게 많다니. 급한대로 휴지에 물을 묻혀 잎사귀 위에 얹혀진 먼지를 닦아냈다.

"꽃이 다 떨어졌네요!"

"그래도 꽤 오래 볼 수 있었습니다. 여름에 핀 꽃치고는."

그가 몸을 일으켜 링거병이 걸린 밀대를 밀고 내게로 다가오는가 싶더니 쇼파에 몸을 내려놓았다. 잠깐동안 움직였을 뿐인데 그는 자신의 가슴 쪽으로 손을 얹으며 길게 숨을 몰아 쉬었다. 그는 쇼파에 머리를 기대었다. 앉은 자리가 불편해 보여 베개를 가져다 등 뒤에 받쳐 주었다.

"앉아 있는 것이 더 편하니 죽을 때도 앉아서 죽는게 아닌지 모르겠습니다."

나는 그에게서 시선을 피했다. 환자가 죽음을 이야기할 때 봉사자는 환자를 대하기가 가장 어렵다.

어둠이 서서히 내려앉기 시작한 창문에는 바깥 풍경이 사라지고 병실에 있는 집기류가 어스름하게 창틀에 비춰졌다. 창문에 비춰진 병실 풍경 속에 홍종욱의 얼굴은 없었다. 그의 팔에 꽂힌 링거병에서 수액이 떨어지자 보일 듯 보이지 않을 듯 링거병 안에서 거품이 뽀르르 올라가는 것이 보였다. 움직이는 것은 그것 하나였다.

그가 불쑥 내게 질문을 던져왔다.

"예산에 가 보신적이 있습니까?"

"예산이요?"

나는 그와의 시선을 맞추기 위해 그가 앉은 자리 맞은편에 앉았다.

"예산에 도착해서 국도를 따라 달리다 보면 사과나무를 볼 수 있습니다. 지금쯤이면 사과가 많이 맺혀 있을 겁니다. 창문을 열어놓고 국도를 달리면 사과 향기가 머리결에 스며드는 것 같아 온몸이 상큼하게 조여오는 것을 느낄 수가 있지요."

'사과 향기가 머리결에 스며드는 상큼함이라!'

그에게 이런 정서가 있다는 것이 놀라웠다. 그를 처음 보았을 때 그의 눈빛은 굶주린 표범의 눈빛처럼 사나워서 바라볼 수 조차 없었는데 그런 그에게 이러한 감성이 남아있다는 것이 새삼스럽게 나를 놀라게 했다.

"예산이 고향이신가요?"

"아니요. 아까 낮에 하늘을 보았는데 예전보다 하늘이 높아져 있더군요. 그래서 불쑥 사과 향기가 그리워진 모양입니다."

그의 안색이 갑자기 굳어졌다. 사과꽃 향기를 이야기할 때 그의 입가에 번지던 미소는 사라지고 그의 목젖이 작게 떨리고 있었다.

"그만 자리에 누우시겠어요?"

그가 말없이 한번 고개를 끄덕거렸다. 그가 자리에 눕자 김간호사가 들어와 링거줄이 꽂힌 호수에 주사약을 투여했다.

"오늘 구토 증상은 좀 어떠셨어요?"

김간호사의 물음에 그가 괜찮았다고 말했다. 김간호사는 나의 얼굴을 물끄러미 한번 바라보고는 병실을 나갔다. 홍종욱은 김간호사가 나간 후부터 말이 없었다. 그가 말없이 행동할 때는 자리를 비워달라는 의미이다. 나는 침상을 정돈한 뒤 병실을 나오려는데 그가 나를 불러 세웠다.

"나와 함께 어디 좀 동행해 주실 수 있겠습니까?"

나는 문고리를 잡고 있던 손을 놓고 그가 누운 침대 앞으로 다가와 섰다. 그는 눈을 감고 있었다.

"사과 향기가 맡고 싶어서요."

감은 눈을 뜬 그가 나를 올려다보았다.

"예산을 말씀하시는 건가요?"

그가 그렇다며 고개를 두어 번 끄덕거렸다.

"예산 어디……?"

그는 수덕사 부근이라고 말했다.

"같이 가 주실 수 있겠습니까?"

갑작스런 그의 제의에 나는 답을 빨리 해주지 못했다. 한동안 머뭇거리던 나는 내일 아침 다시 오겠다는 말을 하고 돌아서 나왔다.

일주일이 지났다. 어느새 9월이었다. 기습적으로 내리던 장마철 소나기도, 장마가 지난 뒤 불볕처럼 뜨겁던 햇살도 화창한 파란 하늘을 보고 있으면 기억이 나지 않는다.

하늘 위를 낮게 날아가는 비둘기떼가 보인다. 눈에 보이는 것은 세 마리인데 어느 틈에 두 마리가 나타나 줄지어 날개짓을 하며 같은 방향으로 휘돌아 날아올랐다. 한 마리가 돌연 그들의 무리에서 이탈해 하늘 아래로 내려오려 하고 있었다. 세 마리들 중의 하나인지 두 마리 중의 하나인지는 알 수 없었다. 잠시 후 다른 네 마리 비둘기는 사라지고 혼자 남은 한 마리의 비둘기도 그들을 쫓아 하늘 어딘가로 사라져 버렸다.

홍종욱의 병실이 어디쯤인가! 나는 병원 뒷뜰에 자주 왔었으면서도 어떤 창문이 몇 호의 병실인지를 모르고 있었다.

'저쯤인가, 이쯤인가!'

그의 제안을 받고 나는 일주일이 지나도록 답을 해주지 못했다. 그도 묻지 않았고 나 또한 별다른 말을 하지 않았다. 그의 제안을 받은 다음 날 다시 오겠다는 말을 한 뒤로 이틀이 지나서야 병실을 찾았고 예전만큼 말도 자연스럽게 하지 못했다. 홍종욱 또한 보채는 어린아이로 보일까봐 그랬는지 전보다 말수가 더 줄어 들었고 애써 좁혀 놓은 사이가 그 일로 인해 다시 처음으로 돌아가 버렸다.

환자와의 여행, 그것도 언제 어떻게 될지 모르는 시한폭탄과도 같은 암 말기 암 환자와의 여행은 부담스러운 일이었다. 홍종욱을 볼 때마다 빨리 답을 해주어야 한다고 생각했다. 이미 마음속에 거절할 것이라는 뜻을 품고 있었으면서도 선뜻 말을 하지 못했다. 홍종욱의 얼굴을 보고 있으면 생각한 대로 말이 나오지 않았다.

그렇게 일주일이 가고 난 뒤 불쑥 왜 그가 나와의 여행을 청했는지 알고 싶어졌다. 평소 간호사나 봉사자들을 대할 때의 그의 모습을 짐작해 보면 아직 거동이 불편한 상태가 아니기 때문에 외출 허가를 받고 나갈 수도 있는 문제였다. 그리고 수녀님이 허락해 주실지는 모르지만 수녀님의 허락과도 상관없이 홍종욱은 자신의 뜻대로 하고도 남음이 있는 사람이었다. 그리고 굳이 나와 함께 동행하지 않아도 가족과 함께 갈 수도 있을텐데. 그러고 보니 그를 찾는 방문객이나 보호자가 없었다. 처음부터 독방을 원했던 사람이고 사람들의 발길을 싫어했기 때문에 거기까지 생각해보지 않았다. 가족이 없는 것인가! 나이로 보아서는 분명 결혼을 한 것으로 추측이 되었다. 예산이라, 예산이라면 거리로 보았을 때 그리 먼 곳은 아니었다.

나는 호스피스 병동 창문 쪽으로 시선을 돌렸다. 처음부터 끝까지 쭉 훑어보다 한 환자가 창가에 서있는 것을 보았다. 햇살 때문에 누구인지 잘 분간되지 않았지만 창가에 서 있는 사람의 시선이 내가 앉은 쪽으로 향해 있는 것 같았다.

'오늘은 답을 해주어야 한다. 더 이상은 미룰 수가 없다.'

자리를 박차고 일어나 홍종욱의 병실 앞까지 가서야 호흡을 가다듬고 병실문을 열었다. 노크 소리에 사람의 인기척을 느낀 그가 병실 중앙에 서 있다가 침대로 다가가 모퉁이에 걸터 앉았다.

"바깥 날씨가 아주 좋아요. 병실 안이 좀 답답하군요. 환기 시킬게요."

마주치는 서로의 시선을 애써 피하며 나는 창가 쪽으로 다가가 창문을 열었다. 창문을 열고 돌아서려던 나는 다시 창가 쪽으로 다가가 바깥 풍경을 보았다. 그리고 좀전에 앉아있던 벤치를 보았다. 홍종욱의 병실은 코너로 꺾어지는 마지막에 위치하고 있었다. 좀전에 창밖을 바라보던 환자는 홍종욱이었다.

"아무래도 대중교통보다는 운전을 하고 가는 편이 낫겠죠?"

홍종욱이 나를 보고 편안하게 웃었다. 순간 나는 그의 얼굴 위로 스미는 가을 하늘의 파란 빛을 보았다.

환자와 여행을 하는 데에는 여러 가지 거쳐야 하는 것들이 많았다. 무엇보다 과장 수녀님의 허락을 구하는 것이 우선적인 문제였다. 수녀님은 처음 이야기를 듣고는 많은 것이 우려된다고 했다. 혹시라도 여행지에서 홍종욱씨가 잘못 되면 나와 병원측에게 가족들이 책임을 물을 수도 있다는 점이었다. 호스피스 병동에 속해 있는 봉사자와의 여행이기에 병원에서는 병원 나름대로, 수녀님으로서는 수녀님 나름대로의 책임을 회피할 수 없기 때문이었다. 홍종욱과의 면담을 끝낸 수녀님은 나를 불렀다.

"가족들에 대한 걱정은 하지 않아도 된다고 하더군요. 정히 걱정이 되신다면 차후에 이 일에 대해서 전혀 책임을 묻지 않겠다는 자신의 뜻을 서류상으로 남기겠다고 합니다."

수녀님은 쇼파 중앙에 등을 기대고 앉아 있다가 자세를 고쳐 앉으며 나를 바라보았다. 나는 이미 홍종욱에게 동반여행에 대해 승낙을 해 준 상태였다. 더 이상 수녀님에게 걱정을 남기고 싶지 않은 마음에 수녀님의 얼굴을 편히 보려 애썼다.

"어려운 문제입니다. 쉽게 결정할 수 없는 일이지만 수아씨가 홍종욱 환자와의 동행을 허락했고 홍종욱씨도 차후의 일에 대해서는

본인이 책임을 지겠다고 하니 저로서도 더 이상 반대할 명분이 없어
허락했습니다.”

수녀님은 말없이 앉아만 있는 나의 얼굴을 걱정어린 눈빛으로 바
라보았다. 환자와의 동행을 왜 결심했는지 당신의 의견을 빨리 듣
고 싶다는 얼굴로. 나는 수녀님의 시선을 피해 탁자 유리에 비친 나
의 얼굴을 내려다보았다.

“일주일이 넘었습니다. 여행을 가자고 제안을 받은 것이. 한동안
망설였습니다. 몇 번을 생각해보아도 역시 안될 거라는 생각만 들
었습니다. 그런데 뒷뜰에 앉아 있는 저를 창문에 서서 바라보는 홍
종욱씨를 보았어요. 안 되겠다고 생각하고 병실에 들어갈 때만 해
도 거절을 하려고 했었는데…….”

“저는 모든 일에는 원인이 있다고 생각합니다. 그것이 순리적인
일이든 감정적인 일이든 말이지요. 홍종욱씨가 무리해 가면서 그곳
에 가려고 하는데는 분명한 이유가 있을 겁니다. 저에게는 말을 하
지 않았지만 홍종욱씨와 면담을 하면서 그 나름대로 무엇인가가 간
절하기 때문이 아닌가 하고 생각했습니다. 그래서 병원과 제 입장
과 수아씨의 입장만을 생각하지 말아야 한다고 생각했습니다. 구태
여 허락을 구하지 않고도 환자는 독단적으로 행동할 수 있는 사람입
니다. 퇴원을 강행할 수도 있지요. 홍종욱씨는 암 병동에서 호스피
스 병동으로 내려올 때 이곳에서 마지막을 정리하겠다고 마음의 결
정을 한 뒤에 내려온 사람입니다.

우리는 환자를 위해 이곳에 모인 사람입니다. 우리가 환자가 마지
막에 하고자 하는 일을 막을 수는 없다는 생각이 듭니다. 홍종욱씨
는 다시 돌아올겁니다. 수아씨한테 어떤 의향을 물으려고 오시라고

한건 아닙니다. 어려운 결정을 해 주어서 고마워요. 수아씨가 동행을 해주면 환자도 심적으로 안정이 될 겁니다. 서울에서 그리 먼 거리도 아니고 예산 시내 쪽에도 큰 병원이 있으니 홍종욱씨 몸 상태가 급하다고 생각되면 우선 그쪽으로 가도록 하세요. 그쪽 병원에 연고자 선생님이라도 있는지 알아볼 테니 그건 그렇게 하기로 하고, 수아씨가 몇 가지 익혀 두어야 할 일이 있어요. 며칠동안 여행지에 있을지는 몰라도 복용할 수 있는 진통제들을 챙겨가도록 하세요. 떠나기 전에 김간호사에게 들르세요. 알아서 챙겨줄 겁니다."

수녀님과의 면담을 마치고 홍종욱의 병실로 향했다. 수녀님과의 대화 내용도 궁금했지만 언제 어디로 떠날 지에 대한 홍종욱의 의견을 듣기 위함이었다. 그는 창가에 등을 지고 서있었다.

"수녀님이 허락해 주셨어요."

그의 등을 향해 나는 그렇게 말했다. 정황 설명도 없이. 홍종욱은 창문을 닫고는 나를 향해 뒤돌아섰다. 햇살 탓인가! 나는 홍종욱의 얼굴에 드리워졌던 작은 검버섯이 흩뿌려진듯한 어두운 빛이 하얀 빛으로 물들어버린 착각을 했다.

"저에게도 허락해 주신다고 하셨습니다."

"저녁은 드셨나요?"

"아직 저녁 때가 되지 않았는데요. 수아씨는 저에게 무슨 말이든 말하기가 곤란할 때 잘하시는 말씀이 저녁은 먹었느냐더군요."

홍종욱은 그 말을 하면서 자신도 겸연쩍었는지 웃었다. 웃는 그의 얼굴을 처음 보았다. 홍종욱이라는 사람에게 웃음이 있다는 것이 어쩐지 생소하다. 그러면서 그에게 웃음이 남아 있다는 것이 다행스러웠다.

그가 자리를 이동해 협탁 쪽으로 걸음을 옮겼다. 좀전에 보았던 그의 얼굴에 번진 하얀빛은 일시적인 것이었나! 그의 얼굴 눈 밑으로 병자의 도장처럼 검은 빛이 드리워져 있었다. 이발을 했던 여름의 모습과는 사뭇 달랐다. 머리도 많이 자라 있었고 눈과 양볼이 움푹 들어가 있었다. 불과 한 달도 되지 않은 일인데.

"언제쯤 가는게 좋을까요?"

"나 같은 시한부 환자에게 앞으로의 시간은 그리 길게 남아 있지 않습니다. 서둘러 갔으면 좋겠습니다."

"어떻게 가지요?"

"……."

홍종욱은 대답없이 불쾌한 듯 나의 얼굴을 빤히 바라보았다. 무슨 말이냐는 듯이. '당신같은 사람을 데리고 어떻게 가지요?' 로 알아들은 사람처럼.

"차편은……?"

나는 정정해서 물었다.

"아! 그거요. 제 차가 있습니다. 운전 하실 줄 아시나요?"

그의 안색이 다르게 바뀌었다.

"네."

"잘됐군요. 같이 여행을 가자고 해놓고도 내심 걱정을 했었습니다. 제가 시력이 많이 떨어져서 야간 운전을 못하거든요. 그럼 오늘 제 차를 가지고 가십시오. 이런 일이 있을려고 아직 차는 정리하지 못한 모양입니다."

홍종욱은 서랍 안에서 자동차 키로 보이는 것을 꺼내 내게 건넸다.

"그런데 어쩌지요? 제 차가 저의 집 앞에 주차되어져 있거든요. 일산이어서 거기까지 가셔야 할 것 같은데. 제가 버스노선과 집 약도를 적어 드릴게요. 큰 도로변 안쪽에 있어서 찾기는 쉬울 겁니다."

홍종욱은 열쇠 꾸러미를 건네주고는 종이쪽지에 집 주소와 간략한 약도를 적어 내게 주었다.

"군청색 차입니다. 차는 오토니까 운전하기 어렵지 않을 겁니다. 아내가 운전을 배울 때 오토로 면허를 따서 그 즉시 차를 바꿨지요. 이런! 내가 왜 안 하던 말을 하지."

홍종욱은 당황하며 들떠 있던 좀전의 얼굴을 거두었다. 아내의 이야기를 꺼낸 뒤의 일이다. 아내에 대한 이야기는 홍종욱에게서 듣지 못했던 말이었다. 아내 외에도 가족에 관한 이야기는 전혀 들은 바가 없었다. 아내! 그에게 아내가 있었나! 궁금증이 일었으나 어두워진 홍종욱의 얼굴을 확인한 후 궁금증을 가슴 밑으로 밀어 놓았다.

"저도 오토라면 운전 잘해요. 걱정하지 마세요."

그에게 든든하게 보이고 싶었다. 당신쯤은 내가 데리고 어디든지 갈 수 있다는 확신을 주고 싶었다. 일주일 전만 해도 홍종욱의 제안에 겁을 먹고 있었는데 어디서 그런 배짱이 생겼는지 나는 홍종욱이 건네준 자동차 키를 주먹 안으로 슬며시 힘있게 쥐었다.

시외로 빠지는 좌석 버스를 타고 홍종욱이 일러준 대로 그의 집을 찾아갔다. 홍종욱의 집은 도로변 안쪽에 있는 작은 빌라였다. 신도시에 한참 유행하며 번지고 있는 외관 건물이 이국적으로 꾸며지고 집안에 작은 마당이 있는 건물이었다. 작은 문을 열고 들어서니 마당 한쪽에 군청색 차가 주차되어져 있었다. 언제 세차를 했는지 알 수 없을 정도로 차 위에는 먼지가 수북했다. 차 문을 열고 시동을 걸려던 나는 자동차 키 위에도 두어 개 더 달린 열쇠에 눈길을 주었다. 집으로 들어갈 수 있는 현관 열쇠가 아닐까 싶어졌다.

나는 열쇠로 문을 따기 전에 집안에 누군가가 있을지도 모른다는 생각에 초인종부터 눌렀다. 새소리의 초인종 소리가 여러 차례 울렸음에도 안쪽에서는 인기척이 없었다. 문을 따고 안으로 들어갔다. 집안에는 새 가구에서 나는 락카 냄새가 은은하게 남아 있었다. 현관문을 열고 미닫이 중문을 열자 입구에는 어른용 하늘색 거실 슬리퍼가 두 개 놓여져 있고 그 옆에 핑크색 아동용 슬리퍼가 놓여져 있었다.

집안은 아담한 거실에 1, 3인용 쇼파가 놓여져 있었고 가구가 놓여지지 않은 큰 벽쪽에는 동양화가 걸려있었다. 주방도 잘 정돈되어져 있었고 샤워실도 물기 하나 없이 깨끗했다. 안방으로 보이는 방에 문이 열려 있었다. 나는 집안에 누군가가 있을 것만 같은 불안감을 느끼면서도 방문이 열린 방 안으로 들어갔다. 방 안에는 큰 침대가 놓여져 있었고 화장대에는 얼마 쓰지 않은 여자용 화장품이 진열되어져 있었다. 화장대가 놓여진 벽 옆에는 건강했던 시절의 홍종욱 사진이 있었는데 그 사진 속에는 젊은 여자와 어린 여자아이가 함께 있었다.

'아내와 아이구나.'

무엇인가가 발 밑으로 떨어졌다. 불을 켜지 않아 사진을 가까이 들여다보려다 화장대 위에 놓인 책을 떨어뜨린 모양이었다. 방안에 불을 켜고 내려다보니 가계부였다. 바닥에 떨어진 가계부 옆으로 책갈피에서 나온 것 같은 하얀 한지로 접은 종이뭉치가 있었다. 무엇인지 궁금해져 풀어보니 여러 가닥의 머리카락이었다. 머리카락이 구불거리는 것으로 보아 여자의 것이었다. 나는 그것을 도로 싸서 가계부 갈피에 넣어 두었다.

작은 방으로 가보았다. 한쪽의 작은 방은 서재로 보였고 다른 한쪽의 작은 방은 아이의 책상과 싱글 침대가 놓여져 있었다. 책장의 책꽂이에는 책이 정돈되어져 있었고 필기도구 통에는 이쁘게 깎여진 연필들이 크기대로 나란히 놓여 있었다.

집안이 꾸며진 대로만 본다면 여자의 손길이 남아 있는 것이 분명했다. 그러나 모든 것이 깨끗하고 완벽해서 되려 이상했다. 정돈은 잘 되어져 있었지만 사람이 지나간 흔적 같은 것은 없었다. 사람이 살고 있다면 한 구석이라도 어질러진 곳이 있어야 하지 않은가!

갈증이 느껴졌다. 냉장고 문을 열어 보았다. 냉장고 안은 텅 비어 있었다. 사람이 먹고 남은 반찬류도 물도 과일도 아무 것도 남아 있는 것이 없었다. 그리고 전원조차 켜져 있지 않았다.

나는 이상한 기운을 느끼며 그의 집에서 나왔다. 홍종욱의 가족은 서울에 없는 것이 분명하다. 그렇지 않고서야 사람이 살았던 흔적이 남아 있는데 그의 가족이 병원에 한번도 들르지 않을 리가 없었다. 나는 불쑥 다른 것들은 생각하고 싶지 않아졌다.

10

홍종욱이 내게 빌려준 차를 가지고 2, 3일동안 밤 운전 연습을 했다. 자유로도 달려 보고 강변도로도 주행을 해보았다. 남편이 죽은 뒤 물질문명에 대한 거부감이 생겼었다. 그것이 기차가 되었든 자동차가 되었든 달리는 것에 대한 두려움이 생겨 운전하는 것을 피했었다. 그랬었는데 그의 제안을 받고 그와의 여행을 결심하고는 편한 여행길을 위해 기피했던 운전연습까지 하고 있다는 그 사실이, 무엇보다 누군가를 위한 일이라는 사실이 되씹어 생각해 보아도 대단한 변화였다. 아니 이렇게 하나둘씩 변해가고 있는 내가 다행스러웠다.

자정을 넘긴 시간 자유로 위를 달리는 차량들은 시속 120킬로미터 이상을 밟고 있었다. 맞은편 차선에 '쌩앵' 하며 차량이 지나가는 소리에 한번씩 정신이 번쩍 뜨인다. 무게감이 없는 차였다면 그 소리에 옆으로 밀려났을지도 모른다는 섬뜩한 생각이 들 정도로. 이 상태로 예산까지 갈 수 있을까! 불안한 생각이 들었다.

가로등 불빛에 정신이 혼란해지다가도, 달리는 차 소리에 정신이 번쩍 뜨이면서도 나는 앞으로 달리고 있었다. 어쩌면 정체되어 있었던 지난 시간들 속에서 앞으로 달리고 싶다는 욕망을 끝없이 갈구하면서 지냈는지도 모를 일이다. 거침없이 두려움 없이 앞으로 달려나갈 수도 있었을 것이다. 나를 붙잡는 남편에 대한 기억만 없었다면, 남편의 마지막 모습조차 보지 못하고 남의 손에 의해 보내지만 않았었더라면⋯⋯.

며칠의 시간이 가고 홍종욱과 약속된 전날 밤 나는 잠을 이루지 못했다. 잘하고 있는 일인지, 혹여 무슨 문제라도 생기면 어떻게 해야 하는건지, 그리고 그에게 들었던 아내에 대한 이야기가 계속해서 가슴 밑에서 꿈틀거렸다.

그의 집을 들어가보는 것이 아니었다. 전원이 꺼진 텅빈 냉장고를 보지만 않았더라도 이렇게 마음이 심란하지는 않을 것 같았다. 만일 아내가 있다면 여러 번 병실에 들러 그를 보살폈어야 하지 않은가! 생각을 해보아도 모를 일이었다. 생각의 끝에서 얻은 결론은 홍종욱의 말대로 그에 대해 나는 아는 것이 없다는 사실이었다. 그의 신상이든, 마음상태든, 무엇이든.

이불 속에서 뒤척이다 베란다로 나가 창문을 열었다. 서늘한 밤바람을 기대했는데 별빛만이 또렷했다. 창틀에 늘 놓여 있는 탈색된 담배 갑에서 한 개피의 담배를 꺼내 물었다. 담배 갑 안에는 두 개피의 담배가 남아 있었다.

이 아파트는 동수가 두 동밖에 없다. 앞에 가려 있는 공장 건물만 아니라면 전망이 그리 나쁘지는 않을 것이다. 공장 건물이 철수된다는 기사가 지역 신문에 난 뒤부터 입주민들은 아파트 시세가 떨어진다며 서둘러 공장이 이동해 주기를 바랬다. 주민들은 그 소식을 접한 후부터 공장 측에 탄원서를 제출하고 입주민 대표와 공장 측 대표 간의 회의가 열렸다. 주된 내용은 공장에서 흘러 나오는 소음과 주변 환경이 아파트 값을 떨어뜨리고 있으니 공장을 이주해 달라는 조건이었다. 공장측이 제대로 된 답변을 주지 않자 농성을 하고 소음으로 인해 잠을 이룰 수 없다면서 정신적 피해보상을 해 달라는 내용의 플랫카드가 옆동에 걸리기도 했다.

하지만 나는 그들과는 생각이 달랐다. 만일 맞은편에 아파트가 있었다면, 그것도 거실쪽과 마주본 아파트가 있었다면 이렇게 베란다에 서서 자유로이 담배를 피우지 못했을 것이다. 세상이 변하고 통속 관념이 무너지고 있다 해도 남편 없는 젊은 여자가 한밤중에 베란다에 나와 담배를 피우는 일은 주변 사람들의 입방아와 함께 손가락질을 받을 수 있는 충분한 요지가 될 수 있기 때문이다. 남편이 죽은 뒤에 나에게 남겨진 것들 중 하나는 남편 없이 혼자 사는 여자가 지켜야할 보이지 않는 속박이었다. 그것이 타인이 강요하지 않는 것일지라도.

나는 담배를 피우는데 한 가지 습관을 가지고 있다. 그것은 남편에게서 배운 것이다. 남편은 담배를 피울 때 담배에 찍힌 일련번호 위까지만 담배를 피웠다. 남편은 말했었다. '번호가 타들어갈 때까지 담배를 피우면 필터가 니코틴을 잘 걸러내지 못하기 때문에 번호가 새겨진 위 까지만 담배를 피워야 한다'고…….

나는 반쯤 피운 담배를 필터 쪽을 창문 밖으로 해서 창틀에 놓았다. 그가 혹시 앞에 와 있다면 담배 한 모금 내뱉고 쉴 수 있는 시간을 주고 싶어서였다.

묘지라도 있다면 좋으련만 나는 남편에게 술 한 잔, 담배 한 개피도 그 영혼에게 줄 수 없었다. 시댁 식구들에게 밀려 아내로서 주장한번 하지 못하고 급기야 화장을 하게 만들었고 마지막 남은 유해도 이 세상에서 흔적 없이 날려 버렸다. 한심한 노릇이었다. 그때 왜 나는 시어머니 앞에서 당당할 수 없었는지, 그것은 아마도 살아 남은 죄가 있기 때문일 것이다. 어머니는 누구에게건 아들이 죽은 대가를 묻고 싶었을 것이다.

남편에 대한 기억이 온 마음을 힘들게 해도 한번만이라도 그 사람을 느낄 수 있게 해 줄 수는 없는 것인지. 한심스런 눈물이 또 흐르고 있었다.

'이렇게 눈을 뜨고 있어도 당신을 볼 수 없는 현실 때문에 마음이 아픕니다. 눈을 뜨고 있으면 내 눈 앞에 당신이 없음이 괴롭고, 눈을 감고 있으면 내 안에 생생히 살아 있는 당신이 너무 그립습니다. 미치도록 그립습니다. 나, 지금 이대로 당신이 있는 곳으로 가면 안 될까요. 바람처럼 꽃잎의 향기처럼 당신 곁으로 가고 싶습니다.'

아무렇지 않다가도 다른 생각을 하고 있다가도 불쑥 생각의 틈 사이로 끼어드는 남편에 대한 기억들은 나를 혼란스럽게 만들었다. 끝없는 벼랑 끝을 내려다보는 것처럼 때론 섬뜩하게, 때론 떨어지고 싶은 충동을 느끼게, 때론 아득하게 느껴지곤 했다. 창틀에 얹어 놓은 담배가 조금씩 타들어가고 있었다. 가느다란 연기는 옅은 바람에 너울 너울 춤을 추었다. 불쌍한 영혼을 달래려는 것처럼. 괜찮다고, 괜찮다고 말하는 것처럼.

홍종욱과 약속한 시간은 오후 1시였다. 나는 한 시간 전에 병원에 도착했다. 김간호사는 린넨실로 나를 데리고가 구급약통에 열흘 분이 넘는 진통제와 해열제, 변비완화제, 좌약 등 여러 약품들을 챙겨 주었다. 진통제 겉봉투에는 엠에스콘틴이라고 쓰여 있었다. 약병마다 테이프를 붙여 약 이름을 한글로 적어 놓고 어떤 용도에 쓰이는지까지 세심하게 미리 챙겨 놓았다.

"이건 급할 때 쓰세요. 진통제 효과를 볼 수 있는 좌약이에요. 그리고 환자가 고통 때문에 몸부림을 쳐서 경구투여가 불가능할 때 사용하는 거예요. 이 약품은 엠에스콘틴(M.S contin)이라는 약인데 경구용 몰핀이에요. 시간에 맞춰 약을 드시게 하는게 좋아요. 말기 암 환자에게 진통제란 아플 때 필요한 것이 아니라 예방적으로 필요한 것이니까요."

김간호사는 조심하라는 말을 하며 나의 손에 구급약통을 들려 주었다. 손에 들린 구급약통을 탁자 위에 올려놓았다. 약 냄새와 알콜 냄새가 날카롭게 신경을 자극했다. 마음의 결정은 이미 내려진 상태이다. 이제 떠날 일만 남았는데 뒤늦게 찾아오는 이 불안함은 무엇인지! 나는 알콜 냄새가 나는 린넨실에서 가슴이 답답해지는 것을 느끼며 숨을 몰아쉬었다. 홍종욱과의 약속시간이 얼마 남아 있지 않았다. 나는 구급약통을 집어 들고 린넨실을 나와 수녀님의 방문을 노크했다.

"수녀님?"

"오늘 가시는 겁니까?"

"예."

수녀님은 걱정스런 얼굴로 나를 바라보더니 금세 안색을 바꾸었다.

"다행히 예산 시내에 있는 Y병원에 우리 병동 신경외과 과장님 후배가 있다고 합니다. 연락을 취해 놓았으니 도착하면 그쪽 선생님과 먼저 통화를 해보세요. 급한 일이 생기면 바로 조취할 수 있게끔요."

수녀님은 병원 이름과 전화번호, 선생님 이름이 적힌 쪽지를 건넸다.

"이러니까 꼭 무슨 일이 있기를 바라는 사람 같군요."

일부러 안색을 바꿔 놓고도 수녀님은 불안한 빛을 떨쳐내지 못했다.

"걱정하지 마세요. 김간호사가 잘 알려 주었어요. 약품도 많이 챙겨가고 또 그쪽에 아는 병원도 있다니 다행이네요."

뭐가 다행이란 것인지, 나는 수녀님을 안심시킬 요량으로 밤새 잠을 설친 것은 잊은 채 말을 늘어 놓았다.

"음식은 어떻게 하실건지요?"

"숙식을 자유로이 할 수 있는 여관을 찾겠어요."

"자극적인 음식은 안 됩니다. 아시지요? 그러지 말고 영양사에게 연락해서 홍종욱씨 음식 차트를 가지고 오라고 할테니 복사해 가십시오."

수녀님은 영양사에게 연락을 했고 영양사는 홍종욱이 병원에 있는 동안 어떤 음식을 먹었는지에 대한 상세한 기록문서를 카피해 왔다.

차트에는 주의 사항이 몇 가지 적혀 있었다. 기름진 음식과 단 음식, 향이 강한 음식, 맵고 짠 음식은 삼가고 부드러운 육류 종류를 잘게 갈아서 섭취하고 미음이나 수프 등은 괜찮으며 구토와 설사 시에 피해야 할 음식에 대한 내용이 적혀 있었다. 식사 시간에 얽매이지 않고 소량씩 공복감을 느낄 때마다 적은 양을 고열량으로 섭취하는 것이 좋다고 적혀 있었다.

"식사를 한 뒤 약간의 운동을 하는 것이 좋습니다. 교육 때 들으셨겠지만 시간이 지나서 접해보지 않은 일에 대해서는 잊으셨을 겁니다. 많은 환자들이 입맛의 변화를 느낍니다. 단맛에 대한 민감도는 증가하기도 하고 줄기도 하고 쓴맛에 대한 민감도는 강해지지요.

식단에 적혀 있는 대로 준비하면 별 무리는 없을 줄로 알지만 구토 증세가 있을 때는 먹거나 마시는 것을 금하시고 한 시간 정도 휴식을 취하는 것이 좋습니다. 설사 시에는 수분을 충분히 공급해 주세요. 물은 생수를 드시게 하지 마시고 꼭 끓여 마시는 것이 좋겠어요. 아무래도 외부에서 먹는 생수는 일반인에게는 모르지만 면역성이 떨어진 환자에겐 감염의 원인이 될 수 있으니까요. 내 마음이 꼭 걸음도 못하는 아이를 물가에 내놓는 것만 같아서 자꾸 말이 길어지네요. 홍종욱씨가 아침부터 사복으로 갈아입고 기다리고 계십니다. 병실로 가 보세요."

"수녀님, 너무 걱정하지 마세요. 전화 드리겠습니다."

"수아씨, 이렇게 마음 써주고 홍종욱씨를 위해서 애써줘서 고마워요. 홍종욱씨가 그곳에 가고 싶은데는 이유가 있을 겁니다. 당신이 어디에 있든 당신과 홍종욱씨의 편안을 위해 기도하겠습니다."

수녀님은 세례를 하듯 나의 머리를 쓸어 내렸다.

홍종욱은 사복을 입은 채 침대에 걸터앉아 있었다. 시계를 보았다. 약속 시간에 늦은 줄 알았는데 15분이나 남아 있었다.

"짐 챙기셨어요?"

"많지 않습니다. 병실에 들어올 때 이 옷만 입고 온 걸요."

침대 위에는 홍종욱이 꾸려 놓은 가방이 하나 있었다. 웬지 그의 보호자가 된 듯한 기분이 들어 가방을 열어보려 했지만 그러질 못했다.

"세면 도구도 챙기셨지요?"

괜한 걱정에 자꾸만 그에게 물어보게 되었다.

"네."

그는 유치원 어린아이가 선생님의 질문에 대답하듯 짧고 경쾌하게 대답했다.

"그럼 이제 그만 갈까요?"

그와 나는 수녀님께 인사를 한 뒤 병동을 나와 병원 로비를 빠져나왔다. 주차장에 도착해 자신의 차를 본 홍종욱은 좀 놀란 듯했다.

"왜요?"

"차가 깨끗해서요."

"세차를 했어요. 아침에."

"손수 하셨습니까?"

"네. 그냥 거품질만 했는걸요."

"오래 세워둬서 먼지가 뿌옇게 앉아 있을 줄 알았어요."

그의 말에 나는 웃었다.

"왜 웃으십니까?"

"그냥요. 홍종욱씨도 제 말을 듣고 가끔 웃으시잖아요."

"제가 그랬습니까?"

그야말로 출발은 기분 좋게 시작됐다. 그도 웃고 나도 웃었다. 어젯밤의 기우가 가벼워 진 듯했다. 그러나 병자의 모습이 확연한 홍종욱의 얼굴을 보고 있으면 마음이 가라앉는 것만은 어쩔 수가 없었다.

"뒷좌석에 앉으시겠어요?"

"왜요?"

"아니, 뭐 편하게 가시라구요."

"그럼 길 안내는 누가 하지요? 제가 자는 사이에 다른 곳으로 가실 요량이십니까?"

그는 나의 말을 무시하고 보조석 문을 열었다. 차에 올라탄 그가 주춤거리며 무엇을 찾기 시작했다. 그는 차에서 내려 뒷좌석 문을 열어 차 안을 뒤적거렸다.

"뭘 찾으세요?"

"지도책이요. 여기 어디 두었는데……. 아! 여기 있네요."

모퉁이가 심하게 낡아 너덜거리는 지도책을 찾아들고 보조석으로 돌아왔다. 오래 되어 낡기는 했어도 제법 크고 두꺼운 전국 지도 안내 책자였다.

"이게 언제적 거예요? 꽤 오래된 것 같아요?"

"한 5,6년 됐죠."

"새로 생긴 도로가 많아서 지도 책자는 새것을 구입하는 것이 좋지 않나요?"

나는 새로 구입한 안내 책자를 그에게 건넸다.

"일부러 구입하신 겁니까?"

"여행 때는 필수잖아요. 자, 그럼 이제 떠나 볼까요?"

그는 대답 대신 안전벨트를 맸다. 나는 오토 기어를 D로 놓고 액셀을 밟았다. 평일인데도 서울을 빠져나오는데 시간이 많이 걸렸다. 한 시간 반이 지나서야 겨우 서부간선도로로 진입했다.

"K고속도로로 가야하는거 아닙니까?"

"서해안 고속도로가 계통되었어요. 돌아가지 않아도 돼요."

"그 길이 언제 계통되었나요?"

"벌써 두 달도 넘었는걸요."

그와 내가 탄 차량은 당진과 매송이라는 이정표를 따라 질주했다. 멀리 서해대교의 모습이 보이기 시작했다. 나는 다리 중간쯤에 차를 세우고 윈도우를 내렸다. 비린내 나는 갯벌 냄새가 실린 찬 바다 바람이 세차게 차 안으로 밀려 들어왔다.

"바람이 차서 내리지는 못하겠어요. 그냥 차 안에서 구경하는게 좋겠어요."

홍종욱은 점퍼를 고쳐 입고 지퍼를 채워 올리고는 차에서 내렸다. 워낙 바람이 차서 말리려고 했지만 그가 말 없이 차에서 내렸다. 나도 얼결에 그를 따라 차에서 내렸다. 홍종욱은 한동안 말없이 갯벌을 바라보았다. 나는 그때 홍종욱의 얼굴에서 병자의 얼굴 속에 숨겨진 스산하고 슬픈 외로운 인간의 얼굴을 보았다. 그는 크게 한숨을 몰아쉬었다. 답답함이 가슴을 밀고 올라오는 것인지……. 그가 고개를 돌려 나를 바라보았다. 나는 그의 눈빛에 깜짝 놀라며 시선을 바다 쪽으로 돌렸다.

"바다를 가로질러 다리를 세우다니 놀랍군요. 이 다리를 세우기 위해서 얼마만큼의 흙과 돌들이 이 바다 위에 버려졌을까요? 그들에게 만일 생명이라는 것이 있었다면 쉽게 이 바다에 버려지는 못했을 텐데 말입니다.

어렸을 때 바다 위를 달릴 수 있을까 하고 생각한 적이 있었습니다. 외갓집이 속초였어요. 그래서 1년에 한 번씩은 꼭 바다를 볼 수 있었습니다. 바다를 보고 있으면 그 끝이 어디인지 도무지 알 수가 없었어요. 그때는 바다 속에 발을 담그면 발이 자꾸만 물속으로, 모래 속으로 빠져 드는 것이 속상했었습니다. 그냥 걸어갈 수는 없을까. 배를 타지 않고 바다 수평선 끝까지 걸어가면 그 너머에 무엇이 있는지 알 수 있을텐데 하는 생각을 초등학교 4학년 때까지 했으니까요. 하늘을 나는 것이나 바다 위를 달리는 것이 어린 나이에는 공

상스러운 일이었을 겁니다.

　지금이야 문명의 발달로 모든 것이 흔하고 귀한 것이 없어졌지만 그때야 어디 그랬습니까. 쉽게 접할 수 있는 것들이 많지 않았지요. 우리 부모님 세대만 해도 귀하고 소중한 것은 먹고 사는 일 뿐이었으니 세상이 변하는 것에는 덜 민감했을텐데요. 지금은 소중한 것이 없는 것 같아요. 저마다 소중한 것이 있다는 것을 알고 사는 사람이 몇이나 있을까요? 그것을 모르는 것조차 불행일텐데도 말이지요. 외국의 유명한 철학자가 이런 말을 했다지요? '불행할 때 행복했던 순간을 기억하는 것 만큼 슬픈 일은 없다.' 인간이란 그 한계를 뛰어 넘을 수는 없는가 봅니다. 그래서 인간이겠지만……."

　홍종욱은 또다시 멍하니 갯벌을 바라보았다. 그와 내가 바라보는 곳은 어디일까! 그도 모르고 나도 모르는 그곳을 향해 우리는 여행을 떠났는지 모른다. 그가 어릴적 수평선 끝에 다른 세상이 있을 것이라는 생각을 했던 것처럼 그와 나는 여행의 끝에 우리가 모르는 다른 세상이 있을 거라는 기대를 하고 이 여행을 시작했는지 모른다.

　갯벌 아래를 바라보았다. 밀물이 쓸고 지나간 진흙 위에 알 수 없는 물결 무늬가 정신없이 새겨져 있었다. 그 무늬의 시작과 끝이 어디인지는 갯벌도 나도 홍종욱도 알 수가 없는 일일 것이다.

　서해안 고속도로를 빠져나와 홍성군으로 들어서면서 좁은 2차선 길이 시작되었다. 날이 어두워진데다가 길도 낯설고 도로에 가로등마저 제대로 설치되어 있지 않아 시속 60킬로미터도 채 밟지 못하며 서행운전을 해야만 했다. 운전이 미숙한 탓도 있을 것이다. 서울을 빠져나오는 것도 더뎌졌고 날도 금세 어두워졌다.

"조금만 가면 해미면이라는 이정표가 보일 겁니다. 그쪽 길을 따라 쭉 올라가면 덕산으로 가는 길이 보일 겁니다."

세 시간이 넘게 차를 탔는데도 홍종욱은 한숨도 잠을 자지 않았다.

"미안해요. 서툰 운전이긴 하지만 두 시간 반이면 도착할 수 있을 것 같았는데 시간을 많이 지체했어요. 어! 저쪽에 해미면이라는 이정표가 보이네요."

나는 이정표를 따라 우회전을 했고 3~4킬로미터 가량 달리니 여관이라는 불이 켜진 네온싸인이 붙은 건물들이 하나둘씩 나타나기 시작하면서 우리는 덕산온천 일대로 들어섰다. 가로등도 없는 길을 내쳐 달리다 사람의 모습이 보이고 불빛을 보니 새삼 반가운 마음이 절로 들었다.

"필요한 물건을 몇 가지 사야겠어요."

가방 안에서 지갑을 꺼내들고 차문 고리를 열려던 나는 그를 돌아다보았다.

"같이 내리시겠어요?"

그는 그냥 웃고는 포켓 안에서 지갑을 꺼내 만원 권 십여 장을 내게 주었다.

"괜찮아요. 저도 있어요."

나는 그의 손을 뿌리치고 차에서 내려 눈에 보이는 슈퍼 안으로 들어가 무엇을 사야 하나 생각했다. 생수 두 병과 종이컵, 나무 젓가락 한 묶음 등을 장바구니에 골라 담았다. 또 뭐가 있을까 생각을 하며 매장을 한 바퀴 도는데 누군가가 장바구니 안에 티슈 두 통을 넣었다. 그였다. 그는 물휴지 한 통도 바구니 안에 넣었다.

"이런 것도 때론 필요할 때가 있어요. 이온 음료도 사실래요? 아니다. 그건 그곳에 가도 있을거예요. 무겁게 많이 사갈 필요는 없겠어요. 수아씨, 커피 안 마셔요? 식성에 맞는 커피를 골라 마시기가 어렵잖아요. 요거하고 저거하고 작은 것만 사야겠어요. 믹스도 한 통 사야겠어요."

그는 커피와 프림이 들어 있는 작은 병을 바구니 안에 담고 커피 믹스도 넣었다.

"믹스만 있어도 돼요. 이것들은 빼고 녹차를 사요."

그는 나의 뜻대로 하라며 커피와 프림을 빼고 티백 녹차를 바구니 안에 담았다. 계산대 앞으로 성큼 걸어간 그가 물건값을 지불했다. 슈퍼를 나오며 그는 내게 자신의 지갑을 건넸다.

"그냥 드리는 편이 낫겠어요. 필요할 때 쓰세요. 제가 일일이 드리는 것도 좀 그렇고……."

"저기요?"

"약국에도 들러야겠어요."

그는 나의 말을 무시한 채 약국 간판이 보이는 쪽으로 걸어갔다. 그를 따라가려는 나를 슈퍼 주인이 불러 세웠다.

"젊은 양반이 왜 그리 정신이 없데유. 산거는 가지구 가야지 그냥 가유?"

돈을 내는 그를 말리려다 슈퍼에 물건을 두고 나왔다. 나는 슈퍼 주인이 건네는 비닐봉지를 자동차 뒷좌석에 놓고 약국 쪽으로 가려 했으나 그는 약국에서 나와 차 쪽으로 걸어오고 있었다. 차에 오른 그가 내게 약품이 들어 있는 비닐봉지를 건넸다.

"저한테 필요한 약만 챙겨 오셨지요? 소아제랑 두통약이랑 필요한거 몇 가지 샀어요.”

왜 무안한 생각이 드는 것인지, 홍종욱의 깊은 배려가 왜 나의 몸을 창밖 어둠 속으로 꼭꼭 숨기고 싶은 무안한 마음을 들게 하는지, 아마도 그건 나의 몸이 그보다 건강하기 때문일 것이고 그런 사람의 배려를 받고 있기 때문일 것이다.

또다시 2차선 국도가 시작되었다. 수덕사라는 간판이 보이기 시작하면서 좌회전 이정표가 보였다. 차를 좌회전해서 언덕길을 올라가니 덕산도립공원이라는 간판이 보였다. 나는 주차장이라고 표기되어 있는 쪽으로 핸들을 꺾었다.

“그쪽으로 가지 않아도 돼요. 조금만 올라가면 수덕사 바로 아래에 주차장이 있습니다.”

나는 그가 가리키는 방향으로 차를 돌렸다. 양쪽으로 상가들이 즐비한 길을 따라 언덕을 올라가니 그의 말대로 작은 주차장이 오른편에 있었다. 주차장을 지키는 경비는 퇴근을 했는지 경비실에 불은 꺼져 있었다. 홍종욱은 구석으로 차를 대라고 했다.

“며칠동안 있을건데 한가운데 주차해 놓으면 다른 차들이 불편하잖아요. 경비 아저씨는 퇴근을 한 것 같으니 주차증은 내일 끊도록 합시다.”

주차를 한 뒤 차에서 자신의 짐과 내 짐을 차례로 내린 홍종욱은 나에게 차키를 달라고 했다.

“주차해 놓은 것을 보니 초보 운전자는 확실하군요. 여기까지 온게 믿어지지 않아요.”

그는 운전석에 올라타서 차를 후진해 내가 주차한 반대편 뒤쪽으로 바짝 붙여 대었다.

"하마터면 차가 낭떠러지 아래로 구를뻔 했어요. 이쪽을 보세요. 뒤에서 누군가 차를 조금만 밀면 그대로 미끌어질만큼 언덕 아래 턱이 약해요. 그리고 언덕 아래가 가파르잖아요."

홍종욱은 운전석 문을 열고 쪽지에 무엇인가를 적은 뒤 운전석 유리 앞에 꽂았다. 홍종욱은 주머니에서 검정색 휴대폰을 꺼내 폴더를 열고 전원을 켰다. 잠시 후 삐릭, 삐릭 거리는 메시지 음이 흘러나왔다. 그는 신경도 쓰지 않고 핸드폰을 주머니에 넣었다. 홍종욱에게 휴대폰이 있다는 것을 알지 못했다. 요즘처럼 핸드폰이 흔한 때에 이상할 일도 아니지만 그가 병원에서 핸드폰을 들고 있는 것을 보지 못했다. 그는 바닥에 내려놓은 짐들을 주섬주섬 들었다.

"무거운 것은 저를 주세요."

"이 정도는 아직 들을만 합니다. 그렇게 약골은 아니에요. 그리고 이곳에까지 와서 병자 취급은 싫은데요."

그가 웃으며 돌아서 갔다. 나는 운전석에 그가 꽂아 놓은 쪽지를 확인하고 그를 따랐다. 쪽지에는 홍종욱이라는 이름과 핸드폰 번호가 적혀 있었다.

홍종욱은 말을 그렇게 하고 있지만 그의 어깨는 아래로 처져 있고 등골은 안으로 움푹 패여 있어서 상체에 걸친 점퍼의 등판이 판판하게 펴져있지 않고 안쪽으로 접혀져 들어가 있었다. 안쓰러운 마음이 들었지만 병자 취급은 싫다는 홍종욱의 말에 나는 더 이상 그를 말리지 못했다.

주차장을 나와 서너 개의 상가를 지나가니 '덕숭산 수덕산' 이라는 현판이 붙은 일주문을 볼 수 있었다.

그는 일주문 앞을 둘러보았다. 나도 주변을 둘러 보았다. 이곳은 산사이고 절 외는 사람이 묵을 만한 곳은 없을 듯 싶었다. 일주문 안으로 올라가는 길에는 가로등도 없고 찬 바람에 스산한 기운이 온몸을 조여오는 것이 신경이 쓰였다.

산사의 적막을 깨고 어디선가 물 흐르는 소리가 들려왔다. 작은 돌들에 치여 파닥거리는 계곡물 소리. 물소리를 따라 시선을 돌리니 일주문 왼쪽으로 간판 하나를 볼 수 있었다. 간판 네온빛에서 뿜어져 나오는 빛은 사방이 어두운지라 인적없는 덕숭산의 기운을 흠뻑 빨아들이고도 남을 만큼의 미묘함이 있었다.

흰 바탕에 검정글씨로 쓰여져 있는 글은 '수덕여관' 이었다. 홍종욱과 나는 일주문 옆으로 난 길로 들어섰다. 길을 따라 들어가니 여관 건물 쪽으로 올라가는 길을 터놓은 계단이 있었다. 건물 앞에는 커다란 물레방아가 돌아가고 있었다. 물레방아 틀에 계곡물 흘러내려가는 소리가 들려오고 인기척을 느낀 개가 산사의 정적을 가로지르며 짖어대기 시작했다.

홍종욱은 여관 건물 앞에 멈춰섰다. 가까이 보니 제법 오래된 간판이었다. 낡고 오래된 간판이지만 그것을 고풍스럽게 보이게 하는 것은 간판 위에 올려진 대문의 천장 역할을 하고 있는 짚더미였다.

여관 안으로 불이 켜져 있었다. 홍종욱과 나는 안으로 들어섰다. 홍종욱이 안채로 보이는 쪽으로 가 미닫이 문을 흔들었다. 잠시 뒤 젊은 여자가 안채에서 나와 미닫이 문을 열었다. 젊은 여자는 미닫이 문을 반쯤 열고 금방 잠에서 깬 듯한, 흐린 불빛에서 보아도 푸석해 보이는 얼굴을 문 틈 사이로 빼곡히 내밀며 자신이 입고 있는 체크 무늬 남방의 단추를 채웠다.

"빈방 있습니까?"

"빈방이요?"

"왜요? 없습니까?"

"없긴요. 평일인데요."

젊은 여자는 툇마루에서 내려와 한쪽 발로 뒤집어진 파란 고무 신을 바로 해 신었다.

"일행이세요?"

"네."

젊은 여자가 홍종욱을 바라보다 나를 바라보며 물었다.

"조용한 방을 드릴게요."

"저기요?"

여자가 어디론가 우리를 안내하려 하자 홍종욱이 그녀를 불러 세웠다. 앞서 가던 그녀가 멈추며 뒤돌아섰다.

"예전에 이곳에 온 적이 있었습니다. 제가 묵었던 방을 쓰고 싶은 데요."

"그러세요. 빈방은 많으니까 원하시는 대로……."

젊은 여자는 그렇게 하라면서도 고개를 갸우뚱 거렸다. 홍종욱은 선자리에서 주변을 휘이 둘러 보고는 '예전 그대로네.' 라고 말했다. 그는 가로등이 켜져 있는 건물 뒤쪽으로 걸어갔다. 젊은 여자와 나는 그의 뒤를 따랐다.

"이 방을 쓰겠습니다."

그가 선택한 방은 건물 뒤쪽에 있는 구석진 방이었다.

이 여관의 건물은 여관 입구와 건물 뒤가 동일하게 기역자의 형태를 갖추고 있었으며 기와나 콘크리트가 아닌 전형적인 초가집의 형태를 갖추고 있었다. 여관은 지어진 연도를 예측할 수 없으리만큼 낡아 있었고 지붕에 얹어진 색이 바랜 짚더미가 그것을 말해주고 있었다.

홍종욱이 지목한 방 옆쪽으로도 방으로 보이는 작은 미닫이 문이 서너 개 있었고 여관 앞 마당에서는 볼 수 없는 종류도 모를 나무들이 사방으로 즐비하게 심어져 있었다. 주인 여자는 홍종욱이 선택한 방으로 들어가 형광등 전원을 켰다.

"화장실은 아까 지나올 때 불 켜진 곳 보셨지요? 그쪽이구요. 세면실은 그 옆이에요. 더운 물은 나오지 않아요."

젊은 여자는 홍종욱이 가리킨 방으로 들어가 형광등 스위치를 올렸다.

"방에 불을 넣어 드릴게요. 산중이라 밤에는 좀 쌀쌀합니다. 이불은 이정도면 되겠죠? 베개는 하나를 더 가져다 드릴게요."

"방 하나를 더 주세요."

나가려는 젊은 여자를 이번에는 내가 불러 세웠다.

"일행이시라면서요?"

"그렇긴 한데요……."

"옆 방을 주십시오."

말을 잇지 못하고 망설이자 홍종욱이 나의 말을 가로챘다. 젊은 여자는 '그러세요.' 하면서 아까처럼 머리를 갸우뚱 거렸다. 생각하기에 따라 이상할 수도 있는 일이었을 것이다. 일행이고 남녀가 함께 왔는데 각각 다른 방을 달라고 하니. 그것도 옆방을 달라고 하니 여관 주인이 머리를 갸우뚱했다고 해서 손님이 불쾌하게 생각할 일도 아닐 것이었다.

젊은 여자가 베개를 하나 더 가지고 오겠다며 자리를 비우자 어색해진 그와 나는 이불과 베개 외에는 아무것도 없는 빈방을 멋적게 둘러보다 서로의 눈이 마주치자 금세 다른 방향으로 고개를 돌려버렸다. 잠시 뒤 젊은 여자가 보풀이 잔뜩 인 베개를 안고 돌아왔다.

"양쪽 방에 불을 넣었어요. 조금 있으면 따뜻해질 겁니다. 식수는 입구 쪽에 생수가 있어요. 그걸 드시면 되고, 화장실과 세면실은 아까 코너 돌아올 때 불 켜진 곳 보셨지요? 그쪽이거든요. 따뜻한 물은 나오지 않아요. 그럼 내일 아침 식사는 어떻게 하실 건가요?"

젊은 여자는 좀전에 일러준 것을 잊었는지 다시 되짚어 알려 주었다.

"백반으로 주십시오. 1인분만 주시면 됩니다. 밥 하나를 추가해도 되지요? 제가 음식을 마음대로 먹질 못해서 그럽니다. 여기 계신 여자분 것만 부탁합니다."

"그러세요. 괜찮습니다. 그런데 며칠 동안 묵으실 거예요?"

홍종욱은 나를 바라보았다. 떠날 때 언제 다시 돌아갈 것인지에 대한 의논을 하지 않았다. 홍종욱은 나에게 대답할 권한을 넘기려는 듯 싶었다.

"언제까지 계실 거예요?"

나는 그가 하고 싶은 대로 하게끔 놓아 두고 싶었다.

"일주일 정도쯤……."

일주일이라. 일주일이라는 말에 나는 당혹함이 먼저 앞섰다. 홍종욱은 나에게 미안한 듯 대답했지만 그는 그것도 짧다는, 어쩌면 더 있을지도 모른다는 듯한 눈빛이었다. 나는 막막해지기 시작했다. 무엇하나 없는 이 작고 답답한 방에서, 갈 곳도 마땅치 않아 보이는 이곳에서 무엇을 하며 일주일이라는 시간을 보내야 하는지 나는 흰

빛이 변질되어 분홍빛을 띄는 천장에 걸린 오래된 형광등을 올려다
보았다.

"하루 20,000원입니다. 식비는 따로 계산하시구요. 여관비는 선불
입니다."

젊은 여인의 말에 홍종욱은 나를 바라보았다. 그가 바라보는 이유
를 내가 알지 못하자 그는 지갑이라고 말했다. 그때서야 홍종욱의
지갑이 내게 있음을 알았다. 나는 그녀에게 십만 원 권 수표 한 장을
건넸다.

"며칠 있다 나머지는 또 드릴게요."

젊은 여자는 수표 뒷면에 이서가 되어 있는지 확인한 뒤 수표를
반으로 접어 뒷주머니에 찔러 넣고는 그러시라면서 자리를 떠났다.
나는 이부자리를 펴 주었다.

"피곤 하실텐데 일찍 주무세요. 그나저나 저녁을 먹지 못해서 어
쩌지요?"

"괜찮습니다. 안 먹어도 돼요. 운전하고 오시느라 고생하셨어요.
그리고……."

"네?"

"제대로 인사를 못했습니다. 고맙습니다. 이렇게 동행을 해주셔
서."

나는 홍종욱의 눈을 보았다. 홍종욱을 알고 난 후부터 그의 눈을
바라보는 것이 습관이 되었다. 그에게 다가가야 한다고 생각한 것
의 시작은 그를 처음 봤던 날 표범처럼 날카로운 그의 눈을 본 이후
였기 때문이다. 언제부터인가 그가 무슨 생각을 하고 있는지 궁금
할 때에는 눈을 바라보기 시작했다. 홍종욱은 내심 무척 미안했었

던 모양이었다. 좀전의 얼굴이나 지금의 얼굴이나 어정쩡하고 어눌하고 말 끝에 힘이 없는 걸 보니.

"주무시기 30분 전에 약 드시고 주무세요."

나는 홍종욱에게 몇 알의 약이 들어 있는 투명 비닐 봉지를 건넸다.

"주무시다 아프시면 절 부르세요. 아셨죠?"

"그럴게요."

방문을 닫고 나오려는데 그가 나를 불러 세웠다.

"수아씨, 문 꼭 걸어 잠그고 주무세요."

나는 그러겠노라며 웃었다. 홍종욱이 묵은 방 옆으로 건너온 나는 그의 말대로 문고리부터 걸어 잠갔다. 잠금 장치라야 쇠로 만든 낡은 갈고기가 다였다. 갈고리의 모양도 그러하고 벽지며 장판이며 모든 것이 낡아 있었다.

이 방의 구조는 두 평도 채 안 되어 보이는 작은 방이었다. 천장도 낮았다. 장신의 사람이 투숙 한다면 분명 일어설 때마다 머리가 천장에 닿을 것이었다. 방 안에 가재도구라고는 아무 것도 없었다. 미닫이 문과 마주한 쪽으로 창문이 있었다. 역시 미닫이 문과 마찬가지로 창호지로 발라져 있었다. 벽지에 비해 그리 낡지는 않았지만 여기저기 구멍이 뚫어져 있었다. 구들장은 들떠 있고 장판은 오래되고 낡아서 장판이 밀려난 자리에 시멘트가 그대로 드러나 있었다. 그나마 방안의 분위기를 살려 주는 것은 핑크빛이 도는 바랜 커튼이었다. 한쪽 벽에는 길게 잘려진 나무를 박고 그 위에 플라스틱으로 된 옷걸이가 박혀 있었다.

나는 개어져 있는 이불을 폈다. 바닥을 짚어 보았다. 아직은 찬 기운이 돌았다. 자리를 펴고 잠시 누우려는데 그가 건네준 약봉지 안이 궁금해졌다. 비닐 봉지 안을 들여다 보았다. 그 안에는 종합 감기약과 두통약, 지사제, 알코올과 알코올 솜, 일회용 밴드와 위장 장애 개선제까지 다양하게 들어 있었다. 심지어 벌레 물릴 때 바르는 연고까지 준비되어 있었다.

불쑥 가슴 안으로 따뜻한 기운이 스며오는 것을 느꼈다. 참으로 오랜만에 느껴보는 뭉클함이었다. 느낌이 더해 올수록 예전에는 느끼지 못한 색다른 서글픔이 찾아왔다.

남편을 잃고 난 뒤 세상으로부터 나를 등지고 세상도 나를 버렸다고 생각했다. 그렇다고 나 자신을 버릴 수도 없었다. 어쩔 수 없이 사회라는 안에 나를 가둬놓고 그 안에서 스스로 융화되지 못하는 외로움의 시간들을, 남편이라는 대상을 하나의 그리움으로 존속시켜 놓고 상처의 골만을 패어 놓았다. 나를 위한다거나 누군가를 위한다거나 하는 생각들은 남편이 살아 있었던 먼 옛날의 일일 뿐이었다. 약이 들어 있는 비닐봉지 입구를 묶었다. 가슴속에 있는 서글픔도 꾹꾹 눌러버렸다.

가져온 짐들을 풀어 놓아야 하나 어쩌나 하는 생각을 했지만 불시에 홍종욱이 고통을 호소해 병원을 가야하는 상황이 생긴다면 짐을 챙길 시간이 없을 거란 생각이 들었다. 화장품과 수건 등 필요한 것들만 몇 가지 꺼내 놓았다.

세면장의 물은 젊은 여자의 말처럼 차가웠다. 지하수를 끌어 올려 쓰는 모양이었다. 얼마나 찬지 비누 거품이 제대로 일지 않았다. 세수를 끝내고 양치를 하는데 이빨 사이로 스며드는 찬 기운이 어찌나 시린지 절로 인상이 구겨졌다. 그러면서 왜 웃음이 나오는 건지. 햇볕에 잘 말린 까실까실한 수건으로 얼굴을 부비면서 나는 괜시리 웃었다. 왜 내가 이곳에 와 있는지, 이곳에 와 있는 나는 누구인지……, 수건으로 눈 주변을 꾹꾹 눌렀다. 이제는 아무 곳에서나 아무렇지 않게 울 수는 없기에, 그래야 하기 때문에…….

도심과는 다르게 별이 많았다. 별빛을 오래도록 바라보고 있으면 별빛에 동화되어 온통 하늘이 별빛으로 가득찬 착시 현상이 일어날 정도였다. 사람이 죽어 그 영혼이 하늘로 올라가 별이 된다면 저 별들 중에 남편의 영혼도 있지 않을까 생각했다.

착시현상이 일어나고 있는 것일까! 한 개의 별에서 빛이 반사되는 것을 보았다. 나는 방 앞 툇마루에 걸터 앉아 있다 벌떡 일어섰다. 어디서부터인가 바람이 불어오더니 사철나무 잎사귀가 바람에 제 몸을 부딪치며 흔들거렸다. 그 소리는 바스락 거리기도 하고 스르륵 하며 스치기도 했다. 바람이 스치는 자리마다 솔잎의 향기가 났다. 주변을 둘러보니 집 주변으로 소나무가 작은 것에서부터 큰 것까지 여러 그루 심어져 있었다.

개 짖는 소리가 들려왔다. 여관 입구에 묶여져 있던 큰 누렁이가 산사를 찾는 이를 보고 짖어대는 모양이었다. 아마도 아침 예불을 드리려는 보살이거나 잠을 이루지 못하는 스님이 밤길 산책에 나선 게 아닐까 싶어진다.

홍종욱은 아직 잠이 들지 못한 모양인지 방에 불이 켜져 있었다. 약은 먹었을까, 아픈건 아닐까 하는 여러 생각이 들었지만 선뜻 들어갈 마음이 들지 않았다. 병실을 자유로이 드나들었을 때와는 다른 기분이었다. 나는 슈퍼에서 산 물건들을 몇 가지 챙겼다. 생수 한 병과 휴지, 종이컵 한 줄을 들고 망설임 끝에 홍종욱의 방문을 두드렸다.

"주무세요?"

대답이 없었다.

"안 주무시면 들어가도 될까요?"

역시 대답이 없었다. 나는 조심스럽게 미닫이 문을 옆으로 밀어 놓고 문틈으로 안을 들여다 보았다. 홍종욱은 입고 온 그 차림대로 이불도 덮지 않은 채 등을 지고 누워 있었다. 그냥 돌아설까 하다 방 안으로 들어갔다. 구석진 방이라 걱정을 했는데 다행히 방은 따뜻했고 외풍도 없었다.

나는 홍종욱이 깔고 누운 요 속으로 넣었던 손을 빼고 그의 몸에 이불을 덮어 주었다. 생수통과 컵은 잘 보이는 곳에 놓았다. 그가 들고 온 가방을 구석으로 옮겨 놓았는데 그때 벌레 한 마리가 장판 위로 기어 올라오는 것을 보았다. 나는 얼른 휴지를 한 장 뽑아 장판 위로 기어 올라오려는 벌레를 내리치고 확인도 하지 않은 채 벌레를 휴지로 싸서 비닐 봉지 안에 넣었다. 홍종욱이 왜 벌레 물린데 바르는 연고를 샀는지 이제야 알 것 같았다.

창문이 제대로 잠겨져 있는지 확인한 뒤 커튼을 내렸다. 간단하게 정리를 하고 방을 나오려는데 홍종욱의 손에 쥐어진 사진 한 장을 발견했다. 나는 가까이 다가가 손에 쥐어진 사진을 보았다. 네 살 정도 되어 보이는 여자 아이와 서른 안팎의 젊은 여자가 함께 찍은 사진이었다. 나는 형광등 전원을 내리려던 손을 멈추고 홍종욱의 손에 쥐어진 사진을 자세히 들여다보았다. 홍종욱의 집 안방에 걸려 있던 가족 사진속의 여자와 아이의 얼굴이었다. 전원을 내리고 방문을 열려는데 울음 섞인 그의 목소리가 발목을 붙잡았다.

"시은아, 미안하다. 시은아? 아빠가 미안해! 우리 시은이 어디 있니? 우리 시은이……."

홍종욱은 잠결에 울면서 어깨를 여러 번 들썩거렸다. 나는 들썩이는 그의 어깨를 다독거리고는 방을 나왔다.

'시은이, 그리고 아빠! 시은이가 홍종욱의 딸 아이 이름인가! 그런데 뭐가 미안하다는 것일까! 왜 울면서 아이를 찾는 것일까! 홍종욱은 왜 이곳에 온 것일까! 여관 곳곳을 둘러 보아도 오래되고 낡은 이 여관에 무엇 때문에 아픈 몸을 이끌고 와야만 했을까. 그에게 숨겨진 아픔이 있는 것은 분명한 것인데 무슨 사연일까!'

한숨을 연거푸 쉬었다. 누추한 방에 아픈 몸을 기대고 누워 잠결에서도 누군가가 그리워 울고 있는 그의 숨겨진 아픔이 무엇인지, 그와 벽을 사이에 두고 누워 있는 지금 그의 눈물과 한숨이 차가운 벽으로 스며드는 것만 같아 나는 이불을 머리까지 올려 덮었다. 무사히 병원으로 돌아갈 수 있을까 하는 여러 가지 상념과 걱정으로 몸을 뒤척거렸다.

주인이 잠든 사이 집을 지키는 누렁이가 산(山) 사람에게 짖어대는 소리가 들려오고 바람이 부는지 방문은 흔들거리고 툇마루 앞에 심어진 큰 사철나무가 바람에 제 몸을 부비는 소리가 바스락 거렸다. 문 밖에는 소나무 향기가 날 것이다.

새 소리가 들려온다. 정신이 몽롱하게 돌아오면서 여기가 어디지 하는 생각이 든다. 눈을 떠보니 천장에 걸린 검게 그을린 형광등이 나를 내려다보고 있었다. 몸을 일으켰다. 긴장을 하고 운전을 했는지 양쪽 어깨가 뻐근하게 저려왔다. 그도 그럴것이 몇 년 만에 운전

240

대를 잡았고 장거리도 오랜만인지라 긴장을 하지 않았다면 이곳까지 무사히 오지 못했을 것이다.

가구 하나 없는 횡한 방안은 풀지 못한 가방 보따리가 구석에 놓여져 있고 여자가 쓰는 방이라는 표시인양 여자 화장품 몇 개만이 방안에 놓여 있다. 괜시리 처량맞은 생각이 들어 망설이지 않고 일어섰다. 이불을 개어 놓고 방문을 여니 스르륵 하는 소리가 들리면서 바깥 세상은 어제 밤과는 사뭇 다른 세상으로 밝아 있었다. 이슬이 닿은 사철나무는 촉촉히 젖어 있고 아침을 여는 소나무의 힘찬 기지개가 은은한 솔잎 향으로 세상을 덮어 놓았다. '훅' 하고 공기를 들이마셨다. 푸른잎의 향이 몸안의 불쾌감을 쓸어내렸다.

이것이 산사의 아침이란 것인가! 홍종욱과 함께 여행길에 오른 이후 처음으로 잘 왔다는 생각이 들었다. 사람이란 얼마나 간사한 동물인가! 나도 어쩔 수 없는 이기적인 인간에 불과했다는 생각에 머리를 좌로 우로 흔들었다. 그리고 푸시식 거리는 웃음이 절로 나온다. 오랜만에 가져보는 의미 없는 유쾌한 웃음이었다. 참으로 오랜만이었다.

홍종욱이 쓰고 있는 방 툇마루 아래 그가 신고 온 구두가 놓여 있었다. 아직 잠에서 깨어나지 못한 모양이었다. 재래식 화장실에서 볼일을 보고 찬물에 세수를 하고 나니 절로 시골 사람이 된 듯한 느낌이 나쁘지 않았다. 어제 저녁보다 아침에 적시는 물의 감촉은 훨씬 차가웠다. 환자가 쓰기에는 적당하지 않았다.

여관 주인이 쓰는 안채 앞 마당을 가로 지르면 옆쪽으로 주방이 있었다. 주방 안으로 들어서니 주방이라고 하기에는 어울리지 않는 식기들이 많았다. 시골집 부엌이라고 하는 것이 적당할 것이다. 큰

가마솥이 두 개 걸려져 있고 가스레인지와는 맞지 않는 곤로가 레인지 옆에 있고, 플라스틱 큰 소쿠리와 스텐 그릇들이 소쿠리 위에 여러 개 엎어진 채 놓여져 있었다. 바닥에는 찌그러진 커다란 양동이에 물이 가득 담아져 있었다. 수도시설이 제대로 되어 있지 않은지 양동이 속에 파란색 고무호수가 들어 있었는데 그 호수는 부엌문이 따로 달린 바깥으로 길게 늘어져 있었다.

물을 끓여야 했다. 작은 솥에 물을 붓고 곤로 위에 얹었다. 곤로 옆에 놓여진 육각형 모양의 황이 달아진 성냥갑에서 성냥개비를 꺼내 황에 대고 긁어 곤로의 심지에 가져다 대었다. 석유 냄새가 올라오고 솥이 올려진 아래로 검은 그을음이 올라오자 조금씩 불이 붙어 왔다.

"뭐 하고 계시유?"

낯선 이의 목소리에 얼른 돌아보니 작은 키에 단발 파마에 구리빛으로 그을린 얼굴에 주름이 가득한 한 아주머니가 잔무늬 몸뻬 바지를 입고 서있었다.

"뉘시유?"

"아, 안녕하세요?"

"안녕은 헌디 아줌마는 누군디 주인도 없는 부엌에 들어와 뭐 하는 거유?"

"예, 여기 여관에 묵는 사람이에요. 물이 차서 세수하기가 나빠서 물좀 데우려구요."

"허락은 받았시유? 허기사 할머니가 살아 계셨으면 허락할 것도 없지 뭐."

"죄송합니다. 시간이 너무 일러서 말씀을 드리지 못했어요."

"괜찮아유! 근디 젊은 사람이 찬물로 세수를 못해서야 어디 젊다고 할 수 있겠시유?"

아주머니가 바닥에 놓인 다라 위에 덮어놓은 거즈를 거뒀다. 다라 안에는 물에 담가 놓은 쌀이 하나 가득 있었다.

"평일이라 손님도 없고 헌디 뭔 쌀을 이리 많이 담가놨대? 떡할라구 그라는가?"

아주머니가 혼잣말을 해대는 사이 어젯밤에 보았던 젊은 여자가 부엌으로 들어왔다.

"안녕하세요?"

허락을 구하지 못한 미안한 마음에 먼저 인사가 앞선다.

"네, 잘 주무셨어요?"

얼굴을 붉힐거라 생각했던 젊은 여자의 인상은 밝았다.

"아줌마, 그 쌀 다 밥 하지 마세요."

"알았유. 뭔 쌀을 이리 많이 담갔대?"

"떡 할라구요. 수덕사 법당에 올릴 떡 좀 할라구요."

"내사 그럴줄 알았지. 으째 쌀이 좀 많다 혔어~어."

길게 늘어지는 사투리에 웃음이 새어 나왔다. 아주머니가 들었을까 싶어 목을 가다듬었다.

"일찍 일어나셨네요. 근데 여긴 왜!"

주인 여자는 그제야 내가 부엌에 있는 이유에 대해서 물었다.

"잠시 드릴 말씀이 있어요."

젊은 여자는 나를 데리고 앞마당 평상으로 갔다. 나는 주인 여자에게 홍종욱에 대한 이야기를 조심스럽게 꺼냈다. 혹여 병자라고 생각되어 감염이나 그런 것들에 대해 오해를 할까 싶어 말을 꺼내는 것에 대해 생각을 많이 했는데 그래도 양해를 구하는 편이 옳다는 생각을 했다.

나는 그녀에게 홍종욱은 폐암 말기 암 환자이고 이곳에 오고 싶은 마음에 아픈 몸을 이끌고 왔으며 생활하는데 불편함 없이 해주고 싶다고 말했다. 우선 식사에 대한 문제를 말했다. 찬거리를 사다 직접 음식을 만들어 주어야 하고 따뜻한 물을 쓰게 해주어야 한다고 말했다. 그러기 위해선 부엌을 쓰는 일에 대해 양해를 구해야 했다.

주인여자는 한동안 생각을 하다가 장기간 머무는 투숙객들이 간혹가다 있는데 그 손님들이 알지만 않게 해달라고 말했다. 그외에는 아무런 문제가 될 것이 없다고 했다. 고마운 일이었다. 여관에서 양해해줄 수 있는 부분은 아닐 것임에도 주인 여자는 불쾌한 빛도 내리까는 음색도 아닌 평음으로 나의 제안을 받아들였다. 어젯밤에 주인 여자를 보았을 때 느꼈던 거리감은 아마도 그녀가 잠에서 덜깬 정신에 손님을 맞았기 때문이라 생각했다.

"고맙습니다. 있는 동안 피해가 가지 않도록 하겠습니다."

"도시 같지가 않아서 사용하시는데 불편함이 많을거예요. 여관이 워낙 낡은데다가 세워진지가 오래 되어서 시설이 좋지 않아요. 그게 우리 여관을 찾는 손님들이 마음에 들어하는 부분이지만요. 그런데 이런거 여쭤봐도 되는지 모르겠어요. 두분 사이가……?"

물어볼 수 있음직한 내용이었다. 나는 망설이지 않고 친구라고 말했다. 아주 오래된 친구라고.

날이 밝은 지 오래 되었는데 홍종욱의 방안에는 인기척이 없었다. 아무래도 이상한 생각이 들어 방문을 슬며시 열어 보았다. 주인 없는 방안에는 이불만이 가지런히 개어져 있었다. 신발은 어제 신고 온 그대로 있었다. 불길한 생각에 세면실과 화장실, 집 주변을 돌아보았다. 어디로 갔을까! 길에 쓰러진 것은 아닐까, 하는 불길한 생각으로 여관 밖을 서성거리는데 어디선가 저벅거리는 발자국 소리가 들려왔다. 끝이 바랜 운동화를 신은 홍종욱이 어제 입고 온 그대로의 모습으로 수덕사 일주문 입구와 여관이 연결된 다리 위를 걸어오고 있었다.

그는 다리를 다 건너와 여관 앞마당에 있는 넓고 평평한 암반 위에 걸터 앉았다. 숨을 고르고 있다는 것을 먼 발치에서도 알 수 있었다. 나는 그를 찾았던 급한 마음은 일단 접어 놓고 물레방아 뒤에서 그를 지켜 보았다. 홍종욱은 몇 번 숨을 고르고 이마에 묻은 땀을 손등으로 닦아냈다. 아침 예불을 하려는지 수덕사에서 타종 소리가 들려오고 일주문 앞에서 합장을 하는 여승의 모습이 단아하고 겸허스럽게 보였다. 스님과 눈을 마주친 홍종욱은 암반에서 일어서 스님을 향해 합장을 했다. 나는 그에게로 다가갔다.

"서울과는 다르게 공기가 맑지요?"

어디를 다녀왔는지에 대해 다그치지 않기로 했다. 암반 위에 앉아 있는 그의 모습이 평안해 보였다. 따스한 햇살과 맑은 공기, 졸졸 거리는 계곡의 물소리가 병원에서 들리는 간호사의 발자국 소리와 환자들의 신음 소리 보다는 분명 나았으리라. 그 순간 어쩌면 이 자연이 저 사람의 몸과 마음을 치유해줄지도 모른다는 기대가 일었다. 손등으로 땀을 닦아내는 그에게 갈증을 해갈하는 물 한 그릇만 있었다면 몸속을 파고드는 암세포 쯤이야 이 자연 속에서 억제할 수 있지 않을까 하는 기대감이.

"절에 다녀왔습니다. 날이 새기 전에 새벽녘의 산사를 보고 싶어서요. 새벽녘 산사에서 들리는 풍경 소리, 행자 스님의 빗질소리, 새벽 예불을 드리는 스님의 독경 소리가 듣고 싶었어요. 함께 들을 사람이 없어서 허전했지만요. 참 주차장에 가서 주차증을 받아 왔어요.”

그가 내게 주차증을 내밀었다.

“깨우지 그러셨어요?”

홍종욱은 대답 없이 웃었다.

주인 여자의 배려로 간이 덜 밴 찬으로 아침상을 보았다. 밥상을 본 홍종욱은 수저를 들지 못했다.

“왜 그러세요? 드실만한 찬이 없으세요?”

“아니요. 어제 저녁에 주문한 음식이 아닌 것 같아서……..”

“아, 그거요, 제가 차렸어요. 주인한테 이곳에 있는 동안 주방을 잠시 빌려쓰겠다고 했어요. 여기 음식은 간이 세서 홍종욱씨가 드시기가 나쁘실 것 같아서요. 수녀님이 식단표를 구해주셨어요. 병원에서 드시던거랑 틀리더라도 조금 드셔보세요.”

“주인한테 뭐라고 말씀하셨습니까?”

“네?”

“뭐라 말하고 주방을 쓰겠냐고 말했냐구요?”

홍종욱의 안색이 금세 굳어져버렸다. 나는 그때서야 내가 무엇을 실수했는지 알 것 같았다.

“그냥……, 음식은 좀 가려 먹어야 한다고 말했어요. 당뇨 증상이 있다고, 그렇게만 말했어요. 다른 말은 하지 않았어요.”

둘러댈 말이 빨리 생각나서 다행이었다. 그는 허연 무국을 바라보기만 했다.

"미안합니다. 내가 너무 과민반응을 보였지요. 나 때문에 하기 싫은 말까지 했어야 했을텐데. 오히려 미안한 일을 가지고 주제 넘게……, 아무튼 미안합니다."

"어제 저녁에 보았던 주인 여자 아침에 다시 보니 인상이 아주 좋았어요. 어제 보았을 때는 쌀쌀 맞아 보였는데."

나는 웃으며 화제를 돌렸다. 홍종욱은 국그릇에 수저를 넣어 한번 휘 저어 떠먹어 보는 것으로 식사를 시작했다. 상처를 주는 것은 아닌가 하고 생각했는데 다행이었다. 자신이 암 환자라는 사실을 이곳까지 와서 다른 이에게 알리고 싶지 않았을 것이다. 홍종욱은 병실을 떠나왔는데 나는 아직도 이곳을 병실과 동일시 생각하고 있었다. 말 한마디, 행동 하나가 그에게 상처가 될 수도 있다는 생각이 들자 매사가 조심스럽게만 생각되었다.

"할머니 한 분 보시지 못했어요?"

"할머니요?"

"수덕여관 주인은 할머니에요. 이응로 화백에 대해서 모르시는 모양이군요. 이 여관 주인이 이응로 화백 본부인이에요."

홍종욱은 식사를 하면서 이응로 화백에 대한 이야기와 본부인에 대한 이야기를 시작했다.

'파피에 콜레'라는 문자추상으로 잘 알려진 이응로 화백은 우리나라 현대미술사에 동양화풍으로 유명한 화백이다. 고암 이응로 화백은 결혼을 시작으로 이 집에서 신혼살림을 시작했고 그림을 그리며 부인으로 하여금 여관을 경영케 했다고 한다. 이응로 화백이 국제무대로 자리를 옮기면서 제자와 사랑에 빠져 파리로 건너갔고 그 뒤 본부인은 그렇게 버려져 이 초가집을 수덕여관이라 이름지어 운

영하면서 평생 남편을 기다리며 수절을 했다고 한다.

"자식은 없었나요?"

"자식은 없었다고 해요. 사실 아내가 처음 이 여관에 오자고 했어요. 절 안에 여관이 있는 것도 생소하거니와 할머니에 대한 이야기를 어디 책에서 보고서는 가보고 싶다고 하더군요. 이곳은 산채정식으로도 유명하지요. 더덕이 유명해요, 이 고장은."

홍종욱이 은연중에 꺼낸 아내의 이야기, 놓칠 수 없었다.

"나이로 보아서는 당연히 결혼을 하셨을거라 생각했는데 병실에 오시는 분이 없으셔서 결혼은 아직 안 하신 걸로 알았어요. 아내는 뭐 하시는 분이세요?"

눈치를 보며 조심스럽게 물었다. 그는 수저를 놓고 물 한모금을 마신 뒤에도 대답이 없었다.

"시은이가 누구예요?"

홍종욱의 눈이 동그랗게 치켜 뜨이면서 나를 쏘아 보았다. 뭐가 잘못된 건가! 말을 잘못 꺼낸 것인가! 가슴이 두근거리기 시작했다.

"어떻게 알지요?"

무엇을 말하는 것인가? 예전 그때처럼 표범의 눈으로 그가 나를 보았다.

"시은이를 어떻게 아냐구요?"

"어, 어젯밤에 잠꼬대 하시는걸 들었어요. 시은이를 찾으셔서…… 곤란하시면 말씀 안 하셔도 되요. 제가 또 실수를 했어요. 미안합니다."

반도 비우지 못한 밥상을 들고 그의 방을 나왔다. 이제는 편안해졌다고 생각했는데 아직도 표범처럼 치켜뜨는 홍종욱의 눈을 보고 있으면 가슴부터 뛰어왔다. 실수를 했다는 생각을 했지만 그는 생각 외로 과도하게 민감한 반응을 보이고 있었다.

"밥도 고작 요걸 먹음시롱 따로 상을 차려 달라고 혀여?"

어느 틈엔가 부엌으로 들어온 아침 나절의 아주머니 손에는 뽀얗게 까진 더덕이 담긴 소쿠리가 들려 있었다. 대답할 기분도, 기운도 없어져서 그만 아주머니의 말을 무시해 버리고 설거지 그릇에 빈 그릇들을 담갔다.

"내가 할테니께 그냥 둬유. 조금 있다 다른 손님상이 나오면 같이 허면 되니께."

"제가 할게요."

"처자인지 아줌마인지 보기 허곤 달리 고집 있겠구면. 그냥 두라니까아."

아주머니의 성화에 손님상이 물려질 때를 기다렸다. 설거지통 가득 그릇이 쌓이자 아주머니는 세제를 설거지통에 통째로 풀어 스텐 그릇이 소리나도록 벅벅 닦았다.

"같이해요."

"이럴라고 그냥 두라고 헌게 아닌디……."

"괜찮아요. 어차피 할 일도 없는데요, 뭐. 아주머니 입동무나 해드릴게요."

"그럴려면 그러드은가."

거품이 잔뜩 일어난 고무 다라이에 고무장갑도 끼지 않은 맨손을 담갔다. 오물 냄새가 올라올 법도 한데 그다지 역겹지 않았다. 스텐 그릇들이 부딪치는 소리는 사기 그릇을 씻을 때의 조심스러움은 없지만 그것과는 다른 편안함이 있었다. 세 개중에 한 개는 찌그러진 것이 보인다. 이 그릇에 밥을 담아 먹은 여관의 고객은 몇이나 될까! 몇 십 년이 되었다니 그 수를 헤아려보기는 어려울 것이다.

"주인 할머니는 어디 가셨나요?"

"돌아가셨지. 얼마 되지 않았어."

"돌아가셨어요? 그럼 할아버지는요?"

"할아버지도 아마 돌아가셨지. 파리에서 돌아가셨나? 날짜도 모르것네. 내가 죽을 때가 되았는지 영 까마구 정신이여!"

"그럼 집 주인은 누구예요?"

"할머니 친가쪽 누구여. 자세한건 나도 몰러."

"할머니는 어떤 분이셨어요?"

"할머니는 요즘 세상을 사셨던 분들과는 달리 머리에 쪽을 지고 계셨어. 듣기로는 공주의 한학자 집안의 따님이시라지, 아마. 음식 솜씨 좋으시고 단아허시고 점잖고 말수도 적고 예의 바르시고 세상에서 알뜰하기로 치자믄 그분 따라갈 사람도 없을꺼여. 뜯어진 이불 지어가며 이불솜도 여러 번을 타서 쓰고 또 쓰고 하시믄서 이불한 채를 몇 십 년간 썼으니께.

동백림 사건인지 동백꽃 사건인지 그걸로 할아버지가 옥에 갇혀 있을 때도 옥바라지를 정성껏 하셨대. 바람난 남편이 이혼하자고 혔을 때도 이혼서류에 말없이 도장 찍어주고도 옥바라지를 했으니께 그런 사람도 없지. 타국으로 떠난 남편 기다리며 피잉생 수절하면서 여관 혀서 돈벌어 양아들한테서 본 손주들 대학꺼징 보내고 혔으니 그런 분도 없지. 하기사 내 아들놈도 서울은 아니여도 경기도쪽 대학에 다니니 할머니나 내나 대학 보낸 것은 같네, 허~허. 그려도 남편 없이 수절한다고 옛날 맹키로 대통령이 상 주는 것도 아니고, 그렇다고 자식이 있어 그 맴 알아주는 것도 아니고, 마지막까지 살 부비고 사는데야 영감이 제일 낫지 딴게 뭐 있는감. 그려도 할머니 찾는 사람이 꽤 여럿 되여. 영감이 유명한 화가니께 수절해도 절로 유명해지지. 나맨키로 이름 석자 밖에 쓸줄 모르는 남편 일찍 죽어 이만큼 수절했어도 누가 나를 알아줄랑가. 내 살던 집에 여관이라도 지어 줄랑가. 자식이야 있어도 그만이고, 없어도 그만이고 인생이야 어차피 죽을 때는 혼자 가는걸.

참! 여기 여관 처음 와서 좀 이상혔지? 여관인디 따뜻한 물도 안 나오고 재래식 화장실에다가 냄새는 고약스럽고 혀서. 무슨 여관이 이런가 싶지 않았어? 할머니 생각하고 찾아오는 손님이야 이해하지만 처음 오는 손님들은 좀 이상한가븐디 처자는 안 그랬나보네? 손질허고 싶어도 도 지정 기념물로 지정돼 있어서 함부로 고칠 수가 없다. 할머니 생각허믄 깨끗하게 손봐서 손님 맞으면 좋을텐디 그도 쉽지 않은가벼."

구성진 창을 읊어대는 듯한 아주머니의 푸념 섞인 할머니에 대한 이야기는 설거지가 끝나자 끝이 났다. 아주머니는 설거지를 끝내 놓고 깎아놓은 더덕을 조미간장에 고운 고춧가루를 풀어 재워놓고 뒤뜰로 나갔다.

홍종욱은 무얼 하고 있을까 싶어 방 주변을 기웃거려 봤지만 인기척이 나질 않았다. 툇마루에는 그의 운동화와 구두가 놓여져 있었다.

나는 아주머니가 나간 뒤뜰로 나가 보았다. 평상에 색깔 좋은 고추가 말려지고 있었다. 평상 가까이 가니 매운 냄새가 훅 하고 콧속으로 스며왔다. 나를 보고 있는 누렁이가 웬일인지 짖질 않았다. 그래도 몇 번 보았다고 그러는지, 사람을 알아보는 똑똑한 녀석인가 보다.

수덕여관 뒤뜰 우물 옆에는 큰 암바위가 두 개 있는데 바위마다 그림이 새겨져 있다. 낙관이 찍힌 것으로 보아 이응로 화백의 조각 작품인 듯 싶다. 큰 바위 옆에는 이응로 화백을 기리는 가족이 새운 글귀가 적힌 팻말이 세워져 있었다.

나는 암반 위에 걸터 앉아 여관 주변을 유심히 둘러 보았다. 한밤에 본 첫 느낌은 음산했고, 동이 튼 다음날 느낌은 산뜻했으며 한낮의 느낌은 여관 곳곳마다 정이 깊이 스며 있어 보인다. 세월에 절어 있는 볏짚더미는 더 이상 햇빛에 빛이 바래지 않을 것 같고, 남편을 기다리며 여관을 찾는 이들에게 밥을 지어 대접하는 할머니의 모습이 떠올려진다.

이 여관에 정이 스며 있어 보이고 세월의 한이 서려 보이는 것은 아마도 돌아가신 할머니의 외로움이 곳곳에 배어 있기 때문이 아닐까. 남편의 흔적이 남아 있는 암반과 여관 안 구석구석 벽마다 걸려 있는 이응로 화백의 작품들을 보면서 할머니는 어떤 생각들로 한 세상을 살아왔을까! 당신이 타고난 팔자를 한탄하면서, 남편을 원망하면서, 아니면 모든 것을 체념해 버리고서……. 그런데도 이곳이 정겹게 느껴지는 이유는 할머니를 생각하며 여관을 지나친 여러 사람들의 손길이 남아 있는 것 때문이 아닌지.

"햇빛에 너무 오래 앉아 있으면 가을 햇빛이라도 살이 탄다니께. 응달에 가 앉아 있어유."

여관 뒤쪽에 텃밭이 있는 모양이다. 아주머니 손에 들린 소쿠리 안에는 산나물로 보이는 풀들이 수북히 담겨져 있었다.

"산나물인가봐요?"

"맛있겠지? 살짝 삶아서 참기름에 묻혀 먹으면 좋겠지?"

"네."

"이놈 혀 가지고 언능 점심 혀 먹자고. 근디 친구인가, 남편인가, 하는 양반은 이런거 먹어도 되여?"

"괜찮아요."

"이놈 가지고 죽 쑤는 법 가르쳐 줄테니께 언능 나 따라와."

아주머니는 불려 놓은 쌀에 데친 산나물을 넣고 약한 불에 올려 놓았다.

"바닥이 눌지 않게 자주 저어 주어야 혀. 쌀이 풀어지면 볶은 깨 넣고 소금 넣고 마지막에 참기름 한방울 떨구면 되여. 친구가 좋아 할꺼여. 내가 보니께 아픈 사람 같드만…… 맞지?"

나는 고개를 끄덕거렸다.

"아픈 사람 수발드는 것처럼 힘든 일도 없지. 그려도 지랄맞은 자식 새끼보다는 병든 남편이 낫다고는 하대. 옳은 말인지 그른 말인지는 모르지만도. 지금부터는 이놈을 쓰도록 혀."

아주머니가 내민 것은 수저였다.

"아픈 사람은 깨끗한 걸 써야 허니께 이것만 쓰도록 허고, 씻을 때 다른거랑 섞지 말고 삶도록 혀. 그게 좋겠지?"

"고맙습니다. 제가 미처 생각하질 못했어요."

"아무 것도 모르는 것 같어. 방에 있는 그 양반 친구도 남편도 아니지?"

나는 그저 웃었다.

"남의 인생 알아서 뭐하나. 세상사 다 알아봤자 머리만 지끈거리지."

점심 상을 들고 홍종욱의 방문을 두드렸다.

"점심 드세요. 들어가도 될까요?"

기척이 없었다. 노크를 하려할 때 그가 방문을 열었다. 땀을 흘린 것인지 홍종욱의 이마에 송글송글 땀이 맺혀 있었다.

"뭐하고 계셨어요? 더우시면 문을 열고 계시지 그러셨어요?"

화가 풀리지 않은 것인지, 대면하기가 어려워서 인지 좀처럼 그는 입을 열지 않았다.

"주방일을 돕는 아주머니가 참 친절하세요. 산나물로 죽을 쑤워 주셨어요. 드셔 보세요."

"왜 한 그릇만 가져 오셨습니까?"

"저는 부엌에서 먹었어요."

쌀의 양을 적게 잡아서 양이 많지 않았기 때문에 두 그릇을 담을 수가 없었다. 그는 참기름 냄새가 격한 것인지 한 숟가락 떠 먹어 보고는 수저를 내려 놓았다.

"왜그러세요? 입에 맞질 않으세요?"

"아니요. 나물향이 좀……."

죽을 쑤었을 때는 풀내음이 좋았었다. 나는 그릇을 집어 들고 냄새를 맡아 보았다. 참기름 냄새와 옅은 풀내만이 날 뿐이었다.

"쓴내가 나요. 풀냄새도 싫고."

"다시 해다 드릴게요."

"괜찮습니다. 안 먹어도 돼요."

"아침 식사도 다 못 드셨잖아요."

"그럼 물을 타서 먹어볼게요. 번거롭게 다시 해오실 필요 없습니다."

홍종욱은 그릇에 반쯤 물을 부어 휘저었다. 그래도 입에 맞지 않
은지 국물만을 떠먹어 보고는 수저를 내려 놓았다.

"미안해요. 애써서 해 주셨는데."

그는 힘이 드는지 벽쪽으로 등을 기대고 앉았다. 나는 그의 등에
베개를 받쳐 주고 가슴쪽에도 베개를 받쳐 주었다.

"괜찮으세요?"

"병원에 있을 때보다 훨씬 좋아요."

그는 그러면서 눈을 감았다. 힘없이 내뱉어지는 그의 숨소리가 들
렸다. 그는 베개를 가슴쪽으로 바짝 당겨 붙잡았다. 가슴이 답답해
오는 것은 아닌지. 나는 홍종욱의 작은 행동에도 적지않은 신경이
쓰였다.

"왜, 답답하세요?"

"아니요, 괜찮아요. 저한테 그만 신경 쓰시고 쉬세요. 이곳까지 와
서 귀찮게 해드릴 생각은 없었습니다. 수아씨, 쉬세요. 저 때문에
고생하지 마시고. 제가 그러면 더 미안해지잖습니까?"

"홍종욱씨! 저한테 미안하다는 말씀 이제 그만하세요. 자꾸만 미
안하다고 하시면 그때마다 제가 어떻게 해야할지 모르겠어요. 저는
당신을 보호할 의무가 있는 사람으로 이곳에 왔어요. 그러니 그런
부담일랑 갖지 마세요."

"고맙습니다. 저한테……."

나는 그의 말꼬리를 잘랐다.

"고맙다는 말도 하지 마세요. 여기에 당신과 같이 온 것은 제가 결
정하고 제가 원해서 온 겁니다."

그는 물끄러미 나를 바라보았다.

"아침나절에 화내서 미안합니다. 이런! 또 미안하다고 하네."

"뭐가요?"

"시은이……."

지난 밤 홍종욱이 잠결에 울며 부르던 그 이름이었다. 아침 나절에 시은이에 대해서 물었을 때 그는 화를 내며 난색을 지었다. 홍종욱의 지난 과거가 시은이라는 이름을 통해서 조금씩 그 모습을 보이려 하고 있었다. 나는 조심스럽게 시은이가 딸아니냐고 물었다.

"네. 아주 이쁘고 아내를 많이 닮은 아이에요. 코는 저를 닮았구요. 입술하고 눈은 아내를 닮았어요. 쌍꺼풀 진 눈이 안으로 깊이 들어가 있어요. 밖에 데리고 나가면 혼혈아가 아니냐고 사람들이 물을 정도로 눈이 크고 이쁜 아이에요."

홍종욱의 입가에 어느새 흐뭇한 미소가 번지고 있었다.

"키울 때는 딸아이가 더 이쁘다고 어른들이 말씀하시더군요. 홍종욱씨 말만 들어도 이쁠 것 같은 생각이 드네요. 한번 보고 싶어요."

"저도, 많이 보고 싶어요. 많이……."

입가에 번진 미소는 사라지고 홍종욱의 얼굴은 침울하게 변해 버렸다. 아이는 어디 있는지 묻고 싶었으나 나는 그가 스스로 이야기할 때를 기다려야만 할 것 같았다. 마음이 먼저 앞서가거나, 상대가 말할 여유를 주지 않고 물어 본다거나, 상대의 마음을 미리 짐작하고 마치 잘 알고 있는 것인 양 말하는 것은 환자를 대할 때 좋지 않은 방법이다. 다른 환자들도 그러했지만 홍종욱은 더더욱 그러했다.

그는 한동안 침묵으로 일관했다. 말을 하고 싶지 않다는 뜻일 것이다.

"해가 좀 떨어지기 시작하면 장에 가려고 해요. 반찬거리를 사야
할 것 같아요. 같이 가실래요?"

"반찬거리를 사신다구요?"

"네. 주인한테 부엌을 쓰기로 허락을 받아 놓고 생각하니 반찬할
만한 것들을 이곳에서는 마땅히 살만한 곳이 없어서요. 참 어젯밤
에 짖어대던 누렁이 보셨어요?"

그가 보았다며 고개를 끄덕였다.

"아까 잠시 뒤뜰에 앉아 있었는데 누렁이가 짖지를 않았어요. 사
람을 알아보나봐요. 두어 번 봤을텐데 어떻게 얼굴을 기억하는지
신기해요."

"여관을 지키며 많은 사람들을 보았을거예요. 누렁이한테는 동물
의 얼굴을 기억하는 것보다 사람의 얼굴을 보고 기억하는 것이 더
쉬운 일일지도 모르지요."

그는 자신이 한 말이 우스운지 불연듯 웃었다. 나도 웃었다. 그와
내가 눈을 마주하고 웃으면서 홍종욱의 얼굴에 침울하게 드리워졌
던 어두운 그림자가 사라졌다. 피부속 깊이 박혀버린 말기 암 환자
의 그늘진 슬픔은 남겨둔 채로.

해가 어느 정도 기울었는데도 얼마 걷지 않아 등골에 땀이 흘러
내렸다. 홍종욱은 힘이 드는지 얼굴에 약간의 홍조기를 띠었다. 그
를 데리고 나오지 말았어야 했다는 생각이 들었지만 그는 세상구경
처음 하는 사람인 양 주변을 두리번거렸다. 그의 이마에 땀방울이
맺혀 있었다. 그는 입을 막고 있던 손수건으로 이마에 맺힌 땀을 닦
아냈다.

"반찬거리는 뭘 사시게요?"

그의 목소리는 호흡이 고르지 않았다. 오래 걷는 것은 무리인 듯 싶었다.

"글쎄요. 나물하고 채소 종류나 서너 가지 사려고 해요. 저기, 힘 드시면 우리 그냥 들어갈까요?"

"괜찮아요, 이 정도는. 우리 어제 아래 주차장에서 위로 올라올 때 상점들 봤지요?"

우리라? 그는 환자와 봉사자가 아닌 그와 나를 우리라고 칭했다. 병원에서는 환자와 봉사자로 구분되어진 그와 내가 이곳에서는 둘 이 아닌 하나였다.

"네."

"주차장 아래 쪽으로 내려가는 길목마다 먹거리들이 많아요. 시내 까지 갈 것 없이 필요한 것만 사는게 어떨까요?"

"좋을 대로 하세요."

"장은 수아씨가 볼건데 저한테 좋을 대로 하라면 어쩌십니까?"

그의 말에 내가 웃었다.

"그렇네요. 그럼 그렇게 할게요."

홍종욱은 주차해 놓은 차가 잘 있는지 확인한 뒤 아래쪽으로 내려 가기 시작했다. 나는 그가 호흡조절을 하지 못할까 걱정이 되어 천 천히 가려 했으나 홍종욱의 걸음은 생각보다 빨랐다.

"그렇게 빨리 걸으셔도 괜찮으세요?"

"아래로 내려갈 때는 괜찮아요."

아래로 내려가는 길목에는 상점과 상가들이 많았다. 기념품을 파 는 상가도 있었고 한약에 쓰는 약재를 파는 상가들도 많았다. 나는 볏짚으로 묶어 놓은 말려놓은 취나물과 산나물을 샀다. 뽀얗게 깎아놓은 도라지와 더덕도 조금씩 사고 청포묵도 샀다. 병원에 있을 때 환자들이 먹는 식사 중에 청포묵을 본 적이 있기 때문이다.

날씨가 건조하고 먼지가 일어서 인지 홍종욱이 기침을 하기 시작했다. 그는 수건으로 입을 막았다. 내가 괜찮냐고 물으려 하자 옆에서 지켜보던 약 장수로 보이는 할아버지가 그에게 말을 걸었다.

"젊은 사람이 삐쩍 말라가지구서는……. 몸이 허약한가벼? 산마가루나 산수유차 한번 먹어볼텐가? 허약체질에도 좋고 남자한테는 정력에도 아주 좋다고."

홍종욱은 기침을 하느라 할아버지의 물음에 대답을 하지 못했다.

"천식인가보구면."

할아버지는 홍종욱의 증세를 미리 짐작하고 여러 가지 약재를 권했다.

"기침이나 천식에는 송화가루가 제일이여. 송화가루가 먹기가 좀 뭐하면 느릅나무껍질을 삶아 먹거나 환을 만든 약이 있는데 식후에 열 알씩 먹으면 위염, 비염, 위암, 폐 등 여러 가지 암에 잘 듣는 신통한 약이라고. 서울에서는 보기 힘든 약이지."

홍종욱은 할아버지의 말을 들으며 웃었다. 암에 좋다는 그 말에 그는 송화가루를 한 봉지 샀다. 물건값보다 후한 값을 치뤘다. 나는 왜 그가 송화가루를 샀는지 묻지 않았다. 아래쪽으로 내려갈수록 할아버지가 말한 약품들이 자주색 다라에 수북히 쌓여 여기저기에서 팔고 있었다. 백년 묵은 산삼인 양 명약처럼 입담을 늘어놓더니 백년 묵은 산삼은 수덕사 주변 상가에 많이도 늘어놓고 팔고 있었다.

약효가 아주 없는 것은 아닐테지만 이미 말기 암 환자이고 죽음을 기다리는 환자에게 얼마만큼의 효험이 있을지 모를 일이다. 송화가루 한 봉지를 들고 있는 홍종욱을 보면서 그에게 간절히 필요한 것은 남아 있는 삶의 질을 높이는 좋은 말과 위로가 아닌, 병을 고칠 수 있는 단 한 개의 약이 아닐까 하는 생각이 들자 그를 바라보는 마음의 짐이 무거워졌다. 단지 기침에 좋다는 이유로 약을 산 그의 마음이 어떠할지, 나는 같은 거리의 길을 걷고도 숨 한번 차지 않고 온전히 걷고 있는 나 자신이, 숨을 몰아쉬고 간간히 나오는 기침을 수건 한 장으로 막고 있는 그의 앞에서 한없이 부끄럽고 미안했다. 그를 알고 처음으로 가져보는 살 수 있는 사람의 미안함이었다.

홍종욱은 여관으로 온 뒤 처음으로 먹는 죽이기는 했지만 한 그릇을 다 비웠다. 처음에는 생각나는 대로 식단을 짰는데 저녁 식사 때는 밥이 좋은지 죽이 좋은지를 물었다. 그는 죽이 좋다고 했고 밑간을 전혀 하지 않은 쌀죽을 내어놓자 한 그릇을 비웠다. 설거지를 하면서 한 그릇을 비워낸 홍종욱의 빈 그릇을 보자 기분이 좋아졌다. 그릇과 수저를 끓는 물에 삶았다. 삶아서 햇빛에 바짝 말린 면 행주를 부뚜막 위에 깔고 그 위에 그릇과 수저를 놓았다.

"저녁 식사를 인자 한 모양이네유?"

"네. 퇴근하세요?"

"퇴근? 우후후…… 그런 말은 듣다 보니 처음일세. 나야 할머니 살아계실 적부터 항시 이곳에 왔기 땜시 출근이고 퇴근이고 그런건 모르는디. 여가 내 집이고 나 집도 나 집이고 그렇지. 그럼 내일 또 봐유."

주방 뒷문을 나가려던 아주머니가 다시 돌아 들어왔다. 그리고는 검정 솥뚜껑을 열어 그 안에서 삶은 옥수수를 내게 주었다.

"주려고 숨겨놓았는디 그냥 있네. 방에 테레비도 없고 밤에는 심심허지유? 이거나 먹어 봐유."

인심좋은 웃음을 보이며 아주머니는 뒤뜰과 연결된 주방 뒷문으로 나갔다. 나는 홍종욱의 방에 끓여놓은 보리차를 넣어 주었다.

"아픈신 데 없으시지요?"

"괜찮다니까요."

아프지 않냐고, 괜찮냐고 묻는 말에 홍종욱은 짜증이 났었는지 미간을 찌푸렸다.

"아까 낮에 너무 많이 걸어서 걱정이 돼서요."

"괜찮으니까 가서 주무세요."

다시 안색을 살펴보니 괜찮은 듯도 싶었다. 내가 방문을 닫자 그는 방 불을 껐다.

심상치 않게 짖어대는 누렁이 소리에 잠에서 깼다. 꿈이었는지 여러 마리의 개가 무리를 지어 다니며 서로 싸우고 물어뜯고 으르렁거리며 짖어대는 것을 보았다. 잠결에 누렁이가 짖어대는 소리를 듣고 잠깐동안 꿈을 꾼 듯 싶었다. 시계를 보니 새벽 2시가 넘었다. 목이 말라왔다. 불을 켜고 방안을 둘러보니 자리끼를 가져다 놓지 않았다.

한 새벽인지라 낮과는 다르게 기온이 많이 떨어져 있었다. 콧바람에 희미하게 입김이 보였다. 민소매를 입어 그대로 드러난 양팔을 쓸어내리며 종종 걸음으로 걸어가 여관 출입문 앞에 있는 정수기에서 물을 받고는 얇은 종이컵에 물을 채워 마셨다. 한옥집도 아닌 초가집 출입문 앞에 정수기가 있다는 것이 새삼스레 우스웠다. 시절을 속일 수 없음이 여실하게 드러나 보인다.

모두가 잠이 든 밤에 가을속에 묻혀 있는 한밤의 여유로움을 놓치기가 싫어 툇마루에 걸터 앉았다. 물레방아가 도는 소리가 들리고 아직 덜 깨어난 정신의 미세한 부분을 솔잎향이 부드럽게 자극했다. 눈을 감고 솔잎향을 오래도록 맡고 있으면 기억 저 아래 우울하게 깔려 있는 슬픔의 정체들은 꿈틀거리다 날아가 버리고 정신을 정화시켜 마음을 치유해 주지는 않을까! 나는 깊이 숨을 들이 마쉬고 내쉬기를 반복했다.

"흐흐흑, 흐흐흑……"

나는 감고 있던 눈을 번쩍 떴다. 신음소리인가, 울음소리인가, 누군가가 흐느끼는 소리였다. 뒤쪽 방으로는 홍종욱과 나만이 묵고 있었다. 다른 사람이 투숙했다는 말을 듣지 못했으니 틀림없는 일일 것이었다. 그렇다면 산속 어딘가에서 들리는 소리인가 싶었으나 흐느끼는 소리는 소리의 고저없이 천천히 오래도록 흐느낀 목소리로 물레방아의 물결속에 잔잔히 섞여들어갔다.

'그다. 그 사람이 울고 있다. 아니 아픈 것인지도 모른다.'

나는 방안으로 들어가 구급약통을 들고 나왔다. 홍종욱의 방으로 들어가려던 나는 문고리를 잡았던 손을 놓았다. 방에서 흘러나오는 소리는 고통으로 아파하는 사람의 소리가 아닌 흐느끼는 소리였다. 그 소리는 오래도록 흐느껴서 목이 잠겨버렸다. 들어가야 하나, 말아야 하나 마음을 정하지 못했다. 그냥 울음이 그치기를 기다리기로 했다.

10분……, 20분……, 40분…… 홍종욱은 흐느끼면서 숨을 몰아쉬기도 하고 가래를 뱉어내기도 했다. 신경 안정제를 먹으면 좋을텐데 하면서도 나는 그의 방으로 들어가질 못했다. 제대로 된 숙면을 취하지 못하면 그 다음날 몸 상태는 나빠질지도 모른다.

나는 구급약통에서 약을 찾았다. 하지만 나는 한손으로 약병을 만지작 거리기만 할뿐 방문을 열지 못했다. '기다리자, 기다리자. 그가 잠이 들 때까지 기다려 보자.' 그러면서 홍종욱은 오래 전부터 혼자 있는 시간을 갖고 싶었는지도 모른다는 생각을 했다.

병원에서는 봉사자, 간호사, 의사들이 번갈아가며 들락거리고 자신을 관찰한다고 생각했을 것이다. 그래서 슬픔을 감춰두고 있었는지도 모른다. 나도 그랬다. 남편이 죽고 난 뒤 처음에는 아는 사람만 만나면 남편에 대한 이야기를 하고 마치 남편이 살아 있는 것처럼 말을 하다가 끝에는 한없이 상대를 붙잡고 울기가 일쑤였다. 그런데 시간이 지나가면서 나는 사람들로부터 나를 감추기 시작했다. 혼자서 슬퍼하고 괴로워하는 것이 더 편하게 느껴졌다. 때론 필요 없이 불쑥 아무 곳에서나 눈물을 보여서 타인을 당황하게 한 적도 있지만 다른 사람과 같이 남편을 공유하며 기억하고 싶지 않았다. 내 안에 살아있는 남편이, 내 기억속에 살아 있는 그 사람을 다른 어떤 사람도 나대로 기억하고 추억해 주지는 않을 것이기 때문에. 나의 고통을 다 이해한다고 말할 수는 없을 것이기에.

울음소리가 그쳤다. 문쪽으로 바짝 다가가 앉아 귀를 기울였다. 잠이 들었는지 숨을 내뱉는 소리가 문틈 사이로 새어나왔다.

지난 밤에 잠을 설친 홍종욱은 역시 아침밥을 제대로 다 비우질 못했다.

"어젯밤에 잘 주무시질 못하셨어요?"

"아니요, 잘 잤습니다. 늦잠을 잤는걸요. 오랜만에 푹 잘 잤어요."

그는 나에게 거짓말을 하고 있다. 새벽 3시가 넘도록 울고 있었던 사람이 오랜만에 숙면을 했다는 사실과는 다른 거짓말. 하룻밤 사이 푹 들어가버린 자신의 눈을 보고 하는 말인지.

"여관에만 계시니까 답답하시지요?"

그는 피곤한 기색을 감추며 애써 미소를 지으며 나를 바라보았다.

"처음 왔을 때 느꼈던 것과는 다르게 정이 드는 곳이에요. 부엌일을 도와주시는 아주머니도 친절하시고, 그래서 그런지 모든게 금방 익숙해졌어요."

"바람을 쏘일 만한 곳이 있어요."

홍종욱이 나를 안내한 곳은 수덕사 사찰 안에서 산으로 올라갈 수 있는 등산 코스 초입이었다. 산은 산인지라 좁은 길목에 돌들이 많고 올라가면 올라갈수록 가파름이 더해서 나는 그만 올라가자고 그를 말렸으나 그는 괜찮다고만 대답할뿐 오히려 걱정하고 힘들어하는 나를 다독거렸다. 그런 그를 나는 더 이상 만류하지 못했다. 15분쯤을 올라가자 계곡 물 흐르는 소리가 들려왔다.

"이곳에서 쉴까요?"

그와 나는 평평한 돌 위에 걸터 앉았다. 홍종욱은 한참 동안 숨을 고라 쉬었다. 나는 그의 숨이 평안하게 돌아오기를 기다리며 들고 온 보리차를 권했다.

"고맙습니다."

그는 물 마시는 것도 습관이 되었는지 벌컥거리며 마시지를 못하고 조금씩 입안을 축여가며 한 모금씩 끊어 넘겼다.

산 아래와 산중턱의 바람은 피부를 스치는 느낌에서부터 달랐다. 돌과 나무와 이름을 알 수 없는 풀잎들, 그리고 그들과 어우러진 땅과 하늘이 마주 바라보는 허공으로 우리가 듣지 못하는 작은 미물들의 소리가 섞여 들고, 방향이 어디서부터인지 알 수 없는 산바람이 지나간 자리에 풀잎의 향이 코 끝을 스쳐갔다.

　"이곳에 아내와 처음 왔습니다. 아내는 절 안에 여관이 있다는 것이 신기했던 모양이에요. 모텔이나 그런 것으로 생각했는지. 아내가 어느 날 책을 보다가 수덕사에 가고 싶다고 했습니다. 남편에게 버림받은 채 수절하고 사는 할머니가 하는 여관이 있다면서. 저는 귀찮기도하고 그 사이 밀린 일들을 처리하느라 피곤이 쌓여 있어서 일주일 뒤쯤 가자고 했어요. 아내는 막무가내였어요. 사과 향기가 날 때 가야 한다면서. 이맘 때였을 겁니다. 아내와 이곳에 온 것이."

　홍종욱이 느닷없이 자신의 가족에 대해 이야기하기 시작했다. 기다렸던 이야기인데 나는 가슴이 두근거리기 시작했다. 예감은 하고 있었지만 상처가 있는 말들이 나올까봐. 그에게 숨겨진 과거가 아프면 어쩌나 하는 걱정이 한꺼번에 몰려들었다.

　"결혼은 하셨으리라 생각했어요. 그런데 왜 한 번도 부인되시는 분이 병원에 오시지 않는 거지요. 혹시 멀리 떨어져 계시나요?"

　나는 조심스럽게 그의 아내에 관해 물었다.

　"같이 삽니다."

　의외의 대답이었다. 같이 산다면 병이 들어 있는 남편을 이렇게 방치해둘 수 있나 싶은 생각이 들자 그녀가 이해되지 않았다.

　"아내는 제 마음속에 늘 같이 있습니다. 나는 아내에 대한 기억들 중 어느 것 하나도 잊은 것이 없어요. 내가 아내를 기억하고 있는 한 아내는 내 마음속에 영원히 살아 있을 겁니다. 이제 조금만 있으면 아내가 간 곳으로 갈 수 있을 겁니다. 지금도 보고 싶어요. 빨리 가서 만나보고 싶은데 이 세상이 내게 무슨 미련이 남아 있어서 내 발길을 잡고 놓아주지 않는지 모르겠어요. 이 지겨운 병마가 나를 놓아주지 않아요."

"미안합니다."

나는 그의 말을 듣고 먼저 앞서간 나의 판단이 틀렸음을 알았다. 마음속에 있는 사람, 나는 그의 말뜻을 충분히 알아듣고도 남음이 있었다. 그래서 급하게 속단해 버린 일이 후회스러웠다.

"수아씨가 뭐가 미안합니까. 되려 제가 미안하지요. 그동안 수아씨한테 너무 무례하게 군 일이 많아요. 미안하다고 말을 해야 한다고 생각했으면서도 이제야 하는군요. 수아씨한테 여행에 동행하자고 했던 것은 지난 여름에 뒤뜰에 앉아 있는 수아씨를 본 뒤였습니다. 그 뒤로도 혼자 앉아 계시는걸 몇 번 보았어요. 그때 수아씨한테 아픔이 있지 않을까 하고 생각했습니다. 이상한 일이지요. 내가 왜 그때 그런 생각을 했는지. 잘못 생각했다면 제 말 깊이 새겨두지 마십시오."

조금은 잊혀졌다고 생각했다. 한꺼번에는 어쩔 수 없다지만 그래도 조금씩은 남편을 잊고 있다고 생각했다. 그래서 괴로움 속에서 조금씩 헤어나오고 있다고 생각했는데 아직도 어둠이 스며있는 얼굴로 타인을 바라보고 있었다는 사실이 섬뜩했다. 홍종욱은 이야기를 계속했다.

"지금 제가 묵은 방에서 아내와 딸아이와 하룻밤을 묵었습니다. 저는 아내한테 방이 좁아서 덥지 않느냐고, 괜히 먼 곳까지 와서 좁은 방에서 고생한다고 말했지요. 아내는 방문을 열고 솔잎향을 맡아보라고 했어요. 아내는 한밤이 될 때까지, 딸아이와 내가 잠이 들 때까지 방문 앞에 앉아 있었습니다. 딸아이와 저는 장난을 치다 잠이 들어 버렸지요. 매일 일에 쫓기다 보니 아이와 놀아줄 시간이 없었어요. 아이와 단 둘이 잠을 잔 것도 그렇게 오래도록 놀아준 것도 그날이 처음이었습니다.

다음날 급한 일을 처리해야 하는 저는 아침 일찍 서둘러 여관을 나왔어요. 아내는 당연히 툴툴거렸지요. 급하게 왔다 급하게 가면 남는 게 뭐가 있냐면서 이곳저곳 둘러보고 가자고 저에게 졸랐습니다. 월요일에 처리해도 될 일이었는데도 그때 제가 왜 그랬는지 그냥 서둘러 여관에서 나오고 싶었습니다. 그때는 서해대교가 생기기 전이어서 서울로 가려면 많이 돌아가야만 했습니다.

일요일 오전인데도 차들이 어찌나 밀리던지 고속도로를 거의 빠져 나올 즈음 고속도로 마지막 휴게소에 잠시 정차했습니다. 아침만 먹고 서둘렀는데도 고속도로를 빠져 나오는데 시간이 많이 걸렸어요. 시은이는 뒷자리에서 잠을 자고 있었고 저는 졸고 있는 아내를 깨워 커피라도 한 잔 마시자고 했습니다. 아내는 귀찮게 한다면서 싫다고 했지만 저는 아내를 재차 깨웠습니다. 오래 차에만 앉아 있으면 안 된다고 하면서.

자고 있는 시은이를 데리고 나올 생각을 못하고 그대로 두었어요. 뒷문은 잠그지도 않고. 억지로 나온 아내는 커피를 마시지 않았습니다. 제가 커피를 다 마실 때까지 같이 있다가 시은이에게 줄 아이스크림을 사겠다고 했습니다. 아이스크림을 손에 들고 우리는 주차장으로 갔습니다. 그날 따라 차들이 빽빽이 주차되어져 있어서 제

차를 쉽게 찾지 못했어요. 아내가 차를 발견하고 그쪽으로 가려고 하는데 사람들이 웅성거리는 소리가 들렸어요. 소리 나는 방향을 보니 우리 시은이가 고속도로 중앙에 서 있었습니다. 차들이 쌩쌩 달리는데 우리 시은이가 겁에 잔뜩 질린 얼굴로 도로 한 가운데 서 있었어요. 그걸 본 아내는 시은이의 이름을 부르며 도로 쪽으로 급히 뛰어갔습니다. 엄마의 목소리를 알아들은 시은이가 엄마를 보고 돌아섰지요. 시은이는 아내의 목소리에 반색을 하고 도로 안에서 급히 나오려고 했습니다. 그때 대형 덤프트럭이 우리 시은이를 받았고 아이의 몸이 공중으로 떠올랐다가 그대로 바닥에 떨어졌습니다. 그걸 본 아내는 비명을 지르며 사방을 살펴보지도 못하고 정신없이 그쪽으로 뛰어가다 휴게소로 들어오려는 대형고속버스에 치였습니다. 버스는 급정거를 하지 못했고 아내의 몸은 그대로 버스 아래에 깔리고 말았습니다. 아내는 키가 작고 몸이 여린 편이어서 기사가 아내를 보지 못한 것 같았습니다."

홍종욱은 떨리는 목소리로 지난 일들을 이야기했다. 무릎을 모으고 앉아 있는 그의 바지 위로 턱밑에 고인 눈물이 한두 방울씩 번져갔다. 나는 두근거리는 가슴을 진정시키지 못하고 연거푸 숨을 몰아 쉬어야 했다.

"그때 우리 시은이의 나이 고작 네 살이었습니다. 채 맺혀보지도 못한 봉오리였는데……, 저는 그때 무얼 했는지 아십니까? 아이가 덤프트럭에 치여 공중에서 떨어지고 아내가 버스 아래 깔려 있는데 저는 그 자리에 서서 아무 것도 할 수가 없었어요. 아내와 자식을 한자리에서 같이 잃었습니다. 나는 손끝하나 다치지 않았는데……. 아내와 시은이는 그렇게 갔습니다. 그때 뒷자리 문만 제대로 잠갔어도, 아니 시은이만 같이 데리고 내렸어도, 아니 그렇게 아침에 서두지만 않았어도, 아내의 말만 들었어도 그렇게 되지는 않았을 텐데, 그렇게 그렇게 되지는……."

"종욱씨 됐어요. 그만해요. 이제 그만……."

나는 그의 어깨를 안았다. 그가 나에게 몸을 기대오며 소리내어 울었다. 홍종욱은 나의 품에서 가두어 두었던 슬픔을 풀어내듯이 꺼억 거리는 소리를 내지르며 울부 짖었다. 나는 그의 등을 다독거리며 쓸어내렸다.

'아픔이 있었구나, 내가 모르는 아픔이. 그래서 그렇게 자신에게 냉대했구나. 그래서 그렇게 차가웠구나!'

산 아래로 쓸려 내려오는 산바람이 식은땀으로 젖은 등을 서늘하게 스쳐갔다.

'이 세상에 슬픔을 가진 사람이 어디 나 혼자인가! 이 세상이 슬픈 세상인 것을. 슬픔은 슬픔을 먼저 알아본다고 했지. 그래서 당신과 내가 만난 것인가. 그래서 우리가 만날 수밖에 없었던 것인가…….'

나는 그의 등에 얼굴을 내렸다.

여관으로 내려온 홍종욱은 어지러움과 두통을 호소해 왔다. 진통제를 먹었는데도 홍종욱은 속이 메슥거린다며 점심도 저녁도 거부했다. 역시 산행은 무리한 행동이었다. 나는 흰죽 쑨 것을 들고 그의 방문을 두드렸다. 인기척이 느껴지지 않아 방문을 열었더니 그제야 홍종욱은 누워있던 몸을 일으켜 앉았다.

나는 상을 내려놓으며 그의 안색을 살폈다. 나와 눈이 마주친 홍종욱의 낯빛은 어두웠고 고단해 보였다. 생각하고 싶지 않은 그날의 기억을 떠올린 때문일 것이다.

"죽을 쑤어 왔어요. 조금이라도 드셔 보세요."

죽 그릇을 그의 앞쪽으로 밀어 놓았다.

"미안해요. 속이 너무 메슥거려서 먹고 싶지 않습니다. 제 걱정은
하지 마시고 수아씨 먼저 저녁 드세요. 저는 괜찮습니다."

재차 권유해 봤지만 그는 힘없이 고개를 여러 번 가로 저었다. 그
러다 못 이기는 척 몇 번 수저질을 하다가 다시 자리에 누웠다. 홍종
욱은 자리에 누워 눈을 감았다. 그는 말이 하기 싫은 때면 매번 눈을
감았다. 혼자 있고 싶다는 뜻임을 나는 안다. 눈감은 그의 얼굴을 내
려다 보았다.

말기 암 환자들은 시간이 갈수록 병색이 얼굴에서부터 확연하게
나타나기 시작한다. 얼굴살이 빠지면서 광대뼈가 튀어나오고, 양볼
이 푹 꺼지고 얼굴에 그늘이 지기 시작하면 눈알은 깊이 박혀 버리
고 눈을 감싸고 있는 뼈마디들이 돌출되어 튀어나오게 된다. 그의
얼굴은 예견되어진 모습으로 천천히 변해가고 있었다. 팔과 다리에
는 살이 깎여나가 있었고 깊이 패인 목선에 튀어나와 있는 굽이치는
혈관들은 파란빛을 투명하게 드러냈다.

"그럼 주무세요. 식사하고 싶으시면 저를 부르세요. 그리고 약은
머리맡에 두었으니까 잊지 말고 드세요."

방으로 돌아와 자리에 누웠지만 잠이 오지 않았다. 그의 집에서
본 아내와 아이의 사진이 떠올랐다. 아내가 남긴 흔적, 그는 그 흔적
들을 사랑하고 있었다. 그래서 아내가 남긴 쓰다남은 화장품도, 남
기고 간 머리카락도 모두다 소중하게 간직하고 있었다. 그는 아내
가 흘리고 간 머리카락 한올 한올을 한지에 싸서 보관해 두었다. 아

이가 쓰던 물건들도 살아있던 그 순간대로 그대로 간직하고 있었다. 그는 나와 달랐다. 나는 현실 속에 없는 그를 기억의 공간에서 밀어내기 위해 애썼다. 슬프다 슬프다 하면서…….

남편이 나를 두고 떠나버린 것처럼 나도 그를 야박하게 몰아내기 위해 모든 것들을 버리기에 바빴다. 그때는 그랬다. 하지만 지금 나는 남편을 기억하며 추억할 수 있는 것이 없다. 남편이 내게 남기고 간 것은 슬픔 뿐이었다. 그가 내게 준 사랑은 그의 죽음과 같이 이 세상에서 사라진 것인가. 그가 내게 준 사랑이 남편의 모든 것들을 없애야 할 만큼 하찮은 것이었나! 나는 남편의 마지막 얼굴조차 모른다. 그것이 사랑은 아니었을 것인데, 죽은 자를 슬퍼하고 지금까지 괴로워만 하고 있는 것이 내가 그를 사랑하고 있다는 것의 전부는 아닐 것인데……. 후회가 든다. 처음부터 모든 것들이 후회를 반복하고 있다. 남편을 사랑하고 욕심을 내지 않았더라면, 그래서 결혼도 하지 않았더라면, 그랬더라면 남편의 죽음을 막을 수도 있었을 것이다. 내가 남편을 사랑하지 않았더라면…….

잠깐 동안 잠이 들었던 모양이다. 무거워진 눈꺼풀을 간신히 치켜떠보니 방안이 어두워져 있었다. 잠이 들기 전까지만 해도 햇빛이 방안에 들어차 있었는데 어느새 어둠은 창가에 걸친 분홍색 커튼에 소나무 그림자를 담아 놓았다. 머리가 지끈거리며 무거웠다. 관자놀이를 중지손가락으로 힘있게 서너 번 누르니 그제야 눈이 제대로 떠졌다. 더듬거리고 형광등 전원을 찾아 켰다. 형광등의 윙하는 소리가 머리속을 관통하자 신경줄이 더욱더 바짝 조여드는 느낌이 좋지 않았다. 시계를 보니 8시가 넘어 있었다.

'약은 먹은 것일까!'

방에서 나와 찬바람에 잠이 깨려고 하는데 거친 신음소리가 들려왔다. 나는 신발도 신지 않고 홍종욱의 방으로 뛰어들어갔다. 홍종욱은 이불을 입 안으로 밀어 넣으며 몸부림을 치고 있었다. 자리끼로 떠놓은 주전자의 물은 엎어져 바닥은 물로 흥건했다. 약을 먹으려고 했는지 구겨진 약 봉지에서 흘려진 약이 바닥에 흩어져 있었다. 얼마동안을 이러고 있었단 말인가!

"홍종욱씨? 홍종욱씨? 정신차리세요?"

그의 머리는 땀으로 흠뻑 젖어 있었다.

"어디가 아프세요? 어디에요? 어디가 아프신거예요?"

어떻게 해야할지를 몰랐다. 생각나는 것은 몰핀뿐이었다. 건너 방으로 건너가 구급약통을 들고 홍종욱의 방으로 뛰었다. 약통을 열고 그 안을 뒤졌지만 내가 찾는 몰핀은 보이질 않았다. 홍종욱은 가슴을 부여 잡으며 급기야 비명을 질러대기 시작했다.

"흐흐흐……, 아아악……."

홍종욱은 가슴을 부여잡던 손을 놓고 머리를 감싸안고 나뒹굴기 시작했다. 손은 버둥거리며 약을 찾고 있었고 나는 계속해서 '몰핀, 몰핀, 몰핀' 몰핀만을 불렀다. 약통을 찾아 엠에스콘틴이라는 글씨가 쓰여 있는 약병을 찾았다. 급하게 홍종욱의 입에 두 알을 넣어 주었다. 주전자를 찾았지만 물은 이미 엎지러진 상태였다. 주전자를 들고 정수기가 있는 쪽으로 뛰었다. 물을 받아와 간신히 그의 입에 물을 축여 주었다.

"홍종욱씨? 괜찮아요. 괜찮아질거예요. 숨을 쉬어보세요. 천천히 아주 천천히."

홍종욱은 땀인지 눈물인지 모를 액체로 범벅된 얼굴을 힘들게 쳐

들어 나의 눈을 보았다. 눈빛이 흐렸다.

"그래요, 나를 보세요. 괜찮아질거예요. 괜찮아질거예요. 천천히 숨을 쉬어 보세요. 서두르지 말고 천천히. 그래요. 잘하고 있어요. 그렇게 하는 거예요. 천천히 해보세요. 천천히."

그는 나의 말을 알아들은 것인지 온몸을 안으로 바짝 조여오며 나의 품에 몸을 기댔다. 몸이 사시나무처럼 바들거렸다. 머리결따라 땀이 뚝뚝 떨어져 내렸다.

"그래요, 아주 잘하고 있어요. 이젠 괜찮아질거예요."

그의 눈에서 맥없는 눈물이 자꾸만 흘러내렸다. 얼마동안 이렇게 괴로워했을까! 이런 환자를 두고 천연덕스럽게 잠을 자고 있었다니…… 나는 나의 가슴을 치고 싶었다.

'신이 있다면 더 이상 이 사람에게 고통을 주지 마세요. 죽음으로 가는 길에 고통이 꼭 함께 해야 한다면 견딜 수 있게 도와 주세요. 이 순간이 빨리 지나갈 수 있도록 도와 주소서!'

나는 고통으로 몸부림 치는 그의 몸을 간신히 품에 끌어 안으며 울었다. 제발 이 고통이 빨리 사라지기를 간절히 기도하면서.

시간이 지났는데도 고통은 사그러 들지 않았다. 나는 구급약통에서 좌약이라고 명칭 되어져 있던 것을 꺼냈다. 몰핀처럼 사용될 수 있는 것이라고 했다. 홍종욱은 다시 몸부림을 치기 시작했다. 나는 그의 바지와 속옷을 간신히 벗겼다.

나는 그의 다리를 붙들고 좌약 겉봉투를 입으로 찢어 그의 항문에 밀어넣어 보려 했다. 그는 고통이 심한 것인지 다리의 힘을 풀지 않았다. 좌약에 물을 묻혀 다시 한번 그의 항문에 밀어 넣어 보았다. 두 번의 실패 끝에 간신히 약을 넣을 수 있었다.

얼마가 지난 것인가! 홍종욱은 통증이 진정되었는지 몸부림을 치지 않았다. 홍종욱의 몸은 땀으로 흥건했다. 나는 나의 손을 잡고 있는 홍종욱을 자리에 눕히려 했다. 하지만 그는 나의 손을 놓지 않았다.

　"조금만, 조금만 이렇게 있어 주시면 안 되겠소?"

　홍종욱은 나의 손을 잡고 오래도록 누워 있었다. 육체가 으스러지는 듯한 고통 뒤에 오는 무력함이 온몸을 지치게 하는 것인지 그는 자세를 바꾸지 않고 누워 있으면서 나의 손을 꼬옥 잡았다.

　"이제 괜찮으세요?"

　그는 고개를 두 번 끄덕거렸다. 괜찮다고는 말했지만 발한이 오는지 그가 몸을 떨었다. 그가 꾸려온 여행용 가방을 열어 보니 다행히 내의가 있었다. 방안을 정리하고 이불은 새것을 가져다 깔고 그를 요 위에 눕혔다. 가방에서 내의를 꺼내려고 하는데 가방 안쪽 귀퉁이에서 부스럭 거리는 소리가 들렸다. 안쪽을 뒤져보니 수십 알의 약이 들어 있는 약봉지가 들어 있었다. 눈에 익은 약이었다. 구급약통을 열어 비슷해 보이는 약을 찾아 보았더니 봉지 안에 들어 있는 약은 엠에스콘틴이었다.

　'이 많은 약을 어디서 구했을까!'

　엠에스콘틴은 몰핀으로 마약의 일종이기 때문에 외부에서는 쉽게 구할 수 있는 약품이 아니었다. 물어보려 했지만 그리 급한 문제는 아닌 것 같아 그만 두었다. 나는 방으로 건너가 이불과 베개를 가져왔다. 홍종욱을 혼자 자게 두어서는 안 된다는 생각에서였다. 무엇보다 불안한 마음이 그를 혼자두게 하지 않았다. 내일은 병원으로 돌아가야 할 것 같았다. 그리고 무슨 생각으로 이 사람과 이곳에 오겠다는 마음을 가졌는지 다시 생각해야 했다. 그것이 얼마나 건방진 생각이었는지, 얼마나 오만한 생각이었는지 다시 생각해 보아야 했다. 의사도 아니면서, 간호사도 아니면서 고통스러워하는 그에게 할 수 있는 일이 고작 약을 먹이는 것 외에는 아무것도 할 수 없으면서. 그것을 알았기에 홍종욱을 위해서라도 이곳에 머무는 일에 대해 더 이상 생각할 이유가 없었다.

나는 그날 밤 잠을 이루지 못했다. 그가 숨을 쉬고 있는지 자꾸만 확인하게 되었다. 산사에서 새벽 예불을 알리는 종소리가 들리고 한숨도 제대로 이루지 못한 채 날이 밝았다.

홍종욱이 아침을 먹을 수 있을지 없을지 모르는 일이지만 두 끼를 건너뛰었기 때문에 제대로 된 식사를 한번쯤은 해야되지 않을까 생각되어 미음을 다시 쑤었다. 상을 앞에 내려놓자 그는 식사하는 것이 아직은 불편한지 김이 오르고 있는 흰죽을 내려다보고만 있었다.

"오늘은 병원으로 돌아가야겠어요. 이 상태로 이곳에 계속 계시면 몸이 더 나빠지실지도 몰라요. 어떻게든 도움을 드리고 싶었지만 이곳에서 제가 할 수 있는 일이 없는 것 같습니다. 이제 그만 돌아가는게 좋겠어요."

그는 수저도 들지 않고 대답도 하지 않았다. 홍종욱은 그 고통을 겪었음에도 돌아가기 싫은 것이다.

"참, 물어보고 싶은 게 있어요. 어젯밤에 방을 정리하다가 가방 안에서 약을 보았어요. 엠에스콘틴같던데 어디서 구하신거예요? 그렇게 많은 약은 외부에서는 구할 수 없을텐데."

그는 대답하기가 꺼려지는지 한동안 생각을 하다 입을 열었다.

"병원에서 받은 겁니다."

"그렇게 많이요?"

"병원에서 주는 약을 먹지 않았습니다."

홍종욱은 아무렇지 않게 말했다. 그까짓 약이 무슨 소용이냐는 듯이.

나는 순간 끓어오르는 화를 참을 수가 없었다. 그렇다면 어젯밤 내가 놓아둔 약도 먹지 않았다는 말이 아닌가!

"홍종욱씨는 정말 이기적인 사람이군요. 이 세상에는 암에 걸렸어도 약 한번 제대로 먹어보지 못하고 죽어가는 사람들이 많아요. 그런 사람들에게 미안하다는 생각 해 보신 적 없으세요? 저 약을 모아서 어쩌실려고 그랬어요. 그럼 지금까지 제가 드린 약도 드시지 않았나요? 그래서 어젯밤에……."

"먹어서 나을 수 있는 병이 아닙니다. 정신과 몸을 빈약하기 그지없게 만드는 마약이라구요. 그런 약을 먹고 생을 지탱한다고 해서 뭐가 달라지지요? 내가 살 수 있나요? 이미 죽을 날을 받아놓은 내가 살 수 있느냐구요? 살 수 있다면 나도 좋겠어요. 하루에도 열두 번씩, 아니 백 번이 넘도록 마음의 갈피를 잡지 못해요. 빨리 죽어서 이 지독한 고통에서 벗어나고 싶고 우리 시은이도 아내도 빨리 만나 봤으면 좋겠어요. 이 세상은 아내도 아이도 모두 내게서 빼앗아갔어요. 이제 미련 두고 싶지 않습니다. 말짱한 정신으로 세상을 보고 있으면 어떤 생각이 드는지 알아요? 왜 내가 이런 고통을 받아야 하는지, 그럴만큼 잘못한 일이 많은지 이 세상이 원망스러워져요. 그러면서도 약을 먹고 고통이 사라지면 우습게도 미련이 남아요. 당신은 모릅니다. 그만 죽고도 싶고, 살고도 싶은 이 혼돈된 마음을.

어차피 죽어야 하는 거라면 하루 빨리 이 세상에서 나를 지우고 싶습니다."

'살고 싶구나!'

홍종욱의 말이 끝남과 동시에 느껴지는 한마디는 바로 살고 싶다는 것이었다.

'모르잖아요? 죽음이 얼마나 두렵게 생각되는지, 내가 당하고 있는 고통이 어떤건지, 하루만이라도 더 살고 싶다고 신이라도 붙들고 말하고 싶은 심정이 어떤건지 모르잖아요.'

말기 암 환자들은 무한한 고통의 순간이 지난 후에도 살 수 있다는 희망을 놓지 않는다고 한다. 죽음을 초연하게 받아들이는 것은 육체의 고통이 점차 사라지면서 혼수 상태가 되어서야 대부분이 가능하다고 한다.

홍종욱은 화를 낸 일이 미안한지 말문을 닫고 한동안 고개를 떨구고 있었다.

"미안해요. 하지만 병원으로는 돌아가야겠어요. 그게 좋겠어요."

"하루만 더 있으면 안 되겠습니까? 이제 가면 다시는 여기 오지 못하잖아요. 이렇게 자유롭게 산을 보고 하늘을 보고 구름을 보는 것이 내 인생에 마지막일지도 모르지 않습니까?"

병원으로 돌아가자는 나의 말에 억지로 죽 한 그릇을 비운 홍종욱은 급기야 구토 증세를 나타내기 시작했다. 먹은 것도 없는 사람이 어제 먹은 아침도 소화시켜내지 못하고 다 토해내는 것만 같았다. 수건을 적셔와 그의 입가를 닦아냈다. 홍종욱은 구토 증세가 멎자 미안하다는 말을 여러 번 했다.

"여기 오셔서 화장실에 가신 적 있으세요?"

"소변도 간신히 보는걸요."

"한 번도 변을 보신 적이 없으세요?"

"병원에서도 늘 그랬습니다."

홍종욱은 구토 증세로 어지럼증을 호소하며 자리에 누웠다. 자리에 누워있는 그의 복부는 쇠약해진 팔과 다리에 비해 불룩 튀어나와 있었다.

"옆으로 눕고 싶습니다."

나는 그를 부축해 모로 뉘었다. 구토한 이물질이 묻은 베갯잇을 벗겨내자 신내음이 올라왔다.

"이제 괜찮으니 쉬세요. 정말 미안합니다."

이물질로 더러워진 세탁물을 들고 나가는 나를 향해 그가 말했다.

"내일은 병원으로 가겠습니다. 수아씨가 힘들어서 안 되겠어요. 수아씨 말대로 하겠습니다."

베갯잇은 찌든 때가 잘 지질 않았다. 여러 번 비누질을 하고 여러 번 헹구어 뒤 뜰에 있는 주황색 빨래줄에 널었다. 이곳에 온지 나흘째. 홍종욱은 일주일을 예정했었다. 더 이상은 무리였다. 그보다 내가 먼저 지쳐버릴지도 모를 일이다.

어제 저녁부터 오늘 아침까지 물 한모금도 먹지 못했다. 식도 끝에 걸린 혀가 목마름에 말라 버렸고 태양에 그대로 노출된 얼굴은 거칠었다. 얼굴을 더듬어 보니 오돌도돌한 것이 여러 개 잡혀졌다. 하늘을 보니 햇살은 따가운데 태양은 보이지 않고 뭉굴뭉굴하게 뭉쳐 있는 흰구름이 파란 가을 하늘 위에 유유히 자태를 뽐내며 바람따라 떠다녔다.

사람의 발길에 흙이 쓸리는 소리조차 들리지 않는 여관 주변은 평온했다. 평일이라 사람이 뜸한 매표소에는 표를 받는 아저씨가 일주문 앞에 놓인 나무의자에 걸터앉아 지루한 눈으로 익숙한 풍경 속에 나른함을 하소연하고 나를 보는 누렁이는 햇빛을 피해 평상 아래로 슬그머니 들어갔다. 누렁이는 나를 보고 짖지 않았다. 빨래줄에 홀로 걸린 베갯잇이 술렁거리는 바람에 흔들거린다.

홍종욱은 오후 내내 방에서 나오지 않았다. 지루한 한낮이 가고 밤이 찾아왔다. 오늘은 부엌일을 하던 아주머니 모습이 보이지 않았다. 내일이면 떠나야 하고 작별인사라도 해야 사람의 정인데 오늘따라 주인 여자도 아주머니도 모습을 보이질 않았다. 주인 여자의 남편으로 보이는 사람에게 방 값을 지불하고 식대비로 얼마를 더 주었다. 정확한 계산을 모르는지 '맞게 주셨겠지요.' 하며 남자는 받은 돈을 세어보지 않았다. 남자는 며칠 더 있다 가셔도 되는데 하면서 웃었다.

여관 주인에게 막상 돈을 건네고 여관을 떠나려니 홍종욱에게 미안한 마음이 들었다.

홍종욱은 자신의 방 앞에 놓인 툇마루에 걸터앉아 있었다. 그는 이 가을이 자신에게 마지막으로 주는 솔잎 향기를 맘껏 느끼고 싶음인지 지그시 눈을 감았다.

"뭐하세요?"

"그냥 앉아 있었습니다. 방에 있기가 뭐해서……. 병원에 있을 때는 그렇게 이곳에 오고 싶었었는데 막상 와보니 병원에 있을 때나 혼자 방에 앉아 있을 때나 쓸데없는 생각들을 하며 시간을 소일하는 것은 마찬가지인 것 같아요."

"내일 병원에 가시려니까 마음이 좋지 않으신 것 같아요."

"어차피 가야 하는 곳인걸요. 아프기 전에도 몇 번 이곳에 왔었어요. 잠을 자고 간 적은 없었지만. 그런데 참 이상해요. 어젯밤처럼 고통이 찾아오면 곧 죽을 것 같은데 죽질 않아요. 고통이 무엇인지 알려주고 얄밉게도 숨어버리지요.

수아씨가 걱정할까봐 저녁 때 약을 먹었더니 지금은 몸이 나른하고 머리가 조금 무거울 뿐이에요. 이런 두통이야 정상인들도 느끼는 것이니 별거 아닌 것 같은 생각에 내가 암 환자인가 하는 생각이 듭니다. 눈으로 볼 수 있는 것이 있고, 코로 향기를 맡을 수 있는 것이 있는데 세상은 웬지 나와 반대로만 가고 있는 것 같으니……. 하루살이라는 벌레는 하루만 살다 가는데 그 시간에 대해서 어떻게 생각할까요. 그 벌레는 자신에게 삶이라는 것이 존재한다고 생각할까요?"

그는 뒤축을 구겨 신은 신발로 툇마루 밑에 놓인 돌 위를 아래위로 쓸어 내렸다. 그는 병원으로 돌아가야 하는 내일을 기다리는 것이 초조한 것인지 시간을 붙잡으려는 듯 여러 말을 늘어놓고 있었다. 그는 오늘밤 쉽사리 잠이 들지 못할 것이다. 병원으로 가는 것이 그의 말처럼 죽음을 맞이해야 한다는 생각 때문이라면 말이다.

"제가 병원으로 돌아가자고 서둘러서 미안해요. 홍종욱씨의 마음을 모르는 것은 아닙니다. 하지만 더 있으면 안 좋을 것 같아요. 그리고 제가 할 수 있는 일이 한계가 있어서 걱정도 되구요."

"여기 있는 동안 약이라도 잘 챙겨먹을 걸 그랬어요. 그랬으면 어제 같은 낭패는 없었을 텐데."

그와 나는 한동안 말없이 앉아 있었다. 여관에 처음 오던 날과는 달리 바람 한 점 불지 않았다. 이름 모를 사철나무가 제 몸을 부비는 소리를 오늘밤은 들을 수 없을 것인가 보다.

"수아씨, 왜 봉사자 일을 하시는 겁니까? 아직은 젊어 보이시는데요. 이 일 말고도 하실 일이 많으실 것 같은데."

"이런 말 들어 보신적 있으세요? 슬픔이 슬픔을 먼저 알아본다는 말."

"같은 감정을 느낀다는 뜻인가요?"

"글쎄요! 정확한 의미는 저도 모르겠어요. 각기 해석하기 나름이니까. 그저 요즘은 그 말이 자주 생각나요."

"수아씨 말은 수아씨한테도 슬픔이 있다는 말로 들리는군요. 저처럼."

달 위로 어스름한 구름이 겹쳐졌다 지나갔다. 구름이 지나간 자리에 남은 달빛은 새벽이 밝아오기 전에 이 어둠을 서서히 삼켜 버릴 것이다.

"남편을 열차사고로 잃었습니다. 결혼한지 1년이 지나 얼마 되지 않아서……."

홍종욱이 나를 향해 얼굴을 휙 돌렸다.

"이런 얘기해도 되는지 모르겠어요. 호스피스 교육받을 때 환자한테 자신의 슬픔을 전하지 말라고 해서."

"말하고 싶을 때 말 할 수 있는 것이 상처를 안에 채워두지 않는 방법이 될 수도 있습니다. 너무 오래도록 가둬두면 곪거나 터지지요. 저 처럼요. 고통을 안고 있지 마시고 분산시키세요. 저는 그러질 못했습니다. 다른 사람한테 구원을 할 수도 있지 않았나 싶어져요. 아내를 잃고 사랑할 수도 있는 여자가 있었습니다. 지금은 그 여자를 선택하지 않은 것을 다행으로 여기지만요."

나의 이야기는 시작됐고 홍종욱은 지난 날 열차사고를 떠올리며 자신도 그 기사를 보았노라고 말했다. 남편을 화장하고 그럴 수밖에 없었다는 말을 하면서도 나는 처음으로 울지 않았다.

"시어머니를 원망하지는 않아요. 한 가지 마음에 걸리는 것은 저는 남편의 마지막을 지켜주지 못했어요. 제가 기억하고 있는 남편의 마지막 모습은 부산에 가겠다며 아침에 현관문을 나설 때의 모습이에요. 남편의 주검을 겁이 나서 들춰보지 못했어요. 열차 사고로 몸이 많이 망가져서 다들 못 보게 해서요. 상처는 꿰매주고 더러운 곳은 씻어서 아픈 곳은 달래서 좋은 옷 입혀서 보냈어야 했는데 차가운 영안실 바닥에 누워 있게 했어요. 이런 아내를 둔 그 사람 참 불쌍하지요?"

가로등이 없는 것이 얼마나 다행인가. 불빛이 환하지 않은 것이 얼마나 다행인가. 어둠 속으로 눈물을 묻어 버릴 수 있어서 이 얼마나 다행인가. 남편을 기억하면 어쩔 수 없이 흐르는 눈물. 가슴으로 삭여버려야 하는데 고통을 받고 있는 사람 앞에 내 지난 날의 상처를 떠올려 나의 아픔을 달래려고 하는가. 나는 고개를 들지 않았다. 눈물이 흐르지 않고 그대로 떨어지게 놓아두어야 하기에.

"그 사람 그래도 행복한 사람이네요. 지금은 천상에 있지만 지상에서 자신을 사랑하는 사람이 꿋꿋하게 버텨주니 말입니다. 내 아내는 병이 들어버린 저를 나무랄 겁니다. 머지 않아 내가 그곳에 가면요.

나는 아내를 잃고 많이 방황했습니다. 하던 사업도 정리했습니다. 이 상태로 계속 버틴다 한들 직원들 월급도 제대로 주지 못할 것 같아 적당한 사람에게 회사를 넘겼어요. 나는 내 위치를 제대로 지키지 못하고 병든 몸뚱아리를 내팽개치듯 살았습니다. 살려는 노력을 하지 않았어요. 그대로 죽을 날만을 기다렸습니다. 오히려 병에 걸린 걸 다행으로 생각했으니까요. 그런데 야속하게도 금방 데려갈 줄 알았는데 이렇게 더디네요. 시간이 갈수록 고통은 더하고 우습게도 살고 싶다는 생각이 귀찮으리만큼 자꾸 떠올라서 이런 제 자신이 너무 싫습니다.

아내와 아이를 생각하면 하루라도 빨리 아내 곁으로 가고 싶습니다. 천상에서 나를 보면 아내는 분명 나를 나무랄 겁니다. 수아씨는 저처럼은 살지 마세요. 남편이 당신을 지켜본다 생각하고 이겨내세요. 내가 혼자라는 생각을 자꾸만 하면 내가 딛고 서 있는 발 아래가 어디인지 분간을 하지 못해 방황하게 되니까요. 산 사람은 살아야 하지 않습니까? 수아씨, 혹시 가시없는 나무에 대해서 들어본 적이 있으십니까?"

"가시없는 나무요?"

"장미나무나 탱자나무, 아카시아나무, 찔레꽃 같은 것들을 가시 있는 나무라고 합니다. 이 나무들은 꽃을 피워 향기를 갖고 아름답게 한때를 살게 되지만 가시없는 나무처럼 아름드리 나무가 될 수는 없다는군요. 아름드리 나무처럼 천수를 누릴 수 없다는 얘기죠. 천년의 수명을 다하고도 아직도 자라고 있는 은행나무를 보고 있으면 그 기상과 용기, 영험함에 절로 감탄사가 흘러 나옵니다. 천 년이라는 세월을 우리 인간이 어디 가늠이나 할 수 있는 일입니까.

나는 내가 가시없는 나무였다면 하고 생각한 적이 있었습니다. 아름답게 살 수는 없어도 아름드리 나무가 되어 나의 품안에서 아내와 자식을 지킬 수 있었다면 하고 생각한 적이 있었습니다. 인간의 삶은 채 백 년도 되지 못한다고 하지요. 팔순을 넘겨 돌아가시면 호상(好喪)이라고 하니 백 년도 살지 못하는 인간의 삶이 왜 이렇게 고달프고 힘들어야 하는 걸까요. 천 년을 넘겨 사는 나무들도 많은데 말입니다. 인간의 삶이 천 년을 넘겨 가는 나무의 삶보다도 못한 것인지……. 아마도 그건 사치와 향락과 욕심이 만들어낸 인간의 다른 모습 때문일 겁니다. 하지만 이런 삶은 너무 가혹하다는 생각이 듭니다. 너무나도……."

달빛이 점점 밝아지고 밤이 깊어갔다. 달빛이 밝으니 내일도 날이 좋을 것이다. 날이 궂으면 운전하기는 나쁠 것이다. 그를 무사히 병원으로 옮기려면 맑은 날을 기대해야 한다.

홍종욱은 아침 일찍 예불을 보고 왔다고 했다. 그는 자신이 묵었던 방을 휘 돌아보고 신발을 신으려다 다시 방으로 들어가 커튼을 거뒀다. 커튼이 거두어진 작고 낡은 창틀 안에는 소나무와 파란 하늘이 한폭의 그림으로 들어찼다.

"아침에 행자스님이 싸리비로 대웅전 마당을 쓸고 계셨습니다. 그 소리가 어찌나 좋은지 가슴에 묵은 설움이 쓸려버리는 것 같더군요. '쓱쓱' 소리를 내기도 하고 '쓱싹쓱싹' 소리를 내기도 하지요. 아내가 대학 때 불교 동아리의 회원이 아니었다면 나는 평생 그 소리를 듣지 못했을지도 모릅니다. 아내가 내게 주고 간 것들이 생각해 보면 참 많아요. 예불을 보며 여러 생각을 했습니다. 나는 왜 아내가 내게 준 슬픔만을 생각하고 살았을까! 아내로 인해 내가 알게 된 것들이 얼마나 많은데 왜 그런 생각은 하지 못했을까 하고 말입니다. 오늘은 아내가 참 많이 보고 싶습니다."

홍종욱은 자신이 묵었던 빈방을 바라보다 먼저 앞서 여관을 나섰
다.

주차장을 빠져나와 국도로 진입했다. 빠르게 가는 길은 왔던 길로
해서 서해대교를 넘어가야 했다. 당진 쪽으로 가려 할 때쯤이었다.
"K고속도로로 가면 안 되겠습니까?"
"네? 그 길로 가면 돌아가야 해요. 한 시간이나 지체하게 되는데
요."
"가보고 싶은 곳이 있어서 그럽니다. 길은 제가 안내해 드릴게
요."
그의 말을 거절하지 못한 나는 차를 돌려 K고속도로 이정표를 따
라 달렸다. 풍성하게 가꿔진 가을 들녘은 초록빛으로 술렁거렸다.
마치 바다의 해일이 느껴지듯 지난 여름 긴 장마가 지나갔나 믿어
지지 않을 만큼 가을 들녘은 곡식들의 마지막 향연을 누리는 듯했
다. 차 유리를 열면 바람은 찬데 유리를 뚫고 들어오는 가을햇살은
따가웠다. 나는 운전 보조석 햇빛가리개를 내렸다. 홍종욱은 K고속
도로로 진입할 때까지 말이 없었다. 잠을 자지도 않았고 녹음이 푸
른 전원 풍경 쪽에서 시선을 떼지 않았다. 고속도로 소통은 원활했
다. 이대로만 간다면 세 시간 안으로 병원에 도착할 수 있을 것이다.
"화장실 가고 싶지 않으세요?"
휴게소 이정표를 지났는데도 그는 대답이 없었다.
"조금만 더 가면 다른 휴게소가 있습니다. 그쪽으로 가지요."
그의 목소리가 초조하게 떨렸다. 두 시간만에 겨우 입을 연 말은
딱딱하고 뚝뚝 끊어졌다. 나는 다리 위에 얹어진 그의 양손을 보았

다. 그는 양손을 번갈아 잡기도 하고 깍지를 끼기도 하고 한 손으로 다른 손 팔뚝을 주무르기도 했다. 그는 손놀림을 멈추지 않았다. 고속도로 오른쪽 표지판에 휴게소 2킬로미터라고 쓴 이정표가 보였다. 홍종욱이 말한 곳이 J휴게소인가.

나는 순간 홍종욱이 아내와 아이를 잃은 장소를 가려 하는 것인가 하는 생각이 미치자 생각이 복잡하게 엉키기 시작했다. 핸들을 잡은 손에 땀이 배자 나는 한 손을 떼어 바지 위에 손을 닦고 다른 한 손으로 핸들을 꼭 잡았다. 그가 가리키는 곳이 저 휴게소가 아니기를 기대했지만 그는 나의 예상대로 표지판이 가리킨 휴게소로 들어가자며 깜빡이를 켜라고 지시했다. 휴게소 간판이 보이는 차선으로 핸들을 틀었다. 휴게소 주차장에는 운반용 트럭들이 몇 대 있었고 고속버스와 승용차가 여러 대 주차되어 있었다.

나는 주차를 해야 하나 말아야 하나 하는 생각을 하며 햇빛이 들지 않은 곳을 찾는다는 핑계를 그에게 둘러대며 주차장을 두 바퀴나 돌면서 그의 안색을 살폈다. 그때 수녀님의 말이 떠올랐다.

'행위에는 이유가 있을 겁니다.'

나의 눈에 빈 주차라인이 들어왔다. 그쪽에 차를 세우고 핸드 브레이크를 올렸을 때 그는 안전벨트를 풀었다.

"화장실에 가시겠어요?"

"먼저 다녀오시지요."

옆으로 본 그의 얼굴이 경직되어 있었다.

화장실 큰 대형 거울속에 내가 있다. 그 뒤로 사람들이 몇몇 왔다 갔다 하고 거울에 들어오지 못한 키 작은 어린아이의 목소리가 들린다. 수도물을 '쏴' 하게 틀어 놓고 그 물로 세수를 했다. 찬물로 여러 번 얼굴을 두드렸는데도 두근거리는 가슴이 멈춰지지 않았다.

홍종욱은 차안에 없었다. 나는 주변을 두리번거렸다. 남자 화장실 앞, 편의점 안, 편의점 앞 파라솔에도 그는 없었다. 가슴이 방망이질을 해대기 시작했다. 설마, 설마 하는 생각이 들자 정신이 아찔해왔다. 그때 어디선가 고속버스의 크락션 소리가 들려왔다. 혹시 하는 생각에 돌아봤지만 그곳에 홍종욱은 없었다. 그런데 나의 시선을 비껴 간 휴게소 입구의 고속도로 길가 옆에 홍종욱이 서있는 것을 발견했다. 빠른 걸음으로 그에게로 갔다. 그에게 다가서면 화를 내리라 작심하면서 잰걸음으로 그에게 다가갔다. 하지만 나는 화를 내보지도 못하고 뛰던 걸음을 멈췄다. 홍종욱이 서있던 그 자리에 갑자기 주저 앉았기 때문이었다. 그는 가슴을 부여잡으며 머리를 세차게 흔들었다.

"미안하구나, 시은아! 이 아빠가 못나서 너를 이런 곳에서 그렇게 가게 했구나. 아빠가 나중에 널 만나게 되면 네가 나를 알아 볼 수 있을까. 그때 아빠라는 말도 겨우 했는데. 우리 시은이 얼마나 컸을까. 보고 싶다. 우리 시은이 아빠 만나면 아빠 용서해줄 수 있겠니? 보고 싶다. 보고 싶다, 시은아. 아빠는 시은이가 너무나 많이 보고 싶다. 흐흐흑……, 흐흐흑…….

여보, 당신 지금 날 보고 있어? 나 당신이 보고 싶어도 갈 데가 없어서 여기까지 왔어. 당신이 장기를 기증하겠다는 서류만 안 남겼어도 무덤이라도 잔디가 곱게 입히도록 만들어 놨을텐데. 당신이 보고 싶으면 갈 만한 곳이 없어. 정희야, 한 번만 내 앞에 나타나주면 안 되겠니? 내가 널 잊기를 바라고 있는거니? 나, 너와 시은이의 빈 자리를 지키며 살고 싶었어. 만날 수 있는 그날을 기다리며. 그런데 이제는 더는 못할 것 같아. 네가 나에게 주고 간 세월은 가슴속에 남아 있는데 네가 없이 나에게 남겨진 세월이 나는 너무 힘이 든다. 네가 나에게 얼마나 소중한 사람이었는지 얼마나 대단한 존재였는지 보고 싶은 마음이 너무도 간절해서 이제 더는 이 세상에 나를 혼자 두기가 싫다. 곧 당신한테 갈거야. 외로워도 조금만 참고 견뎌주겠니? 나도 아파도 참고 견딜게. 우리 조금만 참고 견디자. 미안하다. 끝까지 함께 하겠다던 약속 지키지 못해서. 우리 처음 만나서 언약식할 때, 약혼식할 때, 결혼식 할 때, 우리 시은이 처음 낳고 나서 당신과 했던 단 한 가지 약속이었는데, 정말…… 정말 미안하다. 내 생에 다시 태어나면 당신 곁에 있을게. 동물이 되어서라도 화초가 되어서라도 영원히 네 곁에 있어줄게. 여보, 듣고 있니? 응? 정희야……? 정희야……?"

잔뜩 쉬어버려서 듣기만 해도 가여운 목소리에 울음이 섞여들고 있다. 어깨를 들썩거리다 양팔에 얼굴을 묻고 그래도 어쩌지 못하는 그리움과 미안함에 하늘을 올려다 본다. 혹시 내려다 보아주는 이가 있을까봐서인지.

나는 홍종욱에게로 다가가지 못하고 뒤돌아섰다. 뒤돌아서 걸으면서 입으로 손을 막았다. 흐느끼는 소리가 새어나갈까 봐, 그래서 나의 슬픔이 전달될까 미안해서 있는 힘을 다해 손으로 입을 막았다. 그에게 나의 슬픔까지 전하고 싶지 않았다. 그의 모습이 내 모습 같아서 다가가면 더 아파할까 봐. 하지만 나는 그에게, 그리고 나에게 말해주고 싶었다.

이제는 더 이상 아파하지 말자고. 슬픔을 가진 사람이 어디 당신과 나 뿐이겠냐고. 이 세상이 슬픈 세상인 것을, 당신은 아픔을 감당하기에 너무 많이 힘들어버렸다고, 그러니 이제는 쉬었다 가라고, 마지막 남은 인생 길에 쉬어 가라고……

11

여행지에서 돌아 온지 한 달이 되어가면서 홍종욱의 몸 상태는 빠르게 떨어지기 시작했다. 전이는 이미 여러 곳에 진행이 되어진 상태였고, 폐는 물론이거니와 간, 뼈, 뇌, 췌장, 신장에 이르러 있었다. 홍종욱은 오심, 구토, 두통 증세를 호소하고 전이가 된 부위에서부터 팔에 이르기까지 격통을 일으켰다. 척추뼈로의 전이는 요통 증상을 동반했고 하지에 운동능력이 떨어지면서 예측했던 대로 변비 등의 배뇨장애가 시작됐다. 말기 암 환자라면 피할 수 없는 배뇨장애가 시작된 것이었다.

그는 자신의 상태를 알아 가는 것인지 심한 무기력감에 빠졌다. 전보다 더한 고통에 대한 두려움과 외로움, 슬픔을 절제하지 못해 자아통제가 기능성을 상실하게 된 양상을 보이기 시작했다. 그는 무능함과 무력감, 실망, 분노, 삶에 대한 포기 등이 연속적으로 순환되는 마음 상태를 보였다. 모든 것들을 불가능하게 받아들였고 자신의 남은 삶을 그 전보다 더 무의미하게 부여했다. 포기라는 단어는 이제 더 이상 홍종욱에게 죽음을 받아들이는데 대처할 수 있는 마지막 방법이 될 수 없었다.

분명한 것은 전이 속도가 빨라졌고 급격히 신체가 안 좋은 방향으로 변화하고 있다는 것이었다. 그것은 죽음이 가까워져 있다는 것과 같은 의미였다. 홍종욱에게는 누구보다 가족이 필요했다. 사랑하는 아내와 딸 아이가 그의 마지막 가는 여생을 지켜 주었더라면 그에게 많은 위안이 되었을 것이다. 사랑하는 이가 자신을 지켜주고 있다는 것은 환자에게는 그 어떤 명약보다 좋은 엔돌핀이다.

그와 내가 수덕여관에서 돌아온 뒤 그를 돌보는 일은 병원에 와서 내가 하는 일의 전부가 되었다. 나는 그와 함께 있으면서 그의 마음을 헤아려 최선의 간호를 하기 위해 애썼다. 그를 이해하고 그의 이야기를 많이 들어주며 그가 버려지지 않고 인간으로 마지막까지 사랑 받고 있음을 알게 해주기 위해 애썼다. 그러나 우울 증세는 더해만 갔고 그것은 홍종욱에게 누구하고의 타협도 원하지 않게 만들었다. 그는 더욱더 자신을 폐쇄시켰다. 여행에서 돌아온 뒤 나의 노력에도 불구하고 그와 나는 예전의 편안함을 잃어갔다.

홍종욱은 서너 개의 링거병을 달고 그토록 원하지 않았던 병실 생활을 해야 했다. 수덕여관에서 돌아올 때 그는 말했었다. 그곳에 가면 죽을 것이라고. 그의 생각대로 되어가고 있었다. 예정된 일이었다고는 하지만 그런 까닭에 나는 그에게 더할 나위 없는 미안함을 가져야만 했다. 홍종욱은 병원으로 돌아온 뒤 자신의 병실생활이 어떻게 변화해갈지를 알고 있었다. 그는 의료시술을 받아가며 생명을 고통스럽게 연장해야 하는 일을 구차스럽게 생각했던 것이다.

인간이 태어나 아이에서 노년으로 가는 세월은 길다. 인간은 그 시간을 즐기고 성숙해 가는 자신의 모습이 아름답게 변화되기를 원하고 그 안에서 변화되어 가는 모습을 익숙하게 받아들인다. 그러나 말기 암 환자에게는 급속하게 변해 가는 자신의 모습을 받아들이는 것이 쉽지 않다. 병색이 짙어질수록 외형에서부터 나타나는 피폐함은 통증을 견뎌내야 하는 고통속에서 그들을 지치게 한다. 그들은 자신에게 일어난 일들을 부인하고 싶은 마음에 적대심과 분노를 일으킨다. 인간이 죽음을 두려워하는 것은 죽음을 맞이하는 그 순간을 고통으로 아파해야 하며 죽음 이후의 미지의 세상을 혼자 가야 하기 때문일 것이다. 그 길은 외로운 길이기 때문이다.

창문 아래에 있던 몇 장의 단풍잎들은 어디론가 사라지고, 말라서 비틀리고 퇴색되어 버린 나뭇잎만이 정원 뒤뜰 바닥을 메우고 있었다. 병원의 관리 아주머니가 바닥에 깔린 나뭇잎을 쓸어모아 나무 밑에 차곡차곡 쌓아 놓았다. 바람이 불면 나무 밑에 모아 두었던 나뭇잎이 하나둘씩 바람결에 쓸려 사방으로 흩어졌다.

홍종욱은 나와 같이 병실에 있어도 말을 걸어오지 않았다. 수덕여관에서 돌아온 뒤 나타난 증세이다. 홍종욱은 나의 시선이 자신에게 머물러 있음을 알고 있는 것인지 모르고 있는 것인지 표정 없는 얼굴로 같은 방향에 시선을 두고 있었다.

나는 바람 소리에 창 밖을 내다봤다. 좀전에 나무아래 쌓아 놓았던 나뭇잎이 회오리를 치다 먼지를 일으키며 일제히 한곳으로 쓸려 내려가고 있었다. '휘' 하는 바람소리가 창문을 흔들었다. 그는 멍한 눈으로 천장을 올려다보다 다시 눈을 감았다. 그는 더 이상 나와의 대화를 하고 싶지 않은 것이다. 매번 그렇듯이.

요사이 홍종욱의 얼굴을 보고 있으면 그를 위로하고 아껴주어야 한다는 생각보다 서글픔이 먼저 일어났다. 그에게 읽어주어야겠다고 사온 책들이 읽혀지지 못한 채 벌써 다섯 권이나 병실에 그대로 있었다.

그를 처음 보았을 때 표범처럼 달려들 것만 같던 그의 모습은 지금보다는 그래도 푸르른 빛이었다. 여름날의 푸른빛의 잎사귀들이 나뭇잎이 되어 가을 속에 묻혀 버렸다. 홍종욱의 눈에서 빛나던 청춘의 푸르름을 내년 가을에 다시 볼 수 있을 것인가!

겨울이 오고 있으니 그 겨울이 지나면 봄이 올 것이다. 그때도 저 사람과 함께 이 창가에 서서 창 밖을 바라보았으면 좋겠다. 나의 소박한 꿈이 현실로 이루어질 수 있다면 나는 더 이상 이 세상을 슬픈 세상이라 말하지 않을텐데…….

하루가 지나고 또 하루가 지나고 아침이 되어 일어나면 그가 무사히 병원에 있을지에 대한 걱정에 서둘러 집을 나서야만 했다. 고통을 호소하고 힘들어하는 모습을 본 날 저녁이면 잠을 제대로 이루지 못해 한동안 멀리 대했던 신경 안정제를 찾아 먹어야 했다. 또 누군가를 잃게 될지도 모른다는 두려움과 불안함이 잠자고 있던 지난 기억들을 서서히 깨우고 있었다. 가을이 가고 첫 겨울눈이 내린 다음 날 나의 불안함은 점점 현실로 다가오기 시작했다.

"수녀님? 수녀님? 홍종욱씨가, 홍종욱씨가 없어졌어요. 병실에 없어요. 링거줄도 빼놓고 환자복은 침대에 벗어놓고 사라졌어요."

김간호사의 다급한 목소리가 병실 복도에 울려 퍼졌다. 각 병실에 있는 간병인, 보호자, 봉사자들까지 모두 복도쪽을 내다 보았다. 세탁실에서 홍종욱의 새 환자복을 챙기던 나는 그에게 읽어 주려던 책을 바닥에 떨어뜨렸다. 세탁실을 나와 수녀님 방으로 급히 뛰어 들어갔다.

"마지막 체크한 게 언제였습니까? 홍종욱씨 차트 가져오세요."

"새벽까지 있었어요. 분명히 있었어요. 제가 아침에 일찍 나왔거든요."

김간호사는 무슨 일이 금방이라도 일어날 것처럼 울먹거렸다. 김간호사는 나로 인해 홍종욱씨에게 관심을 갖고 있었다. 내가 없는 시간에는 그의 병실을 자주 들여다보아 주었었다.

"경비가 보았을까! 사복차림이니 몰랐을거야."

수녀님은 혼잣말을 하며 내선 전화를 들었다 놓았다.

나는 홍종욱의 병실로 향했다. 환자복은 뒤집어진 채 침대에 놓여 있었다. 돌림바퀴를 돌려놓지 않은 링거줄 바늘에는 수액이 한 방울씩 바닥으로 떨어지고 있었다.

나는 서랍을 열어 보았다. 수덕여관에서 돌아와 홍종욱의 짐을 정리해 주었었다. 그가 모아 놓은 약을 협탁 서랍 안에 넣어 두었었다. 서랍 안에는 약이 없었다. 병실을 뒤져 보았다. 그의 물품은 아무것도 보이지 않았다. 나는 주차장으로 향했다. 지하 2층으로 내려갔을 때 지하 1층, 2층, 지상주차장 모두 훑어 보았지만 홍종욱의 차는 없었다. 병원을 떠난 것이 분명했다.

수녀님은 한 손을 이마에 얹고 있었다. 사무실에는 나와 수녀님 그리고 아네스가 있었다. 김간호사가 차를 들고 들어왔다. 나는 두근거리는 가슴을 진정시키기 위해 차 한 모금을 마셨다. 입술이 바들거려서 이빨과 찻잔이 부딪히는 소리가 났다.

"수아씨?"

수녀님은 앞에 놓인 차를 옆으로 밀어 놓고 나를 보았다.

"어디 짐작되는 곳 없습니까? 그래도 병동에서 홍종욱씨하고 가장 가까웠던 사람은 수아씨였어요. 여행도 같이 갔다 왔으니까 짐작할만한 곳이 있을 것 같은데요."

나는 고개를 흔들었다. 홍종욱의 신상에 대해 아는 것은 없었다. 고향은 어디인지, 부모님은 살아 계신지 아는 바가 없었다. 오로지 아는 것은 그의 이름 석자였다.

"돌아올까요?"

"안 돌아올 겁니다. 짐을 다 챙겨 가지고 나갔으니."

아네스의 질문에 수녀님은 깊은 한숨을 쉬었다.

"그런 몸으로는 한 발자국을 움직이는 것도 힘이 들텐데. 불가항력적인 일입니다. 처음에 홍종욱씨가 병동에 들어왔을 때 심상치 않은 기운은 느꼈습니다. 사람을 예리하게 관찰하는 버릇을 고쳐야 하는데 이상하게 꼭 그 느낌대로 되어가니 나도 이 습관을 버려야겠어요. 홍종욱씨가 수아씨와 여행을 떠나기 며칠 전에 저에게 이 통장을 주고 갔습니다. 자신이 죽으면 공개하라고 했지만 일이 이지경까지 왔으니 공개해야겠습니다."

수녀님은 책상 서랍 안에서 통장과 도장을 꺼내 왔다.

"병동에 들어오기 전에 재산을 다 정리하고 들어왔더군요. 통장을 나에게 주며 자신이 죽으면 소아암에 걸린 아이들을 위해 이 돈을 써달라고 했습니다. 많은 돈은 아니지만 보탬이 되었으면 좋겠다면서, 자신은 죄가 많은 사람이라고 그렇게 말했습니다. 병동에 들어와 조용히 있다가 죽음을 맞고 싶다고 했는데 왜 돌연히 병원을 떠났는지 모를 일입니다."

수녀님은 고개를 저었다. 나는 생각을 정리해보려 해도 두근거리는 가슴이 도무지 진정이 되지 않았다. 홍종욱이 고통으로 몸부림

치던 모습만이 떠올랐다. '어디로 갔을까? 어디로……' 오로지 그
생각만이 머릿속을 맴돌았다.

반나절이 지났다. 오후가 훨씬 지나 버렸다. 바깥 공기가 차서 그
런지 창가에 습기가 고여 흘러 내렸다.

'추운 날씨에 어디로 갔을까! 어디로……'

나는 홍종욱의 병실에서 어질러진 것들을 정리하고 침상을 새것
으로 갈아 놓았다. 환기도 시키고 가습기도 틀어 놓았다. 탁자 위에
널어진 책과 신문들. 신문에 찍힌 날짜는 8월 20일이었다. 신문을
정리하다 탁자 아래 담배갑을 보았다. 그때 보았던 그 담배. 얼마를
만지작거렸는지 겉 비닐이 너덜거렸다.

나는 그의 손길이 묻어 있는 담배와 라이터를 협탁 안에 잘 넣어
두었다. 해가 지고 어둠이 찾아왔다. 밤새 가습기 물을 두 번이나 갈
아 놓았다. 자정이 넘었다. 그가 병실을 비운지 하루가 지나고 있었
다. 나는 주인을 잃은 병실에서 그의 침대에 앉아 하룻밤을 지샜다.

새벽녘에 잠깐 잠이 들었는지 눈을 떠보니 아침이었다. 잠결에 어
둠을 보았는데 병실 안에는 햇살이 들어차 있었다. 어제 정리해 놓
은 그대로 병실은 누군가가 다녀간 흔적없이 깨끗했다.

병실을 나와 세면실에서 세안을 하고 봉사자 휴게실로 가려는데
아침조 봉사자가 사과가 담긴 바구니를 들고 봉사자실로 들어오고
있었다.

"수아씨, 일찍 나오셨네요? 아침은 들고 나오신거예요?"

봉사자로 온지 얼마 되지 않은 사람이었다.

"사과향이 좋은데 하나 드셔 보세요. 대구거라 맛있을거예요."

그녀는 나에게 사과 두 개를 건네고 봉사자 휴게실로 들어갔다.

'사과 향기! 사과 향기! 그래 맞아. 사과 향기, 거기다.'

수녀님이 출근할 때를 기다리는 시간은 초조했다. 그가 간 곳이 수덕여관이라는 확신이 들자 한시라도 빨리 가야 한다는 생각이 마음을 급하게 했지만 수녀님의 동의가 있어야 앰블런스를 타고 갈 수 있었다. 수녀님 방 쇼파에 앉아 있는 나를 본 수녀님은 회의가 늦어졌다고 늦게 병동으로 온 것이라고 말했다.

"어제 병원에서 밤을 새우셨어요?"

"네. 수녀님, 홍종욱씨가 간 곳이 어디인지 짐작되는 곳이 있습니다."

"그래요?"

"지난 번에 갔던 그곳 같아요."

"예산 말씀하시는 겁니까?"

"네."

"그곳은 연고자가 없다고 하지 않았습니까?"

"자세한 건 갔다와서 말씀 드리겠습니다. 그러니 앰블런스 한 대 대절해 주실 수 있으세요?"

나는 홍종욱이 수덕여관을 찾았을 거라 확신했다. 홍종욱이 아내와 아이를 추억할 수 있는 유일한 곳은 그곳이었다. 그는 그곳을 떠나올 때 무척이나 아쉬워했었다. 수녀님은 나에게 앰블런스 한 대를 어렵게 대절해 주었고 나는 그 길로 예산으로 향했다.

병원을 출발한지 두 시간이 가까워 올 무렵 수덕여관 앞에 도착했다. 여관 앞을 급히 뛰어 들어가는 나를 보고 누렁이가 심하게 짖어댔다. 누렁이 소리에 부엌일을 하던 아주머니가 마당으로 나왔다.

"아주머니?"

"어떻게 왔시유? 갈 때는 말도 없이 가더니만."

"저랑 같이 왔던 사람 여기 있지요?"

"그렇지 않아도 연락을 어찌 해야 되나 주인이랑 쩔쩔매고 있었유. 행색으로 보아 많이 아픈 것 같은디. 오던 날부터 밥도 안 먹고 하루종일 방에만 틀어막혀 있어서 들여다보지도 못허고⋯⋯."

아주머니 말이 채 끝나기도 전에 나는 뒷마당으로 향했다.

"지난 번에 묵었던 그 방이유."

툇마루에 낡은 구두가 놓여 있었다. 방 안에서 쿨룩거리는 기침소리가 들렸다. 신음소리와 섞인 그 사람의 소리가.

방문을 열고 안으로 들어가니 홍종욱이 방안에 무릎을 모으고 쭈그려 앉아 있었다. 사람이 들어온 것을 뒤늦게 안 그가 힘없이 고개를 들어 나를 보았다. 나를 바라보는 그의 눈은 거의 감겨 가고 있었고 금방이라도 뒤로 넘어갈 듯한 자세를 취했다. 나에게 뭐라 말하는 것 같더니만 이내 홍종욱은 옆으로 힘없이 쓰러졌다.

예산 시내 Y병원 응급실.

응급실로 이송된 홍종욱에게 응급 진찰이 시작되었다. 산소콧줄이 끼워지고 간호사가 혈압을 체크해 갔다. 얼마 뒤 X-선 사진을 들고 온 의사는 나를 보호자로 아는 것인지 어이없는 눈으로 나를 바라보았다.

"어떻게 환자를 이 지경으로 만들 수 있습니까? 병원에 있어도 고통이 심했을텐데 고통을 참고 지금까지 버티고 있었다는 것이 믿겨지지 않습니다."

의사의 말을 듣고 있던 앰블런스 운전 기사는 의사에게 나와 홍종욱의 관계를 설명했다. 의사는 말을 듣고 나에게 미안한 뜻을 보였다.

"선생님, 서울병원으로 이송하고 싶습니다."

"급한대로 응급 처지는 했지만 지금 상태로 얼마나 버티실지…….
그쪽 병원에서 계속 치료를 받으셨으니까 그렇게 하시지요. 저희
간호사 한 사람을 동행해서 보내드리겠습니다. 서울까지 몇 시간이
면 갈 수 있습니까?"

의사는 운전 기사를 보았다. 기사는 두 시간 안에 도착할 수 있다
고 말했다.

앰블런스가 고속도로로 진입했다. 차량의 속도는 120킬로미터 이
상을 밟고 있었다. 그러나 국도를 달릴 때는 길이 평평하지가 않아
차량이 흔들렸다. 나는 간이침대에서 그가 떨어질까 걱정이 되어
그의 몸을 붙잡고 한 시간 동안을 와야 했다. 홍종욱은 고속도로로
진입할 때까지 동요 없이 잘 버텨 주었다.

요란한 싸이렌 소리가 들리고 홍종욱의 얼굴 위로 가로등 불빛이
정신없이 비켜 나갔다. 나는 그의 얼굴을 바라보며 그가 무슨 생각
으로 병원을 나왔는지, 지금 마음 상태는 어떤지 짐작해보려 했다.

"홍종욱씨, 왜 병원에서 나왔어요. 그렇게 병원에 있기가 싫었어
요? 예산에 오고 싶으면 내가 같이 와 줄텐데 왜 힘들게 혼자 갔어
요. 내가 또 불평할까 봐 그랬어요?"

나는 애써 눈물을 참았다. 그는 대답이 없었다. 저런 몸으로 외부
에서 하룻밤을 어떻게 보냈는지, 고통을 어떻게 참고 견뎠는지 생
각만 해도 정신이 아찔했다. 산소콧줄이 있어야만 그나마 편하게
숨을 쉴 수 있는 사람이 의료 장치도 없이 어떻게 밤을 보냈을까! 나
는 연거푸 나오는 한숨을 참지 못했다.

서해대교를 지나고 있는지 바다 바람에 차가 흔들렸다. 홍종욱이 누워있는 옆에 앉아 있던 나는 긴장감이 풀어지면서 심한 피로감이 느껴져 잠시 눈을 감았다. 그때 나의 손을 누군가가 흔들었다. 링거 줄이 꽂혀있는 홍종욱의 손이었다.

　"왜요? 아프세요?"

　그는 무어라 말하려고 했다. 그의 눈이 나를 올려다보았다. 그가 무어라 말을 하고 있었다. 나는 그에게 바짝 다가가 그의 입술에 귀를 내려놓았다.

　"미, 안, 합니다."

　나는 괜찮다는 뜻으로 고개를 저었다. 웃어주려 했지만 마음이 그같지 않았다. 그가 다시 말을 하려고 했다. 나는 그의 얼굴에 귀를 갖다댔다.

　"당신 앞에서…… 죽고 싶지 않았어요. 당신이 또…… 또, 슬퍼할까 봐…… 죽음을 보여주기…… 싫었습니다."

　작고 정확하지 않은 발음으로 천천히 그가 말했다. 당신 앞에서 죽고 싶지 않았다고. 나는 그의 얼굴에 흐르는 눈물을 손등으로 닦아 내렸다. 그도 괴로운지 눈을 감았다.

　그는 알고 있었던 것이다. 누군가의 죽음을 보며 내가 남편의 죽음을 생각했다는 것을. 이 사람은 나의 마음을 알고 있었다. 그동안 말을 하지 않고 나에게 적대감을 일으켰던 것이 모두다 지금의 마음 같았기 때문이었나! 나는 상대의 마음 하나 헤아리지 못하고 이 사람의 말대로 값싼 동정만을 베풀고 봉사자라는 의무만으로 그 앞에 서 있었던 것인가. 슬퍼하는 이에게 나의 슬픔을 알게 하고 마지막 가는 그 길에 더한 슬픔만을 보태주었다. 미안하다는 생각, 고맙다

는 생각, 그리고 당신과 나의 슬픔이 같다고 생각했던 나의 모자람
이 그에게 죄스러움을 갖게 했다.

'눈물을 보여서는 안 된다. 혹시 그가 잘못되더라도 눈물을 보여
서는 안 된다. 그가 나를 배려해준 것처럼 나 또한 그를 배려해야 한
다.'

나는 솟구치는 슬픔을 억누르기 위해 이를 물었다. 서울로 되돌아
온 홍종욱의 병원생활은 그렇게 다시 시작되었다.

12

12월 10일.

홍종욱은 배뇨장애가 급성으로 변하면서 요관 삽입이 불가능해졌
고 진통제를 투입하여 치골 상부로 접근하는 방식으로 방광에 관을
삽입해야 했다. 횡격막 마비로 호흡이 곤란해지고 어렵게 호흡을
할 때마다 흉골이 움푹 패여 들어갔다. 그는 호흡이 차오르면 맥박
이 빨라지고 정신착란 증세를 보였다. 헛소리를 하기도 하고 오한
이 오는 것처럼 사지를 바들거렸다. 호흡조절이 상실되면서 홍종욱
은 누워있지를 못하고 침대 상판을 올려 비스듬히 누워 있어야 했
다. 산소 공급이 잘 되게 상체를 높여 주어야 하기 때문이다. 그의
체력은 점점 떨어져 갔고 암세포는 범위를 넓혀가며 그의 몸에서 왕
성한 자생력을 가지며 활개를 치고 다녔다.

12월 21일

그의 신체는 뼈만이 앙상하게 남았다. 운동량이 없어지고 침상에 누워있는 시간이 길어지면서 욕창의 범위는 넓어져만 갔다. 팔뚝과 엉덩이 부분에 피부표피가 벗겨지고 짓무르기 시작했다. 상처가 난 곳은 산소와 결합해 범위를 넓혀갔다. 욕창이 일어난 부위를 보호하기 위해 체위를 바꿔주면 금세 호흡곤란 증세를 나타냈다. 홍종욱은 아무것도 입으로는 넘기려 하지 않았다. 그의 몸은 많이 지쳐 있었고 어떤 영양도 요구하지 않고 있었다. 나는 홍종욱의 입안이 마르면 물을 약간 주거나 작은 얼음을 물고 있게 했다. 입안을 자주 깨끗이 해주어야 했고 입술에 윤활제를 발라주었다. 홍종욱은 맥박이 빨라지기 시작하면 정신착란 증세를 보이기도 하고 심한 경련을 일으키며 전신이 뻣뻣해지면서 의식을 소실하기도 했다. 경련이 멈추고 나면 그는 깊은 잠에 빠져들었다.

12월 27일

눈이 내리고 있다. 병실 침대에서 창 밖을 내다보면 건물은 보이지 않고 하늘만이 보인다. 그 하늘도 오늘은 퍼부어 대는 눈 때문에 앞을 가늠하기 힘들다. 솜사탕 같은 눈이 소리없이 내리고 있었다. 오래도록 바라보고 있으면 허공에 눈이 멈춰있는 착시현상을 일으킨다.

침요를 매일 갈아주고 따뜻한 물수건으로 얼굴과 손발을 아침저녁으로 닦아주었다. 발을 마사지 해줄 때 홍종욱의 얼굴은 편안했다.

"불편하지 않으시죠?"

그는 그렇다며 고개를 끄덕거렸다.

"올해는 눈이 꽤 자주 오네요. 창 밖 좀 보세요. 이쁘죠?"

오전부터 내리기 시작한 눈은 오후가 지나도록 그치지 않았다. 홍종욱은 눈을 껌벅거리며 고개를 돌려 눈이 내리는 창문에서 시선을 떼지 않았다.

"벌써 겨울인가요? 병실은 춥지 않으니 눈을 보고 있어도 겨울인지 아닌지 잘 모르겠어요. 오늘이 며칠인가요?"

그의 목소리는 갈라지고 쉬어버려서 귀를 대고 자세히 듣지 않으면 너무 나즈막해서 알아들을 수가 없다. 홍종욱이 신체 중에 유일하게 움직일 수 있는 부분은 목을 좌우로 조금씩 움직이는 것과 눈을 떴다 감았다 하는 것, 간간히 말을 하고 있는 것이었다.

"12월 27일이에요."

"연말이군요."

그는 그러면서 벽에 걸린 달력을 보았다. 달력의 날짜는 9월이었다. 그와 내가 예산행 여행을 한 것이 9월의 일이었다. 나는 10월과 11월의 달력을 뜯어냈다. 달력의 그림은 눈 덮인 초가집이었다. 수덕여관의 초가집과 같은.

"수아씨?"

"네."

"봉사자들이 환자들 목욕시켜 주는 것을 봤어요."

"목욕하고 싶으세요?"

홍종욱은 누구에게도 목욕을 하겠다는 의사를 밝힌 적이 없었다. 호스피스 병동에서는 일주일에 한 번씩은 환자라면 누구든 목욕을 할 수 있었다. 목욕을 거부하던 사람이 스스로 하고 싶다고 말하고 있었다.

"몸에서 냄새나면 싫어할 거예요."

홍종욱은 자신의 몸에서 냄새가 많이 난다고 여러 번 말했다. 저녁 시간이라 봉사자들은 모두 퇴근을 한 상태였다. 가벼운 몸이 되었다고는 하지만 그래도 남자의 몸인지라 목욕실까지는 침대로 끌고 갈 수는 있다고 해도 방수포가 씌워진 욕조용 침대에 몸을 들어올려 놓는 것이 문제였다. 나는 홍종욱에게 잠시만 기다려달라고 말한 뒤 다른 병실을 두리번거렸다. 혹시 남자 보호자라도 와 있다면 도움을 구할 수도 있는 일이었다.

114호에 할머니 한 분이 입원해 계셨다. 그 할머니 둘째 아들은 매일 저녁 시간에 할머니와 함께 시간을 보내다 새벽에야 일터로 돌아간다. 오늘도 분명히 와 있을 것이다.

나의 생각대로 할머니 아들은 와 있었고 나는 그에게 전후 사정을 이야기 한 뒤 양해를 구했다. 그는 흔쾌히 본인이 목욕을 시켜 드리겠노라 말했다. 환자의 목욕은 익숙한 사람만이 할 수 있는 일이었다. 나는 목욕실까지만 옮겨달라고 말했다.

사내의 도움으로 홍종욱을 비닐이 씌어진 침상 위에 눕혔다. 사내는 나를 잠시 나가 있으라고 했다. 잠시 뒤 사내의 부름에 욕실로 들어가니 홍종욱의 음부 쪽은 두꺼운 수건으로 가려져 있었다. 나는 비닐 앞치마를 두르고 방수포가 씌어진 침대로 다가갔다. 사내는 나를 도와 홍종욱의 몸을 씻겨 주었다. 몸이 식지 않게 지속적으로 몸에 미지근한 물을 뿌려주고 부드러운 스폰지로 중성세제를 묻혀 비누질을 했다. 머리를 감기려는데 홍종욱은 나에게 말을 걸어왔다.

"몸이 너무 말라서 보기 싫은가요?"

"아니요. 그렇지 않아요. 목욕하니까 시원하시지요? 머리만 감겨 드리고 금방 끝낼게요. 조금만 기다리세요."

낯설지는 않지만 살이 섞이지 않은 남남, 그것도 여자에게 알몸을 드러낸 그는 부끄러웠을 것이다. 어깨선과 뼈 마디마디마다 솟은 돌출된 뼈들, 앙상하게 말라버린 살집이 없는 몸집을 드러내는 것이 어찌 부끄럽지 않을 것인가. 나는 화제를 바꾸었고 머리를 감기고 수건으로 몸을 말리고 새 환자복을 갈아 입히면서 어릴 적 아버지가 목욕시켜 주었던 일들을 이야기해 주었다. 홍종욱은 나의 이야기를 주의 깊게 들었고 그 사이 목욕은 끝났다.

병실로 돌아온 홍종욱은 눈을 여러 번 껌벅거렸다. 개운함이 느껴지는 모양이다. 그도 그럴것이 몇 달만의 목욕이니 그럴 만도 할 것이다. 홍종욱은 오늘 밤은 잠을 잘 잘 수 있을 것 같다고 말했다.

"목욕하니까 참 좋네요."

호스피스 병동으로 내려온 환자라면 누구나 목욕을 경험한 뒤에 하는 공통된 말이다.

"이제 자주 씻겨 드릴게요."

산소콧줄을 끼워 주고 침대 윗판을 올려놓았다.

"오늘은 아래로 내리고 자도 돼요."

나는 그의 말대로 침대 윗판을 아래로 내려놓았다.

"이제 주무세요. 책이라도 읽어 드릴까요?"

그는 자고 싶다며 고개를 옆으로 두어 번 흔들었다.

"수아씨?"

찬 기운이 몸 안으로 스며들까 걱정되어 모포를 두 개나 가져다 몸에 덮어 주었다.

"네?"

"남편 분 보고 싶으십니까?"

나는 고개를 저었다.

"그래요. 앞으로는 그렇게 살아요. 어느 누구에게도 움츠러들지 말고 당당하게, 앞으로 남겨진 시간을 수아씨답게 사는거예요."

그는 호흡을 가다듬으며 힘이 드는데도 웃었다. 참으로 오랜만에 보는 웃음이었다. 그가 또 날 위로했다. 매번 미안하다. 이 사람은 나의 존재가치를 일깨워 주는 사람이다. 나도 모르는 나의 모습을 알게 한다. 웃음조차 힘겹게 웃어야 하는 사람에게 위로를 받고 있는 나는 욕심이 생긴다. 그를 살리고 싶고 곁에서 지켜주고 싶다. 오래도록 말이다.

'나답게 사는 것이 무엇일까! 나답게 사는 법!'

나는 집으로 돌아가는 눈발 속을 걸으며 내가 누구인지 생각했다. 남편을 잃고 나는 나 자신을 모르고 살았다. 나는 누구인가? 나는 누구인가? 눈발은 더 거칠게 내렸다. 집으로 돌아와 새벽이 될 때까지.

폭설이 내린 다음날 눈은 그쳤지만 전날 쌓인 눈으로 인해 도로의 정체가 심했다. 지하철을 타면 빨리 갈 수 있는데, 하면서도 나는 두 번씩이나 지하철역을 보고도 버스에서 내리지 않았다.

버스에 오른지 두 시간이 지났다. 버스에서 내려 마을버스로 환승했다. 세 정거장만 가면 병원 앞 정거장인데 도로에 사고가 났다. 차량 정체는 더 심해졌고 나는 내려서 병원까지 걸었다. 몇 번씩 미끄러질뻔 하고 주춤거리며 간신히 병원 로비까지 왔다. 옷에 묻은 눈을 털고 병동으로 올라갔다. 그리고 옷을 갈아입고 먼저 나온 봉사자들과 차를 마셨다. 그때 아네스가 휴게실로 들어왔다.

"어! 수아씨 지금 나왔어요?"

"네. 눈이 많이 와서 차가 많이 지체돼서요."

"111호실에 가 보세요."

"왜요? 홍종욱씨한테 무슨 일이라도?"

"어젯밤에 통증이 더 악화되었데요. 어쩐지 좀 불안해요."

손에 잡고 있던 찻잔이 바닥에 떨어져 깨져 버렸다. 나는 자리를 박차고 일어나 병실로 향했다.

어젯밤에 내려주었던 침대 상판이 올려져 있고 홍종욱은 입을 벌리고 가쁜 숨을 몰아쉬었다. 병실에는 담당의사와 수녀님, 김간호사가 있었다.

"어젯밤에 제가 목욕을 시켜 드렸어요. 저랑 말도 하고 기분이 좋다고 하셨어요. 근데 왜 갑자기……."

"수아씨, 당황하지 말아요. 아직 의식이 있기는 하지만 오래 계시지 못할 것 같습니다. 감염의 범위가 너무 컸어요. 기관기능도 나빠져 있고. 이제 마리아실로 옮겨야 할 것 같아요."

수녀님은 어떻게든 나에게 홍종욱의 상태를 이해시키려고 했다.

"왜, 번번히 이렇게 갑자기 나빠지는거지요. 왜요?"

"조금씩 준비를 하고 있었던 겁니다. 조금씩 천천히 고통을 더해가며 신체기능을 마비시켜 죽음에 이르게 하지요. 그게 암입니다."

의사는 임종이 가까이 오고 있음을 말했고 홍종욱은 마리아실로 옮겨졌다. 그는 남아 있는 의식을 놓지 않으려는 것인지 숨을 헉헉거리고 몰아쉬며 감기는 눈을 애써 떠보려 했다. 수녀님이 그가 누운 침상으로 다가갔다.

"홍종욱씨, 이제 시간이 다 되어가나 봅니다. 이제 하나님의 나라로 가실 것 같아요."

수녀님은 그의 손을 보듬어 안았다.

마리아실로 옮겨진 홍종욱은 수면상태에 있다가도 의식을 찾기도 하고 또다시 수면상태에 들어가기를 여러 차례 반복했다. 그러던 그가 갑자기 몸을 뒤틀기 시작했다. 헉헉거리며 팔과 다리를 흔들었다. 나는 간호사실로 뛰었다.

"홍종욱씨가 이상해요."

간호사는 주사약통을 들고 마리아실로 뛰었다. 홍종욱은 또다시 찾아온 통증에 괴로워했다. 말도 하지 못하고 얼굴이 퍼렇게 질려 갔다.

"빨리요. 아프지 않게 주사를 놔 주세요. 빨리요. 아프지 않게."

나는 울부짖기 시작했다. 고통스러워하는 그의 모습을 보는 것이 힘들었다. 그가 한 말이 떠오른다.

'야속하게도 빨리 데려가지 않네요. 야속하게도……'

1, 2분이 지나서 홍종욱은 몸부림을 멈췄다. 또다시 수면상태로 들어가는 것인가 싶었으나 그는 천천히 눈을 떴다. 나는 자리에서 벌떡 일어서 그의 얼굴을 내려보았다. 그는 나와 눈을 맞추려고 안간힘을 쓰고 있었다. 촛점이 흐려지는 눈을 애써 치켜 뜨며 나를 보려 했다. 그의 눈꺼풀이 파르르 떨렸다. 그는 말을 하려는 것인지, 호흡조절이 안 돼서 그러는 것인지 꺼어억…… 꺼어억…… 하는 소리를 계속냈다. 그는 무슨 말이든 하려고 하는 것 같았다. 나는 그의

얼굴에 귀를 가져다댔다.

"슬퍼하지 말아요. 나 죽어도 슬퍼하지 말아요."

작지만 매우 거친 숨을 힘겹게 내뱉으며 그가 어렵게 한마디 한마디를 했다. 나는 그의 손을 잡았다. 식은 땀이 배어 있는 그의 손은 나의 손을 잡을 힘조차 남아 있지 않았다. 가슴이 무너져 내리는 줄 알았다. 심장이 내 몸 안에서 튕겨져 나가는, 살집이 찢겨지는 듯한 아픔이 느껴졌다. 거센 폭풍처럼 덮쳐오는 슬픔이 온몸을 휘감으며 극도의 슬픔을 안겨주었다.

'안 돼요! 가지 말아요. 이렇게 보낼 수는 없어요. 아직 당신에게 해줄 것들이 많이 남아 있어요. 당신한테 다시 봄을 보여주고 싶어요. 당신과 함께 다시 예산에 사과 향기를 맡으러 가고 싶어요.'

내뱉어지지 않는 말들이 눈물이 되어 흘렀다.

시간이 지날수록 홍종욱의 코는 날카로워지고 눈은 푹 꺼지기 시작했으며 귓볼은 뒤틀리고 이마와 피부는 거칠어지면서 팽팽해져 갔다. 손끝은 푸른빛을 띠기 시작했다.

죽음이 서서히 다가오고 있음을 예견하고 있었다. 홍종옥은 갑자기 '헉' 하는 소리를 여러 번 거칠게 내뱉었다. 그러다 점점 깊게 천천히 숨을 뱉으며 눈을 감았다. 항문이 열리고 몸 안에서 이물질이 흘러 침상을 적셨다. 홍종욱은 더 이상 숨을 가쁘게 몰아쉬지 않았다. 깊은 수면에 들어 있는 사람처럼 편안했다.

간호사가 마리아실로 들어온 시간은 새벽 4시였다. 수녀님과 당직 의사가 함께 들어왔다. 담당의사는 동공을 살핀 뒤 홍종욱의 사망 시간을 말했다.

2000년 12월 28일 새벽 3시 55분 폐암으로 인한 심장기능 악화, 폐

렴 등 2차 감염으로 사망. 홍종욱은 마리아실로 옮겨진 뒤 16시간만에 숨을 거두었다.

30분 전에 간호사가 들어와 산소콧줄과 도뇨관을 **빼내갔다**. 홍종욱은 편안했다. 눈을 감고 죽었으니 그 영혼이 편안하게 다른 곳으로 옮겨간 것일 것이다. 한동안 정신을 놓고 있던 나는 침대에 기대고 있던 얼굴을 들어 그의 얼굴을 보았다. 홍종욱의 얼굴 위로 아침 햇살이 드리워져 있었다. 눈이 부셨다. 죽은 자의 얼굴이 햇살 안에서 투명하게 빛났다. 앞으로 다가가 홍종욱의 얼굴을 내려다 보았다. 그의 손을 만져 보았다. 체온이 떨어지고 있었다. 나는 얼굴에 번진 눈물을 닦아내고 홍종욱의 환의를 벗겼다. 웃옷을 벗기고 아래 바지를 벗겼다. 속옷은 이미 이물질로 젖어 있었다. 이물질과 피가 범벅이 되어 냄새가 격하게 올라왔다.

나는 이물질을 먼저 닦아내고 준비되어진 수건에 따뜻한 물을 적셔 회음부를 닦아냈다. 암은 음부에까지 미쳐 있었다. 거즈로 이물질이 새지 않게 항문을 거즈 패킹 한 후 방수 기저귀를 채우고 그의 어깨와 가슴과 배와 다리, 손가락 마디마디, 온몸 구석구석을 **빼놓**지 않고 닦아냈다.

나는 그의 주검을 닦아내면서 수건에 자꾸만 피가 묻어나는 것만 같아 여러 번 바꿔 닦았다. 홍종욱의 몸을 닦으면서 자연스럽게 지난 기억 속에 묻으려고 애썼던 열차사고의 현장이 떠오르고 사람들의 비명소리가 들려왔다. 영안실에서의 통곡소리, 시어머니의 울음소리, 시신이 된 남편의 육체를 붙들고 울부짖던 지난 일들이 하나 둘씩 떠올랐다. 눈물이 솟구쳐 주검 위에 떨어진다. 하지만 나는 흐느끼지 않았다. 홍종욱이 마지막 남긴 유언 때문에 흐느낄 수가 없었다. 그는 나에게 슬퍼하지 말라고, 내가 죽으면 슬퍼하지 말라고 말했다. 나는 그의 몸을 닦으면서 자꾸만 남편의 이름을 불렀다.

"태수씨, 당신이 미련한 나를 보다 못해 이렇게 이 사람 몸을 빌어 내게 왔다는 것을 지금에야 알 것 같아요. 내가 당신 상처난데 감싸주지 못하고 피로 더러워진 몸 깨끗이 닦아주지 않아서 내게 다시 온거죠? 미안해요. 어쩔 수 없었어요. 내가 너무 미련해서 당신 그렇게 가게 했어요. 좋은 옷 입혀서, 당신이 읽고 싶은 책이랑 함께 그렇게 보냈어야 했는데……. 나 그러질 못했어. 날 용서하기 위해 다시 내 앞에 온거지? 그러면 이렇게 많이 아파하지 말고 금방 가지, 이렇게 아파하지 말고 금방 가지 왜 그렇게 오랫동안 아파했어요. 얼마나 힘들었어요, 얼마나……."

나는 슬픔이 새어나올까봐 이를 악물고 입을 힘껏 다물었다. 흐느껴서는 안 되었다. 솟구치는 눈물은 어찌할 수 없더라도 흐느낄 수는 없었다. 그것은 자신의 몸을 나에게 마지막으로 맡겨준 홍종욱에 대한 예의가 아니었다.

홍종욱은 죽음 전에 나에게 이렇게 말했다. 수아답게 살라고, 그리고 슬퍼하지 말라고, 그렇게 말하고 내 곁을 마지막으로 떠났다. 남편은 살아 생전 수아답다, 역시 너 답다는 말을 자주 했었다.

홍종욱에게 마지막으로 입혀진 옷은 회색 와이셔츠에 검정 바지였다. 옷을 입히고 시트로 몸을 감싸고 분홍색 이불로 몸을 덮어 주었다. 얼굴은 가리지 않은 채로.

"종욱씨, 고마워요. 당신의 몸을 내게 허락해줘서. 남편한테 죄를 사할 시간을 줘서 고마워요. 나는 당신에게 무엇하나 제대로 해 준 것이 없는데 조금만 더 있어주었더라면 목욕도 많이 시켜주고 했을 텐데. 아니에요, 아니에요. 더 있었으면 고통만 더했을텐데 내가 또 나만 생각하네요. 당신이 했던 말, 화초가 되어서라도 아내 곁에 있겠다던 당신의 말, 나도 다음 생에 당신을 만나면 당신이 힘들 때 당신 곁에 있어줄 무엇이 되어 있을게요. 이제 편히 쉬세요. 그리고 내 생에서는 아프지 말아요."

마리아실 안에 음악을 틀어놓았다. 홍종욱은 시신이 되어 누워 있었지만 그의 얼굴은 고통도 괴로움도 아내와 아이에 대한 죄스러움도 그리움도 모두다 사라진 평온한 얼굴이었다. 아침 햇살이 마리아실 안에 가득찬 가운데 그는 깨끗한 몸이 되어 이생과의 슬픈 인연을 끝냈다.

오전 9시.

보호자 없이 수녀님과 봉사자들이 모인 가운데 고인을 위한 기도가 마쳐졌다. 홍종욱의 시신은 염이 이루어진 뒤 냉동실에 안치되었다.

홍종욱이 사망한 그날 오후 늦게 수녀님의 수소문으로 홍종욱의 연고자를 찾을 수 있었다. 그에게 남은 혈육은 70을 넘긴 그의 아버지였다. 영안실로 들어온 홍종욱의 아버지 손에는 흰 보자기에 싸인 작은 항아리가 들려 있었다. 그의 아버지는 냉동실에 안치된 아들의 얼굴을 끌어안으며 '얼마나 아팠냐? 얼마나 아팠냐?' 하며 흐느꼈다.

3일장을 치르는 동안 식장을 찾는 사람은 많지 않았다. 홍종욱은 자신이 병이 들어 얼마 살 수 없다는 사형선고를 받은 후 주변을 정리하고 외부와의 연락을 끊었다고 한다. 누구 하나라도 자신의 죽음으로 인해 슬퍼하는 이가 있으면 안 된다는 생각에서라고 그의 아버지는 말했다.

홍종욱이 마지막으로 그의 아버지를 찾은 것은 호스피스 병동으로 들어오기 전이었다고 했다. 홍종욱은 때가 되면 연락하겠다는 말을 했다고 한다. 그렇게 몇 달이 흘렀고 그의 아버지는 지금에야 아들의 영정사진을 안을 수 있었다. 홍종욱의 아버지는 대리석을 깎는 장인이었다. 그는 아들의 유해를 담을 납골함을 만들어 놓고 아들이 자신을 부르기를 기다리고 있었던 것이다.

3일장이 끝나고 벽제로 향하는 차 안에서 그의 아버지는 아들이 누워 있는 관을 옆에 놓고 이렇게 말했다.

'이 무심한 놈아, 내가 너 하나 건사하지 못할까봐 이렇게 죽어서 내 앞에 나타난 거냐? 그래, 너도 시은 애미하고 시은이 보낼 적에 마지막 가는 모습 보며 많이도 울었지. 니가 부모 마음을 먼저 알고 그랬다고 해도 이놈아 마지막 가는 얼굴을 보여줘야지. 흐흐흑……. 가거라 나도 곧 따라 갈테니, 먼저 가서 시은 애미랑 시은이랑 만나거라. 그렇게 보고 싶어하더니 결국 이렇게 가고 마는구나. 불쌍한 놈, 내 자식, 내 불쌍한 자식…….'

벽제로 향하는 차 안에서 홍종욱의 아버지는 아들의 관을 붙잡고 슬퍼하지 말라는 아들의 마지막 말을 되뇌이며 통곡을 했다.

화장 예약을 하고 왔음에도 그를 냉동창고에 넣어놓고 두 시간을 기다려야 했다. 홍종욱의 아버지는 화장 접수를 하고 냉동창고에 아들의 관을 넣으면서 하얀 보자기를 풀어 옥빛이 고운 납골함을 함께 넣었다. 냉동창고의 문이 닫히고 보호자는 대기석에서 기다리라는 진행요원의 말을 듣고도 아버지는 그 자리를 떠나지 못했다.

예정된 시간이 되었다. 그의 관은 불가마 안으로 들어가야만 했다. 아버지는 관이 들어가기 전 관 위에 손을 얹었다.

"세상 원망하지 말고 편히 가거라."

진행요원이 그의 관을 화구 속으로 밀어 넣었다. 관이 들어간 입구에 자동문이 내려지고 화장이 시작되는 불이 보호자 대기석에 들어왔다.

'불쌍해라. 가여워라. 좋은 곳에 가거라. 너에게 해준 것이 너무나 없구나. 다음에 태어나면 좋은 세상에 태어나거라. 많이 사랑한다.'

입관과 화장이 동시에 이루어지는 벽제 화장터는 오열하는 사람들의 소리로 넘쳤다. 나는 화장이 이루어지는 자리를 떠나지 않았다. 유리벽 밖에서 화장이 되어지는 모습을 지켜보고 있었다. 타닥거리며 타 들어가는 소리가 귓전에서 울려댔다. 나는 눈을 감고 불가마에서 뿜어내는 열에 의해 따뜻해진 전망대 유리벽에 손을 올려놓았다. 그리고 화염속에서 움츠리고 있던 새 한 마리가 활짝 날개를 펴며 날아가는 환영을 보았다.

'종욱씨? 나, 당신 모습 기억하지 않을게요. 그리고 누군가가 남편에 대해서 내게 물어오면 잊었다며 웃을게요. 이제 슬픔은 마음 깊은 곳에 감추고 살게요. 그것이 남편이 오래 전부터 내게 바라던 일이었다는 것을 이제야 알았습니다. 당신의 죽음이 내게 그것을 가르쳐 주고 갔습니다. 한 사람의 죽음이 내게 그 깨달음을 주었어요. 그분이 당신이었기에 미안합니다. 그리고 고맙습니다. 나, 당신 모습 기억하지 않겠습니다. 당신도 그것을 바라고 있다는 것을 나는 알 것 같습니다. 당신은 인생의 끝에, 깊고 더러운 진흙 연못 위에 힘겹게 있어야 했지만 그래도 당신은 아름다운 연꽃이었습니다. 당신과 함께 했던 시간들을 잊지 못할 겁니다. 이제 접어두었던 날개를 활짝 펴고 자유로이 이 세상 어디든 날아가세요. 당신이 떠난 먼 후에도 내게 주고 간 당신의 자리는 지금 내 손에 느껴지는 온기처럼 나의 삶에 따뜻함으로 남을 겁니다. 당신이 내게 남긴 연꽃의 향기는 나의 기억 속에 영원히 살아 있을 겁니다. 이제 편히 쉬세요……'

새 한 마리가 자유로이 허공을 날아다닌다. 내 주변에서 이리저리 원을 그리며 날아오르던 새에게서 한 개의 깃털이 허공에서 유유히 떨어져 나의 가슴속으로 살포시 내려 앉았다.

13

- 에필로그 -

3월 어느 날 봄 서울역 안.

저 계단을 내려가면 기차를 타야 한다. 내 손에는 부산발 무궁화호 열차 티켓이 있었다. 승무원에게 기차표를 내밀고 승강장으로 향하는 계단을 하나둘씩 내려갔다. 시간은 11시 25분 출발이다. 승강장의 시계는 11시를 가리켰고 주황색 칠이 되어진 무궁화호 열차가 플랫폼에 정차해 있었다.

출발을 알리는 안내방송이 들려오고 기차는 소리를 내기 시작했다. 손에 쥐어진 승차표가 구겨지도록 손에 힘을 주고 있던 나는 열차 비상 계단에 올랐다. 어디로 가야 할지 모르고 주춤거리는 나에게 안내원이 다가와 승차표를 확인해 주고 정해진 좌석을 안내해 주었다.

안락하고 편안한 빨간색 벨벳천이 씌어진 의자에 나는 몸을 내려놓았다. 가슴이 떨려왔지만 숨을 크게 몰아쉬는 것으로 진정을 시키며 기차가 떠나가는 정거장 바깥 풍경을 보았다. 승객이 없는 승강장에 햇살이 뿌려지고 기차가 떠나는 것을 알리는 안내원이 깃발을 흔들고 서있었다.

지금도 이 세상 어디선가 슬픔으로 오열하는 사람들이 있을 것이다. 하지만 그것을 모르는 사람들의 얼굴은 밝을 것이고, 아무 일도 일어날 것 같지 않은 평범한 하루는 오늘처럼 내일도 앞으로도 계속 이어질 것이다.

나는 가방 안에서 민영이가 보낸 편지를 꺼내 겉봉투를 찢었다. 형철이가 대학에 들어 갔다는 내용으로 시작된 민영이의 편지는 두 장이 넘어가도록 엄마에 대한 언급이 없었다. 아버지는 결혼을 했고 민영이와 형철이는 새어머니와 같은 아파트 옆 동에 살고 있다고 했다. 새어머니는 아이를 낳을 수 없는 여자라고 했다. 얼마가 지나야 어머니라는 말을 할 수 있을지 모른다면서 민영이는 엄마가 많이 보고 싶다고 했다.

내가 지금 이렇게 기차를 타고 있듯이 시간이 지나면 아픔도 지나갈 수 있다는 것을 민영이는 알게 될 것이다. 나는 그것을 깨달았으므로 더 이상 나에게 남겨진 시간을 두려워하지 않는다.

끝

작가의 말

언제 태풍 매미가 지나 갔는가 싶게 늦여름이 지나간 요즘의 하늘은 푸르르기가 그지 없다. 하늘은 높고 말은 살찌는 계절이라고 했던가!

징검다리 연휴가 있은 며칠 전 사람들은 일제히 차를 끌고 시외로 나가기 시작했다. 어느 고속도로를 막론하고 너무나도 심하게 몸살을 앓고 있다며, 도로교통 상황을 전하는 교통방송 안내원은 말했다.

나는 그때 강남의 코엑스 빌딩 앞을 지나고 있었는데 서울 도심도 막히기는 마찬가지였다. 영동대교, 동호대교 할 것 없이 한강 다리 어느 곳 하나 수월한 곳이 없다는 교통방송의 안내를 듣고 난 후 나는 한가한 도로 한 곳에 차를 정차해 두고 차에서 내렸다. 행인이 드문 도로에 찬 밤바람이 불기 시작했고 서둘러 떨어진 덜 여문 낙엽이 시멘트 바닥에 제 몸을 스치며 어디론가 사라졌다.

이제 남쪽부터 나뭇잎이 물들어 오기 시작할 것이다. 계절은 그렇게 가고 오며 변하지 않는 일상을 인간에게 준다. 태풍은 계절이 주는 일상에 속하지 않기를 바랬지만 올 여름은 태풍이 오지 않을 지도 모른다고 믿고 싶었던 사람들의 마음을 알아주지 못하고 태풍 매미는 한반도를 강타했다. 그로 인해 많은 사람들이 재산 손실을 보았고 아까운 생명들이 목숨을 버려야만 했다.

태백산맥을 넘어 동해로 빠져나갈 무렵 그 광대한 힘을 소실한 채 사라질 것이면서 하루 이틀 상간에 매미는 작년의 아픔이 아물지도 않은 사람들의 가슴에 또다시 상채기를 주고 말았다.

어디 그 뿐이던가! 대구지하철 화재 참사로 수많은 사람들이 목숨을 잃어야만 했다. 네온싸인이 반짝이고 고층 빌딩이 그 불빛을 뿜어내며 폼세를 드높이고 있는 이곳에 서서 사방을 둘러보니 세상은 행복해보였다. 과학의 발달은 고도의 성장을 치달아가고 세상은 갈수록 편리한 것들로 가득차 있는데 우리가 관계되지 않은 이면의 세상은 아직도 상처와 아픔으로 힘겨워하고 있다.

아무 일도 일어날 것 같지 않은 하루가 또 지나가고 있었다. 지나간 아픔들을 생각하지 않으며 오늘의 하루는 평온하다.

지난 2년간 나는 죽음이라는 화두에 묶여 있었다. 방송을 통해 많은 사람들이 희생되어진 소식을 들으면서도 나는 죽음이라는 것을 가까이 느낄 수가 없었다. 아마도 그것은 인간이 갖는 단 한 번의 일회적인 경험이기 때문일 것이다. 그러므로 죽음이 어떤 것인지 설명할 수 없으리라. 단지 그것은 두려움이고 슬픈 일이라는 것밖에는 달리 표현할 방법이 없다.

평범한 삶을 살아가고 있는 우리들은 불치병에 걸린 사람들에 대해서 생각하지 않는다. 그들에게 남겨진 삶 끝에 죽음이라는 것이 있고 우리의 삶 끝에도 죽음이라는 것이 있다는 것을 모르고 있다. 그들은 그들에게 남겨진 시간을 알고 있고 우리는 우리에게 남겨진 시간을 모르고 있을 뿐이다.

단지 설마! 라는 단어를 불치병 앞에 놓아두고 내가 설마, 그러지 않으리라는 불확실성을 가지고 있으면서 그들의 삶과 우리의 삶을 동일시 생각하지 않는다. 그리고 설마 라는 단어가 불치병을 막아내는 장애물이라고 암암리에 생각하고 있을 뿐이다.

암 환자들은 남겨진 삶에 대해서 무서운 집착을 보였다. 자신들에게 남아 있는 삶을 지나온 삶보다도 더 소중하게 생각했으며 죽음에 이르는 그 순간이 올 때까지 고통과 두려움 속에 있으면서도 그 삶 또한 사랑했다.

그들은 그들에게 남겨진 시간동안 주변의 사람들과 가족들을 사랑하기 위해 애썼고, 그들이 떠난 후에 남겨진 이들의 슬픔까지 염두에 두고 걱정했다.

탄생이라는 그 순간의 환희를 우리는 안다. 그러나 탄생의 환희가 있기에 죽음 또한 존재한다는 것을 우리는 모른다. 탄생과 죽음, 이것이 바로 인생이라는 것을 나는 조금은 알 것 같다.

천수아의 마지막 독백처럼 아무 일도 일어날 것 같지 않은 평범한 오늘은 오늘처럼 내일도 모레도 계속 이어질 것이기에, 그 끝을 우리는 짐작할 수 없기에 지금 이 순간이 행복한 것인지도 모르리라.

긴 시간 동안 집필하는데 도움을 주신 강남 성모병원 관계자 여러분과 호스피스과 과장수녀님, 봉사자님들께 진심으로 감사의 마음을 전한다. 그리고 부산열차 사고 이야기를 언급하여 그날의 사고로 사랑하는 사람을 잃은 유가족에게 지난 상처를 다시금 생각하게 한 것은 아닌지 죄송스러운 마음을 감추지 못하겠다. 더불어 이미 고인이 되신 분들의 명복과 유가족분들께 위로의 말을 전하고 싶다.

지금도 암과 투병하고 있는 환자분들에게 주변의 따뜻한 사랑이 지속적으로 이어지기를 진심으로 바란다. 그리고 그들에게 무엇보다 중요한 것은 소외되어지지 않고 사랑받고 있다는 것을 알게 하고 그들을 진심으로 사랑하는 것만이 죽음이라는 두려움에서 그들을 편안하게 보내줄 수 있는 최고의 위안이라는 것을 말하고 싶다.

늦은 시간 귀가를 한 탓에 살고 있는 아파트가 새 옷을 입고 있는 것을 모르고 있었다. 아파트 건물은 곱게 페인트칠 되어져 있었고 복도 벽에도 흰색이 페인트칠 되어져 있었다. 아침에 아파트 현관문을 나설때 매쾌한 냄새가 조금은 싫었지만 깨끗이 칠해진 아파트 건물 위를 바라보는 것은 즐거운 일이었다. 그 위에 파란 하늘이 나를 내려다보고 있었다.

정말로 아무 일도 일어날 것 같지 않은 평범한 날이 계속될 것 같은 그런 느낌으로……

노은주